沸点科幻丛书
FEI DIAN KE HUAN CONG SHU
主编：赵国珍

科幻三杰　中国科幻领军人物

# 宇宙观察者

何 夕 [精选集] 珍藏版

希望出版社

# 思想的沸点 | 代序

## 吴 岩
### 北京师范大学教授，世界华人科幻协会会长

沸点是物质的相变点，意味着物质性质将发生彻底改变。

中国的科幻文学在新世纪已经到达了相变点，这样，希望出版社的"沸点"丛书应运而生。

有关新世纪科幻文学的特点，我觉得大抵不会离开后现代、全球化、市场经济、消费主义等一些对当前社会进行描述的现象的影响，但这其中，科学技术改变了未来跟现实的力量对比，把原本漂浮在时间前方的一种可能与渴望，变成了此时此地的冲撞性遭遇。2001年的"9·11事件"，让整个世界反思，当人们信誓旦旦地谈论科学战胜宗教带来有希望未来的同时，人类的思想现状和社会现状并未发生根本性的改变，世界范围内的发展不均衡和对帝国主义的反抗，能达到使人惊悚的真实效果。而2011年日本"3·11地震"，把大自然的诡异灵动跟人类开发原子能的努力相互联系，再度给人们敲响了警钟。近年来，大家所关注的转基因作物、干细胞研究、3D打印技术甚至谷歌眼镜，也都各尽所能且前所未有地让种种不清晰的未来凶猛地嵌入我们的生活。今天，任何人走进医院，都会发现成百上千种前所未见的药物正在伺机投向我们的机体，而媒体技术的创新与改进，早已让信息超载的当代人类的心灵更加失调……我们正在跟未来冲撞，但未来的冲量和更多动力学特征，都还没有被彻底研究和解释。

即便是科幻文学这种文类，也正在面临诸多的考验。早在2007年我就在《文艺报》跟韩松和刘秀娟的一次对话中谈到，作为一种能够良好处理20世纪上中叶人与科技关系的理想的文学类型，科幻小说在21世纪正面临着全面的危机。摆在作家面前的是彻底改变了位置的未来，它像猛兽一样正一爪一爪地近距离刨向我们。当未来学家面对未来束手无策，当未来的冲撞重创我们每个人的时候，科幻文学只能寻找一种革新自己、以便继续生存的方法。这种革新，一方面要协助人类度过未来的冲击；另一方面，则要彻底拯救文类自身的存在。

不单单是中国作家看到了科幻的危机和未来的危机，在美国、日本和更多国家，现实和文学的双重危机也激发着所有深陷其中的从业者和爱好者思考与拼搏。最近几年，我到东西方参加科幻会议的时候，都会发现一个有趣的论题，就是如何利用科幻作品进行学校教育。参加这种讨论的人包括作家、教师、图书管理员和出版人，他们的目标只有一个，要在一个高速变化的时代给青年人以新的未来承受力。而这其中，我觉得最重要的努力，会来自作家。毕竟，教师、出版人、图书管理员在没有合适作品的状态下，无法作出有价值的工作。

令人兴奋的是，跟我一样对当前的世界变革与科幻变革具有敏感性的中国作家还有很多。大家熟知的刘慈欣和韩松，都通过邮件或面对面谈话，跟我讨论过相关的话题。而更多作家则用他们自己的作品来展示他们的思考。"沸点"丛书可以说是这种思考的结晶。

与"奇点"丛书不同，"沸点"丛书的作者都已经是中国科幻领域中具有深度影响力的作家，他们通过自己的思考和创作实践，敏锐地抓住现实与未来的关键特征，通过神秘而吸引人的故事，期待把这些有关未来的思考传递出来，给更多读者疗伤或免疫。

我觉得这套丛书有以下三个特点。

首先，它们来源很广。北方与南方、海峡的两岸……从不同方位不同角度不同社会状态下去观察未来，会提供多种可能的差异性解决方案。中国太过幅员辽阔，任何一个地区性的问题，在另一个地区都会改变模样，而生活在不同区域的作者所提供的差异巨大的解决方案，将丰富整个人类文化的视野，丰富人类选择的方式。

其次，它们积淀深厚。由于"沸点"丛书选择的都是已经在科幻行业中具有影响力的作者，从他们的多年思考中，能看到他们对许多问题的超前意识与深度反应。而这才是面对未来冲击的宝贵财富。阅读他们的作品，你能跟随他们一起让思想沸腾。

第三，它们关注全球化问题。如果说科幻作家在一百年前还可以偏居于狭小的世界，仅仅谈论资本主义或共产主义的各自未来，那么在今天，他必须对互联网、高速交通工具、全球股市、海洋污染、大气变化等建立起足够的框架，才能让读者从中领略真实。科幻作家是真实的创立者，更是真实的建构者和毁灭者。

恰恰是在上述三个特点的吸引下我阅读了"沸点"丛书的大部分作品。我向读者推荐这些作品，更期待读者就此跟作者进行讨论，对话，反馈，如果说未来正在伤害我们，且这种伤害是大范围的，那我们就必须通过集体治疗去消除伤害。

在微生物的存在未被发现之前，人类不懂得如何面对传染病的威胁。而微生物的发现和一系列连带的科研成果，使人认识到沸腾的重要作用。我觉得"沸点"丛书的最重要的价值是搭建了一个有价值的平台，在这个平台上，期待更多已经在文坛展露头脚的作家烘焙自己，让自己的创作走向沸点。

是为序。

于北京师范大学教育学部
科幻与创意教育研究中心
2013年8月27日

# 目录

爱别离　　　　　　　001

假设　　　　　　　　029

六道众生　　　　　　066

人生不相见　　　　　122

伤心者　　　　　　　166

审判日　　　　　　　199

天生我材　　　　　　240

汪洋战争　　　　　　274

# 爱别离

病毒感染宿主只是为了求生存，宿主很快死去对病毒绝对是相当糟糕的事情。而HIV对人体的感染过程则说明它已经彻底地研究透了人类的全部生物特性，并且完全适合寄生于人体，不到实在掩藏不住的地步，它是绝不会露出本来面目的。

/ 一 /

叶青衫正在写一封信。但是差不多快两个小时了,他只是呆呆地坐着,手里的铱金笔悬在离纸一两厘米的地方。叶青衫的目光一直愣愣地看着前方的桌面。桌子上摆着一束许久没有换过水、已经蔫掉的花,还有一座薄薄的电子钟。不过叶青衫的目光落在另一件东西上,那是一张照片。在照片里叶青衫和一位长头发的姑娘快乐地并肩站立,身后是明媚的秋阳。

"别跑,小心点。"一个声音从遥远的地方传来。"我才不管呢,除非你追上我。"一个同样遥远的声音说,伴着银铃般的笑声。秋天的太阳从已经变得有些稀疏的树梢上透下来,在干爽的地面上变成无数榆钱大小的光斑。空气带着微微的寒意,但是吸进肺里很舒服,有股好闻的味道。也许这就是秋天的气味。"小菲,我捉住你了小菲。"一个声音说。"这不算,是我自己停下来让你捉到的。"另一个声音说。

叶青衫叹了口气,将笔下的纸揉成一团。纸篓已经满了,都是像这样的纸团。我真的应该写这样一封信吗?叶青衫想,这能代表什么呢?能让我平静吗?能改变那些已经发生过的事情吗?能——留住小菲吗?一个亮点从叶青衫的眼角闪过,他感到有股咸津津的味道滑过喉头。我已经失去哭泣的力量了,叶青衫接着想,但是想不到我还能流泪。

叶青衫从座位上站起来,慢慢朝门外挪动脚步。门外是客厅,满满当当地摆着些算得上不坏的家具。客厅里有七八个男人,但是没有一个人坐着。他们紧张万分地注视着叶青衫。刚才叶青衫将自己独自关在小屋里的时候,每个人的心都提到了嗓子眼上。如果他出什么意外的话,这里的每一个人都难脱干系。现在好了,叶青衫自己出来了,每个人都暗暗地呼出口气。

"我们走吧。"一个人上前说,小心翼翼地看着叶青衫的脸。叶青衫机械地点着头,他知道此时在这幢普通公寓房的周围起码有上百人在警戒。是该走了,要不邻居们会被吓坏的,他们不会明白发生了什么事。

叶青衫戴上墨镜,被几个人簇拥着出了门。身边的人不断地用对讲机通着话，一副如临大敌的样子。道路已经被清理过了，除了他们的车再没有别的车辆。当小车开出很远之后，叶青衫仍然不住地回头望着七楼上那个拉着深红色窗帘的窗口。家，那就是家，但以后不再是了。一切都改变了，从一年半以前的那个慌张的清晨开始。人生真像是一个梦，谁也不知道什么时候就会突然醒来。

## / 二 /

"有件事说出来吓你一跳。"林小菲一边收拾自己一边说。她赶着上班，一副急得不能再急的样子。叶青衫在一旁饶有兴致地看着她，他已经见惯了林小菲每天早上的慌张。林小菲要赶在八点钟上班，但她睡觉时是完全记不得这个点的。叶青衫以前还催她，后来知道没用也就干脆不管了。

"什么事？"叶青衫懒懒地看报，相比之下当记者的他作息时间要宽松一些，"又是你们破医院里的那些破事？"

"什么破医院？"林小菲反诘，但口气有些软。她是区医院的护士，那里的确是有点儿破烂。"我是说正经的。我以前的一个同学调到市里的一家研究所当副所长，上个月底邀请我们几个老同学去玩了一下。"

"等等。"叶青衫来了警惕性，"哪个同学啊？是不是那个——老麦。"

林小菲忍不住笑。"你猜得还挺准。"她收住笑说，"都五六年了你还把人家记得死死的，他现在可是青年专家了。"

叶青衫放下报纸说："我倒想忘了他呢，不过就怕人家还惦记着咱们。"他边说边盯着风姿绰约的林小菲。

"你想哪儿去了。"林小菲没好气地说，"我是说正事呢。当时他们正好和市防疫站在搞一个小范围的检疫，我闲着没事也查了一下。再过几天就能拿结果。"

叶青衫心里咯噔了一下："查的什么项目？"

林小菲得意地偏着头朝门外走："你准想不到。AIDS，听过吗？就是艾滋病。"

叶青衫脱口而出:"没事查那玩意儿干吗?听着就脏。快去撤了。"

林小菲从门口退回来严肃地盯着叶青衫看,然后仿佛有重大发现地说:"我的叶青衫同志,你是不是做过什么坏事情啊?是不是做贼心虚啊?"

叶青衫哑然失笑:"我哪有做过什么坏事。算了,不跟你说了,一点儿正经也没有。"他低头看报,但立刻补充道,"出门注意安全。"

林小菲应了一声,人都走出门了却又回头调皮地做个鬼脸:"别想老麦了,人家可没得罪你。还有,记得吃早饭。"

门关上了,屋子里立刻安静下来。叶青衫翻看着报纸,心里却想着上午要赶写的稿件。世界在窗外喧闹着,风掀动着窗帘。过了一会儿,他伸了个懒腰起床,准备去上班。临出门时,总觉得似乎有什么事情没有做,在屋子里晃来晃去才想起是林小菲叫自己吃早饭的事。叶青衫不禁一笑,他当单身贵族时曾经长达十年没有吃过早饭,但这种根深蒂固的习惯居然被林小菲硬生生地给扳过来了。在三年前刚刚成家的几个月里,他几乎每天都要半强制性地完成早餐定量,现在他就算想不吃早餐也不行了——已经被惯坏了的肠胃根本就不答应。

叶青衫走进饭厅,餐桌上有一个干净的空碗,旁边是一袋开了口的营养麦片和两个煮鸡蛋。叶青衫打开桌下的开水瓶,温暖的热气冒了出来。

电话铃响了。

/ 三 /

"我是叶青衫。请问你们通知我来有什么事?"叶青衫环视着眼前这间大屋子,由于赶路急,他有些喘。这时他看见老麦走了过来。

"是我叫人通知你来的。"老麦还跟几年前一样,没什么变化,只是眼镜的度数似乎加深了些。"到我办公室谈吧,有点小事。"

叶青衫刚进门便看到了满天的星星——那是老麦的书生之拳的力量。"你这个狗杂种王八蛋。"老麦粗俗地骂道,白净的脸庞变得扭曲,"是你害了林小菲。"

"小菲出了什么事？" 叶青衫顾不得还手，直觉告诉他出事了。

"你还装糊涂。"老麦的双眼瞪得很大，"林小菲上次在我这儿做了一个检查，她感染了HIV，就是艾滋病！"

叶青衫看不出老麦有开玩笑的意思，一时间他懵了。HIV，小菲感染了HIV，这怎么可能。他求助地看着老麦，期待对方突然露出捉弄的笑脸来，但是他失望了。

"按规定病人应该首先知道自己的病情，"老麦说，"但是我没勇气告诉她。如果你有这个勇气的话倒可以试试。"老麦仇恨地瞪着叶青衫，"你有什么可说的？"

"说……什么……" 叶青衫语无伦次地重复着几个无意义的音节，过了一会儿他稍稍镇定了些。"我现在应该怎么办？"他问。

老麦伸出戴有手套的双手说："知道我为什么必须戴上手套才敢揍你吗？你是病人的丈夫，极有可能也感染上了HIV。你现在必须做检查。"老麦露出痛苦的神色，"我查过林小菲以前的病历，她从未有过输血史。我认定就是你把HIV传给林小菲的。我认定！"老麦失去了控制似的大吼道。

叶青衫的检验报告出来了。老麦拿着报告单一语不发，脸上是古怪的神情。叶青衫坐在老麦对面的凳子上，不知道什么样的"判决"在等着他。他突然觉得自己做这个检查根本是没有意义的行为。老麦说的对，小菲感染了HIV，除了是自己传染给她的，还会有别的原因吗？叶青衫有些无奈地望着窗外灰蒙蒙的天空，轻轻叹了口气。只能是那次了，就那一次……

"先生我们别唱了。你看他们几个都上楼去了。"圆脸小姐猩红的嘴几乎碰到叶青衫的脸，一股热气在他的耳边扫来扫去。面前的桌子上摆着无数空啤酒瓶和乱七八糟的小吃食，电视里有一大群人晃来晃去，有一个穿白衣服的人正拼命地嘶吼着。

叶青衫的头晕乎乎的，记忆中他从没喝过像今天这么多酒，也许是今天太高兴了。没想到第一次出来拉广告就遇上老同学在对方单位里管事，结果轻轻松松就谈成了。当然，在接下来的酒宴上叶青衫也就多喝了几杯。在叶青衫的记忆里，自己是不胜酒力的，记得十岁的时候他偷了大人的酒来喝，一杯下肚便晕乎乎的，不敢再饮。此后，一直到大学里他才喝了生平第二杯酒，结果又是晕乎乎的。从此叶青衫便滴酒不沾了。

今天他一上桌便大义凛然地说自己一定舍量陪君子，然后便仰脖子倒下一杯酒说："好了，我已经说到做到了。"

桌上的人全起哄说："不算不算。"但叶青衫坚决不再端杯。这时老同学说了句："我敬你一杯，一杯就行。"叶青衫推了半天，终于拗不过喝了，头又是一阵阵的晕。

这杯算是开了头，叶青衫只见到一个个酒杯仿佛风车般在自己眼前轮番上场。几圈下来他也不知道自己喝了多少杯。头晕，他每喝下一杯酒都指着太阳穴的位置说："我不能再喝了。"但是风车丝毫没有停下来的意思。"头晕，晕得厉害，我说过我不会喝酒的。"叶青衫又说了一句，然后又是一杯酒。

桌子上已经有些乱了，一些人开始频频地起身上洗手间。老同学的眼睛已经红了，他有些惊奇地看着稳如泰山的叶青衫。"你光是头晕吗？"他问。叶青衫想了想，然后点头。"原来你光头晕。"老同学把玩着手里的杯子，但是没有敬酒的意思。"我们再找个地方玩玩吧。"老同学说。

圆脸小姐见叶青衫没作声，起身到门边摁下反锁。不知怎么搞的电视里换了画面，白花花的肉团充斥了屏幕，伴音撩人不已。叶青衫觉得自己呼吸不畅起来，他还没想好该怎么办的时候圆脸小姐的嘴已经凑了上来。圆脸小姐在叶青衫的耳根子边喘着粗气说："先生，你好帅。"同时她的手牵着叶青衫在自己身上四处游走，口里呻吟着。叶青衫感觉半边身子都麻了，他心里知道这一切只是圆脸小姐的生意经，但是，似乎从来没有人说过他帅。小菲到外地出差已经走了一个月，而且还要十多天才能回来。叶青衫的头真是晕极了……

老麦放下报告。他的眼神变得更古怪了。他一语不发地盯着叶青衫看。

"告诉我实情吧。" 叶青衫说。

"你的检测结果是阴性,也就是说你没有被感染。"老麦语气平静地说,"明天带林小菲来一趟,我们打算给她复查一下。"

/ 四 /

"明天?明天可不行。"林小菲拨浪鼓般地摇头,短发轻快地飘动,她正忙着刷碗,"上礼拜我们就说好了明天上街买那件衣服的。"

叶青衫知道林小菲说的是那件淡紫色貂毛领短大衣,她已经去看过好几回了。每次试完总说有地方不满意,要么是腰肥,要么是领子样式不好看。但叶青衫知道,衣服其实很好,简直就像是为林小菲定做的。林小菲每次脱下它,都是因为价格,他们心里都明白这点,但谁都没说出来。到后来店主也看出这一点了,价格更是铁口钢牙分文不让。但是林小菲配上那件衣服的美妙身姿具有强大的说服力,叶青衫最终还是下了决心,他们已经约好明天去买回来。

灯光下叶青衫的脸色有些灰白,像是没有休息好。电视里放着林小菲爱看的都市言情片,几个人在里面热闹地哭哭笑笑。"他们说你的白细胞有些高,我已经给你办了住院手续。"叶青衫说。

"住院?"林小菲有些意外地转过头来盯着叶青衫看,过了好一会儿,她接着说,"你是不是有事情瞒着我?别忘了我还算半个医生,白细胞稍稍高一些很常见,只是点小炎症,用不着住院。"

叶青衫的目光有些躲闪。"小心点总是没错。"他的声音变得有些低。

林小菲像是明白了什么,她倒吸口气说:"难道是在老麦那里做的那个检查结果有问题?"她的脸色开始发白,"你告诉我实情。"林小菲大声说。

叶青衫很努力地想露出轻松的笑容,但他实在做不到。他深埋下头,这个举动等于承认了林小菲的猜测。

一个碗掉落在地,发出清脆的声音。叶青衫觉得这个声音打在了他的心上。这套青花瓷碗是他们结婚时别人送的,这么久以来,这是第一次出事故。当然，碗总有打碎的一天，但是，叶青衫想，为什么偏偏是在今天，巧得让人害怕，就像是象征着什么。

"我也查过了，我没有事。"叶青衫突然补上一句，话一出口他就觉得后悔。他这么说是什么意思？是表示问题与己无关吗？是表示对林小菲的诘难吗？或者，是一种暗示？

林小菲愣愣地站着，无暇顾及脚下的碎碗，沾满油腻的双手悬垂在胸前微微颤抖。过了好半天，她才转头看着叶青衫说："我没有做过什么，我不知道怎么会出这种事。你相信我！"

叶青衫上前扶着林小菲的肩膀说："你不要乱想，我怎么会不相信你。我们明天就找老麦复查，准是有什么地方弄错了，你不会有事的。"

直到这时才有一滴眼泪从林小菲眼睛里滑落下来，她突然号啕大哭起来。"你相信我。"她用很大的声音说，"我没有做过对不起这个家的事。"

"我知道。"叶青衫扶住她抖动的肩膀，"不要急，明天会查清楚的。"

明天，这个世界上有谁能知道明天会发生什么事情呢。

/ 五 /

"血，就因为你的血。"老麦的声音就像是在宣判着什么。

"什么意思？"叶青衫喃喃地说。房间里只有他们两个人，林小菲这会儿已经住进了楼上的特护病房。

"上次我们查出来你没有被感染，当时我们采用的是通行的常规方法。但是后来在我的要求下对你的血样做了更深入的检查。"老麦看了一眼叶青衫，"我一直认为是你传染给林小菲的，我一直这么想。结果这次检查证实了我的怀疑。你做过些什么事自己心里有数。你敢说你没做过对不起小菲的事情吗？只要你摇摇头我就相信你。"

"你是说——我也被感染了。"叶青衫的声音很低，"我也得了绝症？"他听懂了老麦的话，但他没有摇头。

老麦的神情变得相当古怪，他死死地盯着叶青衫看，就像是看着一个他所仇恨的人。老麦一直过着独身生活，而且他也打算就这么过下去了。当年林小菲选择了叶青衫时，他忌恨过叶青衫，但是那种恨与今日他对叶青衫的恨比起来简直就只能算是爱了。如果不是他一直拼命控制住自己的情绪，叶青衫早就躺到地上去了。

但是叶青衫突然长出了一口气，他的神色有些迷茫了。事情现在反倒有了合情合理的解释——有了原因，有了过程，也有了结果。小菲是清白的，医学是正确的，世界是公平的，一切都是我自己造成的，叶青衫想，只是连累了小菲。叶青衫心里滚过一阵绞痛。

老麦咬咬牙说："知道我为什么没有一拳打掉你的鼻子吗？不是我不想，是我的上司要我们必须保障你的安全。马上会有几位顶级专家来见你，就因为你的血。"

"血？"叶青衫疑惑地问。老麦已经是第二次提起这个字眼了。"我的血有什么问题？"

老麦露出惨淡的笑容："我不知道为什么会发生这种事情，但是你的血的确与众不同。也许是先天的基因突变，也许是由于某些我们还不知道的原因，总之你是世界上首例对'人类免疫缺陷病毒'HIV具有免疫性的人，你有可能携带病毒但却终生都不会发病。"老麦怪笑出声，脸色白得像纸，"也就是说你没有任何事，但无辜的小菲却会死去，我现在才知道这个世界根本就没有公道可言。"

叶青衫惊呆了，他明白了老麦的意思。想不到这种事情发生在了自己身上。一丝亮点自叶青衫眼底划过，他想起一个问题："那能不能把我的血输给她？"叶青衫急切地说，"或者提出其中的有效成分来给她治疗。"

老麦神色镇定了些："你体内共有五千毫升左右的血，里面的成分的确对艾滋病人有很大帮助，如果马上把你抽成一具干尸的话可以让林小菲多活八到十年。"老麦的口气变得有几分残酷。

"能不能每次抽取几百毫升的血。"叶青衫设想道，"我知道人每两三个月抽次血没什么问题。我可以一直抽下去。那样就不止八到十年了。"

"那样更不济事。"老麦说,"现在林小菲的体液里充满了病毒,每几个月换几百毫升血根本就起不了什么作用。"老麦的目光看向叶青衫的身后,门被推开了。

"我是何夕研究员。"来人当中个子高大的那位先开口,他指着身后的年轻人说,"这位是肖野,我的助手。"他转头看着老麦,"你是麦小哲医生吧?"

老麦点点头。何夕接着说:"那你应该接到通知了。你们俩都跟我们走吧。"

"我们去哪儿?"叶青衫插话道,"小菲同我们一起走吗?"

"你是说你的妻子?"何夕沉吟片刻,"她留在这儿继续治疗。这里的条件对于治疗而言已经足够了。"

"我哪儿也不去。"叶青衫说,"我要守着小菲,是我害了她。"他倔强地朝后挪动着身子。

何夕脸上没有任何表情:"不错,是你害了她。但是只要你和我们合作就可以救她。你的血能帮助我们研制出疫苗,我保证到时候第一个获救的人就是你的妻子。所以你现在的正确选择就是马上跟我们走。"

叶青衫眼中一亮,就像是突然打了一针兴奋剂。他稍微有点怀疑地盯着何夕看,何夕睿智而自信的目光让他放心许多。叶青衫急迫地站立起来,有些手忙脚乱地整理行头。过了一会儿,他开口说:"你们能不能告诉我的妻子,说上次检查是一次误诊。我一定会好好跟你们配合。"叶青衫看上去就像是一个溺水的人突然抓住了一截木头。"我一定要救小菲,一定要救她。"他反复地说着这句话,好像只会说这一句话了。

/ 六 /

一阵剧烈的颠簸将叶青衫从回忆中惊醒,他这才发觉脸颊上一片冰凉。研究所的大楼已经遥遥在望。

何夕研究员在研究所门口张望着,直到载着叶青衫的车子进入他的视线时，表情才稍稍变得轻松一些。叶青衫知道何夕反对自己走出研究所一步，他知道这个面色阴鸷的中年人巴不得自己整天都待在他眼皮底下。这次也是叶青衫反复请求之后，何夕才答应他回家看一看。不过叶青衫也知道何夕是对的，这些日子的经历让他知道自己随时都处于危险之中。

叶青衫下车，机械地迈动着脚步，何夕的助手肖野在前面领着他。叶青衫的平安归来让何夕显得很满意，他的步履很轻快。叶青衫知道在何夕眼里，自己是一座金矿，不过对叶青衫来说他只是在履行一个约定，只是为了保住他想要保住的东西。保安人员并不知道他们奉命保护的这个人到底是个什么人，在他们的记忆中就算政府高官来视察时，也不过就是这个标准了，但眼前这个人怎么看都不像是一个政要。他们只知道上边要求他们不惜一切代价保护这个人的安全，并且从后来发生的事情来看，这并非小题大做——老天，那个叫裴运山的人准是个疯子，三番五次地让那么多人来送死。

保安只跟到三楼便止步，再往上已用不着他们了。何夕同叶青衫换上全密封工作服通过消毒通道，厚重的大门在他们身后关闭，向外隔绝了一切。门上是一行红色的字："病毒实验区：第三级（level-3virus）"。

研究人员穿上全密封的工作服后变得千人一面，只能通过头部的玻璃罩见到人脸的一小部分。但这并不妨碍叶青衫一眼认出老麦，因为他的眼神与众不同。老麦只是偶尔来这里一次，他的眼睛里有一股火——仇恨之火。老麦毫不掩饰这种眼神，只要可能，他总是死死盯着叶青衫看，直到叶青衫抵受不住而深埋下头。叶青衫读得懂他眼神里的意思，读得懂那种刻骨的仇恨。但他却很奇怪地希望那眼神能够再锋利一些，能够变成一把刀子，刺穿自己的心肝肺。他止不住地想，也许那样自己还能好受点。

殷红的血顺着玻璃管涌进自动采血器，采血器的刻度定在两百毫升处，到点后会自行停止。叶青衫独自躺在矮床上操作着，他现在干这事已经是轻车熟路了。他感到臂弯处隐隐作痛，头也有些发晕。这段时间差不多每隔一个月他就会采血一次。实际上，这样密集的采血频度已经有些超限了，但这是他自己要求的。也许他是最迫切希望这些血流出身体的人。叶青衫不知道这些血在离开自己的身体后又流向了什么地方，他只见到何夕看到那些暗红色的液体时两眼放光、频频舔嘴唇的模样，那个时候的何夕看上去就像是一匹嗜血的狼。不仅是何夕，实际上几乎每一个研究人员见到那些血样时都像是换了一个人，他们小心翼翼地拿着试管，仔细端详着，目光贼亮贼亮的。

采血器发出一阵短促的蜂鸣声后停止了工作。叶青衫有些疲倦地撑起身体。何夕从试管的丛林里踱过来，呲着嘴取下采血器。"好了，你去休息吧。"何夕说，目光只看着暗红色的液体，"记得多吃补充铁质的那几样药物。"他补充道，由于穿着工作服，他的声音有些"嗡嗡"的。

"我知道。"叶青衫答应着。他想了一下又说，"你们的工作还能加快些吗？"

何夕转过头来说："你不用担心，我们的工作已经足够快了。"

叶青衫说："我的意思是，你们如果需要更多的血的话我能提供，我的身体很好。你们千万不要因为这个影响进度。"

何夕稍愣了一下，淡淡地点头说："知道了，我们的血眼下够用了。"

## / 七 /

放射免疫沉淀法检验的是病人的血清功能，看血清能不能沉淀病毒中某些种类的蛋白质。病毒都用放射性示踪标记标明，附有放射性示踪器。放射性信号的强弱同接受试验的血清中的抗体量成正比。这种方法比通常的西方墨点法烦琐但是却更准确。叶青衫后来又做了两次这种检测，结果都表明他的确是一个感染者，而问题的关键在于他是一个不会发病的感染者。

何夕正在观察一份淋巴培养液对血样的反应，他看上去很兴奋。这些日子以来他就像是一个无意中发现了大金矿的淘金者。上天对他真是太好了，让他遇到了叶青衫。攻克AIDS是每一个医生的梦想，其意义无论怎样评估都不为过。医学是人类所有学科里充满最多未知的同时也最能让人感到失意的一门学科。很多时候，你有可能默默探索数十年却最终一无所获，因为除了努力之外还需要命运女神的青睐才行。比方说，你能够遇见合适的病例，并且你没有走过多的弯路。当初获得诺贝尔生理医学奖的斯佩里医生，正是通过一名被切除了胼胝体的罕见病例，才发现了人脑左右半球的不同功能及联系的。从发现叶青衫的那一刻起，何夕就知道什么事情发生了，他知道自己默默无闻的日子终于要结束了。何夕已经看见了事业巅峰的光辉遥遥在望。

这是何夕自己设计的一套组织培养系统，他在这个系统里培养叶青衫的血清。第一步是从新鲜血液中培养出淋巴细胞，也就是从淋巴组织中把细胞分离出来。所谓淋巴组织是指淋巴结节、脾、扁桃体等等，都是人体免疫系统的组成部分。只要病毒一露头，淋巴细胞必定第一个做出强烈的反应。实验促生和繁殖这些淋巴细胞，然后把它同有病毒存在嫌疑的血样混在一起，并且作定时观测，查看有没有反转录酶出现。这种酶正是艾滋病病毒的名片。正是通过这种酶，核糖核酸才能复制成去氧核糖核酸，而这就是艾滋病病毒的遗传物质。核糖核酸复制去氧核糖核酸不属于人体细胞的行为，所以在正常情况下，人体组织或体液中找不到这种酶。要是有反转录酶出现的话，必定有病毒混在其中。

何夕现在做这个实验主要是想分离并活捉叶青衫体内的病毒，确认它的毒株类型。何夕当然希望这就是以前曾有的毒株类型，因为这样才能证明叶青衫保持健康的确是因为能够对HIV免疫，而不是因为这是一种具有新特性的毒株所致。现在一切都很顺利。

何夕同HIV之间的搏斗已经持续很久了，虽然他并不愿意承认，但是他的确感到过绝望。这种攻击人体免疫系统的奇特病毒简直就像是专门针对人类的，它们对人类的了解甚至超过了人类自身。它们在前期有选择地杀死T4细胞而留下同属于免疫系统的T8细胞，从而达到长期潜藏的目的，其行为简直可称得上智慧。从某种意义上讲，它比列入更危险的第四级的一些病毒更具有杀伤力。比如说当人感染第四级病毒埃波拉后将立即发病，是死是活不超过十五天便见分晓，而这正好说明它不适合寄生于人体。当埃波拉这种病毒寄生于它的自然宿主——比如说某些种类的野兽时，其宿主是可以存活相当长时间的。因为病毒感染宿主只是为了求生存，宿主很快死去对病毒绝对是相当糟糕的事情。而HIV对人体的感染过程则说明它已经彻底地研究透了人类的全部生物特性，并且完全适合寄生于人体，不到实在掩藏不住的地步它是绝不会露出本来面目的。

何夕工作台的正面墙上挂着一幅照片，那是在电子显微镜下放大了十万倍的某种HIV毒株。看上去像极了中国古代一种叫作狼牙棒的武器，那也许是所有杀人武器里最残酷的一种。何夕常常不无遗憾地想起已经在公元1999年6月30日那天被人类全部销毁了的天花病毒，在何夕看来，那也是一种对人类极其了解的病毒。当初人类在还没有研究透彻的情况下就将其销毁，未必是智慧的行为，尽管那是投票的结果。也许人们有无数个理由这样做，但在何夕看来这的确是毁掉了一座宝藏。实际上天花病毒的某些攻击方式相当类似于HIV，但是人们已经无法对它进行研究了。何夕每每想到这一点就感到心痛。

叶青衫相当配合，实际上再没有比他更配合的实验对象了。他总是主动地抽血，主动地要求增加实验频度，甚至主动地做能做的一切杂事。何夕当然知道叶青衫的心情，但这让他觉得有些好笑。何夕也知道常人是不可能像专业医生那样看待死亡的，他们总是认为死亡是件不得了的大事情。其实在何夕看来死亡再常见不过了，人们又何必要为死亡难过呢？

不过现在何夕倒是真心希望林小菲能够坚持久一些，否则叶青衫可能会不合作。何夕已经关照医院说无论如何都要让林小菲活着。当时他还意味深长地补上一句，至少这个女人看上去必须是活着的。

/ 八 /

"我想去看看小菲。"叶青衫突然说，"我已经很久没见过她了。"

"你现在不能出去。"何夕的口气不容置疑，"你要遵照我们的安排。"

叶青衫颓然坐倒在椅子上。何夕的回答在他意料之中，但他不死心地说："就半小时，我就去半小时。我看一眼就回来，就一眼。"他求助地看着一旁的肖野。肖野自然明白叶青衫眼里的意思，他嗫嚅着想开口说话，但何夕用严厉的目光制止了他想帮助叶青衫的念头。

"你知不知道就因为你想回家看看，我们派出了多少人保护你？"何夕没好气地说，"你该明白我的担心不是多余的，现在外边有人出上亿的价码来抓你。想想那个叫裴运山的家伙，上几回要不是你运气好，这会儿你早变成死人了。"

"我不管。"叶青衫突然流出了眼泪，"我要去看她。我要去守着她。"他冲动地朝外奔去。

何夕不动声色地看着这一切，直到叶青衫快要冲出门的时候才冷不丁地说："你可别忘了我们的约定。"

叶青衫像是被重物击中了般立刻僵立当场。他转头看着何夕说："你们不能那样做。"

何夕咧嘴一笑："我们也不想那样做，不过只要你不遵守约定，我们就会宣布林小菲到底得的是什么病。到时候包括她的父母以及朋友在内的所有人都会知道，他们眼里纯洁可爱的林小菲原来得的并不是什么普通的传染病，而是让常人难以接受的艾滋病。"

"我们不能那样做，"肖野脱口而出，"我们有责任为病人保密。"他看上去很吃惊，似乎想不到何夕会这样说。

何夕的眼睛猛地一横。"你懂什么？"他恼怒地说，"我才不管什么责任，我就是要说。林小菲得的是艾滋病，是获得性免疫缺陷综合征，是AIDS。我说的是实话。"

"不，求你不要说那个词，不要。"叶青衫抱住头蹲下，他的肩膀不可抑止地颤动着，眼泪滴落在了他面前的地上。

"所以你必须听从我们的安排。"何夕满意地点头，"我已经安排医院给林小菲最好的治疗，她的情况相当不错。你唯一正确的做法就是同我们配合，其他的事都不要去想。相信我吧，一切都在我们的掌握之中。你好好考虑吧。"

何夕的话说完便丢下叶青衫独自朝办公室走去，三三两两的工作人员正在实验室的各个角落里忙碌着。何夕脸上带着温和的笑容走进办公室，但是刚一进门笑容便消失了。他打开电脑输入密码，几秒钟后一幅照片出现在屏幕上。照片上是躺在病床上的一个人。病人的头发已经半秃，面色蜡黄，眼眶深陷，嘴唇溃烂，长满酵菌泡泡，皮肤紧绷在骨头上，像一把收起来的伞。病人身体上长着许多铅灰色肿胀的卡普西氏肉瘤疙瘩，那是一种皮肤血管癌。病人身上许多部位长着褥疮，有些已经变成了流脓的小洞。病人身材中等，但体重绝对超不过三十公斤。

照片下面是一段说明。

……病人嘴和舌头常常发生剧痛，已经不能进食。今晨突然发生急性腹痛，吐出大量腹液。皮肤出现的大面积的皮疹正在加剧。在其身体的内部和外部都出现大面积感染的真菌团块。上周脊椎抽液检测结果已经出来，病人脊液里有少量囊球菌。现在暂时还未影响到思维，但发展下去将成为致命的囊球菌脑膜炎。

外面传来敲门声，何夕猛地关掉屏幕。

"部长要来参观。"肖野在门外说。

/ 九 /

何夕毕恭毕敬地站在门口，目送车队离去，肖野陪在他身旁。叶青衫不动声色地看着这一幕，他真想朝车队扔个炸弹。刚才那位侧面体形已经胖得像个梨子的部长和人们告别时出了点问题，当时他向在场的每个人伸出手表示勉励："希望你们继续努力，艾滋病也不过是纸老虎嘛，没有什么可怕的。我们在这项研究上一定要走在世界前列。"他热情地重复着这句话。但到了叶青衫面前时却突然想到了什么似的止住了，他的手尴尬地悬在了半空，嘴巴大张着却吐不出一个字来，只剩下一个定格的笑容。叶青衫当然知道对方顾忌什么，但是他不知道应该怎么办。肖野最先反应过来，他机敏地伸出手去同那只失去了目标的手相握。部长紧紧抓住肖野的手，就像是捞着根救命的稻草。

车队去得远了，肖野侧头在叶青衫耳边说："这很正常，部长不是内行出身，外行都是这样。"叶青衫感激地朝他笑了笑。

紧急事件是在大家准备返回时发生的。一队武装分子突然包抄过来，他们的目标相当明确地指向叶青衫。保安和他们交上了火，血光和惨叫交织起来，只几秒钟，地上便丢下几具尸体。对方的力量相当强，像是训练有素的雇佣军人。但是保安占了地利，对方的死伤占了大头。看得出有人出了大价钱，否则他们不会这样卖命。他们简直就像是忘记了还有死亡这回事。

叶青衫跟着何夕飞快地朝研究所里面跑，肖野跟在他们身后。只要进了门他们就是安全的。但是肖野突然摔倒了。叶青衫想也没想便返回到肖野身边。何夕在门里万分着急地嘶喊着："快过来，他们要的是你，不用管肖野。"叶青衫没有理他。这时一颗子弹擦着叶青衫的额头飞过，打在他面前不远的地上，激起一溜灰尘。

"他妈的，你小子在干什么？"一个粗嗓子男人吼道，"老板说过不准伤那个人一根毫毛，要是他流了一滴血，你小子就别想要脑袋了。"

叶青衫突然大笑起来，他觉得这一切真是太荒唐了。他一边大笑一边拖着肖野冲进了门。

血，一切都是因为他的血。

/ 十 /

肖野只受了点皮外伤，是叶青衫拖着他走时在地上蹭的。何夕对肖野的伤势没有在意，对并没有一点伤的叶青衫却反复询问，并且要求医生作详细检查。

叶青衫对何夕的啰唆感到既心烦又反感。"你应该关心的是肖野。"叶青衫大声说，"他才是受伤的人。"何夕稍愣，有些高兴地说："从你的声音听起来，你的确没事，我放心了。"他这才转身拍拍肖野的肩膀，转身离去。

"别怪他，他是一个关心工作胜过别的一切的人。"肖野说，他感激地看着叶青衫，"我没什么事，谢谢你。"肖野低头想了一下，抬起头来欲言又止。过了一会儿他还是忍不住开口说，"有件事我想告诉你。"肖野警惕地看了眼四周，"关于你的妻子。"

"她怎么啦？"叶青衫差点叫出声来。

"她的情况很糟。"肖野低声说，"何夕对你封锁了消息，他怕你知道这个情况之后会不再配合研究。她现在已经发病，病毒全面侵袭了她的身体。现在她的身体已经成了一团全无防御力的原生质，成了细菌和肿瘤的乐园。"

"怎么会这样？"叶青衫痛苦地埋下头，"我们不是已经取得了一些成果了吗？疫苗试制不是很顺利吗？何夕说过他保证第一个获救的人就是小菲，他是一流的专家，他不会错的。"

肖野洞若观火地摇摇头说："其实我的老师一直在欺骗你。我们研究的疫苗只能使未感染病毒的人群获得免疫，根本不能治疗已经感染、发病的人。"肖野叹了口气，"也许只是因为你太想救她了，所以才会失去了正常的判断力。"

冷汗从叶青衫的额头上渗出来，他几乎站立不稳。长久以来的希望一下子破灭了，而这已经是他最后的希望了。"小菲。"叶青衫面无人色地念叨着，眼前晃着林小菲姣好的面容。"你要帮帮我。"叶青衫用力握住肖野的手，"求求你让我去见见小菲。"豆大的泪珠顺着叶青衫的面颊流下来，滴落在地，"我只有这个愿望，请你帮帮我。"

肖野为难地盯着地面默不作声。

院子里很安静，出于安全考虑而被砍得很矮的树丛在地上投下短短的阴影。叶青衫警惕地注视着四周，月光下他的眼睛闪着机敏的光。两个保安低声交谈着走过，叶青衫急忙闪避到一根柱子后面。

叶青衫摸了摸口袋里的金属牌，那是肖野给他的出入卡。那东西还在，这让他感到踏实。只要逃出第二道警戒圈，他就自由了，就可以见到小菲了，尽管那绝不会是令人高兴的会面。他只想见见小菲，都快想疯了。

请插入出入卡。液晶屏上面的字闪动着。叶青衫插入金属牌，片刻之后合金门缓缓打开。"小菲。"叶青衫又念叨了一声。他急速地朝外奔去，身影立刻融入了无边的夜色中。

但是叶青衫随即看到了一张网，一张无处不柔软但是让人无处可逃的大网张开着向他罩了过来。透过网上的缝隙他看到了一张兴奋得极度扭曲以至于显得很可怕的脸。那个人叶青衫认识，他就是裴运山。叶青衫陡然堕入了绝望的深渊，他的血液几乎立刻凝成了冰。他宁愿落在魔鬼手里也不愿意落在裴运山手里，因为他知道裴运山是怎样的一个人。

裴运山很富有，裴运山感染了艾滋病病毒，裴运山想多活八到十年。

麻醉剂的作用袭来，叶青衫陷入昏迷。

/ 十一 /

"要捉到你可真是不容易，上两次都让你逃脱了，我这次亲自出马才大功告成。"裴运山阴森森地笑着。他看上去不到四十，比实际年龄要小。肤色很白，但眼圈却发黑。裴运山身家亿万，是与时代相契合的风云人物。

几名身穿白大褂的医生正在做准备，复杂的血液处理装置冷酷地蜷伏在地上，就像是一头等待美食的猎犬。叶青衫知道他们要做什么，但是他心里很奇怪地没有害怕的感觉。其实从他知道小菲的真实情况之后就已经对任何事情都无所谓了。他上几次也是差点被这个人抓走，不知道他从何得来的消息。其实想来应该很简单，是从"钱"那里。

"我没想到肖野竟然会是你的人。"叶青衫说。

"他并不是我的人，他只是为钱。"裴运山显得很得意，"反正你活不了多久了也不用瞒你。其实你应当有所察觉的，他总是在给我们提供抓你的机会，包括上回他故意摔倒在地拖延时间。不过当初我们找到他时他一口就回绝了，但是我从来就只用一个办法。"裴运山顿了一下接着说，"那就是不断地加钱。只要他一摇头我就加钱，后来他摇头时越来越犹豫，再后来变成了点头。"

裴运山仍在止不住地笑，他一直兴奋得发抖。他贪婪地盯着叶青衫看，目光就像是盯着猎物的一只野兽，不时伸出舌头舔舔嘴唇。

"这么说真的是他。"叶青衫叹了口气，他其实只是想试探一下，不想一语中的。叶青衫眼前晃过肖野亲切的笑容，但现在这笑容却让他一阵阵地从骨子里感到发冷。

"你真的想抽干我的血来让自己多活几年？"叶青衫这时反倒冷静下来了，他有一种想要知道这个世界到底有多么荒谬的冲动，"你应该知道我的血对这个世上的人有多么重要，我有可能拯救上亿人的生命。而你只为了自己可以多活几年就要毁掉无数人的希望。"

"你是在给自己求饶吗？"裴运山咧开嘴露出了解的表情，"一个没有了我的世界，对于我有什么意义呢？我怎么会去管这种事情。世界的好坏同我有什么关系呢？别人的生死同我又有什么关系呢？人到世上来只是短短的一辈子，活着时以为自己什么都明白，临到死了才发觉一切都是虚幻。什么都是假的，只有自己是真的。这个世界对我一直很好，让我很有钱，让我有很多女人，让我过着很舒服的日子。但这个世界不该产生出HIV来，差点终止我的快乐。不过现在好了，世界又把你带来了。我早知道在这个世界上钱是无所不能的，只要我出钱，有人便替我找到了你。你既然可以把自己的血布施给何夕搞研究，自然也可以把血布施给我。这没有什么不同，都是治病救人。"

"同你相比世上没有几个人敢称无耻。"叶青衫发出惨笑，但是声音很干涩，"我不想再说什么了，我知道这没有用。不过我想请求你允许我见我的妻子一面，她快死了。"

裴运山似笑非笑地看着叶青衫说："你猜我会不会答应这种与我没有任何关系的请求？"他转头去看几名正在忙碌的医生，"我已经过了潜伏期，就要转入发病期。医生说我最多还能熬一年半载。不过你的血能够让我活得更久，八年、十年，也许更久，到时候肯定会有新的治疗药物出来。我不会忘记你的，至少你算是我的救命恩人，虽说你不大情愿。"

叶青衫的脸变得像纸一样白，在裴运山面前他实在太嫩了，根本不堪一击。直到现在，他才发现像裴运山这样的人有多可怕，因为他们根本不相信有神，也不相信有报应，他们只相信自己，所以世界上没有他们不敢做的事。叶青衫突然想到，也许正是因为世上有裴运山这样的人，所以上苍才会降下HIV这样的灾难。

叶青衫大笑起来，笑出了眼泪。裴运山有点意外地看着这一幕，不知道叶青衫笑什么。"你做错了一件事。"叶青衫突然说,"你不应该让我醒来也不应该同我说这些话。知道我打算做什么吗?"叶青衫的舌头动了一下,片刻之后他的双唇间半吐出一粒白色的胶囊,"这里面含有剧毒,是我专门用来对付你这种人的。如果你再逼我的话我就咬破它,几秒钟内我的血液就会变得没有一点儿用处。"

裴运山的眉毛跳了一下。"你不会那样做的。"他说,但是语气已经很软。他看上去就像是一个眨眼间输得精光的赌徒。

"你可以试试。"叶青衫的口气很坚定,"马上让我离开。你应该知道,死亡对我而言并不可怕。"叶青衫说完这句话之后便闭口注视着裴运山。

裴运山沉默了几秒钟,终于还是摆摆手说:"好吧,你可以走了。只要你活着我就还有机会。这一回我的确犯了错,下次你不会这么走运了。你走吧,你该知道我的哲学。我不会杀你的,这对我没有任何好处,我要的是对我有用的你。我不会放弃的,你逃不出我的掌心,总有一天我会抽光你的血。"裴运山这样说着的时候已经变得咬牙切齿,他的整个脸庞都扭曲了。

不远处传来器皿打碎的声音,一个面无人色的医生慌忙地收拾着地上的渣子。

/ 十二 /

周围很安静,没有危险的征兆。叶青衫翻过墙,他的手掌蹭得发红。但是他的脚刚一着地就被一只手抓住了。他悚然回头,是老麦。

"你太傻了。"老麦揭下脸上的口罩说,"谁都能想到你会上这儿来。何夕他们早来了,而且我敢打赌那个叫裴运山的家伙也在附近等着你自投罗网。"

"我刚从裴运山那里逃出来。我只想见小菲,别的事我没有去想。"叶青衫说,"就算死我也要先见小菲一面。"

老麦垂下眼帘,过了几秒钟后他开口说:"当初我知道你连累了小菲的时候，第一个反应就是想一刀杀了你。不过现在我没那么恨你了，你并不像我原先认为的那样坏。我现在相信你是爱小菲的，也许在程度上还远胜于我。"

"是我害了她。"叶青衫摇头，神情惨淡，"是我一手造成的，我不能原谅自己。帮帮我，让我去见小菲。"

老麦开始脱衣服。"你换上我的衣服，再带上我的证件。我在这里有些熟人，我打电话让他们替你作掩护。小菲在714特护病房。"老麦的语气变得有些苍凉，"想不到有朝一日我会帮你。不过这并不代表我不恨你，我只是因为林小菲才这么做。她已经知道了自己的病情。我们没能骗她多久。她需要你，虽然她亲口对我说不想见你。"

"她真这样说。"叶青衫几乎有些站立不稳，"她——恨我？"

老麦低头看着地下，过了半晌才摇摇头："不，她自始至终都没有恨过你。她不想见你只是因为她觉得自己现在的样子很丑，所以你待会儿最好只是从远处看看她，不要表明自己的身份，否则她一定很伤心。"

泪水立时漫过了叶青衫的眼睑，使得所有的事物都变得模糊起来，即使戴着口罩他仍然感到一丝苦涩的味道进入了口腔。"我知道。"叶青衫用力点头，"我只要看看她就行。"

走廊里有两三个人转来转去，叶青衫认出其中有裴运山的手下，他不自觉地拉了一下口罩。714病房的门虚掩着，叶青衫小心地朝前走。他正在想应该怎么做的时候，一只手突然从710的门里伸出来抓住了他，将他拖进门去。

"你是叶青衫吧？"高个子男人摘下口罩，"老麦对我说了你要来。"他指了指窗台，"我们只能从窗外翻到714去，过道上全是埋伏。"

一跳下714的窗台，叶青衫便焦急地环顾着这间很大的病房，各种设备应有尽有，看来医院还是尽了力的。"小菲在哪儿？"叶青衫急切地问。

"她在里间。"高个子男人指着里面，"按老麦的安排我给她注射了镇静剂。她睡着了，否则她是不会让你见她的。"

叶青衫已经冲进去了，然后他便见到了病榻上的林小菲。尽管事前有心理准备，但叶青衫还是僵立在了当场。这是小菲吗？这是那个长着一双会说话的眼睛、笑起来声音很好听、并且总露出酒窝的小菲吗？这就是曾经爱着他也被他爱着的小菲吗？叶青衫不禁掩面哭泣。

高个子男人有些紧张得走过来："你该走了。"但是他没想到的是叶青衫突然掏出了一把枪指住他。"你干吗？"高个子男人惊恐地问，"你要做什么？我可没有做什么对不起你的事情。"

叶青衫止住眼泪："我只要你帮我做一件事。如果你敢反抗的话我是不会手软的。"

"都接好了？"叶青衫有点不放心地看着仪器上复杂的管线。

"都……好了。"高个子男人无比害怕地看着叶青衫，他觉得这人肯定是疯了。换血，而且是全部。上帝，除了疯子还有谁能想出这么疯狂的主意。

"那好，你来操作。"叶青衫伸出针孔累累的手臂，"像扎静脉这种初级活不用我教你吧？等等，"叶青衫加上一句，"她不会有危险吧？我是说比如由于血型不合导致血液凝固之类的。"

高个子男人的双手剧烈地颤抖着："不……不会，仪器能自动对抽出的血液进行处理，但是，你会因失血而死的。"

"这不用你管。"叶青衫露出满意的笑容，"你继续吧，我准备好了。"叶青衫毫不放松地拿枪指着高个子男人。我只想救小菲。叶青衫想，他的眼前晃过何夕的脸，他一定会很失望的，不仅是他，世上很多人都会很失望的。但是，我管不了那么多了。

"我……正在做。"高个子男人已经汗流如雨，他在心里咒骂着老麦，做这种事情会让人一辈子都做噩梦的。

"你一直都负责治疗小菲吗？"叶青衫突然问。

"是的。"高个男人停下来，"一直是我。"

"那你能不能告诉我她平时都在做些什么？"叶青衫急切地问，"无论是什么事情。"

高个男人想了想说："她清醒的时候并不很多，但只要一清醒过来好像总是在写信。她写得很吃力，一天写不了几个字。"

"写信。"叶青衫疑惑地说，"信寄给谁了？"

"她没有寄过信，好像给什么人留着。"

"信还在吗？"

"在病人带来的装随身物品的小箱子里。我们没有钥匙。"

"是一个粉红色的小箱子吗？"叶青衫摸了摸身上说，"我有钥匙。"

/ 十三 /

亲爱的，当你看到这封信的时候我也许已经不在人世了。我不清楚自己还能活多久。我已经完全知道了自己的病情，尽管你曾经打算向我隐瞒。而且老麦也没能拗过我的坚持，告诉了我关于你的事。知道我怎么想的吗？我恨过你，但是这段日子我仔细地想过了，我不怪你，真的，我知道你只是一时糊涂。就算你曾经背叛过我，但我知道你始终是爱我的。也许有人会说我傻，说我是自欺欺人。但如果说我们曾经拥有过的那么多快乐时光都是虚假的，如果说你对我说过的那些世界上最动听的话语也是虚假的，如果说当我成为你的妻子时内心里涌起的巨大幸福感也是虚假的，如果说你看着我的那种深情目光也是虚假的，那么我宁愿马上去死。

我不后悔嫁给你。真的，尽管我为此付出了生命的代价。但是，我不后悔。你后悔娶我吗？亲爱的，我知道你不会。

有件事我想委托你替我完成。我知道这种病到了晚期会很可怕，会失去知觉和思维，整个人都会变形。我害怕那一天到来，所以我想请你帮助我，让我有尊严地死去。这是我求你办的第一件事情，请一定要答应我，亲爱的。

还有更重要的一件事情，也是我之所以写这封信的最主要的原因。老麦告诉过我，如果把你的血一次性地全部输给我的话，能够让我多活八到十年，到时很可能会有新的治疗方法问世。亲爱的，这正是我最担心的事。我知道爱我的你有可能做出这种荒唐的事情。我了解你，我是凭我们之间的感情做出这个判断的。因为我知道，如果我是你的话也会毫不犹豫地这样做。但是，亲爱的，你不能这样做。你没有这个权利。我们只是人海中微不足道的两个人，我们的故事无论对自己而言多么重要也只是我们两个人的事。但是，你的生命现在已经关系到无数人的幸福。你可以为我牺牲，就如同我也可以为你牺牲一样，但我们无权将无数人的希望拿来殉葬。这是我绝对无法接受的，我的良心将永难安宁。无论如何请不要陷我于那样的境地。

你懂我的意思吗，亲爱的？死亡并不是最可怕的，最可怕的是活着进地狱。如果我活着而你连同世上的无数人却因为我而死去，那我活着又有什么快乐可言？

我不知道我们是否还能见面，如果不能的话这就算是我的遗言了。我永远都不会忘记那些我们共度的美好时光，尽管那真是短暂得让人想起来就感到心痛。

永别了！

——永远属于你的小菲

手枪"当"地一声掉落在地。叶青衫撑住额头，大滴大滴的泪水从他的脸上落下来，打湿了手里的信笺。高个子男人不知所措地看着这一切，他想跑但终是不敢。

"你给老麦带个口信，请他告诉何夕我在这儿。"过了半天叶青衫终于开口说话，他小心地将信折好放进贴身的口袋，使劲地按了按。

林小菲依然沉睡着，她已经没有多少头发，嘴唇同面色一样苍白。由于喉部感染真菌，她呼吸时发出难听的声音。是的，她已经不再是巧笑倩兮、美目盼兮的林小菲了，不再是当初让叶青衫和老麦辗转反侧、反目成仇的林小菲了。但是——在叶青衫的眼里，此时的林小菲却是她一生当中最美丽的时候，她看上去就像是一尊洒满圣洁之光的女神。

叶青衫虔诚地俯下身，以面对女神的心情在林小菲苍白变形的、散布着黑褐色真菌的唇上印下一个吻。

/ 十四 /

何夕还没有从上午的新闻发布会上带来的巨大喜悦中清醒过来，显得有些魂不守舍。还有比在努力之后看到成功的曙光更让人高兴的吗？下属们也和他一样兴高采烈，整个研究所都沉浸在欢乐之中。何夕知道这种情绪并不利于工作，但是偶尔为之也不为过。

"肖野，看到叶青衫没有？"何夕随口问了一声，话一出口他才想起肖野已经在两个月前被捕入狱了。何夕长出口气，叹息自己最得意的弟子竟然走错了路。不过，自己当时知道真相的时候也许是太气愤了，竟然一拳打碎了肖野的下颌……

何夕用力摆摆头，想甩掉这些让人不愉快的事。这些都不算什么，我总算成功了，这真让人高兴。尽管还要等上一年多才能有实际的应用。不错，这一年多里还会有很多人因为无法享受这个成果而感染上HIV，最终死去，但这是没有办法的事情，这丝毫无损于我的成功。何夕的嘴角露出满意的笑容。

叶青衫轻轻地躺在了采血器的支架上，所有人都在外面的大厅里欢庆，这间屋子里只有他一个人。叶青衫给自己扎上了采血针。叶青衫环顾着四周，目光平静，看不出他在想些什么。过了差不多十分钟他终于缓缓闭上双眼。

采血器发出了轻微的声音。叶青衫悄无声息地躺在那里，刮尽胡须的脸上一片安宁，一滴泪水正缓缓自他的眼角滑落。他的双手叠放在胸前，手里拿着一朵初露芳菲的玫瑰。在他的上衣口袋里露出白色信纸的一角。

那是一封信，一封叶青衫写给这个世界的信。

当你们看到这封信的时候一切都已经发生了，我终于可以让自己解脱出来。现在回过头来看这段日子里发生的事情，就像是一场梦。我看清了很多东西，也明白了很多事情。我不知道为何上苍会选中我，让我拥有这些令人永生难忘的经历。我不知道后来的人会怎样评价我，老实说我也并不关心这个。

人们告诉我，我之所以能够对HIV免疫是因为我的血液系统产生了突变。尽管我不会发病，但是我的血液里满是病毒，我的血变脏了。但是，仅仅是我的血变了吗？你们的血难道就没有变吗？肖野的血难道不是变黑了吗？裴运山的血难道不是变臭了吗？而何夕的血则是变冷了——尽管他的学识无人能比。这段时间我常常会想到上帝，《圣经》里描写的这位脾气暴躁的全知者总是常常给世人降下灾难。以前我觉得他是一个暴君，可现在我却觉得上帝真的是很公正。一切都是我们自己造成的，血变的世界应该受到惩罚。不过我终究没有失掉希望，是的，希望——这真是一个让人感到温暖的词。这都是因为我的妻子林小菲，她虽然也感染了HIV，但我敢以自己的生命起誓，她体内流淌的血是世界上最干净的。

小菲，当我写下你的名字的时候眼前浮现出了你姣好的容颜。我常常在想命运待我真是太好，让我遇见了你。而你成为我的妻子更是我生命中的奇迹。今天清晨我去看望了你，你已经一连昏睡了几天。我知道可憎的病毒正在吞噬你的生命，它已经完全露出了狰狞的面目。你要求的事情我会照办。我已经签了委托书，今天就会有医生来执行安乐死。你将会如你所愿，有尊严地离开这个世界。

小菲，现在第一支疫苗已经试制成功，人类征服艾滋病这个可怕的恶魔的日子已经指日可待。HIV毁了我的生活，但是我最终扼住了它的咽喉。人们打算在今后的一年多时间里再陆续从我身上抽取到三千毫升左右的血液，然后以此为基础开始规模化的疫苗生产。但是他们不知道，今天是我最后一次抽血了，我已经安排好了一切。到时我会将采血器的尺度定在六千毫升的位置上。是的，这将是我全部的血液，我会同你一道离开这个世界。

别为我担心，小菲，其实现在是我得知你患病以来最开心的一刻。很久以来我一直生活在无法摆脱的阴影里，而直到现在我才感到了轻松。"不能同年同月同日生，但愿同年同月同日死"，没想到我们初恋时说的这句话竟然真的成了谶语。现在我想起这句话的时候流出了眼泪，可我记得当初我们俩说这句话的时候却笑得像两个小傻瓜。如果我没有感染上HIV，也就不会有我们的悲剧，但也就无法发现我是一个血变的人从而减少无数另外的悲剧。也许一切都是命运的安排，但让我永远都无法释怀的是，我让我的妻子成了这出悲剧里最无辜的女主角。对爱情的不忠是我身体上的毒瘤，现在我终于可以勇敢地挑破它了，可以去除掉里面的脓液。只有这样我才敢来见你，因为你是那样的纯洁而善良。亲爱的，你明白我的意思吗？我的血已经脏了——尽管对裴运山那样的人来说它是无价之宝——我要流尽它。我将重新找回昔日的干净之躯，我将如释重负地带着新生的喜悦，带着玫瑰花，与你相约。

爱你，小菲。

天堂再见——

# 假设

只要能精确测出西达多海上下两端粒子放射规律的差异性，也就可以间接确定"黑光"的速度。"黑光速"是现在整个世界最为关注的物理常数，不过只有少数人知道这是来自外宇宙的常数，更是只有寥寥几个人才知道这个常数的值居然决定了世界的真或假。

> 包括这个世界在内的一切其实都可以看作是一种假设。
>
> ——摘自《虚证主义导论》

## 一

"当我们说世界存在的时候,其实只是说明我们认可它存在的假设条件。"皮埃尔教授在黑板上很利索地写下这句话,伴随着粉笔摩擦时发出的痛不欲生的"吱吱"声。

讲台下的情形和平时一样,也就是说足够的热闹,学生们都在很高兴地干着自己愿意干的事情。不能说大家没有上进心,根本原因在于上进心再多也没用。因为无论多么认真的学生也无法在皮埃尔出的考试题面前感到轻松,如果有谁能够得到四十分以上的话,那是可以大大得意一番的。皮埃尔讲的学科是一门选修课,从教材到讲义似乎都是他自编的。也不知道原本是物理学教授的他什么时候突然从脑子里冒出了那些奇怪的思想,偏偏他又是掌握全系学生生死大权的系主任,而且听说他和雷诺校长居然沾亲带故。这多半是有根据的,要不然再开明的校长恐怕也难以容忍一个系主任像皮埃尔这样胡作非为。总之,从上学期开始,系里便多了一门谁也不敢不听但谁也听不懂的叫作《虚证主义》的课程。

何麦坐在教室的倒数第二排,这是他提前半小时才抢占到的。当然,他没忘记给安琪也占一个位子。听皮埃尔的课而又不幸坐在前排的话绝对可以称得上是一场噩梦。因为皮埃尔仅次于胡思乱想之外的第二大嗜好便是孜孜不倦地提问,而他选择提问对象时总是用那根轻巧的碳60教鞭随便指着谁便是谁。在这样的情况下,能够让皮埃尔先生鞭长莫及的后排区域自然成了学生们的首选。现在何麦就坐在这样的位置上,紧挨着亮丽可人的安琪,面露得意之色地看着前排那些如丧考妣的晚到者。处于这种隔岸观火的态势下,何麦首先在心理上是没有负担的,而也只有在这种时候,他反而可以听得进皮埃尔的几句话。比如现在他就听到皮埃尔正在信誓旦旦地宣称整个世界其实都可以看作是虚妄的。

"它也许只是一种假设。"皮埃尔说,"比如中国古代一个叫庄周的人，梦见自己是一只蝴蝶，醒来后他就想也许自己真的就是一只蝴蝶，而作为一个人的自己只是这只蝴蝶所做的梦。这个问题在逻辑上是无法证伪的，如果我们认为庄周就是一只蝴蝶，也能够完全自洽地解释整个事件。正因为如此，这个问题千百年来还常常引起争论。所以我们完全可以说世界可能只是一个梦境，或者说只是一个假设。"

对于皮埃尔的这些奇谈怪论，何麦的第一个反应其实并不是想笑（实际上他主要是不敢这样做），何麦更多地是从中悟出了某些诀窍，他甚至判定自己得到的才是皮埃尔的真传。无论如何，皮埃尔是第一个敢于将世界建立在假设之上的物理学家（这种事以前只有哲学家才敢干），也就是说无论如何他都可以称得上一代宗师。何麦这个人别的本事没有，但是虚心好学的品质还是有的，这次自认深得了皮大师的精髓，得意之中竟然眯上眼睛摇头晃脑起来。

问题在于何麦忘记了自己身躯十分庞大，他这副陶醉的模样全然落在了皮埃尔眼里。要知道皮埃尔先生自从在此登坛说法以来一直都自叹曲高和寡知音难觅，今日冷不防见到识得个中三昧之人，恰如久旱逢甘霖他乡遇故知，惊喜之情霎时溢于言表。

昔年我佛如来在灵山会上拈花示众但弟子皆不明其义，只有摩诃迦叶破颜微笑。于是佛祖说："吾有正法眼藏，涅槃妙心，实相无相，微妙法门，不立文字，教外别传，付诸摩诃迦叶。"这与眼前情景何等相似，虽是情急之中，皮埃尔倒还没有忘记自己的提问习惯，加上物理学教授对牛顿定律的精确运用，于是众人眼中但见教鞭横空飞起，空中转体七百二十度之后不偏不倚正好敲中何麦的头。

"你，就是你。"皮埃尔喜形于色地叫道，"请问我们有什么理由断定世界只是一个假设。"

何麦终于意识到皮埃尔的确是在对自己说话，他的首要反应是有些尿急，也不知是不是因为刚才教鞭刚好击中了脑部主管排泄系统的中枢。但是他已经没有退路了，皮埃尔提出的问题肯定都是此前讲过的，也就是说会有一个标准答案存在。问题在于何麦根本就没有认真听过课，就算让他翻书他都不知道去哪一节找。那本教材足有几百页厚，里面是大段大段足以让人发疯的论述。从逻辑上讲都是庄周梦蝶蝶梦庄周之类的无法证明正确但也无法证明错误的问题。

而皮埃尔教授的期待却是很明显地写在了脸上，他眼巴巴地盯着何麦的脸看，弄得何麦越发不敢开口了。不过何麦也知道这样沉默下去的结果肯定不比胡说八道好，但是他又的确不知该怎么回答。"假设，假设……"何麦心急火燎地四下张望，末了他心一横开口道，"我看有很多事实可以证明我们的世界存在于假设中。比如我们一向用许多精确的数学定律来描述世界，而从这一点出发便足以证明我们的世界只是假设。"

四周立刻安静得吓人，这是第一次有人说可以用"事实"来证明世界是一个假设，而且竟然是以精确与严谨著称的数学！就连皮埃尔自己也不曾这样讲过。所有人的目光都集中到了何麦身上。皮埃尔的眼神有些发懵，安琪惊愕地仰望着何麦，嘴里肯定塞得进一个鸡蛋。

何麦只能豁出去了："拿最基本的欧氏几何来说，这是数学的基础，而它是建立在五个假设公理之上的，这些公理绝对是无法证明的，尽管常规的说法是不证自明。问题在于我们必须承认全套欧氏几何，否则我们的世界就会变得无从认识。现在我可以下结论了，既然这些用来描述世界的理论都建立在一些无法得到证明的假设之上，那么我们当然可以宣称世界也是一种假设。"

但是一个高亢的声音粗暴地打断了何麦的即兴讲演："你知道你在说什么吗？我看你是别出心裁胡说八道。"皮埃尔的神色看上去就像是面对一件不可思议的事情。老实说能够让皮埃尔认为是别出心裁的人简直就没有，因为这相当于说某人比疯人国的国王还要疯那么一点点。

"下课。"皮埃尔轻轻摇摇头说，脸上一片萧索。

/ 二 /

安琪是一个典型的美国女孩，有一头褐色卷曲的短发，以及一双闪烁着淡蓝色光芒的眼睛。据她称自己身上其实有六十四分之一的华人血统，那是她一位一百多年前的祖辈带给她的。不过何麦倒是从来没能看出这一点。安琪与何麦从相识到相好几乎全是她主动的，她对何麦说："我第一眼就喜欢上了你那双很大的黑眼睛。"当安琪这样说的时候，何麦心里很想说的一句话是："我也喜欢你的蓝眼睛。"不过他从未说出来，也许这就是纯正的中国人与不纯正的美国人之间最大的区别。

"我看你就准备补考吧。"安琪笑着打趣，何麦看上去越懊丧她越是兴高采烈。

何麦的心情的确不好，他也不知道自己当时为何要胡诌一通。一想到以严厉著称的皮埃尔他就两腿打战。不过何麦一向是想得开的人，他从来认为在厄运还没有变成现实之前就过于难过是不明智的行为。离考试还有几个星期呢，现在可没什么麻烦。

事实证明何麦是过于乐观了，马上便有人带话称皮埃尔教授要见他。安琪看着何麦的眼神立刻变成了告别式。

皮埃尔教授并不像何麦想象的那样雷霆震怒，恰恰相反，他简直热情得过分，甚至连说话的声音都有点颤抖。皮埃尔百般殷勤地对何麦问长问短，并且还给了他一个长达五十秒、期间换了三种姿势的让人透不过气来的拥抱。何麦惊恐万分地面对这一切，他简直不知道发生什么事情了。

"就是你了。就是你了。"皮埃尔脸庞发红地念叨着，他一直用水汪汪的眼睛凝视着何麦的脸。

"我，我怎么啦？"何麦小声地问。

"你就是我要找的人。"皮埃尔激动得搓着手，"只有你真正理解我的学说。没想到你那么快就领会了虚证主义的精华所在。"

"让我想想，"何麦抚着额头，他有点明白是怎么回事了，"您是说，我答对了老师的问题？"

皮埃尔打断他："别这么叫我，以后你不再是我的学生了，我们将是合作者的关系。关于这一点你不会有意见吧？"

何麦轻轻吁出口气，皮埃尔教授深情款款的目光正直勾勾地盯着他。"您是说今后我再也用不着回答那些很……精妙……的问题了，是这个意思吧？"

"当然用不着了，而且你也不必参加考试。"皮埃尔语气肯定地说，

"你的水平够高了,我现在就可以给你的这门选修课打满分。"

何麦立马郑重地点点头:"能与您合作是我的荣幸。另外我想向您介绍一位对虚证主义颇有见地的资深学者,她叫安琪。我们经常在一起研究相关的理论,我以我的专业眼光认定她在虚证主义领域拥有极高的造诣。"

皮埃尔听到这番话时的表情完全可以用来诠释什么叫作"幸福",都说知音难觅,想不到在一天之内他竟然能够两遇知音。"好!好!"皮埃尔连声说道,眼睛眯成了一道缝。

"就这些?"安琪睁着大眼睛问道,她差点呛得背过气去,她觉得何麦一定是疯了,"你对皮埃尔说我是什么什么虚证主义专家?你真……真的这么说的?"

何麦点点头,低头啜了口咖啡。学校餐厅里人来人往,不过这个角落倒是很清静。"这下子我们俩不用考试就能过关,这有什么不好?"

"可我根本就不知道什么是见鬼的虚证主义。"安琪叫道,"老实说我平时听课就像是在唐人街听中国神甫做弥撒。你居然说我是什么专家,也太没谱了吧,到时候两句话就穿帮了。"

何麦一脸坏笑:"你不要怕,老家伙没那么精。你看我就三言两语就蒙混过关了嘛。我已经总结出来了,他那套理论的主要意思就是证明世界上的每件事情都是一种假设。老实说这听起来复杂,做起来一点都不难,想想看,证明一件事情是假的应该比证明它是真的要容易吧。那天课堂上我憋急了扯点数学什么的不也蒙过去了。还有,在唐人街不是什么中国神甫做弥撒,是和尚做道场。"

安琪稍微镇定了些:"虽然我很想拿学分但我还是很怕,总觉得心里不踏实。"

何麦压低声音说:"根据我的分析,老家伙搞的这套理论完全是站不住脚的,弄得大家都是怨声载道,我看他也撑不了多久。不过俗话说'好汉不吃眼前亏',反正我们只想多拿学分,犯不着同他硬碰,这就叫曲线救国。等到以后他撑不住了,我们还可以大义灭亲,从敌人内部予以打击。这也算卧薪尝胆的现代版本。卧薪尝胆，还记得吧，就是我以前给你讲过的那个中国几千年前的老故事。"

安琪听得两眼发直。"中国人真厉害。"她大声说。

何麦翻着白眼，有得意之色地道："那——是——"

"我是说在搞阴谋诡计这方面。"安琪吃吃地笑。

## / 三 /

虚证主义专家何麦接手的课题是证明虚证主义第二论题：论物理学的虚妄。

皮埃尔教授总共提出了七条虚证主义论题，分别对应着数学、物理学、化学、哲学，等等。按照皮埃尔的说法，第一条论题已获得证明，即他已经证明了数学的虚妄性，这也是他努力半生才取得的阶段性成果。在皮埃尔教授家中的一间密室里，何麦见到了一摞厚达几十厘米的手稿，上面密密麻麻地写满了几乎没人能够看懂的内容。皮埃尔自创了许多古怪的符号来表述他那些比符号还要古怪的思想，这使得阅读那些手稿的感觉就如同阅读天书。何麦在皮埃尔教授的指导下，花了一个月时间才半懂不懂地啃完了一小部分。本来老家伙的意思是想让他通读全篇的，但后来看到何麦的确已被折磨得不成样子了，才只好暂时悻悻住手。饶是如此，何麦感觉仿佛死过了一回般的难受，那些高高矮矮胖胖瘦瘦的古怪符号在他的脑袋里足足莺歌燕舞了半个多月才渐渐息声，渺不可闻。

直到这时何麦才明白了皮埃尔教授为何会将自己引为同道，原来他那天在课堂上的一通胡诌，竟然完全契合了虚证主义的要义，手稿里甚至包含有何麦举的那个有关欧几里得几何学的例子。在这部名为《虚证主义导论之一：论数学的虚妄》的"天书"里，皮埃尔站在独步古今的理论高度上提出了一个划时代的论点，即数学（它几乎与人类同样古老）这门学科其实是彻头彻尾的假设。什么数字啦，算法啦，点啦，线啦，面啦等等都是出于人们自己的臆想和假设。比方说对点的定义是没有长度和宽度的存在，而线的定义则是没有宽度的存在。按照皮埃尔的观点这纯粹是胡扯，既然是定义就应该从正面阐述，哪里能够用"没有"这种词语来作定义呢。难道我们能够说所谓"物质"就是"非虚无"吗？或者是说所谓"虚无"就是"非物质"吗？这样说了不是等于没说吗？可问题在于当人们阐述数学的那些最基本公理的时候不得不这样讲，而这恰恰表明数学的确是基于某些无法加以证实的、纯粹假设性的东西。

　　当然这只是一些皮毛性的介绍，虚证主义对此有相当完备的阐述，其强大的说服力甚至让像何麦这样神经一向正常的人，也对整个数学体系的真实性产生了怀疑。有一个一直得不到完全证明但是却得到众多事例支持的观点——数学与物理学在本质上是相通的，比如说广义相对论描述的引力空间其实是非欧几何学上的黎曼空间，两者在性质表现上几乎没有任何差别。这当然就从侧面加强了何麦论证第二命题的信心和决心。实际上皮埃尔之前的研究也是一直循着这条思路，他搜集了当今众多物理学理论的数学基础，然后挨个地论证这个基础的虚妄性。应该说这个方法的思路并不错，只要动摇了这些物理学定律赖以存在的数学理论，也就相当于动摇了定律本身。但是皮埃尔很快发现这样做是一种间接的方法，说服性稍嫌不足。所以皮埃尔教授给何麦提的课题便是直接证明物理学的虚妄。老实说皮埃尔决定将课题交给何麦的时候是有一些感伤的，他本以为该由自己亲自来完成这件事。

　　从道理上讲，何麦接手的课题是虚证主义的最核心部分。由于物理学的基础地位，一旦证明了物理学的虚妄性的话，皮埃尔教授梦想一生的虚证主义大厦也就算是建立起来了。皮埃尔自然深知这一点，所以当他做出这番安排的时候，其实已经近于托付衣钵的意思了。说起来呢，皮埃尔教授也才不过六十挂零，倒也不用急成这样，只是他实在是太看重这套理论了，所以才会尽力考虑周详。皮埃尔只怕万一哪天天妒英才自己有什么闪失，造成学脉不继，自己岂不成了千古罪人。

/ 四 /

　　皮埃尔教授的实验室最大的特点之一便是无法与卧室区分，反正卧室里有的备件诸如枕头啊、裤头啊之类的东西这里全有。这倒也并不奇怪，因为皮埃尔教授一个月里有一半以上的时间是睡在工作室里的。何麦刚来时还不太习惯，但不久之后他也从中发掘出了一些好处，比如他可以在工作时间堂而皇之地睡上一觉。理由嘛当然是昨晚思考某个命题太辛苦了，反正他现在说什么皮埃尔都信，知音嘛，还说啥呢。就像现在，正是上午十点钟的光景，皮埃尔授课未归，整个实验室就成了何麦补觉的地方。但是天不遂人愿，何麦正做好梦呢——所谓好梦就是指梦里只有何麦与安琪两个人——门突然开了。何麦惊起后发现来人并不是皮埃尔，而是一个身形壮硕的男子，而那人脸上惊诧的神情更在何麦之上。

　　后来的事情表明，这只不过是虚惊一场。来人是皮埃尔教授的堂侄马瑞，他有此处的钥匙，来给皮埃尔送支票。何麦从旁边瞟了眼那个惊人的数额，马上从内心更加坚定了为虚证主义事业奋斗终生的信念。之前何麦的确有些纳闷，凭皮埃尔教授一个人发疯，怎么也不可能建立起这么一个设施完备的实验室，想不到这个疯病原来是家族性的。

　　不过出于礼貌，确切地说是出于对支票的礼貌，何麦还是热情地给马瑞送上咖啡。马瑞矜持地啜了口放下，探询地问道："何麦先生，你是我伯父的学生吗？"

　　何麦挺挺腰板说："我是皮埃尔先生的合作者。"

　　"合作者。"马瑞低声重复了一遍，目光快速地从何麦脸上扫过，"你确定自己能理解我伯父的学说吗？"

　　"这个当然。"何麦脸上显出面对真理的肃穆，"自从我和皮埃尔教授合作之后，我们进展很快，就在今天，皮埃尔先生还征询过我关于两个问题的意见。"何麦倒不完全是说谎，因为早餐时皮埃尔的确询问过何麦："昨天睡得好吗？蛋挞是否烤老了点？"

　　马瑞肃然起敬："我也为伯父能够遇到您这样的同道者而感到高兴，请转告我的伯父，他上次要求的那批设施已经到位。"

　　"怎么不搬进来？"

　　马瑞环视了一下这间装备一流的实验室："这里太小了，连十分之一也放不下。遵照伯父的要求我们找了好多地方，最后是在俄城的一座废弃金矿里安放的。我们将在那里恭候他的光临。当然，还有您。"

何麦眼前立马浮现出俄城四野那壮美又不失旖旎的风光，他觉得再在这样的背景上点缀上一对亲密的情侣的身影，真的就完美无缺了。"看来需要说明一下，我们是三个人，我们还有一位资深的专家将一同前往。"

"这样更好，我还有事要先走。请转告我伯父说比尔祝他身体健康——哦，就是我父亲。"

"比尔，是俄城的比尔爵士吗？"何麦脱口而出。

"就是他。"马瑞利索地走出门。

"这就好办了。"何麦喃喃自语。

"什么好办了？"马瑞不解地问。

"没什么，我随口说的，你走好。"何麦一时半会儿还不能从震惊中清醒过来，他现在觉得自己完全理解皮埃尔了——有这么个世界上数得着的富豪哥哥作后盾，想玩什么不行呢。不要说证明什么虚证主义了，就算想证明太阳围着地球转还不是一个"三段论"搞定。

/ 五 /

让何麦大感恼火的是皮埃尔居然当头给了何麦一盆冷水。

"没有的事没有的事。"皮埃尔斩钉截铁地否认道，"什么俄城什么金矿，我一点儿都不知道。"说话的时候小老头嘴唇上的花白胡子乱颤，小眼睛瞪得溜圆，满脸清白无辜。

"这可是你的侄子，喏，就是马瑞亲口告诉我的，还能有假？"何麦大声反驳。

安琪就站在旁边，不明就里地看着他们争执。马瑞刚走，何麦就急不可耐地在第一时间把旅游计划通知了安琪，从电话里传来的惊叫声在何麦听来就仿佛夏天里吃了冰淇淋般熨帖。可现在老家伙竟敢矢口否认。

"什么马瑞，我哪来的什么侄子？"皮埃尔皱眉思索，"让我想想，你说当时那人是自己开门进来的，这就对了，他肯定是一个窃贼，因为进来后看到有人，所以才编了一个故事骗骗你，你居然就相信了。"

老实说老家伙也算是有些辩才，安琪的表情说明她已经充分同意了皮埃尔的这番分析，但是何麦冷笑着慢慢举起一张纸："教授先生，那这个呢？你见过上门给人送支票的贼吗？"

皮埃尔拍拍脑门子，小眼睛清澈见底："你看我都忙糊涂了，是的是的，我是有个远房侄子叫马瑞，不过好多年没见面，一时没想起来。看来他是看到我很久没回俄城老家了，送这张支票给我买火车票。"老家伙漫不经心般伸手想接过支票，何麦一个转身让他落了空。

"这钱可以买家铁路公司了。请问你想买几张到俄城的车票呢？"

"一张，探亲嘛，一张就行了。"皮埃尔小心翼翼地赔着笑脸，"几天后我就回来。"

"皮埃尔先生！"何麦的声音陡然高了八度，皮埃尔禁不住打了个哆嗦，连旁边的安琪也被吓了一跳。这正是何麦想要的效果，他的脸上现出痛心疾首的表情，"我真的感到难过，我们三个人正在构建的是古往今来最伟大的虚证主义的大厦（皮埃尔喃喃重复：大厦），我们置身于人类六千年文明的巅峰（皮埃尔又重复：巅峰），我们即将实现全人类的梦想（皮埃尔再重复：梦想），这一切是怎么得来的？除了三颗充满智慧的头脑之外，我们三人之间堪称人间典范的合作精神不也起着举足轻重的作用吗？"何麦抬头凝视着半空中的某粒灰尘，"看吧，伟大的虚证主义精神就在那里注视着我们，她美妙的秘密即将由我们来揭示。而现在，你居然当面欺骗你的同路人，你这是在自毁长城。如果伟大的虚证主义事业因此而功亏一篑，你，皮埃尔先生，就是历史的罪人。"

皮埃尔颓然坐倒在椅子上，口里念念有词。

"你不当律师真是便宜法律系那帮家伙了。"出门后安琪真诚地对何麦说。安琪并不知道仅仅十多个小时之后，何麦却因为他说的这段话连肠子都悔青了。

/ 六 /

一路上皮埃尔都显得心事重重，对车窗外闪过的大平原风光完全没有一点儿兴趣。何麦就不同了，他觉得心情从没这么舒畅过，腰缠十万贯携美下俄州，还有比这更滋润的事情吗？唯一美中不足的就是皮埃尔那张看着就让人烦的苦瓜脸，早知道就多买张票撺他到别的包厢去了。趁着皮埃尔出去上洗手间，何麦从包里拿出几页纸，这是他昨天晚上准备行装时拟好的一份协议。安琪关于律师的那番话倒是提醒了何麦，让他觉得有必要将与皮埃尔的合作关系以法律的形式确定下来。

安琪看了眼协议："搞这么复杂干吗？我们不就是想拿点学分嘛。"

何麦贼兮兮地笑了笑："这个我可没忘，不过我看这项研究没个百八十年怕是完不了，反正现在就业形势也不乐观，咱俩权当是签份劳务合同了。你看看，老家伙满世界都有实验室，还有一个只愁钱多没处花的呆瓜哥哥，这样的好东家哪里找去。再说，老家伙是呆了点，但世界上智商达到我俩这样水平的聪明人虽然不多，但总还有几个吧，说不定哪天就会从某个石头缝里又蹦出个虚证主义专家把老家伙拐跑了，所以还是签一份协议妥当点。"何麦摇头晃脑地指着协议，"来，签个字就完事。喏，就签在我的名字旁边。"何麦半强迫地逮住安琪的手签了字，末了还捎带着抠了抠安琪细嫩的手心。安琪娇嗔地推搡着何麦的肩。

皮埃尔从门外进来，慢腾腾地走到位子前坐下，深深地叹了一口气。何麦讨嫌地白了他一眼。在皮埃尔叹了二十声气的时候，何麦终于忍不住嚷嚷起来："你能不能把你的声带频率调成超声波啊，有我和安琪和你共同担当有什么大不了的事情？再说我们又不会妨碍你探亲，如果你要和你的爵士哥哥叙旧，我和安琪可以自己安排到外面……交流几天学术嘛。"看看火候差不多了，何麦拿出先前的那几页纸，"为了表明我们三人真诚的态度，签一份合作协议是必不可少的。今后我们对于研究的方向、工作的进度以及项目资金运用等等都应该一起商量，共同承担。我和安琪已经签字了，你不会有什么不同意见吧？"何麦斟酌着用词，观察着皮埃尔的反应。

皮埃尔浏览着协议书，脸上浮现出越来越感动的神色："当然没有，你们全是为我考虑，你们真是太好了。"皮埃尔郑重地在下方签了名。他踱到门边拉上门，回到桌前，仿佛下定了某种决心般压低了声音说，"有件事情看来必须告诉你们,就是这次到俄城可能不会很顺利。这里头,咳,叫我怎么说呢?总而言之这次到俄城我是迫不得已的,我没想到比尔居然真的想办法备齐了那些东西,我本来只是哄哄他的。"

"你到底想说什么?"何麦不耐烦地插话。

"喏,你们知道的,我这个哥哥很有钱。"皮埃尔的神色变得扭捏起来,"为了虚证主义的研究我向他求援,但他根本不理解这个理论的意义,所以拒绝了我。没有办法,为了得到资金我被迫对他说了谎。我对他说虚证主义并不是一项纯理论的研究,很快就能产生现实的、对他来说很有用的成果……"

"什么……成果?"何麦觉得自己的舌头有些大,他有一种不祥的预感。

皮埃尔就像个做坏事被大人当场逮住的小孩子般红着脸低下头:"你知道,有时候人说话会禁不住夸张一点点的,我只是对他说按照虚证主义原理设计的机器允许他的寿命变得同质子一样。"

何麦一屁股滑到了地上,安琪也比何麦好不了多少。何麦从地上挣扎起来大吼道:"天哪,质子的寿命是多少你不会不知道吧?"

"按时间最短的一种理论计算的结果是$10^{31}$年,不过实验中按这个时限没有发现质子衰变,也就是说实际年限很可能远大于这个值。"皮埃尔老老实实地回答。

"从宇宙大爆炸到今天也不过是$10^{10}$年,你居然对比尔爵士放了这么大一个卫星?"

"什么大卫星?"皮埃尔和安琪同时不解地问。

何麦一愣,方才想起这个比喻并非全球通用。"我是说撒了这么大一个谎。"

"我完全接受你的批评。其实我这次到俄城就是准备告诉比尔真相的,我不能再骗他了,以后得靠我们自己。"皮埃尔拿出一个小本子,"你们看吧,这几年来他总共资助了这么多钱,每一笔我都记着的。我了解比尔,他也记着账。事情到了今天这个地步,他肯定会要我还钱的。你们知道的,他这人几乎在世界的任何角落都有影响,势力很大。幸好还有你们两个合作者与我共同分担这一切，在这样艰难的时刻陪伴着我，还和我签协议，我真的太感动了。"皮埃尔说着竟然抽抽搭搭地哭起来。

何麦的脸色变得苍白，几分钟前那种踌躇满志的美好感觉正在急速地离他而去。一时间他都不知道自己和皮埃尔谁才是真正的呆子。

/ 七 /

俄城的秋天一片金黄。西达多金矿位于俄城北部三十公里，这段景色荒凉的路程也许是何麦这辈子觉得最长的一段路了。本来他打算一到车站就和安琪脚底抹油开溜的，没想到迎接的奔驰车就停在车厢门口，何麦的脚愣是没机会踩到月台的地面，完全是无缝对接方式。车站的那个秃头站长亲自前来迎接，嘴里还一个劲地说："欢迎董事长的客人。"

一路上司机都没怎么说话，只专注地开车。经过一块醒目的标记的时候，他突然开口道："从这里开始方圆十五公里都是西达多金矿的区域。"

"比尔从来没提到过他经营过俄城的金矿。"皮埃尔小声嘟囔着。

"以前是没有，这儿的矿藏曾经开采过一百多年，早已经枯竭了，没有人能明白董事长为什么花钱来买这片荒地。这里土地也很贫瘠，如果转手恐怕半价也卖不出去。"

"董事长买这片地……花了多少钱？"何麦牙齿打战地问。

司机报了个数，何麦的眼前立时一阵发黑。"是买贵了。也不知道几个月前是什么原因，董事长委派马瑞先生火速办理这件事。你想想，买家要的很急价格自然贵了。"

"怎么能这样办事情？"何麦嚷嚷起来，"也太不会办事了。"

"又不是花你的钱，你急什么呀？"司机奇怪地问。

"现在当然还不是，可是……"何麦绝望地扫视着车窗外鸟不生蛋的荒野，不知道古往今来除了自己还有谁能命薄如此。当年闯荡西部的人中也有些人不慎购入了贫瘠的荒地，但其中却有一些人在后来发现了地底石油之类的矿藏而因祸得福，可何麦知道眼前这片土地至少在地底一千米之内是不会有任何指望了。

# 八

比尔爵士衣着休闲，比平时在媒体封面上的形象显得疲倦，也许是由于工作繁重吧，他看上去很苍老。这位传奇人物陡然现身在自己面前，何麦和安琪都有几分不知所措。一旁的马瑞很热心地介绍道："这两位是伯父的合作者，何麦先生和安琪女士。"

比尔刀一样的目光从何麦脸上扫视而过，让何麦有种心惊肉跳的感觉。比尔突然笑起来，肥白的脸上显出深长的皱纹："真让人吃惊，你们都还这么年轻，居然能够从事这么高深的研究工作。说实话，我花大价钱聘请的那些个科学顾问，没一个能真正搞懂我弟弟的学说。他们总是对我说我弟弟是在骗我，可是我不相信他们。"

"我来介绍一下。"比尔爵士客气地侧身指着身后的一个人说，"这位是麦哲云博士，是我聘请的首席科学顾问。我有些累了，下面的事情请麦哲云先生同你们谈。"比尔说完便朝着他的豪华房车走去。

麦哲云抬手做了个邀请的手势："我们下去看看吧。"几名神色严肃、身着黑色西服的壮汉立刻引领着一行人朝不远之外的一幢老旧的灰色建筑走去，那应该是金矿的入口。刚到电梯口，一阵从地底冒出的彻骨的寒气使得每个人都禁不住打了个哆嗦。"在入口处是这样，不过越往下可是会越热的。"麦哲云解释道，"以前的矿工每次都要花两个多小时才能到达工作层面，来回就是五个小时，真正的工作时间只有不足两个小时。工作面的温度高达四十多摄氏度，一次能坚持半小时就很不错了。"

电梯平稳地下降，粗糙的岩壁在探灯的照射下泛出亮光，好像是水的反光。何麦朝顶处望去，入口的白光变得微弱，脚底则是无边的黑暗深渊。

"我们要下到多深？"安琪忍不住问道。

"控制室建在地底七百米处。"麦哲云说，"设施的主体就安放在那里。好了，已经到了。你们应该知道的啊，都是按皮埃尔先生的要求做的。"

电梯缓缓停下，下电梯后经过一条短暂的甬道，空间陡然变得开阔，这里的照明显然是自适应的，当人进入后，光线立刻明亮起来。

"欢迎来到'迷路'系统主控室。"麦哲云虽然是表示欢迎，但语气里依然没有什么热度。也许是心里发虚，何麦甚至觉得麦哲云语气里有一丝调侃的意味。

何麦环视着四周，大厅宽敞得有点过分，四周密密麻麻的装置让他有些眼晕，心里不禁又盘算起比尔在地底建立这么庞大的工程要花多少银子。安琪一直怯生生地牵着何麦，她的手心里满是汗水。皮埃尔悄无声息地四处转悠，一脸愁眉不展的样子。何麦知道他一定也在心里叫苦。

"我听说你们是皮埃尔先生的合作者。"麦哲云探询地问道。

"这个，怎么说呢？"何麦飞快地转动着脑子，"要准确点讲呢，我们俩都只算皮埃尔教授的学生，只不过对他的研究有些好奇。教授之所以称我们为合作者只是想提携后进罢了，不过我和安琪看来真的不适宜从事这项研究，他的理论绝大多数我们都不大明白。哎，这可不是谦虚啊，事实就是这样的。对吧，安琪？"

"是啊，是啊。"安琪连连点头。

麦哲云走到皮埃尔面前："其实我一直期待与您的见面。"他说话的语调不疾不徐，"比尔爵士提供了少量的资料给我，您的理论对我而言是全新的，老实说我看不太明白。不过比尔爵士聘请我的目的主要就是建立这套系统，这倒是我的专业。补充一下，我以前一直在CERN也就是欧洲原子核研究中心工作，负责在法国和瑞士的边界处的LEP对撞机的运行。如果我猜得不错，您给爵士提出的这些设施很明显就是想建造一部粒子对撞机。但恕我直言，LEP系统只建在地底一百米左右，而像现在这样将整个系统建在地底一千多米有必要吗？"

"这个嘛当然是有必要的。"皮埃尔这时立刻显出了他高人一等的胡诌功夫，"只有中微子才能到达地底这样的深度，但众所周知，中微子只参与弱相互作用，不会对我们产生影响，这样我们才能避开那些宇宙高能粒子射线对实验的影响。你应该知道比尔对这一切的重视。"

当皮埃尔提到比尔的时候，何麦注意到麦哲云脸上滑过一丝郑重的表情，看来爵士开出的价码肯定不低。"不过我还有个问题，您准备怎样运转这个系统呢？我已经在这里工作了半年多，那些施工人员一直在惊叹工程量之大，但是，"麦哲云停顿了一下，"我和您都是干这行的，知道什么叫对撞机，像这样的长度以及这样的工程量在这个领域连小儿科也算不上。LEP对撞机周长二十七公里，而欧核中心下一个拟建的超级对撞机周长将超过一百公里，耗资将会是天文数字。"

"你是想说眼前的工程太小了，是吗？"皮埃尔突然打断了麦哲云的话。

"也不算小了。"麦哲云意味深长地笑了笑，"爵士是有钱，但也不该白白把几亿欧元扔进一个莫名其妙的工程里……"

何麦总算第一次明确地听到了这个巨大的数额，一时间他简直要晕厥过去了。

"而且，很明显，这个数字还将扩大，直到连爵士也不愿意承受的地步，到时你们便可以推说是资金不足导致实验夭折，对吧？老实说与其这样，爵士还不如把资金用于对超级对撞机的赞助，到时我们也许可以搭载这个系统。"麦哲云的语气变得很冷，眼睛里闪出洞悉一切的光芒，刺得何麦恨不得当场找个地缝钻进去。

"这是什么意思？"让何麦没料到的是，皮埃尔听了这番话竟然跺着脚跳起来，他的脸涨得通红，像是受到了极不公正的侮辱。"比尔是我的哥哥，你凭什么这样怀疑我？本来我懒得搭理你的，不过现在我倒是有兴趣奉陪到底。去你的什么狗屁中心，我告诉你，用你们的方法永远不可能达到'迷路'系统所需的能级。看来你接受我哥哥的聘请另有目的，就是希望将他的资金拉到你们的超级对撞机系统里去，我说的没错吧？"

麦哲云滔滔不绝的质疑明显地一顿，目光有些发虚，看来皮埃尔的一通胡诌也不是没有一点儿道理。

"你怀疑我可以，但总不该怀疑欧核中心吧？难道我们所有人加在一起都比不上你一个人的想法？顺便多说一点，你起的这个名字实在不高明，要知道这是在地底深井中，这里的人们最忌讳的就是'迷路'这样的字眼，那些施工人员强烈建议改个名字。"

"那好吧，我只问一个问题，如果你回答得了，我马上退出。"皮埃尔突然高深莫测地冒出了一句。

"请讲,虽然我们在地底七百米,但这里的通讯条件很好,即使您的问题我个人无法回答,但我相信没有什么大不了的问题能够问倒欧核中心的全体专家。你不禁止我打电话吧?"

何麦刚想开口提醒,但皮埃尔一口便答应下来:"悉听尊便,我想知道你们怎么处理同步加速器辐射?"

/ 九 /

"你今天的那个问题真厉害,一下子就让麦哲云哑口无言。"何麦一进房间便忍不住表扬皮埃尔,"他甚至连打电话求助的勇气都没有了。"

皮埃尔扫视着房车的内部,欲言又止,末了他做了个手势示意何麦和安琪到外面说话,看来老家伙真是越来越狡猾了。

"对于他们来说,我提到的是一个不可能解决的问题。"皮埃尔面有得意之色,"因为他们建造的都是环形加速器,而同步加速器辐射对环形加速器来说就是一场永远无法摆脱的噩梦。随着能量提高,大多数能量都将变成辐射而消耗掉。"

"我当然知道同步加速器辐射是会造成能量衰减,但这种辐射与加速器的半径成反比,现在的加速器的半径越来越大,不是说下一个机器的直径超过一百公里了吗?"何麦插话。

"你们作过计算吗?"皮埃尔有几分得意地说,"直径一百公里听起来已经很大了,但这只是个错觉。以前甚至有人提出在地球赤道建造周长为四万公里环球加速器的构想,来模仿宇宙大爆炸的初始条件,你们一定觉得这个想法很伟大吧,觉得只要建成这样的加速器一定能够模仿大爆炸吧。其实只要作一番简单的计算,就会发现这个想法非常可笑。环形加速器由于需要靠磁场偏转粒子的路径,所以加速的只能是带电粒子,一般是电子或质子。质子的质量约为$10^{-24}$克,根据爱因斯坦的质能公式$E=mc^2$,一个质子其实就相当于10亿电子伏特当量的能量。'迷路'系统要求的能量是这个值的$10^{19}$倍。麦克斯韦电磁学理论证明任何加速的带电粒子都放射能量，而且辐射的强度与粒子能量成正比。为了平衡这种损失就只能加大加速器的半径，但通过计算发现，要达到足够的能级的话，加速器的直径将超过已知宇宙的直径，这其实就是不折不扣的神话。"

"怪不得麦哲云当时就不作声了。"安琪说，"这下我们算是和他扯平了，谁也赢不了，对吧？"

让人没想到的是皮埃尔竟然摇头道："也许我们做得到。"

"教授，你在说什么？"何麦几乎是在大叫。

"我有一个问题。"皮埃尔突然问道，神色与平日里大相径庭。

"什么……问题？"何麦不自然地和安琪对望了一眼。

"你们理解虚证系统最核心的精髓吗？"皮埃尔热切地看着何麦，"也许任何人读到虚证主义的时候都会认为它只是纯粹的理论，老实说我本来也这样认为，但到这里之后发生的事情让我有了新的想法。"皮埃尔的神情变得有些兴奋，"你们看看这周围的一切，金钱的确有它自己的魔力，我原以为自己交给比尔的设计图永远只能是一张图纸，但没想到它竟然在很大程度上变成了现实。比尔天生是金钱的主人，知道怎么发挥它的力量，即使给我五倍的资金我也造不出眼前的一切。"

"你想要做什么？"

"做比尔想要的，做我想要的，做我们想要的。"皮埃尔脱口而出，居然像朗诵般流畅。

"你不会真的想让……你那个胖乎乎的哥哥长生不老吧？"

/ 十 /

"你们玩过纸上迷宫的游戏吗？"皮埃尔问何麦。

"小时候在纸上玩过，我喜欢拿着铅笔从入口一直标到出口。我那时常常和我爸爸比赛。为什么问这个？"

"知道我怎么玩吗？也许是当时能得到的迷宫图相对于我的精力来说少了些，所以我不满足于走出迷宫，而是喜欢找出所有可能的路径来。现在凭借计算机穷举法在一秒钟内就能做到这一点，可当时这常常耗费我大半天的时间。不过现在我想说的不是这个,我是想问一句,当初你发现走错路的时候会怎么做?"

"原路返回,找到最后一个分叉口选择另一个方向。"

"看来我们说到点子上了。虚证主义已经给了我们强烈的暗示,真相就在面前。其实宇宙就是一个大迷宫,只不过没有什么所谓的出口罢了。'迷路'系统就是带领我们找到所有可能路径的机器。"

"就像一台宇宙回溯机,我可以这样理解吗?"何麦怯生生地问道,他觉得用"宇宙"这个词来形容一台机器委实有些贸然。

"就是这样。在'迷路'系统里我们将尽力回溯到现有物质世界的初态,也就是质子、电子、中微子、介子等所有乱七八糟的东西还没有分离时的那种东西。"

"你说的是大统一理论状态吗?"安琪小心翼翼地插话。

"也许应该说是上一次分叉口更合适。按虚证主义的分析,每经过一个分叉口定律将发生改变。好比一个大气压时水在零摄氏度以下适用固体定律,而在零到一百摄氏度之间适用流体定律,而一百摄氏度以上则只适用气体定律。传统物理学的眼睛只能看到最近一次分叉口,对于我们而言,这个分叉口就是所谓的时空奇点。正如我们所知道的,在奇点处现有的所有定律宣告失效。宇宙大爆炸是奇点,黑洞也是奇点。当然了,还是那句话,这一切都是假设。如果我们回溯到了上一个分叉口,那物质将可能选择另一条完全不同的道路前进。届时对它而言,原先方向的时空将变得无足轻重,对它毫无影响。它的一秒钟便可以相当于原先的亿万年。"

"那会是一种什么物质?"

"谁知道,总之会和我们有很大区别,我们和它甚至即使共处一室也无法相互感知。有些类似于现在宇宙的暗物质之类,现在它们也只在猜测中存在。"

"那这么说你并没有骗比尔先生?"

皮埃尔不好意思地笑了:"这个怎么说呢,当时只是想得到他的资金支持。"

"但是,'迷路'系统真的能帮助比尔先生长生不老吗?"

"如果比尔只是一个粒子我倒有可能兑现诺言，但他是一个活生生的人。"皮埃尔又露出他的招牌苦瓜脸来，"到现在我也想不出该怎么办才好，要不明天我就对他说实话。"

"哎，别——"何麦大惊失色，"还不到时候嘛。咱们试试总没错的，为了虚证主义。"

何麦的一句话又戳中了皮埃尔的软肋，老家伙钢牙紧咬，一拳头砸在桌子上："行，就这么定了。"

/ 十一 /

原野的尽头正上演着落日的辉煌图景，漫天的云彩被镶上了一层金色的边，最靠近那颗光球的地方更是霞光闪动，夺目万分。矗立在这夏季黄昏原野之上的一座半球形金属建筑显得分外醒目，与周围荒凉的景致形成了鲜明的对比。

"这全都是按皮埃尔先生的设计图建造的，在地底一千三百米处也有一个完全相同的半球形建筑，呈镜像对称。"麦哲云口气里不带丝毫感情，如同一位严谨的管家正向主人报告近来的收支。

比尔满意地靠在椅子上，嘴里叼着一支大号的雪茄。他今天刚赶过来，看得出他对未来充满想象。

皮埃尔仔细地查看着，眉头紧锁。不时打开手里的激光测距仪测量着各点间的距离。这么忙活了差不多大半个小时后，他笑嘻嘻地回到众人面前说："的确不错，和我的设计完全吻合。"

"我得承认有不少地方看不太明白，不知道它们有什么用。不过我还是想问一下，什么时候可以开始下一步的工作呢？"麦哲云依然是不紧不慢的语气。

"只要最后一件事情到位就可以了。"皮埃尔慢吞吞地说。

"什么事？"比尔和麦哲云几乎同时问道。

"'迷路'系统的加速源啊。"皮埃尔很认真地说，"我在设计里提到过的，我需要一种纵波光。"

"我看过你的设计说明，可我以为你是在开玩笑。"麦哲云脱口而出，"谁都知道光是一种横波，世界上哪里有纵波的光？"

"我也奇怪为什么没有人来问我这个事情，我还以为你们没注意这一点呢。"皮埃尔眼睛里少有地显出洞悉一切的意味，"现在看来是有人故意等着我收不了场吧？"

"等一下，"比尔爵士插话，"我不太明白你们说的话，能稍微解释一下吗？"

"是这样，"麦哲云第一个回答，"波有两种，一种是横波。比如池塘里的涟漪是一上一下地向外传播，即它的振动方向与波的前进方向垂直。另一种则是纵波，比如声音，声波是通过压缩空气一密一疏地向外传播，也就是说它的振动方向与波的前进方向一致。"

"那你就给他一束纵向振动的光嘛。"比尔吐了个不成形的烟圈。

"可是世界上没有这种光。"麦哲云斩钉截铁地回答，"我觉得皮埃尔先生提这样的要求分明是在推脱责任，他早就知道'迷路'系统是行不通的。"

"是吗？"比尔转头看着皮埃尔，目光里带着疑惑。

皮埃尔镇定的神色令何麦也暗暗吃惊，依照何麦掌握的物理知识，他当然知道麦哲云是对的，但皮埃尔愣是面不改色心不跳地开口道："看来我要多说几句了。你们都知道我提出了虚证主义，这项研究本来就是主张世界是建立在假设上的。我们难道不可以假设世界上存在着纵波的光吗？"

"你……你知道自己在说什么吗？"麦哲云几乎语无伦次起来，也许直到现在，他才真正体会到同一个虚证主义专家打交道是件多么疯狂的事情。在场的人只有何麦保持着平静，这也算拜皮埃尔这个名师所赐。麦哲云仿佛面对一件不可思议的事情，"这种事情也能假设吗？"

皮埃尔粲然一笑，竟然酷味十足，"物理学不是一直建立在假设之上的吗？好比著名的狭义相对论，其基础便是两条假设：相对性原理与光速不变原理。而广义相对论又增加了一条基础假设：惯性质量等于引力质量，即引力效应与加速运动是等效的。"

"这怎么能对比,那些是有依据的。"麦哲云大叫。

"什么依据?连爱因斯坦本人都说这是假设。狭义相对论并非突然横空出世,它的前身是洛伦兹变换式。而洛伦兹变换式也有自己的假设,不过不是两条而是十一条。爱因斯坦去除了不必要的九条,而最后两条是无论如何也去不掉了,所以保留下来作为狭义相对论的基础。这有点像欧氏几何里的五条假设公理,无法证明但却必须承认,否则整个体系将无法成立。还有量子力学的最核心假设便是物质与能量并非连续存在而是以普朗克能量断续存在,这也是没有得到直接证明的。那么我现在假设存在纵波光又有何不可?"

"你……疯了。"麦哲云几乎要瘫倒下去,何麦看得出他简直是拼尽了全身力气才保持站立。何麦对此倒是保持镇定,反正他早知道皮埃尔是所有正常人的杀手。

"你不是说有些地方看不明白吗?"皮埃尔说,"现在可以告诉你了,你以常规的眼光是无法看清楚它们的用途的,因为它们就是用来产生纵波光的。"

沉闷的"咚"的一声传来,何麦不用看也知道这是尊敬的麦哲云先生晕倒在地所激起的一阵纵波。

## / 十二 /

事实证明这个世界的确充满假设。

谁也不知道造物主到底向我们隐藏了多少秘密,同时谁也不知道这些秘密会在什么时候、以什么方式向人们显露峥嵘。反正当那些让人不明就里的设备"噼噼啪啪"地开动起来之后,这个世界上真的多出了一束前所未有的光线。从外观看它同普通的光线没有什么区别,但是所有的仪器都确定无疑地指出它的每一个光子都是前后振动着前进,粗略的比喻就像是从枪膛里射出了一串不断振动的弹簧。

不过按皮埃尔的解释这一切就简单多了,当时何麦和安琪多问了几句,老家伙两眼一瞪说:"这有什么奇怪的,当年人们假设有负电子存在，不就找着了吗？假设有夸克存在，不也找着了吗？假设宇宙不守恒，不也证实了吗？现在假设的磁单极子、引力子说不定哪天就找到了。我假设一个纵波光有什么大不了的，真是少见多怪。咱们是虚证主义专家啊，要注意身份啊，别整得跟欧核中心研究员一个档次。"

虽然皮埃尔轻描淡写，但何麦知道无论用什么语言来形容纵波光的发现都不为过。传统直线加速器加速电子一般是建立一条微波导管，其中建立频率约为一千兆赫的高频交流电场。电场相位的设计要求必须极度精确，使带电粒子一直缠住波峰不放从而得到持续的加速。谁都知道光是世界上运动最快的物质，那么很明显用光波来加速粒子是最高效的方法。但很可惜光偏偏是一种横波，无法有效地用于加速粒子。而现在有了纵波光，一切便都迎刃而解。无论粒子大小，无论是否带电，纵向振荡的光子都将最大效率地加速粒子。光子失去的能量将几乎完全传递到粒子上。

此刻，皮埃尔眯缝着双眼，打量着手里刚从仪器上取下来的一根绿色短棍。何麦满脸敬畏地注视着那小小的物件，准确地说是敬畏地面对又一样"假设"。按照皮埃尔的设计，"迷路"系统启动时尽力避开一切干扰，否则谁也难以保证会发生什么事情。这并不是杞人忧天，因为在"迷路"系统里的质子将被加速到难以想象的地步，它们甚至会与绝对温度只有3K的宇宙背景辐射发生剧烈的相互作用。道理很简单，涉及的是基本的物理过程——多普勒效应。就像人们熟知的那样，急速驶来的火车汽笛声音调会变高。相同的道理，当速度几乎等同于光速的超高能质子向着宇宙背景的低能量长波光子冲去时，质子所见到的光子波长会急剧变短，直至转变成γ射线，这种效应称为光子的相对论蓝移。而这与γ射线粒子与质子对撞的过程没有任何区别。皮埃尔给这种绿色的、原本只存在于假设中的物体取名"绿基"，它有一个奇妙的特性，可以屏蔽包括宇宙背景辐射在内的几乎一切干扰。也就是说除了中微子和引力子，在绿基管的内部是一处几乎完全的真空。由于中微子只参与弱相互作用，而在微观世界里引力的作用弱小到可以忽略不计，这才能保证"迷路"系统的环境需求。

何麦的目光停留在一旁屏幕里不断重复播放的云室图景上，天哪，那么密集的粒子簇射，那么强大的二级衍射，就像是一朵朵开在虚空里的灿烂焰火，这样的场景足以阻滞任何一位物理学家的呼吸。不用计算何麦也能看出，这次实验产生的粒子能级已经远远超过了此前人类制造的任何粒子，而这一切只出自一截十厘米长的绿基管，这就是纵波光创造的奇迹。而在"迷路"系统里加速路径是这个长度的七千倍，长达七百米，加速后的两队质子将在与光速难以区别的速度上对撞，然后，也许就像皮埃尔猜想的那样，人类终于在这宇宙大迷宫中回到一百三十亿年前的那个分叉口，谁知道那会是一幅怎样的图景。

在这个时代，物理学早已是明日黄花，何麦从来就不认为自己平日里学到的那些知识会对今后的生活产生什么作用，和绝大多数人一样，他的目标只是几年后的那张证书罢了。而现在当他面对这样的场景时，第一次对这个领域产生了迷茫。

"如果我们把这些粒子簇射的照片拿给麦哲云看，他会是什么表情？"何麦突然冒出一句。自从那天晕倒之后，麦哲云整个人都沉默了许多，他不再发表什么意见，只是每天仍会出现在隧洞里四处察看。看得出他和那些工人相处得倒是不错，其他人都很愿意听从他的安排——毕竟之前他们在一起工作了那么久。

让何麦没想到的是，这个问题竟然让皮埃尔沉默了半晌："他会很害怕。"

"为什么？"

"因为我感到害怕了。"皮埃尔脸上显出少有的严肃，"比尔的资金，麦哲云的才能，加上我们，再加上不知从何而来的奇怪的运气……这次我们居然凑齐了这么多个不可能同时出现的因素。"

"这不正是我们想要的吗？"何麦不解地问。让他不解的还有另一个原因，那就是眼前的皮埃尔教授变得与平时大相径庭，仿佛换了一个人。他甚至怀疑以前那个熟悉的、老天真一般的皮埃尔只是一个精巧的幻象。

"不要这样看我。"皮埃尔仿佛猜透了何麦心中所想，"我知道在你们心中我一直显得有些可笑，我与周围的一切格格不入。我其实知道你和安琪并不能真正理解我的学说，你真正骗过我的时间只是一段很短的时间而已。不过怎么说呢，也许是人内心里都有一种渴望被人理解的愿望吧，所以我一直没有揭穿这一点。甚至，"皮埃尔淡淡地笑了笑，"我很乐于听到你们对虚证主义的那些推崇的话语。老实说我很愿意拿学分来交换你们对虚证主义的赞美，特别是你从你祖国的语言里借鉴来的那些溢美之词，"皮埃尔仰头深呼吸了一下，"听起来真让人陶醉啊！"

何麦瞟了一眼一旁的安琪，两人都有些脸红。"不过现在我们真的相信你是对的。"何麦辩解道，"虚证主义是不折不扣的真理。"

"但我也许永远都无法证明它了。"皮埃尔低叹一声。

"现在不是进展顺利吗？"何麦诧异地问。

"记得刚才我说过这样的簇射照片让我害怕了吗？在照片上有一千亿个以上的次生粒子，没有$10^{20}$电子伏特以上的能量是无法产生这样的簇射的。这说明刚才在'绿基'中产生了一种能级非常高的粒子。在此之前，人类所知的全宇宙最高能级粒子是在1993年观测到的一颗能量为$3 \times 10^{20}$电子伏特的宇宙射线粒子，当时那颗粒子在观测照片上形成的整体轮廓甚至比当晚的月亮更明亮。而如果能量再高两到三个数量级的话，我们将可能创造出人类所知的宇宙间最高能量的粒子……"皮埃尔突然止住话头。

"为什么不说了？"安琪问道。

"而这样的粒子也许就是我所说的上一个分叉口。因为我们现有的所有物理定律是在它之后才开始有效的。"

"对不起，我有些糊涂了。"何麦有些不好意思地插话道。

"在今天，宇宙大爆炸理论已经算得上常识。我们常常说宇宙起源于一百三十亿年前的一次壮丽爆发，是这次爆发产生了宇宙万物，其实也就是产生了时空以及物质。但是有一个有趣的问题常常会被提出来，那就是在大爆炸之前的宇宙是什么样的。老实说即使到了今天，我们也只能回答说那是一种非物质状态，因为是非物质，所以这个问题是没有意义的。我曾经不止一次被问及这个问题，而我的回答也总是说这个问题没有意义。老实说，这样的问题是很容易打击一个物理学家的自信心的，但这的确是唯一的答案，我们的确永远无法知道在'零'秒之前发生的事情。但是这是否意味着'零'秒之后的事情我们就能够全部知道呢？答案仍然是否定的。因为根据研究发现，所有的物理学理论都只能在大爆炸发生$10^{-43}$秒之后才起作用。这个时间似乎是物质开始出现的时间，而这些专门表述物质性质的定律，自然也只能在这个时间之后才发生作用。"

"那这和虚证主义有什么关系呢？"

"如果按照虚证主义的理解，这个时间点其实就是一个时空迷宫的分叉口，相对于我们的日常世界不妨把它叫作超时点。我们现有的定律的适用性只能回溯到此，就好比我们永远无法用流体力学定律去描述冰的性质一样。不过物质并不是从这个时间点才产生，而是从这个时间点起改变了性质。在这个时间点之前的物质适用另外的定律。不仅如此，这个时间点可能并不是一条直线的中段那么简单，它更像是一根树枝的分枝处。"

何麦和安琪面面相觑。

"可是这怎么证明呢？即使我们得到了那个时间点的物质形态，但它肯定会立即衰变成次生粒子，什么也说明不了啊！"

皮埃尔突然笑了："你不是已经说明了证明的方法了吗？想想看，如果没有别的分路存在，所有回到超时点的物质都将无一例外地又衰变成我们可以观测到的次生粒子。但如果真的存在别的分路，我们将可能看不到任何衰变现象。也就是说，我们将看到物质一去不回。这是真正的物质消失，比黑洞更加彻底，因为黑洞只是无法看见，但通过引力等效应可以发现它的存在。而回溯到超时点的物质如果没能从原路返回，则将消失得无影无踪。因为它进入了另外的时空分路，在那里受另外的、全然不同的定律所支配。我们的宇宙也许并非唯一而只是众多独立宇宙泡泡中的一个。宇宙泡泡间并不是完全独立，它们也许更像是一棵巨树的不同分枝上结出的一个个葡萄。而联系这些宇宙葡萄之间那些细小的枝丫，就是我们寻找的时空分叉口，我称它们为'时间之缝'。"

何麦的额上渗出一层汗珠，他觉得自己到现在才算是稍稍窥见了虚证主义的一丝门庭。他完全没想到，从当日课堂上的一番近乎玩笑般的问答，竟然得出了今天这样不可思议的结论。

"别这样看着我，"皮埃尔竟然有些发窘，"我其实并不算是完全意义上的开创者，在我之前的某些学者给了我很多启发。比如曾有人提出过物质世界的历史并不是唯一的，我们看到的只是所有可能历史的一次求和，另一些历史途径和我们所知的历史并存，只不过由于概率太小或是相互抵消等原因而不为人知罢了。虽然这个观点长期不被人重视，不过我觉得有一个实验其实早就给了人们强烈的暗示，但却被人们长久地忽略了，那便是著名的双缝衍射实验。人们让光子一个一个地通过两道缝隙，结果发现每个光子竟然同时通过了两道缝隙并自己与自己发生了干涉而形成了干涉条纹。一般的解释是光具有波动性，其实更深刻的原因在于每个光子其实是从无数个途径同时向目的地前进的。而从出发点到目的地之间的直线是概率最大的路径，所以人们更容易观察到光从直线到达了目的地。当然这和我们现在提到的宇宙分枝概念关系不是一回事，但其中的观念却有共通之处。从经典学说出发我们会发现一个有趣的现象，那就是时间、空间存在一个所谓的最小值。也就是说我们无法研究小于$10^{-43}$秒的时间段，也无法研究小于$10^{-33}$厘米的空间段——在那样的情况下，时间将变得没有先后，空间将变得没有方位之分。这其实就是因为在这样的时空范围内，我们已经受到了上一次宇宙分枝的制约。我们的当前宇宙是在这个时空范围之后才衍生的，自然不可能用当前宇宙的定律来描述小于这个时空范围的现象。如果说我们现在生活的世界是'水'，那么小于那个最小量的时空段就是'冰'，我们是无法对其进行描述的。"

"我现在有些理解你为什么感到害怕了，因为我自己也开始有这种感觉了。"何麦擦拭了一下额头的汗水，"因为我们都不知道再做下去会发生什么。"

"我现在最担心的是怎么向比尔交代？"

"也许有一个办法能行，"何麦突然拍了拍自己的脑门，"让我去跟他谈谈。"

"你有把握吗？"皮埃尔担心地问。

"你不会怀疑我的祖国的语言的力量吧。"

/ 十三 /

"这么说你是想劝我放弃，对吧？"比尔慵懒地靠在椅背上，脸上挂着高深莫测的笑容，"我这一生印象最深的是一位菲律宾政治家的夫人说过的话，她说'如果你算得清自己有多少钱就说明你还不够富有'。忘了告诉你，我上个月才从俄罗斯的空间站上度假回来。老实说以我的年龄并不适应那里的生活，尤其是发射和返回地面的时候我觉得自己快要死了。这已经是我第二次参加太空旅行了，请不要用这种眼神看着我，也不要以为我是钱多了没处花，你应该知道我是世界上排名前五位的大慈善家，我很愿意为这个世界尽点力的。可是，有人为我想过吗？"

"可是现在有很多条件还不具备。"何麦很诚恳地说，"如果实验对象只是一束粒子的话还有成功的可能性，但如果是一个人就完全只是冒险了，也许那应该是很多年以后的事情。"

比尔探究地看了眼一旁的皮埃尔，皮埃尔赶忙用力地点头。

"可我已经没有那么久的将来了，年轻时的生活损害了我的健康，我很愿意用这副残躯做最后一次冒险。我已经否定了皮埃尔提出的用猴子先做实验的提议，一个原因是我担心实验失败后那只猴子的尸体可能会打击我的信心，但更重要的原因并不是这个。也许你们认为等各种条件具备了再行动才是明智的，可是别忘了，第一个人登上火箭的时候也不具备什么条件，但现在月球上却有一座叫万户的环形山。怎么样，是不是觉得并不是只有所谓的科学家才有那么一点儿冒险精神？"

何麦有些发懵："我来只是想告诉您这实验非常危险，而且即使成功结果也无法验证。我们最多只可能让您从这个宇宙消失，但并不能保证您能到达一个适宜生存的地方。也许那和死亡并没有多大区别。"

"哈哈。"比尔竟然笑了起来，"这已经足够了，孩子。如果你是我的话就会明白我为什么会这样做。在过去的几十年里我的足迹遍布世界各地，我经历过人们所能想象到的任何事情。如果实验失败，我会死，不过我知道自己的身体状况，就算什么都不做也活不了多久，既然我已经精彩地活过又何妨精彩地死去。小的时候我们都相信在这个世界之外还存在一个叫作天堂的地方，但后来我们长大了，现在我的私人天文台可以看到银河之外，但天堂消失了。我有时候真的很羡慕童年时代的人类，那时候他们相信天堂的存在，那时候死亡对他们不是一种终结而是一次无尽轮回中的稍息。可现在呢？一想到我即将变成一堆无知无觉的尘土，我就害怕到极点，我愿意拿现在的一切去换取一个希望，哪怕这个希望近似于假设。也许皮埃尔送我去的地方就是天堂。"比尔的声音变得高亢起来，他的眼睛里放射出充满活力的光芒，完全不像是一个迟暮的老人，"我将在那里继续观赏整个世界的变迁，直到永远。我将可能是第一个见到另一个宇宙的人，这个理由还不够吗？"

"可是，这个实验可能会给我们的世界带来很大的危险。"皮埃尔终于忍不住插话，"我承认以前为了验证自己的成果没有对你说实话，但现在是不得不说的时候了。"皮埃尔脸上的神情很无奈，"人类已经有了很多的玩具，宇宙应该除外。"

"你在说什么？"比尔忽然咆哮道，他的脸涨得血红，眼睛突兀出来，"你知不知道我的全部希望都寄托在这个系统上，你们怎么敢欺骗我？现在谁也休想阻止我。"

"我们必须停下来。"说话的人是麦哲云，他不知何时从门外走了进来，"我听到了你们的谈话，我认为皮埃尔先生的意见是对的。"他敬佩地望着皮埃尔，"我已经看到了阶段实验的结果，说实话，你颠覆了我前半生的信念。"

比尔的怒气立刻朝麦哲云倾泻过去："你忘记了在和谁说话吗？难道我付给你几倍的薪水就是让你帮着别人对付我吗？别忘了，你母亲的病还没好，你还需要我的慷慨资助。"

"可是，我们现在的确已经深入到了我们无法控制的领域了。"麦哲云有些勉强地说，也许他意识到自己很可能是徒劳，声音很低。"至少有十种理论告诫我们，当达到这种深度的时候就是停下来的时候了。"

"我说过要停吗？你做好自己的事情就行了。"比尔转过头来看着皮埃尔，"虽然是多余的，但我还是想问一句，你到底愿不愿意做下去？"

皮埃尔与何麦一起沉默着。过了几秒钟，比尔突然笑起来，他垂垂老矣的脸庞在这一刻焕然一新，"你们肯定以为只要不配合，我就一筹莫展了，看来我之前的安排真是有先见之明。"他转头看着麦哲云说，"我说得没错吧？"

麦哲云有些羞惭地低下了头："从你们到来的一刻开始，每时每刻都有无数个摄像头隐藏在你们四周。现在比尔先生知道一切，知道纵波光的奥秘，知道'绿基'，也知道'时间之缝'……"

比尔还在大笑："你是我的弟弟，我不会太为难你的。'时间之缝'会让我如愿以偿的，我现在全身心地盼望着那个美妙的时刻早日到来。麦哲云告诉我还需要再等待二十天。天哪，我都等不及了。这种感觉就像……"比尔停顿了一下，"就像十七岁那年的秋天早晨，我在笼罩着薄雾的小树林里等着恋人的到来。那是多么美好的时光啊！"

比尔挥了挥手，立刻有几名壮硕的男子上前架住了何麦和皮埃尔。

"你要做什么？"何麦大叫道。

"没什么，只是送你们回俄城。"比尔不紧不慢地说，"不过为了保证不会有人在这段时间内来干扰我，所以对你们的自由会有所限制。比方说，你们不能和外界联系。等到事情结束了会放你们离开的。你们还是为我祝福吧，哈哈。"

/ 十四 /

时间即使过得再慢也终是过去了。

何麦现在已经放弃了一切逃跑的努力，因为事实已经证明这根本没有用，以比尔的财力来说要看住几个人太容易了。皮埃尔整天苦着脸四处瞎逛，口里念念有词不知道在说些什么。安琪倒是显得很轻松，何麦有时候真是羡慕她知道的事情没有自己这么多。

今天一开始何麦就觉得有些不对劲，皮埃尔早上起来的神色便显得有些紧张，何麦知道今天是他们被软禁的第二十天，正是当时比尔预计的实验日期。皮埃尔总是神经兮兮地四下张望，看着明媚的天空和苍翠的大地长时间地发呆，仿佛这些司空见惯的景象他此前从未见过。

"刚才我眨眼了吗？"皮埃尔突然大声问道，他的眼瞪得溜圆，头发乱蓬蓬的，在额角颤动。

"你说什么？"何麦吓了一跳。

"刚才我眨眼了吗？你看到我眨眼了吗？"皮埃尔的声音愈加高亢起来，"告诉我啊！"他突然埋头闭眼，肩膀开始剧烈地抖动，"我知道，就是那件事了，是那件事情发生了……"

这时安琪突然从拐角处钻了出来，手里还拿着几枝刚采下的花："真是奇怪，刚才我发现整个天空突然暗了一下，我敢肯定自己没眨眼。真是怪事。"

何麦惨然一笑，他抬头望了望，黄昏的天空虽然不再刺眼但依然有些明亮，月亮的轮廓在半空显出了淡淡的影子。原来三个人里只有他当时正好眨了下眼，错过了宇宙眨眼的一瞬。

外面的人群明显慌乱起来，守卫们神色紧张地窃窃私语，仿佛得到了什么消息。何麦急切地追问每一个见到的人发生了什么事，但他得到的只有沉默。皮埃尔对身边的一切充耳不闻，他神色木然地呆立，仿佛沉入到了另一个世界当中。

直到夜幕降临之后，才有一位神情严肃的老者进到房间里来。房间里的三个人不约而同地站起身，等待那未知的谜底。

"我是蓝江水，是比尔先生的助理，本来同三位有关的事情都是由别人经办的，但现在他们不能来了。是这样，发生了一些事，你们不是外人，我也不知该做些什么，我想还是请你们一起去看看吧。"

看到过深渊吗？看到过伤痕吗？看到过深渊一样的伤痕吗？

这就是何麦眼前的景象。在西达多金矿的腹心地带，曾经一望无际的平原上突兀地显出一道深不可测的渊薮，在冰冷的月光下像是一个亘古就存在的神秘符号。

"已经探测过了，整个现场只有微弱的放射性，对人体没什么害处。"是蓝江水的声音，"事情发生的时候有多名目击者，但他们根本说不明白怎么回事。比较一致的说法是所有人都在那一刻同时眨了下眼，然后一切就变成眼前这样了。"

切面并不是垂直的，呈一个角度向地下延伸。切面很整齐，并不完全光滑，石头还是石头，沙子还是沙子，但绝对没有任何一丝物质突出到切面之外，切面上也没有任何挤压的痕迹。何麦用手摸了下切面，没有发热的感觉，他摇摇头，放弃了猜想是什么力量能够造成这样奇特的现象。

"已经用激光进行了测绘。"蓝江水拿出一张图纸，这是整个事故区的平面图，"这个坑的深度是一千八百米，平均长度九百米，平均宽度两百米，从底部到上面的形状完全一致。真希望谁能告诉我到底发生了什么。"

何麦一听到这几个数字便知道整个"迷路"系统都不复存在了，出于不可知的原因，它消失在了这个巨大的空洞之中。他转过头，皮埃尔如他所料般沉默，只不过目光不是望着地面而是投向苍穹，宛如一尊问天的雕像。何麦觉得自己完全理解皮埃尔此时的心境，他们从一个近乎笑料的问题出发，一度逼近了造物主的底牌，但最终却以这样惨烈的局面收场。

"还有一件事，"蓝江水接着说，"是这样的，在底部裸露出来的地表上发现了新的金矿床，以前从来没有人能够发掘到这样的深度。"

看来这应该不是最坏的结果。虽然这个世界上莫名其妙地失去了大约三十亿吨的物质，虽然谁都不明白为什么宇宙会突然地眨了一下眼，虽然在西达多矿场上平添了一道奇异的沟壑，虽然还有无数个谜团，但除此之外似乎并没有别的损失了。俄城还在，人们脚下这个直径一万二千公里的小石子还在，而且还有一个凭空而降的金矿。看来这就是故事的结局了，一个还不算太坏的结局。

但是，这不是结局。

## / 十五 /

当一个人偶尔从纷繁的世事中仰望一次夜空，他的目光肯定会被那些谜一般的星星吸引。这些恒星被固定在另外的球面上，远离地球而靠近上帝。皮埃尔已经保持仰望的姿势很久了，他完全沉浸到一个不可知的世界中去了。无垠的穹顶从正上方直垂到地，银河淡淡地划过半空，如同某个巨人的信手涂鸦。

何麦小心地开口："我现在最想知道的问题是那些人到哪里去了，包括你的哥哥，包括麦哲云，他们死了吗？"

皮埃尔迟疑了几秒钟："我不知道，这不是我能够回答的问题，也许应该说这不是我们这个世界上的人所能解答的问题。记者们已经在路上了，我们该走了。"

何麦了解地点点头，伸手扶住眼前这个突然变得软弱的老人，也就在这时，他听见了安琪发出的尖叫声。

安琪急忙冲过来，她的嘴角哆嗦着，不知是因为月光还是别的什么原因，她的脸色无比苍白。"我不知道该怎么讲，刚才，刚才我只是随便看着玩的，但是，那里，你们还是自己看吧。"安琪将手里的单筒望远镜递给皮埃尔，然后指了指天空。

这是一副恐怖的异象。

何麦和皮埃尔放下望远镜后都不约而同地盯着蓝江水，目光涣散而古怪。蓝江水不知所措地站立着，何麦同皮埃尔一道冲到蓝江水身边，抢过他手里的那张图纸打开，几乎在同时两人便如同身遭雷击般僵立当场。

他们看到了同样一个东西，只不过一个在蓝江水的图纸上，另一个则在月亮上，仿佛月亮是一枚三十八万公里之外的邮戳，曾经在那张图纸上留下过印记。是的，与西达多矿场深沟相同的图景出现在了月球上，就像是被同一把匕首洞穿而过所形成的刀疤。

皮埃尔首先反应过来，他扔掉手里的望远镜奔向一旁的汽车。设备在最短时间里架设完毕。皮埃尔紧张地操作着，口里又是习惯性地念念有词，但此时看起来更像是在做一种祷告。

"现在我们终于可以确定的是，有某种物质造成了这个坑的形成。"皮埃尔开口道，"之后它并没有消失，而是一直朝上前进，而后又轻而易举地穿透了月球。对于我们这个世界上的物质来说它好像是一种超级溶液，所到之处万物成空。"

"它到底是什么东西？"何麦几乎能听到自己牙齿打架的声音。

"有一种解释不知是否行得通。它可能是来自另一个泡泡宇宙的物质，也许就是那个另类宇宙里的一束光，我猜想它很大的可能就是以光速前进。"

"凿壁偷光？"何麦脱口而出。

"你说什么？"

"我只是想到了中国的一个成语，大意是一个人凿穿了墙壁，引入隔壁房间里的光线来看书。"

"意思差不多的，只是我们这次是无意的。比尔想要的是时间之缝，结果却将另一个宇宙的物质引入进来。"

"后果会是什么？"

"从现象上看它可以溶解我们这个宇宙的一切物质，但这是无法下结论的，因为它无需遵从我们所知的一切定律，也许那些我们认为消亡了的物质或人此刻依然在某个地方继续存在，只是我们永远无法感知罢了。不过有一点可以肯定，如果它真的来自另一个宇宙，由于它不遵从我们的物质定律，它将会永不衰减地前进，直至世界的末日。"

何麦抬头仰望满天繁星，心中想象一束漆黑的光线正如离弦之箭般渗透这茫茫无际的宇宙，逢仙诛仙遇佛杀佛，吞噬行经的一切。灿烂的太阳系只是它漫长一生中的渺小插曲，硕大无朋的银河也只是它曾经偶然留驻的客栈。

"那么说它迟早有一天还会回到现在的位置的，因为宇宙是封闭的。"何麦加入自己的一个结论。

"不过那应该是很久以后的事情了，没人类什么事了，该虫族去操心。"皮埃尔难得地表现了一次幽默，"看来蓝江水先生先前的测绘有一点问题，那个坑的底部和顶部并不是完全相同的，实际上是越往上面积会变得越大一点，是很微弱的一点。但这不能怪他，这个差距很小，我也是通过测量月球上那个洞的面积才发现这一点的，也就是说这束光是稍微发散的，随着距离增长它的覆盖面将越来越大，这是一个简单的三角几何问题。"

"那要不了多久它就能吞掉一颗恒星了，然后是整个星系。随着时间的推移，它就会变成一个巨大无比的无底洞。"何麦觉得这些话从自己嘴里说出来是件很费力气的事情，他甚至觉得有些滑稽。在一个好比尘埃的星球上生活着比尘埃更加渺小的某种生物，他们出于一种本能级别的欲望,居然就给至高无上的宇宙带来这样的后果。十万年后,银河系边缘将出现第一个被整体吞没的主恒星;二十五万年后,仙女大星云中将出现第一个被整体吞没的恒星系。而十亿年后呢?五十亿年后呢?等到它横越整个弯曲空间回到出发点的时候,甚至可能吞噬大半个宇宙。不过,那真的太遥远了,也许就像皮埃尔说的,应该是虫族操心的事情了。

何麦开始和皮埃尔一道收拾装备,他们的眼神偶尔会对碰一下,之后急促地移开,这是一种非常奇怪的眼神,比头顶杂乱的星空更加迷茫。在混乱中一本书突然掉落在地,是皮埃尔的惊世巨著《虚证主义导论》。仿佛有电光火石自脑海中滑过,何麦脱口而出:"还有一种假设。"

/ 十六 /

虽然已经适应了很久,但"猎蚁号"飞船领航员威廉姆一直觉得眼前的影像只应该出现在梦境里。在荒寒的月球背面,巨大的环形山和正面一样,比比皆是,只是不那么引人瞩目罢了。但让每个人感受到最大震撼的永远是西达多海。月球上的地理命名要么是"山"要么是"海",这里只不过是遵循惯例罢了,因为谁都知道它其实是一个贯穿了月球的巨洞。西达多海靠近月球的边缘,它的长度远小于月球直径,只有一千二百公里。通过这个巨洞,地球的蓝色光芒来到了月亮的背面。威廉姆知道曾经有过一个时期月球的背面是可以和地球见面的,但那是亿万年前的事情了,而现在威廉姆面对巨洞中来自地球的光线时心里却没有欣喜,更多的只是恐惧,因为如果不是亲眼所见,他即使在梦中也无法想象这样的事情。

半个月来的工作总算要告一段落了,作为最后一批宇航员,威廉姆和他的小组完成了整个工程的收尾工作。这段时间以来,威廉姆无数次地在西达多海中穿行,月球内部结构在他面前袒露无遗。西达多海内部的重力是斜向月心的,这给宇航员的工作带来了很多不便。不过计划的实施总体来说还算顺利——当然,在各次意外中丧生的七名宇航员大概不会这么想。

那些在西达多海的两端架设的复杂设备将测出某些特殊粒子的放射性规律,可以认定这种放射性是由于那次事件引起的,只要能精确测出西达多海上下两端粒子放射规律的差异性，也就可以间接确定"黑光"的速度。"黑光速"是现在整个世界最为关注的物理常数，不过只有少数人知道这是来自外宇宙的常数，更是只有寥寥几个人才知道这个常数的值居然决定了世界的真或假。

"既然这束光来自另外的世界，不受任何原有宇宙定律的束缚，那我们完全可以假设它的速度可以超过光速，那又会是什么样的一种结果？"何麦问。

"如果这样的话它依然会横跨整个宇宙，并在封闭空间里回到出发时的位置，但是由于超光速带来的反因果律效应，它会在出发之前就已返回。这意味着，意味着……"皮埃尔教授有些迟疑。

"意味着我们的宇宙可能早已被它溶解过了，而我们实际上就一直生活在一个早已被吞噬的世界里。哈哈，这才是终极假设，和庄周梦蝶的故事一样，既不能证实也不能证伪。还有啊，说不定比尔和麦哲云现在反倒是又回到世界本来的地方去了，哈哈……这个连环套真有意思，原来世界真的可以是一个假设，哈哈。"

"休斯敦，'猎蚁号'请求返航。"威廉姆发出呼叫。
"我是休斯敦，同意'猎蚁号'返航。"
"猎蚁号"的腹下掀起两米多高的尘土又急速地落下，几分钟后整个飞船就像是一只巨大的蝼蛄般坠入了深不可测的西达多海。极远的前方是一抹微茫的蓝色，在月心浓稠的黑暗包围下，一切宛如虚幻。

# 六道众生

这片异域的土地本来就是不存在的,它也不应该存在。它只是空中楼阁,就如同镜子的反光。但是它毕竟存在过,并且在那么长的时间里承载过无数人,连同他们的爱与悲哀。只是,现在不需要它了。

/ 一 /

  厨房闹鬼的说法是由何夕传出来的。
  何夕当时才不过七八岁的样子，他们全家都住在檀木街十号的一幢老式房子里。那天他玩得有些晚，所以半夜里饿醒了。他迷迷糊糊地溜到厨房，打开冰箱想找点吃的东西，就在这个时候他看见了鬼。准确地说是个飘在半空中的忽隐忽现的人形影子，两腿一抬一抬地朝着天花板的角上走去，就像是在上楼梯。何夕不明白发生了什么事情，他当时的第一反应并不是害怕，而是认为自己在做梦。等他用力咬了咬舌头并很真切地感到了疼痛时，那个影子已经如同穿越了墙壁般消失不见了，何夕这才如梦初醒般地发出了惨叫。
  家人们开始并不相信何夕的说法，他们认为这个孩子准是在搞什么恶作剧。但后来何夕不断报告说看到了类似的场景，是那种人形的、看不清面目的影子，仿佛厨房里真有一排看不见的楼梯，而那些影子就在那里晃动着，两腿一抬一抬地走，有时是朝上，有时是朝下。有时甚至会有不止一个影子悄无声息地出现在那排并不存在的楼梯上。它们盘桓逗留的时间一般都不长，和人们通常在楼梯上停留的时间差不多。
  家人们无奈地看着这个可怜的孩子越来越深地陷入恐惧之中，整天都用那种惊恐的眼神四处观望，就像是随时准备着应付突如其来的灾难。
  尽管别的人从来就看不到何夕描述的怪事，但这样的日子使得家里每个人都感到压抑。于是五个月后何夕全家都搬走了，他们一路走一路冒着被罚款的巨大危险燃放古老的鞭炮。
  几年过去，何夕已经是十四岁的少年，他觉得自己长大了。有一天傍晚，他出于某种无法说清的原因又回到檀木街十号，来到他以前的家。但是他只驻足了几分钟，便逃也似的离去。
  何夕看到在厨房上方的虚空里，有一些影子正顺着一排不存在的楼梯上上下下。

## 二

很普通的一天，很凉爽的天气，在这个季节里这是常有的事。大约在凌晨三点钟的时候，何夕就再也睡不着了。他走到窗前打开窗帘，一股清新的空气透了进来。但是何夕的感觉并不像天气这么好，他隐隐觉得有些头痛，太阳穴一跳一跳的，就像是有人用绳子在使劲地拉扯。

何夕正在努力回忆昨晚的梦境，那排奇怪的隐形楼梯，以及那些两腿一抬一抬地走动的影子。多少年了，也许有二十年了吧，那个梦，还有梦里的影子时常困扰着他。经过这么多年以后，何夕也有些怀疑当初自己看到的东西只是幻觉，但他其实也很清楚，没有什么幻觉能达到那么真实的程度。只要闭上眼睛，何夕就能清楚地看到那些影子的形态，它们奇怪的步履，以及影子与影子之间相遇时明显的避让，就像人们在楼梯上对面相逢时的情形一样。

一般来说，何夕并不是在梦里能意识到自己是在做梦的那种人，但是与影子有关的梦除外。每当这个梦出现的时候，何夕就会意识到自己做梦了，并且他会在梦里焦急地想要醒来。有时候他很快就能达到目的，但有时候他不管用了什么方法——比方说拼命大叫或者是用力打自己耳光——都不能从梦魇中挣脱出来。那时候他只好充满恐惧地一遍又一遍观赏影子们奇异的步态，并且很真切地感受自己"咚咚"的心跳声。

但是昨天的梦有点不同，何夕看到了别的东西。当然，这肯定来自他当年的目睹。可能由于当初极度的害怕，以及只是一瞥而过，以至于这么多年来，他都没能想起这样东西。当他在梦里重见到它的时候简直要大声叫起来，他立刻想到这个被他遗忘了的东西可能正是整个事件里唯一的线索。那是一个徽章，印在曾经出现过的某个影子身上。徽章看上去是黑色的，内容是一串带有书法意味的中国文字："枫叶刀市"。这无疑是一个地名，但是何夕想不起有什么地方叫这个名字。

何夕冲动地打开电脑，在几分钟的时间里他对所有华语地区进行了地名检索。在做这一切的时候他始终处于非常兴奋的状态，想到一个埋藏了多年的秘密有可能马上被揭开，何夕的心里就按捺不住地感到紧张。许多年来，由于那个事件，在家人的眼里何夕不是一个很健康的人，尽管他们并没有因此而嫌弃他。

何夕至今还记得父亲临去世前看着他的眼神。何夕读懂了他的眼神，如果翻译成语言的话，那就是"你什么时候才能和别人一样正常"，正是这一点让何夕至今不能释怀。

何夕一直认为自己是正常的，但他也不明白为什么只有自己才看得到那些影子。出于可以理解的原因，家人都非常小心地保守着这个秘密，但还是有一些传言从一个街区飘到另一个街区。当何夕走在大街上的时候，他会很真切地感到有一些手指在自己的脊背上爬来爬去。每当这时候，他的心里就会升起莫名的伤悲，他甚至会猛地回过头去大声喊道："它们就在那儿，只是你们没看到。"一般来说，他的这个举动要么换回一片沉静，要么换回一阵嘲笑。

当然，还有琴，那个眼睛很大、额前梳着宽宽的刘海的姑娘。想到这个名字的时候，何夕的心里滚过一阵绞痛。最终，她离开了。何夕想，她说她并不在乎他那些奇怪的想象，但却无法漠视旁人的那种目光。她是这么说的吧……

那天的天气好极了，秋天的树叶漫空飘洒，真是一个适合离别的日子。有一片黄叶沾在了琴穿的紫色毛衣上，看上去就像是特意配的装饰品。琴转身离去的背影真是美极了，令何夕一生难忘。

检索结束了，结果令人失望，电脑显示这个地名是不存在的。何夕感到自己的心在往低处沉落。他不死心，重新放宽条件作新的检索。这次的结果让他彻底失望了，不仅没有什么"枫叶刀市"，就连与它名称相似的城市也是不存在的。

何夕点燃一支烟，然后非常快速地把它抽完。他不明白究竟怎么回事，为什么那个城市不存在。它应该存在，他明明看到了它的名字。它肯定就在世界的某个地方，由于海市蜃楼或是什么别的原因使得何夕看到了在这座城市里生活的人，一定是的。何夕有些发狠地想：我是正常的，和别人一样正常，我会证明给所有人看。但是，那座城市究竟在什么地方，那座"枫叶刀市"？

就在这个午夜梦回的晚上，何夕做出了一个大胆的决定——他要去寻找一座叫作"枫叶刀"的城市。秋虫还在窗外不知疲倦地呢喃，月光把女贞树以及盆栽的龟背竹的身影剪裁后贴放在窗帘上，当晚风拂过的时候就会很有韵致地摇曳。何夕那时还不知道，为了这个决定他将经历那么多常人无法想象的事件，并且付出无比沉重的代价。

/ 三 /

天亮之后，何夕没有到他工作的报社去上班。他打电话请了假，然后便开始在电脑上写一封信，大意是向每一位收到这封信的人询问关于枫叶刀市的任何线索，同时希望他们能够把这封信发给另外一些他们认识的人。信写好之后，何夕作了些必要的润饰以便不显得过于唐突，然后便向他能找到的所有电子邮箱发出了这份邮件。本来何夕还想在这封信里简单交代一下自己为何想要去寻找这座城市，甚至包括那些影子的事情，但是他最终没有这么做。

何夕同时还在多处电子公告牌上发出了询问信息。做完这些事情之后，何夕有种如释重负的感觉，他坚信自己能够达到目的。几天之后，这个世界上起码会有好几万人知道这个枫叶刀市，而且随着时间的推移，知道的人会越来越多，就像是从山坡上往下滚一个雪球。何夕感到满意的还有另外一点，那就是以前是他一个人为这件事感到苦恼，而现在苦恼的应该不只是他一个人了。

快了，就快有消息了。何夕非常惬意地想，反正这个世界上是有枫叶刀市这个地方的，现在通过世界各地的这么多人去打听，一定找得到。这样想着的时候，何夕觉得自己真是聪明。

何夕曾经设想过那封信会招致的各种后果，但他从没有想到那封信竟然会招来警察。发出信息后的第二天下午，二十名武装到牙齿根部的警察冲进了报社，以涉嫌危害公共安全的罪名带走了他。

何夕当时正闲着没事，他看到一群警察进屋来根本没想到和自己有关，待到人家如临大敌、目标明确地冲上前来的时候，他还下意识地朝自己身后看去——当然，他的身后没有别的人了。

何夕没料到警察会抓走自己，他更想不到警察并没有把自己送往警局。当何夕眼前蒙着的黑布被除去的时候，他发现自己处在了一个完全陌生的环境之中。

这是一间很大的屋子，装饰风格是那种简约的豪华，这样的品位可以看出此间屋子的主人必定不是常人。何夕局促不安地站了一会儿，一直没见有什么人进来。从窗户看出去，外面山清水秀，风光迷人，从高度上判断这是一幢建在山腰上的建筑。何夕正想仔细探究一番的时候，门突然开了。

来人是一位四十出头的男子，衣着样式考究，做工精良，目光中显露出只有地位尊贵者才具有的非凡气度，整个人都给人一种高高在上的感觉。

"下午好，何夕先生。"来人彬彬有礼地点点头，"我是郝南村。"

"是你让人带我来的？"何夕小心地问道。

"虽然显得有点虚伪，但我还是要纠正一个字，不是带你来，是请你来。"郝南村不紧不慢地说，他整个人给人的感觉就是那种做事不紧不慢的人。

"就算是吧。"何夕含糊地答道，他并不想惹眼前这个人，"可是你们，请——我来有什么事？"

"是为你发布的消息。我们在互联网上的公告牌里看到了那则消息。"郝南村眯着的双眼给人的感觉像是两把锋利的刀，"你在找一座城市。"

何夕来了精神，他甚至忘了自己当前的处境："难道你有那个地方的线索？快告诉我，说实话，这个问题已经困扰我很久了。"

郝南村不易让人察觉地皱了下眉："你还是先说说你为什么会找这个地方。"

何夕犹豫了一下，他在想有没有必要把自己的秘密告诉对方。但是对真相的渴望压倒了一切，何夕最终还是彻底交代了整件事情的前因后果。说到兴头上的时候，就连那个离他而去的姑娘也抖落了出来，他实在是太想知道这一切都是为什么了。

这回郝南村的眉头明显地皱到了一起，一副百思不得其解的样子。他紧盯着何夕的脸，目光里有毫不掩饰的怀疑。

"从小时候……"郝南村喃喃地说，"也就是说有二十来年了。"

"哦，"何夕点头，"差不多。那会儿我才七八岁，现在我都快三十了。唉，就因为这事连个女朋友都找不到，人家都以为我不正常。"

"你是说只有你能看到那些影像？"郝南村问道，"你确定别人都看不见？我是说在那些影像出现的时候。"

"那些影像从来就没有消失过，它们一直在那儿，只不过别人看不到而已。"何夕说着话有些出神，"我觉得它们仿佛就生活在那里，那座叫枫叶刀的城市。"

"是吗？"郝南村笑了笑，"可是并没有那样一座城市。"

何夕一愣，他没想到对方会这样说。"这不是真话，一定是有那么一个地方的。你带我来也一定是因为这个原因。"

"这只是你的想法。"郝南村摇摇头，"这个世界上并不存在那样一座城市，不信的话你可以去周游世界来求证。你的古怪念头是出于幻觉。忘了告诉你，我是一名医学博士，这里是一所顶级的医院，负责治疗有精神障碍的病人。我是医院的名誉院长，我们愿意为你支付治疗费用。"

"你的意思是……"何夕倒吸一口凉气，"我是个病人。"

"而且病情相当严重。"郝南村点头，"你需要立刻治疗。我们已经通知了你的家人，他们听说有人愿意出钱给你治疗都很高兴，并且他们也认为这是有必要的。喏，"郝南村抖动着手上的纸，"这是你家人的签字。"郝南村摁下了桌上的按钮，几秒钟后便进来了四名身形彪悍、身着白大褂的男人。

"带他到第三病区的单独病房。他属于重症病人。"郝南村指着何夕说。

何夕看着这一切，简直不知道发生什么事情了。自己转眼间成了一名精神病人，他感觉像是在做梦。直到那四个男人过来抓住他的胳膊朝外面走时他才如梦初醒般大叫："我没有病，我真的能看到那些影子，它们在上楼梯。它们就住在那里，住在枫叶刀市。我没有病。"

但是何夕越是这样，那四个男人的手握得就越紧。走廊上有另外几名医生探头看着这一幕，一副见惯不惊的模样。郝南村笑着耸耸肩做了一个表示无奈的动作，然后回身进屋关上了门。与此同时，他脸上的笑容立刻便消失了，代之以阴鸷的神色。

/ 四 /

牧野静出门的时候显得很慌张，她几乎是一路小跑着冲到地下停车场的。进到车子里，她立即拨通了可视电话，屏幕上欧文局长的脸色相当难看。

"第三十六街区一百四十八号，华吉士议员府邸。知道了。"牧野静大声重复着欧文的话，"我立刻赶过去。还有别的人吗？"

"这件案子暂时由你一个人负责。"欧文强调一句，"根据初步情况判断，这件案子可能又与'自由天堂'有关。"

牧野静悚然一惊。"自由天堂"，新崛起的神秘组织。与别的一些组织不同，这个组织出世之初简直就像是警方的盟友。因为它只干一件事情，那就是铲除别的组织。在不到一年的时间里，它接连不断地颠覆了不下十个警方一直束手无策的老牌社团组织，但是谁也不知道它用的什么办法。这样的情形没有持续下去，警方很快发现这个神秘组织的势力越来越大，那些被颠覆的组织实际上是被它吞并了，而它后来的几次行动更是让警方认识到真正可怕的对手出现了。

应该说这些都只是警方的猜测，因为没有任何证据能够证明这个组织与近来发生的几起恐怖事件有关。警方只是发觉凡是与自由天堂作对的人或组织，最终都莫名其妙地遭到了打击。两个月前的一个雨夜，主张对所有非法组织采取更强硬态度的刘汉威议员突然死于家中。一个月前与刘汉威持相同观点的另一位议员也暴毙街头，而现在轮到了华吉士议员。

"那我原先负责的那些CASE（案件）怎么办？"牧野静问道，"尤其是我最关心的那件。"

欧文皱了下眉："你是说那件热带沙漠发生雪崩的谣传？"

牧野静忍不住插言："我不认为那是谣传。我相信那些当地人的说法，他们不像是在编故事。我已经花了近一年的时间来调查这件事情了，可不想半途而废。"

欧文淡淡一笑："还有比赤道沙漠雪崩更离奇的故事吗？我老早就想劝劝你了，有些事情就算是还有疑问也没必要过多地去深究，因为这是违背常识的，最终你会发现你误入歧途了。"

"可我当初去过现场。"牧野静坚持道，"我见到了冰雪融化后留下的冲击痕迹。"

"谁能保证不是那些企图制造假新闻来促进旅游业的当地人撒上去的？"

"可是气温呢？当时那里的温度明显低于正常值，这肯定是冰雪融化造成的。"牧野静涨红了脸，几乎是在喊叫了，"而且雪崩还压死了两个当地人，那可是两条人命。我可不相信这是什么假新闻，除非那些人都疯了。"

欧文面色不虞："我不想争执，你已经在那件事情上耗费了太多时间，我们没有太多闲钱来做一些看起来毫无希望的事情，有些案子必要时只能挂起来。这样吧，你自己选择，要么负责调查眼下这件事情，要么继续调查神奇雪崩。"

牧野静懂事地闭上嘴，露出无奈的表情。过了一会儿她点点头说："那好吧，雪崩的事情以后就算是我的业余爱好。我现在就去三十六街区。"她甩甩头发："现在这件事听起来也很有趣。"

"不是有趣，是危险。"欧文正色道。

三十六街区是一片环境优美的居住区，有不少知名人士都住在这里。整个街区都笼罩在翠绿的树影里，显得幽静而舒适。但是现在这里不再平静了，因为发生了恐怖事件。在街区的东南角正围着一大群人，警车的嘶鸣打破了这里固有的宁静。

"请让我进去。"牧野静一边举起自己的证件一边往里挤。

一名体形彪悍的警察走过来非常负责地查看她的证件，他有些迟疑地看着牧野静的脸说："好吧，你可以进来，不过里面可能有危险。"

"什么情况？"牧野静问道。

"我们接到华吉士议员的家人报警，称华吉士议员被劫持了，我们立即赶过来。现在我们正在想办法和对方谈判。"

"是什么人干的？"

"不知道。"警员指着不远处的一扇门说，"那是洗手间，华吉士议员就在里面。我们已经封锁了所有出口。"

牧野静朝门的方向走去。有几名警员正用枪指着门，大声地朝里面喊话。从门缝里可以看到灯光的闪动，说明里面还有动静。同时可以听到一些沉闷的声响不时从门里传出来，像是有人在挣扎。

"你们已经被包围了。"一名身材高大的警员一遍接一遍地喊道，"立即放下武器出来投降，否则一切后果自负。"

这时突然从门里传来一阵很大的响动，之后便再没有了动静。牧野静心里暗暗叫了一声糟糕。几乎与此同时，警员们立刻开始了行动。他们开枪打掉锁冲了进去，但立刻便僵立在了当场。

牧野静紧跟上前，立即明白警员们何以会呆若木鸡了。因为洗手间里面居然只有华吉士议员一个人。窗户紧闭着，其实就算窗户打开也不可能有人能够从那里逃逸，因为窗户上钉着钢条。华吉士议员面朝上倒在血泊中，身上只穿着睡衣，一柄样式古怪的小刀贯穿了他的右胸。牧野静冷静地看了眼华吉士议员的伤势，然后摇了摇头。很显然，他的伤已经不治。这时华吉士议员的嘴唇突然翕动了一下，牧野静急忙将头埋下去想听清楚他最后的遗言。

"……那个人……要我撤销提案……我不同意……"

"他人呢？"牧野静急切地追问。

"朝那儿走了……"华吉士一边说一边将目光扫过房间，牧野静知道这就是那个人离去时的路线。但是华吉士的目光斜向了房间的上方，最后停在了天花板的左上角。华吉士的目光渐渐迷离，"……他两腿一抬一抬地……走上去了。"

"然后呢？"牧野静大声问道，她感到自己正在止不住地冒汗。

"然后……"华吉士议员的嘴里冒出了带血的泡沫，"然后……不见了。"他的头猛地一低,声音戛然而止。

## / 五 /

"2074,来拿药。"胖乎乎的格林小姐扯着大嗓门叫道,她推着一辆装满药品的小车。躺在床上的男人立时条件反射地弹起,伸出瘦得像鸡爪一样的手接过格林小姐手中的小口袋。

格林满意地点点头,在她的印象里2074还算进步得比较快。刚来时他不仅拒绝吃药,并且和每一位医务人员都像是仇人一样。第一次给他喂药还是凭着几个壮汉才成功的。

"把药吃了。"格林柔声道。其实格林也并不清楚2074到底吃的是些什么药,感觉上好像和别的病人完全不同,都是些没有见过的奇怪的小丸子。当然,这是院长亲自安排的,格林小姐并不打算弄明白。自从一年多前2074入院以来她每天都给他送药,但让她心里有些不解的是:一般病人的药都会随疗程不同而改换,但2074的药却一直没有什么变化。但是这药无疑是有效的,因为现在的2074安静得像是一头小绵羊。

2074把药倒进嘴里,然后接过格林手上的水杯。他吞下药丸之后以一种讨好的表情指着自己的腹部对格林小姐露出笑脸。"吃了。"他说,"都在这里了。"

格林小姐心里泛起一阵柔情,相比之下2074算是那种比较好侍候的病人,用非专业的话来说他是一个"文"疯子。一般来说像这种病人都是住在集体病房的,但2074却一直享受单间。

"乖。"格林很少有地拍拍2074的手说,"吃了就好。"

2074受了表扬之后有些脸红,露出几分害羞的神色,憨憨地低下了头,一缕口水顺着他的嘴角流到了被子上,与原先的那些污迹混在了一起。他对口水拉出的亮线显然有了兴趣,伸手揽住那道悬在空中的黏液,一牵一牵地把玩着,两眼笑得发痴。

格林小姐看到2074一边玩一边在念叨着什么,她注意听了几秒钟,那好像是一个词。

"楼梯……那儿有排楼梯……"

格林小姐叹口气，楼梯，又是楼梯，从2074入院开始他就不停地告诉每个人有一排楼梯。格林小姐站起身，推着小车准备出门到下一个房间去。这时突然有一个男人拿着一页纸冲了进来，他一边走一边大声地喊："何夕，谁是何夕？"

格林拦住来人："马瑞大夫，你找谁？"

来人没有回答，他的目光四下里搜索着，然后像是有大发现般地叫道："2074，对啦，就是你。"他冲到床前对着那个干枯瘦削正在玩口水的男人说，"恭喜阁下，你的病全好了，可以出院啦。来，签个字吧。"

何夕一脸茫然地看着这个突然闯入的男人，有些害怕地往格林小姐身后躲去。"吃了。"他露出讨好的笑容指着腹部说，"我吃过药了。"

马瑞不耐烦地把一支笔往何夕手里塞："你已经病愈了，该出院了。"他厌恶地皱了下眉，"我就知道免费治疗会养出你们这些懒东西，好吃好喝又有人侍候，这一年多你可真是过的好日子呢。别装蒜了，检验报告可是最公正的。"

何夕不知所措地看着手里的笔和面前这个嗓门粗大的男人，急得像是要哭。过了一会儿他突然调转笔尖朝嘴里塞去。

"这不是药。"格林小姐急忙制止了何夕，转头对马瑞说，"你是不是弄错了？虽然我只是一个护士，但我一直负责看护这个病人，我能够确定他还不到出院的时候。"

"那我可不管，"马瑞摆出公事公办的样子，"反正上面安排这个病人出院。如果是病人自己出钱的话他愿住多久就住多久。现在上边让他出院，以后也不会给他拨钱了，你叫我怎么办。"

"可是他的病真的没好。"格林看着何夕，"他这个样子出去只能是一个废物。"

"这不是我管得了的。给他收拾一下吧，病人的家属还等在外边呢，以后自然由他们来管，可没咱们什么事。"

格林小姐不再说话，马瑞说得对，这不是她能管得了的事情。她摇摇头，给何夕换上一套干净的衣服。马瑞做了个手势，从门外走进来一个理发师模样的年轻人，然后他很娴熟地操着家伙给何夕理发。格林小姐沉默地看着这一切。随着何夕乱糟糟的头发逐渐理顺，格林小姐发现，何夕其实是一个相当英俊的男人，如果不是因为这个病的话，他一定会迷死许多女孩子的。

理完发，格林将何夕的手放到马瑞的手里说："你跟着他去。"

何夕害怕地想要挣脱马瑞的手，但是格林小姐用严厉的目光制止了他。片刻之后这间狭小的病房里便只剩下了格林小姐一个人。她低头理着床褥，但是却静不下心来。走了，那个病人。格林有些神思恍惚地想，他还是一个病人，谁都能一眼看出来。可我们居然让一个根本没有痊愈的病人出院，谁来告诉我，这到底是怎么一回事。

/ 六 /

牧野静刚刚走进会议室就感受到了巨大的压力。在这间足以容纳一百人的房间里只坐了不到十个人，但是他们中的每一位都是令人无法轻松面对的人物。在此之前牧野静从未想到自己有朝一日竟然可以这样面对面地见到这些大人物。同时她立即意识到自己此行的任务绝不是上司交代的那样简单——她受命将华吉士议员遇刺案向国际刑警总部专程前来的高级官员汇报。

牧野静详细地叙述了华吉士议员遇刺案的经过，尤其是他最后那番奇怪的话语。牧野静注意到她的听众都很认真，其中大多数是她的同行，只不过他们每个人肩上的徽章都令她不敢喘大气。另外有几个身着便装的老人，看不出他们的身份，但从另外那些人对待他们的态度上看，他们的地位似乎极为尊贵。面对他们，牧野静心里有种奇怪的感觉，怎么说呢，他们举手投足间都有种令人无法漠视的威严，就像是——法老。法老？牧野静愣了一下，为自己心里突然冒出的这个词。但是这几个人的确让她有这种感觉，只是她也不知道为什么会有这种感觉。

"等等。"这时一位头发雪白的老人打断了牧野静的发言，"我是江哲心博士，我想确认一下那个叫华吉士的议员真是那样说的吗？他当时的神志是否清醒？"

牧野静点点头："他的确是那样说的。至于说他是否清醒我很难判断，因为他当时就快死了。不过，"牧野静停了一下，"我感觉他的话是可信的，因为当时他简直是拼尽了全身的力量来告诉我那些话。我觉得他正是为了说出这几句话才硬撑着没有立刻死去。"

会议室里的几位老人交换了一下眼色，似乎接受了牧野静的说法，但是他们脸上的神色变得更加凝重了。

另一位表情刻板的老人开口道："我是崔则元博士，我想知道华吉士议员是否提到那个人的性别。"

牧野静想了一下，然后摇摇头："从他的话里判断不出那个人的性别。"

"看来出现了一个奇怪的人。"江哲心小声地对旁边的几个人说，"可怕的概率数，我们有大麻烦了。"

牧野静迷惑不解地看这群人脸色严肃地议论，不明白发生什么事情了，不过从直觉上她能感到这是一件非同小可的事情。她忍了一下但还是开口问道："你们可不可以告诉我这是怎么回事？"

正在讨论的人们停了下来，注视着牧野静。过了一会儿，江哲心说道："对不起，这件事涉及政府最高机密，我们不能对你说明。现在你可以走了。"

牧野静不再说话，这里每一个人的级别都能够叫她乖乖闭嘴。她左右看了一眼，知趣地退出了会议室，不过还是有一些低低的絮语钻进了她的耳朵。

"以前的那个人现在在什么地方？"一个嘶哑的声音问道。

"让我查查……唔，就在本市。四十七街区六十一号。"

"能否联系上？"

"这……恐怕没有什么意义。"

"为什么？"

"因为当时按照五人委员会的指示已经作了常规处理。"

牧野静只听到了这些，因为她刚刚退出会议室，门就关上了。但是这几句话已经在她的心里埋下了一个很大的结。她回到办公室，想要稍微整理一下近来这个案子的进展情况，电话响了，她拿起听筒，是欧文局长打来的。

"什么？"牧野静大叫，"要我交出这件案子？那怎么行，我一直都负责自由天堂的案子，现在一点眉目都没有就让我交出来可不行。"

"这是命令。"欧文的口气不容商量。

"难道是怀疑我的能力？"牧野静不想退让，"你准备把案子交给谁？"

"你错怪我了。这件案子以后不归我们管了。上边另有安排。你把卷宗整理一下，准备移交。"

牧野静放下电话，咬住下唇，怔怔地站立了半晌。在她五年的职业警官生涯里，这已经是第二宗被强行终止的案件，而且这种强迫行为都发生在近几天。更要命的是这件案子又是那么吸引人，这样的案件对于一名尽忠职守并且渴望成功的警官来说，其诱惑力简直大得要命。

"这件案子是我先接手的，我不能就这样交出去。"牧野静突然说出了声，她自己也被吓了一跳，但是她的决心就在这一刻下定了。

/ 七 /

四十七街区在这座城市里算是比较破败的区域，充斥了大量低矮老旧的公寓房子。牧野静花了好几个小时才找到了六十一号的位置。那其实是一片行将拆除的老式院落，住着大约三四户人家。牧野静打听到这里有一个人患有精神疾病，曾经有不明身份的人出资给他治疗过，但是没能治好，除此之外这里再没有什么值得注意的人物。牧野静直觉地感到自己要找的就是这个叫何夕的人。

牧野静推开没有上锁的门走进院子，地上到处流着脏水，散发出难闻的气味，几盆疏于照料的、蔫兮兮的花儿在院子的角落里瑟瑟地颤抖着。牧野静看到在院子左方的墙边坐着一个满脸络腮胡的男人，他正半眯着眼惬意地晒着太阳，一丝亮晶晶的口水从他的嘴角直拖到显然已经很久没有洗过的衣领上，在那里濡湿出一团深色的斑块。有一些散乱的硬纸板摆在他面前的地上，旁边还有半桶糨糊和一些糊好的纸盒。

这时一个老妇人突然从一旁的屋子里走了出来，猛地朝那个正在打瞌睡的男人的肩上搡了一拳："死东西，就知道吃饭睡觉，干一点活都偷懒。"老妇人说着话不觉悲从中来，眼睛红红地用力擤着鼻子，"三十多岁的人了，就像个废物。不知道上辈子造了什么孽，老天爷叫你来折磨我。"

那个男人从睡梦里惊醒，万分紧张地看着老妇人挥动的手，一旦她的手靠近他的身体他就会惊惧地尖叫。过了一会他确信老妇人不会再打自己了，便慌忙拾起地上的家什开始糊纸盒，但眼睛却一直紧盯着老妇人的手，丝毫不敢放松。

"请问……"牧野静小声地开口，"这里有没有一个叫何夕的人？"

老妇人怔了一下，这才注意到有人走进了这个院子，她露出疑惑的神情看着牧野静："你找他有什么事情？"

牧野静一愣，她其实也不知道自己找到何夕又能做些什么，她甚至不知道何夕到底是个什么样的人。当天她只是无意中听到了这个地址，并且凭猜测认为那些人提到的"另一个人"就住在这个地方，就连这个人同一名叫何夕的精神病患者之间存在联系也是猜测的结果。除此之外，她根本不知道其中到底有什么奥秘。

"何夕。"老妇人念叨着这个名字，仿佛在咀嚼一样年代久远的事物。一些柔软的东西自她眼里泛起，她的目光投向那个被她称作"死东西"的男人。"何夕。"她轻声地呼唤了一声，然后转头看着牧野静说，"他就是何夕，我的儿子。他本来是很好的，最多算是有点小毛病……"老妇人悲伤地揉了揉眼睛，"可现在却成了这个样子。"

那个男人并不知道旁边的两个人正在谈论他，现在他的注意力已经全部集中到了糊纸盒的工作上。蘸着糨糊的刷子在他手里飞快地运动着，只几秒钟便有一只形状整齐的纸盒从他手里诞生。不过当老妇人眼里的泪水滴落在地，浸出小块水渍的时候，他的动作会不由自主地放慢半拍，仿佛被什么东西触动。但是这个反应很快就会消失，他又沉浸到了那种单调而无休止的工作之中，一丝口水在他的嘴角与衣领之间牵扯着。

牧野静正想要说些什么，突然听见院外传来一片嘈杂声，像是有大群人在朝这边走来。

"就是这里。"有人高声叫嚷着。过了一会儿，院子的门被推开了，不下二十个人一拥而入。牧野静惊奇地发现这些人她居然认得一些，比如说江哲心，还有国际刑警总部的几名高级官员。另外一些人居然是荷枪实弹的士兵。牧野静想不到这些人会突然来到这个地方，而且他们显然也是为了这个叫何夕的精神病人而来。

"你怎么在这儿？"江哲心意外地看着牧野静，"是你们局长派你来的？"

牧野静摇头："是我自己的主意。"

"你知道些什么？"江哲心脱口而出，但他立刻意识到这样问反而显得事情复杂，"我是问你来这里做什么？"

牧野静心念一动，她决心不让对方知晓自己其实什么都不知道。她有一种直觉，这件事会跟自由天堂的案子有关。牧野静淡淡地笑笑："我只是在同何夕聊天。"

"聊天……"江哲心狐疑地看着牧野静的脸，目光犀利得绝对不像是一个老人。过了几秒钟他才重又开口说，"那我不得不打断你们了。现在我必须带走这个人。"

牧野静紧张地在心里打着主意："刚才我们正谈到关键地方，这件事情可能会和自由天堂有关。"

江哲心愣了一下，看上去有些无奈："好吧，看来我们除了带走他以外还必须连你也一块带走。"他做了个手势，那些全副武装的士兵围拢了过来。站在一旁的老妇人这时才明白发生了什么事，她挡在儿子面前说："你们不能带走他。"士兵们不知所措地回头看着江哲心，等他下命令。

江哲心放低了声音说："我们只是带他去治疗。"

老妇人警惕地看着那些士兵，眼里是不相信的神情。她的态度影响了何夕，他站起身，不信任地看着每一个人。这时牧野静才发现何夕的身材相当高大，如果要强行带走他肯定会费上一番周折。

江哲心博士想了一下，然后回头拿出对讲机低声说了几句什么。过了几分钟一个胖乎乎的妇人从门口进来，她的目光一下子就盯在了那个男人身上。

"2074。"她说。

何夕稍微愣了一下，然后便露出讨好的笑容摊开手。

/ 八 /

这是格林小姐见到过的最为漂亮的病房。超过五百平方米的面积，设施齐全，应有尽有，豪华程度绝对不亚于五星级饭店的总统套房。而整间病房只住着一个病人，一个月来格林小姐也一直在护理这一个病人，相对于她以前的工作这真算是享福了。

何夕正在吃药，品种花色相当复杂。按照格林小姐的经验来看，这些药肯定不是治疗精神病人的，因为那种药通常会使服药的人表情越来越淡漠，脾气也会越来越趋于平和。而何夕现在却是越来越烦躁，有时却又长时间地沉默着发呆，像是在想什么问题。江哲心和另外一些格林小姐不认识但显然身份显赫的人每天都会来探望，他们注视着何夕的眼神简直就像何夕是他们在这个世上唯一的亲人。格林看得出他们的这种关心的确不是做作，因为何夕的每一个变化都能够极大地左右他们的情绪。他们的内心似乎正在受着某件事情的煎熬，而何夕可能与这件事休戚相关。

现在的何夕与一个月前已经判若两人，格林小姐如果不是一直陪着他的话，肯定认不出现在的这个时时眉头紧锁、眼睛里含着深意的男人竟会是当初的那个白痴。也许他的病真的给治好了，格林小姐想。不过有一个念头盘桓在格林小姐的脑海里挥之不去，她觉得现在的何夕与当初她第一次见到他时没多大不同，也就是说何夕当年被送进那所医院时可能是一个正常人。这个念头让格林小姐觉得可怕，因为如果承认这一点的话，就意味着正是医院给何夕吃的那些药将他变成了白痴，而格林小姐正是亲手给他喂药的人。这个假定同时也可以解释后来为什么会匆匆忙忙地让何夕出院，因为那正是治疗的目的。每当格林意识到这一点时，背上就会出一层冷汗，然后她会立刻半强迫地甩甩头，扔掉这个不该有的念头。

今天何夕并没有像往常一样在吃完药之后立刻休息，而是点起了一支烟。格林以前从不知道何夕会吸烟，但是在大约十天前何夕突然对香烟发生了兴趣，并且真的燃起了一支烟。当时格林小姐所下的结论就是这绝不会是何夕的第一支烟，因为他的姿势及享受的表情都老练之至。

何夕旁若无人地吐着一个个烟圈，仿佛根本不知道格林在一旁注视着自己。过了一会儿，他像是下了决心般对着面前的空气说了句："叫他们来。"

江哲心的内心并不像他的外表那样镇定，当他听到格林小姐传话说何夕想要见他时，简直激动得不能自己。尽管他不愿承认，但是这个叫何夕的人对他及所有人而言都是极为重要的，从某种意义上讲，整个世界的未来可能都与这个人息息相关。

"你是说……"江哲心擦拭着额上的薄汗，现在房间里只有他和何夕两个人，"你完全想起来了。"

何夕冷冷地看着面前的这个老人："是的，我想起来你们是怎样把我抓走，又是怎样宣布我是一个疯子。"他的声音渐渐变低，"当然，我后来的确成了疯子和白痴……"

江哲心沉默着坐下，他的腿有些软："我知道这件事伤害了你，但是你现在必须帮助我们……"

"帮助你们？"何夕打断了他的话，"我为什么要帮助你们？"他大声吼道，"你们毁掉了我的人生，是你们把我变成了一个废物。我的天……"何夕涨红了脸，"而现在你居然说要我帮助你们。"

江哲心尴尬地笑笑："我只能说抱歉。我知道没有什么能够弥补你的损失，但是你真的要帮助我们。"

何夕平静了些，他直直地看着江哲心的脸："这样吧，你先告诉我这一切到底是因为什么。如果你们对我做的一切有正当理由的话，我会考虑这个问题。"

江哲心的面部肌肉不易察觉地颤抖了一下，他像是陷入了一个极难做出决断的问题之中。过了一会他迟疑地开口道:"这件事情不是我一个人能够做主的,同时这个地方也不安全。除非五人委员会集体同意,否则我不能告诉你真相。"

"那好吧,我跟你走。"何夕点点头,"还有件事,我希望见到那天比你们早一些找到我的那个女警官。"

"为什么?"

何夕叹口气:"因为我实在不想让那么漂亮的一个女士变成白痴。"

/ 九 /

五人委员会是一个充满神秘色彩的机构。它的成员是五名年龄从四十几岁到八十有余的著名专家。它实行的是终身制,如果某一位委员去世了才会由另几名委员推选新的成员。谁也不知道这个机构到底是干什么事情的,只知道它的级别很高,也许是最高的,因为谁也没有听说这个委员会隶属于哪个部门。本来它的成员都各有各的工作,但近来这几个人却是联系频繁,这种情形已经许多年没有出现过了。

何夕一直不肯走进密室,直到他见到了江哲心带来的牧野静。当天她被带到一个荒僻的处所接受了足有半个多月的询问,这时她才意识到问题严重,但事情的发展已经不由她控制了。三天前她被带到一所医院,大夫宣布她需要治疗。当时她用尽全身的力气挣扎嘶喊但都无济于事。而就在这个时候江哲心来到医院带走了她。

何夕之所以让江哲心把牧野静带到今天会议的现场也是为了保护她,何夕想让她真正介入到这件事情中来。对秘密一无所知的人和对秘密了如指掌的人常常是安全的,而对秘密一知半解的人却多半处境危险——何夕自己的遭遇就是一个例证。尽管现在下结论还为时尚早,但何夕凭直觉感到整个事件里隐藏着一个很大的秘密。

密室的门在人们身后缓缓关闭。进入密室的人第一眼便会看到大厅正中那个直径超过十米、由三维成像技术制造出来的半透明地球影像,它缓慢而静谧地转动着,如果仔细分辨的话甚至能看到海洋巨浪掀起的小小波纹。淡淡的经纬线标志在球体的表面浮动着。屋子里只剩下七个人——何夕、牧野静以及五人委员会。这些人里头何夕认识两个人，江哲心和郝南村。当何夕的目光落到郝南村脸上时久久都没有移动，令郝南村有些不自在地左右四顾。

"我知道你的感受。"江哲心用规劝的口吻对何夕说，"当年郝南村博士只是尽自己的职守，有些事我们其实也是迫不得已。"

这时坐在左首的一位满头银色卷发的老妇人开口道："何夕先生，我是五人委员会的凯瑟琳博士。"她又指着坐在她旁边的两位身着黑色西装的瘦高个男子说，"这是蓝江水博士和崔则元博士。我想另外几位就不用介绍了，你都认识。出于安全原则，我们五人以前虽然经常联系，但还从未像今天这样同时出现在同一个地方，所以，请你一定相信我们的诚意。现在由我来解答你的问题。当然，如果你愿意的话也可以向别的委员提问。"

何夕想也没想就开口说："我想知道枫叶刀市在什么地方。你们谁来答都行。"他指着蓝江水说："就你吧。"

"何夕先生，你的历史学得怎么样？"蓝江水没有立即回答，而是反过来提问道，"我是说近代史。"

何夕不知道蓝江水为何有此一问，他想起了自己羞于见人的考分。"老实说不太好。我对历史缺乏兴趣。"

蓝江水微微一笑："你还算诚实，你的回答和我们调查的结果一样。当初你在中学读书时历史成绩没有一次及格。"

"为什么调查这个？这与我们要谈的事有什么关系吗？"

"你如果处在我们的境地说不定比我还要小心，我们有必要知道你过去的一切。好了，暂时不说这个。我想问你知不知道'新蓝星大移民'计划。"

"是这个呀？"何夕有点小小的得意，因为这事他正好知道，"那是一百五十年前发生的事，当时人类已经发现了宇宙中有众多适宜生命生存的行星。于是他们挑选了一颗和地球情形差不多的，让许多人接受了冷冻，出发移民到那颗新行星上去了。我记得那颗行星同地球的距离是四十光年，以光子飞船的速度算起来第一批上路的人已经到达那里很久了。而且我还知道在一百三十年前，另外一些人移民到了另外一颗行星。"

蓝江水博士看着侃侃而谈的何夕，不禁摇头苦笑道："我不得不佩服政府高超的保密手段，这么多年过去了居然还能让人不起一点疑心。天知道我们哪里来的什么光子飞船。而且就算是有什么新蓝星，又有谁能保证不被其他智慧生物占据。"

何夕立时停住，他不明白蓝江水的这句话是什么意思："你说什么？你不会告诉我那只是一次骗局吧？这可是载入了史册的伟大事件，正是这件事彻底缓解了地球的生态与发展危机。"

凯瑟琳插话道："如果说那是一次骗局的话它也不是出于恶意，最多算是一种手段而已。政府花了大力气把某个蛮荒星球描绘成一片充满生机的新大陆，以此来吸引人们自愿移民。说实话，当时的地球确实已经相当糟糕了，超过两百亿人居住在这颗其实最多只适宜居住一百亿人的星球上。"

"如果这是骗局的话那么那些人都到哪里去了？"何夕倒吸一口气，"总不会是被消灭了……"何夕的脸色变得发白，"我记得移民人数前后加起来超过一百五十亿人。"

江哲心博士在一旁摆摆手说："你的想象力未免过于丰富了。'新蓝星大移民'计划虽然是场骗局，但并不至于那么恐怖。至于说那些人……"他的目光投向了面前地球上深黄的一隅，"他们就生活在类似于枫叶刀市的城市里，和我们生活的城市并无不同。"

"枫叶刀市。"何夕念叨着这个名字。这个城市已经与他有了千丝万缕的联系，甚至改变了他的人生。但是他又的的确确对这个地方一无所知。

"他们生活在许多像枫叶刀市那样的城市里。"蓝江水的语气像是在宣读着什么，"他们一样地呼吸空气，一样地新陈代谢，一样地出生并且死亡。和我们没有任何不同——只除了一点。"蓝江水直视着何夕的脸，不放过他的任何一丝情绪变化，"组成他们的世界的砖和我们的不同。"

/ 十 /

何夕觉得自己越听越糊涂，他打断蓝江水的话："你还是没告诉我枫叶刀市到底是个什么地方。"

凯瑟琳博士笑了笑："我来告诉你吧。枫叶刀市是海滨的一座中型城市，人口约九十万，大部分是华人。"

何夕有些恼怒地补充道："我是问它的地理位置。"

凯瑟琳的神色变得严肃起来："它大约位于东经105°，北纬30°。"

"等等。"何夕打断她的话，他看着那个三维地球，"这不可能，那个地方是内陆，而且，"他倒吸一口气，"就在我老家附近。"

"不对。"凯瑟琳执着地说，"枫叶刀市位于枫叶半岛南端，面临枫叶海湾。"

何夕有些头晕地看着凯瑟琳博士一张一合的嘴唇，有气无力地说："我们两个，要么是你疯了要么是我疯了。"

"你们都很正常。"是郝南村的声音，"凯瑟琳博士说那里是海滨，这是对的。你说那里是内陆丘陵，这也是对的。你甚至还可以说那里是雪山或是负海拔的盆地，这都是对的，因为那里的确有雪山和盆地。"

"你……你说什么？"何夕扶住自己的额头，他看不出郝南村有开玩笑的意思。

"你知道自己在说什么吗？"与他同样吃惊的还有牧野静。

"我当然知道自己在说什么。"郝南村毫不迟疑地点头，"你们只要听完其中的原因，就会明白我为什么这样讲了。"

"知道什么是普朗克恒量吗？"凯瑟琳博士轻声问道。

何夕在自己的脑海里搜寻着，知道那个东西大概在大学阶段。他点点头："我以前学过，那大概是一个常数，所有物体具备的能量都是它的整倍数。"

凯瑟琳颔首："你说得不算离谱。那的确是一个常数，具体数值是 $6.626 \times 10^{-34}$，单位是焦耳·秒。按照量子力学的基本观点，世界并不是连续存在的，而是以这个值为间隔，断续存在。间隔之间的能量值都是没有意义并且也是不可能存在的。这个世界上所有物质的能量和质量——你应该知道按照质能方程这两者其实是一回事——都是这个值的整倍数。如果我们把这个常数看成整数1,那么这个世界上任何物体所具备的能量值都是一个很大的整数。比方说是15000,或者是940000076,这些都可以。但是绝没有一件物体会具有诸如8.54这种能量值。从这个意义上讲,我们不妨把普朗克量子数看作一块最基本的砖,整个世界正是由无数这种砖堆砌而成。"

何夕很认真地听着,他的嘴微微翕开,样子有些傻。应该说凯瑟琳讲得很明白,但何夕不明白的是她为何要讲这些,何夕看不出这些高深莫测的理论和自己会扯上什么关系。

"等等,"何夕终于忍不住打断了凯瑟琳博士的话,"我只想知道枫叶刀市在什么地方。你不用绕那么多圈子,我对无关的事情不感兴趣。"

凯瑟琳博士叹口气:"我说这些正是为了告诉你枫叶刀市在什么地方。"她的目光环视着另外几名委员,似乎在作最后的确认,"枫叶刀市的确就位于我说的那个位置。"

"这不可能。"何夕与牧野静几乎同时叫出声。

"这是真的。"江哲心博士肯定地答复。

"你是说它是一座建在地底的城市?你们在地底又造了一座城市,甚至——还造出了地下海洋?"何夕有些迟疑地问,他的声音很低,也许连他自己都觉得这个推测过于荒谬。

凯瑟琳摇头:"我说了那么多你应该想到了,我看得出你的智商不低。"

何夕心中一凛,凯瑟琳的话让他想起了一件事。是的,还有一种可能……但那实在是——太疯狂了。

"不可能的。"何夕喃喃道,他汗流如注。

凯瑟琳的表情变得有些微妙,她的心思像是已经飞到了很远的地方,银白的发丝在她的额头上颤巍巍地飘动。她的目光停在了地球上的某处,那里是一片深黄色:"枫叶刀市就在那里,一座很平常的城市,但是……"

凯瑟琳顿了一下:"它是由另一种砖砌成的。"

## / 十一 /

"量子力学的基本原理给了我们一个强烈的暗示,那就是我们并不像自己通常认为的那样占满了全部空间。实际上即使这个星球上已经看不到一丝缝隙了,它仍然是极度空旷的,因为在普朗克恒量的间隙里还可以有无数的取值,就好比在'1'到'2'之间还有无数的小数一样。"凯瑟琳博士露出神秘的微笑,"你明白我的意思吗?"

"在枫叶刀市所在的那个世界里,普朗克常数有另外的起点。如果把我们的普朗克常数看作整数1的话,枫叶刀市的普朗克常数的起点大约是1.6。"江哲心语气艰难地开口道,看得出他每说出一个字都费了不少劲,"这就是答案。"

"另外的……值。"何夕仍然如坠迷雾,"这意味着什么?"

"你不妨想象一下一队奇数和一队偶数相遇会发生什么事情。"江哲心像是在启发何夕,他注视着何夕的神情,"你应该想到那其实不会发生任何事情,因为它们都将毫无察觉地穿过对方的队伍。而我们与枫叶刀市之间正好相当于这种关系。"

"也许我的表述会引起误会。"江哲心补充道,"枫叶刀市的物质与能量仍然是按普朗克常量的值呈现出量子化的分布,但却与我们的世界之间有一个确定的偏移量。如果把构成你身体的物质看作1,2,3,4,5……的一个整数等差数列的话,那么在枫叶刀市生活的某个人的身躯则是由1.16,2.16,3.16,4.16,5.16……构成的一个非整数等差数列。如果你和这样的一个人相遇了的话……"江哲心停顿了一下,"你认为会发生什么事情?"

何夕的表情有些发傻。"发生……什么事情?"他努力思索着,"我是不是会看到他身上有很多小洞?"

江哲心博士缓缓摇头:"答案是你根本就感知不到他。他在你面前只是一团虚空。"

"可是他总会反射光线吧？"何夕插话道。

"问题是他所在的世界的所有物质都和他具有同样的普朗克常数偏移量，光也不会例外。"江哲心指指头上的灯光，"我举个例子。红色光的波长大约是$6\times10^{-7}$米。一个光子具有的能量值是：普朗克恒量乘以光速再除以光的波长。在我们的世界里一个红色光光子的能量大约是$3.31\times10^{-19}$，由这样的光子组成的光束能够被你的感官所感知，只是因为你的身体处于与之相同的能量序列之内。而来自枫叶刀市的光线则不然，它们具有完全不同的能量序列，同样波长的一个光子的能量将是$3.86\times10^{-19}$，而这个能量值对我们这个世界来说根本是不可能存在的。包括光线在内的那个世界的所有物体都可以毫无阻碍地穿越你的身躯，对它们来说你也只是一团虚空。你们之间的关系就像是数学里的平行线，永远延伸但却永远不能相交。"

"你是想告诉我就在我身体的周围还生活着另外一些奇怪的东西，"何夕神经质地伸手在空中抓挠着，"它们可以任意穿过我的身体，就像我并不存在。"他突然哈哈大笑，盯着自己的手说，"这太荒唐了，你们不会是在告诉我现在我手里可能正好托着某个妙龄少女的芳心吧。"

"理论上的确有此可能。"江哲心博士严肃地说，"我们现在的这间密室在枫叶刀市所在的世界是另一座中型城市的市区，你的手此时刚好放在某位少女的胸腔里也未可知。"

汗水自何夕的额头上流下来，他颓然地扶住墙壁，防止自己倒下去。牧野静的情形也不比他好到哪儿去。何夕吐出口气："好吧，我相信你们了。虽然从理智上讲我难以接受这一切。"他转头环视着屋子里的另一些人，"我想你们花这么多工夫告诉我这些，不是为了让我长见识吧？说实话，你们要我做什么？"

江哲心博士没有直接回答这个问题，而是自顾自地往下说："有件事情我还要告诉你，记得郝南村博士说过在枫叶刀市所在的位置上还有高山和盆地吗？"他停下来，"你明白我的意思吗？"

何夕想了一下："难道说还有另外的世界存在？"

"在两百多年前的那个动荡不安的年代里，由于人口问题以及对自然的过度开发，我们的地球已经不堪重负。"江哲心的语气变得沉重，"不知道在你心中是怎样看待我们这些以科学为职业的人,不过我倒是觉得我们之中的大多数人都是良知的奴隶。当我们目睹人类的苦难时,内心总会感到极大的不安——哪怕这种处境根本就是咎由自取。就在这时候我们的一位伟大的同行出现了——一位名叫金夕的华裔物理学家。金夕博士找到了一种他称作'非法跃迁'的方法,可以将物质跃迁到另一层本来不可能的能级上。在他的方程式里总共找到了六个可能的稳定解,我们原有的世界只是其中的一个解罢了。"

"那另外的五个解岂不是对应着五个不同的世界?"何夕插话道。

"可以这样理解。当时的世界已经无法承受人类的重负,金夕博士唯一的选择是立即把所有的解都用上了,尽管连他自己也不知道这样的做法到底是福是祸。政府全力支持了这项计划。从某种意义上讲我们现在的世界其实是由六重世界构成的。"

"六重。"何夕喃喃而语,似乎有所触动。

"的确有点巧合。"江哲心仿佛看透了何夕的心思,他的目光停在虚空中。那个孤独的地球开始闪烁起来。浩瀚的太平洋的腹心突然涌现出深黄的陆地。北美洲眨眼间消失得无影无踪,就像是被一场灾难吞没。北冰洋成为北极洲,而南极大陆则成了一片汪洋。

这是一个全新的地球!但这一幅新的版图并未保持太久,十几秒钟后另一幅完全不同的地球景象出现了……如是循环往复。

江哲心理解地望着何夕,他尽量使自己的声音平稳:"当年佛陀把欲世界分成包括地狱道、饿鬼道、畜生道、阿修罗道、人道、天道在内的六道,它们在业力的果报下永无止境地流转轮回。"他稍停一下,语气变得像是在宣判,"此所谓六道众生。"

/ 十二 /

"众生门"国家实验室位于南太平洋上的一座孤岛。从外表看这只是一座平常的热带岛屿,但是附近的渔民都知道这里是不能随便靠近的。而每天都有一些行踪不定的神秘船只和直升机从岛上驶向外界。

"我们已经很久没有启用过众生门了。"江哲心走到何夕的身后，他的思绪显然已经飞到了往昔的年代，"我的前辈们设置了这个装置，用来将当时过多的人口发送到另外五个新创的世界去。"

"恕我直言，"何夕半开玩笑地说，"从感觉上讲我觉得你们的方法有点像是做'千层饼'。"他看了眼江哲心博士，"你是华裔，应该知道什么叫作'千层饼'吧。实际上还是那么多面粉，不过是人们凭借高超的手艺把它做成了一层层的。赏心悦目倒是不假，但对于肠胃而言它仍然和'一层饼'毫无区别。也就是说它骗得了眼睛可骗不了肚子。"

但何夕没料到的是江哲心竟然发了火，他涨红了脸说："我不喜欢把严肃的科学研究同一些无关的事物相类比，况且这也不是你应该关心的问题。"

何夕感到意外，他不知道自己的这个比喻怎么就冒犯了江哲心。从内心讲何夕倒是觉得江哲心是一个可亲近的人，至少何夕对江哲心的印象比对郝南村要好得多。

江哲心平静下来："请原谅，我不该发火。我可能是有些紧张。"他转头看着不远处高大的众生门说，"这套装置还从未有过失败记录。它的原理并不复杂，你应该知道，如果一个电子吸收了光子的话它就会跃迁到某个新的能级轨道上去。在众生门里有一种具备特殊能级的粒子将会辐射你的躯体，其能级不到普朗克常量的十分之一，在自然界中是不存在这种能级的。通过控制其强度，我们可以让你到达其余五个新创世界去。实际上我们之所以知道另外五个世界上的大概情形，也是通过这种粒子传递讯息，比方说我们知道，在其中一个世界存在着一座叫作枫叶刀的城市。"

"如果失败会怎样？"何夕急切地问。

江哲心笑了："我知道你最关心这个。如果失败的话你会被送往非预期的某个世界，但肯定是另五个世界中的一个。放心吧，我们能够让你回来。"说完话江哲心急匆匆地朝忙碌的人群走去。

牧野静若有所思地看着江哲心的背影说："我觉得有地方不对。"

"你说什么？"何夕吃了一惊。

牧野静小心地看了眼四周，同时压低了声音："你不觉得这里有些事情不能解释吗?"

"解释?解释什么?"

"你知道我是个警员,我是因为调查自由天堂的案子才牵涉到这件事情里来的。"牧野静说得很认真,"如果把这些事情同那件案子联系起来想的话……"

何夕愣了一下,那件案子他是知道的,这段时间他和牧野静几乎无话不谈。当他听到华吉士议员死前描述的场景时,很自然地想到了自己以前目睹的怪事,但他并未从中悟出什么来。现在牧野静突然提到这一层倒是让他心中一动。

"我甚至还有个更大胆的想法。"牧野静兴奋得满脸红光,"大约在一年前我调查过一件发生在热带沙漠的离奇雪崩事件。你想想看,这里边会不会有联系?"

"你不会是在说……"何夕欲言又止,他觉得这个想法太荒唐了。

牧野静却点头道:"也许那就是真相。"

"我还没说呢,你怎么知道我说的是什么?"何夕禁不住笑了。

"这就叫身无彩凤双飞翼,心有灵犀一点通嘛。"牧野静得意地跟着笑,以何夕的眼光来看,她这副自鸣得意的笑靥真是动人极了。

"哎哟!"她突然轻叫一声,双颊泛起红晕。

"怎么啦?"何夕问,但他立刻知道是怎么回事了,因为他想起了牧野静刚才的那句话里包含的另一层意思。何夕也不禁有些讪然,"你别多心嘛,我们……我们之间什么事也没有。"话一出口他就知道自己又说错话了。

"谁说错了,"果不其然,牧野静当即白了何夕一眼,"要你多事。"

"还是说正事吧。"何夕换了话题,"如果把雪崩看作是位于另一层世界的物质由于某种原因突然进入了我们这层世界的话也就好解释了。同样地,如果把那个人的突然消失解释为进入了另外一层世界的话,也就没有什么奇怪的了。"何夕的眼中放着光,"可是那个人根本没有凭借什么'众生门'之类的装置,难道,"何夕的脸色有些变了,"他能够在六个世界里自由来去？"

牧野静的声音有些发抖："而这个人居然还是个——杀人凶手。"

何夕觉得这一切简直令人发疯："是的，他是个凶手，来无影去无踪，执掌六道众生生杀大权的凶手。"

/ 十三 /

江哲心博士颓然坐倒，他本来就是个老人，但现在看上去仿佛又老了一些，过了好半天他才回过神来："原来你们叫我过来就是说这个。你们终于还是想到了。不错，这就是我们眼下的处境。"

何夕注视着面前这张苍老的脸庞，他知道这个老人还有许多话要讲。

"我们刚刚听到自由天堂的案子时就知道什么事情发生了，因为除此之外没有别的解释。五人委员会本来就是一个管理层叠空间的组织。"江哲心注意到了他的听众的茫然，"层叠空间就是指包括我们这个世界在内的六层空间。五人委员会成立于两百年前，当时世界刚刚凭借人类智慧的伟大力量分化为六层平行的物质空间，其后又花了几十年的时间使得另外五层世界变得适宜人类居住。我想强调一点，我们说到空间分层的时候其实是指物质与能量分层。站在我的观点上看，空间和时间都是并不存在的抽象概念，空间只是对应着物质的存在，而时间则对应着物质的运动。当物质世界分层的时候空间和时间也就自然分层了。我们现在这个世界看上去并无变化，而另外五个世界则是全新的。

"整个空间范围以地球为中心，包容进地球以及大气层。如果区域之外的物质进入该区域的话也将被分层。比如说太阳光照射进这个区域时将被分为六层，并分别被每一层世界所感知。在这个空间范围内的原有物质元素都被分出了新的五层。新的物质元素层次在新的空间里组合出另一层世界。从理论上讲在那一刻它们甚至可以组成生命，但是这种概率实在太小。那些世界和我们这层世界相当类似，它们在初创之时拥有除生命之外的一切，比如水和空气，适宜的温度，以及土壤——虽然相当贫瘠，不过这已经足够了，因为它们是行星，是和地球同样规模的气势磅礴的超巨系统。对于一颗行星级别的系统来说,这些条件已经足以承载宇宙间无与伦比的奇迹,那便是生命。由于出自同一原始物质,所以这六层世界在位置上始终是大致重合的,但效果上却是我们仿佛有了六个地球。"

"那五人委员会又是做什么的?"何夕插入一句。

"当时成立五人委员会是为了应付可能出现的异常情况。应该说在两百年来这个组织虽然地位崇高但却无事可干,因为没有出现过任何异常情况。不过金夕博士倒是预言,按照量子力学的观点,这个世界本质上是按概率存在的,故而任何事情都可能发生,不过是概率大小不同,所以不排除可能存在某些可以穿梭于不同能级空间的特殊物体,比如说某一个质子,或是某一个光子,其概率按方程式解出的值都小于千亿分之一。"

何夕心念一动:"如果是一个大的物体呢,比如说某个人?"

江哲心的身躯颤抖了一下:"以人这样大小的物体来说,出现某个可以自由穿梭层叠空间的人的概率数不到百万亿分之一。这种概率可以认为是不可能。"

"你撒谎。"何夕突然说道,声音之大令他自己都有些吃惊,"我们这个世界上大约有一百亿人,我想另外几个世界也差不多,加起来不到七百亿。但是居然出现了可以自由穿梭层叠空间的人,这和概率数的反差太大了吧。"

江哲心的脸色立时变得惨白,汗水从他的额头淌下来,他的眼里充满复杂的神情,过了半晌才叹了口气说:"看来我必须告诉你们另外一些事情。当初我告诉你金夕博士的方程式有六个稳定解并非实话,真正的稳定解只有五个,这也是自由物质出现概率数足够小的解。当年世界只是分成了五层,这样的情形保持了近两百年。但是——"江哲心再次叹了口气。

"后来到底发生了什么事?"牧野静小声问道。

"大约在五十年前,五重世界人口增长到了六百亿,几乎是'新蓝星大移民'之前的三倍。自从'新蓝星大移民'之后,人们认为宇宙间自然而然地应该为人类准备下舒适的居所,只等着人类去发现罢了。在日趋强大的压力面前我们屈从了,于是有了第六层空间。"

"我明白了。"何夕扶住自己的额头,心里升起一股寒意,"那是一个不稳定的解。"

"当时五人委员会以三对二的表决结果通过了这个决定。"江哲心的目光看着高处,"我投的是赞成票。从理论上讲这个举动使得自由物质出现的概率加大了,对人而言大约是两千亿分之一。"

"两千亿分之一,"何夕喃喃而语,"也就是说从理论上讲不到一个人。"

江哲心苦笑一声:"那是理论上的概率,但是……我们中彩了。实际上不仅出现了这样的人,而且是两个,当然,我想也不会再多了。其中一个是那个可怕的凶手,而另一个人就是——"江哲心的声音颤抖了一下,"你。"

/ 十四 /

"我?"何夕惊奇地反问,尽管他有预感但还是受到了巨大的触动,"你是说我就是那种可以自由穿梭层叠空间的人?"

江哲心郑重地点头:"两千亿分之一的概率让你遇上了。"他沉吟了一下,补充道,"相当于连中几千个六合彩。你可以将自己连同周围小范围的空间一起跃迁到另一层世界去,比方说身上的衣服或是一些小玩意儿。当然,也不会更多了。"

何夕回头看了眼忙碌的人群,江哲心的比喻让他觉得好笑但却笑不出来。"不会吧,如果我是那种人,你们又何必花这么多精力来启用众生门?"

"我们是为了帮你。通过众生门,你可以尽快发现自己的全部潜力。众生门只是起一个引导作用,过不了多久你就能够凭自己的力量自由来往于层叠空间了。"

何夕若有所思:"但是那个人是怎么做到这一点的,你们总没有帮助过他吧?"

江哲心博士紧蹙眉头,像是在思考一件令他费解的事情,过了好半天才说:"关于这一点我们不知道。他并不一定来自我们这一层世界。"

这时凯瑟琳博士在不远处招手道："可以开始了。"随着她的话音，大厅中响起一阵奇异的声音，半分钟之后，一个巨大的、深不可测的黑色圆洞突兀地浮现在了大厅正中。四周安静下来，所有人都目不转睛地注视着黑洞。它是人类智慧最伟大的发现，它是奇迹，它通向宇宙中原本不存在的物质区域。

江哲心博士满脸虔诚地注视着这一切，一种近乎神圣的光芒在他的眉宇间浮动着。"这是一个小的装置，当年用以传送大批人的众生门比这大得多。"

何夕突然露出一个奇怪的笑容，他对江哲心说："你们很自信嘛。凭什么就认为我会愿意做这个实验呢？"

江哲心吃了一惊，他看着何夕的目光就像是看一个陌生人："这是什么意思？我们不是有约定吗？"

何夕脸上仍然是那种奇怪的笑容："你不妨回忆一下，从头到尾我何曾说过一句同意的话，我只是保持沉默罢了。"

江哲心沉不住气了，他看上去就像是一个因为棋错一招而面临满盘皆输局面的人："你，你不说话就是默认。"

何夕倒是气定神闲："我只不过是想知道整件事情的来龙去脉，现在我的目的达到了。至于别的事情嘛，与我无关。"

江哲心涨红了脸，他指着何夕想说什么，但却只是引起了一番剧烈的咳嗽。不远处有几个人想过来看看发生了什么事，但是江哲心摆手制止了他们。

何夕有些怜悯地看着这个老人，但是他的语气却冷得像冰："你也许认为我是一个反复无常的小人，抑或是一个疯子，这些都不重要。你知道吗，因为你和你的那些同行们的开创性研究，我从小就被认为是一个怪人，一个神经病。我失去了正常人应有的生活，失去了一切。当我想要弄明白为什么的时候，你们甚至真的让我变成了一个白痴。"何夕的脸变得扭曲了，看上去有些狰狞，"我看过自己病中的照片，我像一块面团似的靠在肮脏的床头，嘴里流出几尺长的口水，脸上却在满足地笑。我的天——"何夕闭上眼睛，"那是什么样的笑容啊，就像是一头吃饱了泔水的猪。可那就是我，的的确确就是我啊！如果不是因为现在你们有了麻烦需要我的帮助的话，我的一生都将那样度过。这就是你们对我所做的一切，而你们全都心安理得。"这时何夕的目光落到牧野静的脸上，她的眼里有莹莹的泪光闪动，"还有她，你们当初是不是也打算让她变成那样的白痴？"

江哲心的声音变得很低："我只能说抱歉，为了保守秘密我们没有别的办法。"

何夕粗暴地打断他："那是你们的事。自始至终我有过什么错吗？我根本是无辜的。我不知道你们在研究些什么，也从不想知道，但是你们却不放过我。两千亿分之一的概率，相当几千个六合彩，这是你说的，可对我来说这根本不是什么六合彩，而是一场厄运。如果现在要我去选择的话，我宁愿去做另外那个人。"

江哲心又是一惊："你说什么？另外那个人？"

何夕捉弄地看着江哲心，就像是一只猫看着一只老鼠。"你不觉得那个人比我聪明得多吗？他没有像我一样傻乎乎地到处去寻找答案，也没有寄希望于别人。现在他能够自由往来于六道众生之间，在每一层世界里，他都是一个不受约束的人，而这在实际上就相当于——神。"何夕注意观察着江哲心的脸，对方的表情让他的心里涌起阵阵快意，"他掌握了对六道众生生杀予夺的无上权力，他可以随心所欲地主宰这个世界，而这一切都是你们造成的。"何夕大笑起来，"如果说他是魔鬼的话，那么你们就是造就并且放出魔鬼的人。"

何夕咧咧嘴："还有件事，我想清楚了，发生在撒哈拉沙漠的离奇雪崩也是你们造成的，来自另一层世界的冰雪——对了，你们管这叫自由物质吧——压死了两个人。"他残酷地笑了笑，"那次算运气好，如果雪崩发生在某个有上千万人的大城市的话，比如说纽约——不知道你们有没有胆量欣赏自由女神像手中的火炬从无边的雪原下面伸出来的画面。"何夕凝视着江哲心的眼睛，"是的，这种概率很小，可是别忘了，你说的概率里没有考虑时间。随着时间推移，这种机会将越来越多，直到成为一种必然。就好比某一地方在某一时刻发生地震的概率很小，但只要时间够长，任何地方都终究会发生地震一样。"

江哲心的脸已经变得苍白如纸,何夕说的每一个字都像是一把锋利的刀割在他的心上。"帮凶,你是帮凶!"有一个声音在他耳边萦绕着,"是你放出了魔鬼。"江哲心博士再也站立不稳,缓缓地瘫倒在地。而与他的身躯同时倒塌的还有他自己的世界。

/ 十五 /

花香扑鼻的林荫道,风中飘洒的落叶,执手并肩的英俊男子和漂亮的女孩。一幅很协调的图画,但是还有——荷枪实弹的士兵,目光像鹰隼般警惕地扫视四周的警卫,吐着红舌挂着口水的警犬。

"好啦,别送了。"牧野静放开何夕的手,"你看那些人一个个都紧张死了,生怕你有什么意外。你跟他们回去吧。"

何夕体味着手掌里的余温。"让他们等着,反正我是不会与他们配合的。这段时间那个郝南村看着我的眼神就像是要吃人一样。"

"当然了,江哲心因为你的那番话而突发心脏病,这里恨你的人肯定不少。"

"我才不管,只是这段时间连累了你。"何夕歉意地说。

"哪儿的话。"牧野静伸手拂去何夕肩上的一片落叶,"我只是想回去干老本行。我在这里闲得都要生病了。你回去吧。"

"好吧。"何夕转身,但是走了几步又回过头说,"有件事得说清楚。"

"说吧。"牧野静笑嘻嘻地看着何夕。

"我们都老大不小啦,凑合着就行。我是说——"何夕甩甩头,"当我女朋友你没什么意见吧?"

还没等牧野静做出表示,何夕已经回头大步走开了。他一边走一边嚷嚷,声音之大恐怕所有人都听得清清楚楚:"你不吭声我就当你是愿意了,可不许反悔啊。以后没事可不能随便和男同事搭腔。"

牧野静突然也大声说:"我要是吭声呢?"

何夕一愣，他的脚步停了下来。

牧野静接着说："我现在就要吭声了。"她的声音变得很低，但何夕每个字都听得非常清楚。"我愿意。"她柔声道。

郝南村反手关上了门，然后转过头来有些恼怒地瞪着何夕的脸，他的语气冷得像冰："按照章程，现在由我接替江哲心博士执行委员的职务。他是我的老师，没有他的提携就没有我今天的一切。如果他有什么不测的话，我绝对不会放过你。我说到做到。"

何夕满不在乎地看着面前这个面色阴沉的中年人："我是不会合作的。"

"也许你对我有成见。"郝南村不紧不慢地开口，"老实说，我并不想为自己辩解，谁让我当年是一个执行者的角色呢。你要是恨我，尽管恨好了，但是我不希望你因此而违背自己的意愿。"

"违背自己的意愿？"何夕重复着这句话，"我不知道你在说什么。"

郝南村洞若观火地笑笑。"何苦强撑。我知道你的性格，你和江哲心博士其实是同一种人。"他稍稍停顿了一下，"你们对世界和他人的苦难绝对不可能做到置之度外的。我知道你会同意的，只是时间迟早的问题。"

何夕的表情有些发呆，郝南村的话让他有异样的感觉，就像是被人点中了要害。

"这次反复只是你内心不满的表现，你只是忌恨当年我们那样对你。"郝南村悠然开口，"实际上你早就已经妥协了。不过我觉得与其说是向我们妥协，倒不如说是向你内心深处潜藏的某些东西妥协了更为恰当。我说得对不对，你自己知道。"

何夕有些惊恐地看着郝南村，在这个人面前他感觉像是被人剥光了衣服。妥协，他回味着这个词，然后极不情愿地发现郝南村说的居然是对的，这个人竟然完全看透了他的内心世界。

郝南村递给何夕一支烟，自己也点上一支。袅袅上升的烟雾中他棱角分明的脸庞柔和了许多。"和我的老师不同，我从不认为科学家们应该为这个事件负什么责任。"郝南村用目光制止了何夕想要反驳的举动，"你先听我说完。我知道你想说这是我在为自己开脱，但这是我内心真实的想法。人类缺乏能源，于是我们找到了原子能；人类缺乏粮食，于是我们又找到了转基因生物；人类缺乏生存空间，于是我们找到了层叠空间。我们许身科学以求造福人类，难道能够对人类的苦难不予理睬？不错，我们同时给人类带来了核爆炸，带来了新变异的可怕物种，带来了自由物质和自由天堂，可是这难道是我们愿意的吗？我们其实就像是一头在麦田里拉磨的驴，为了给人们磨麦子而转着永无止境的圆圈，同时因为踩坏了脚下的麦苗，还必须不时停下来想办法扶正它们。这就是我们的处境。"

何夕叹口气："好吧，我承认被你说服了。实验可以继续了。"

众生门再次开启，如同一只怪兽大张的嘴。何夕朝黑洞走去，他突然觉得一阵心慌，仿佛有什么地方让他觉得不放心。别紧张，他安慰自己，这个玩意儿传送过上百亿人呢。但是那种感觉越来越强烈，他觉得浑身都不舒服起来，就像是一把很钝的锯子在他的耳边锯钢条，让他浑身起鸡皮疙瘩。

何夕突然逃也似的退回来，脚步踉跄险些摔倒。

直到面对凯瑟琳博士的眼睛时，何夕才醒悟到这件事多么难以交代，他讪讪地笑着说："可能是有点儿热。"

郝南村倒是没有说什么，他看着何夕只是摇了摇头，然后对其他人摆手示意行动取消。

"等等。"何夕突然说，"可能是因为我没有经验，心里有点不踏实。"他脱下身上的外套扔进黑洞，它立即消失在了那片神秘区域中，"不如先拿它做个实验。"

郝南村轻蔑地哼了一声，不知道是针对这个想法还是针对何夕刚才的举动。"你知不知道做一次跃迁要花多少精力和费用。请不要总是用实验这个词，在两百年前可以这么说，而现在已经不是实验而是实用了。"他转头对着另外几个人下命令："关闭能源。"

何夕拦住他:"我只是一个俗人,不敢相信自己没见过的东西。就当是给我点信心。"

"我看就依他吧。"蓝江水没好气地说,"否则他是不肯合作的。"

黑洞的方向发出低沉的声音,控制台上的提示灯开始急促地闪烁。十几秒钟之后一切静止下来,黑洞消失了。何夕第一个冲上前去,身后传来凯瑟琳平静的话语:"那里什么都不会有的,你的衣服已经不在这个世界了。"

但是何夕转过身来,他的手里拿着一样东西——是他的外套,只不过上面已经是千疮百孔。那些孔洞都有一个特点,它们的边缘相当整齐,这个世界上绝没有任何一把裁衣刀能切出这样整齐的孔来。"看来——"何夕古怪地笑笑,"实验是部分成功。"

所有人都面面相觑。"我的上帝,有人破坏了众生门。"凯瑟琳博士低声惊叹。郝南村警惕地环视着四周,他的目光停在了大厅左角,那里堆放着一些很大的仪器,在灯光的照耀下,地上留下大片的阴影。这时从那里突然传来一声响动,郝南村立刻冲了过去,蓝江水紧随其后。

两声枪响。

人们这才反应过来,乱糟糟地朝着那边赶去。但是一个奇景出现了,有一个影子凌空朝着大厅的天花板走去,两脚一抬一抬地就像是在上楼梯。等到警卫们冲进来开始朝这个影子开枪射击时,那个影子突然消失在了天花板的一隅。

人群愣着,枪声还在回响着。这时何夕才猛地想到郝南村和蓝江水。他急步朝前走去。

郝南村倒在一台仪器的背后,他的肩上中了一枪,人已经昏迷。蓝江水的情况更糟,子弹穿过了他的头颅。

/ 十六 /

清晨的太阳从东方升起,慷慨地将喷薄万丈的光芒倾泻在大地上。云彩被阳光染成了火红的颜色,幻化出无尽的美景。

何夕走在一条已经废弃不用的道路上，周围没有什么人。道路两旁是一望无际的原野与低矮的山丘，四周分布着浓密的植被。微风起处，送来一股潮湿的、带着咸味的味道。何夕走得很卖力，他已经出汗了。在他的正前方已经可以隐隐约约看到一些高大的建筑，这使得他受到了鼓舞。

这时，旁边的一块路牌吸引了何夕的目光。他停下来注视着这块朽烂不堪的牌子，并且点燃了一支烟。何夕一直等到这支烟燃完，两指间产生剧烈的灼烧感时才如梦初醒般地扔掉。他重新把手抄到裤兜里，朝前走去。

何夕的身影渐行渐远，只留下一块朽烂的路牌在风中颤抖。这时一阵风将路牌吹得变换了方向，阳光照在了上面，显出一行已经不太清晰的字迹：

七公里，枫叶刀市。

"实验对象没有按期返回。"凯瑟琳博士注视着众生门，时间显示何夕离应该返回的时间已经超出了近六个小时。她没来由地一阵阵担心，如果这个何夕不愿意回来的话，他们是一点儿办法都没有的。问题还不止于此，这个何夕实际上可以做他愿意做的任何事情。因为他是超出六道众生之外的另一类人，从某种意义上讲，他就是想扮演上帝也不是不可能。

牧野静坐在旁边的椅子上，咬着下唇一言不发，但眼睛里的焦急却是人人都看在眼里的。

江哲心博士坐在轮椅上，才短短几天，他看上去苍老了许多。那天与何夕的争论引发了他的心脏病，如果不是因为郝南村博士正在治疗、人手不足的话他是不会来的。

"有没有重点观测枫叶刀市所在的地区？"江哲心博士轻声问道，他自然明白凯瑟琳博士的心思。他补充道："我的直觉何夕是可以信赖的，他的晚归一定是因为到那座城市里去了，如果换成我也可能会这样做。"

凯瑟琳明白了他的意思，对身边的人说："继续观测。"

但是何夕突然出现在了众生门里。"我回来啦。"他颇有深意地看了一眼轮椅上的江哲心，显然听到他们的对话了。

凯瑟琳博士指挥众人围着何夕做一些数据测量。"对一般人来说穿梭一次层叠空间就如同脱胎换骨一样，最起码也要大病一场，而且他们体内残留的辐射会持续很长一段时间。而你就没有那么多麻烦，那些特殊能级的粒子可以被你的身体包容，不发生一点辐射。你可真有好运气。"

何夕反驳道："我可从来没碰到过什么好运气，有的只是被人当成疯子和白痴的坏运气。"

凯瑟琳一时无话，沉默地做自己的事。江哲心直视着何夕的脸说："你感觉怎么样？现在如果没有众生门，你能不能穿梭层叠空间？"

何夕迟疑了一下说："还没那么快。我想起码还需要两三次实验吧。"

出乎何夕意料的是，江哲心竟然笑了起来："你不要想骗我，我是相信理论的人，通过众生门获取经验一次就足够了。"

何夕有些尴尬地点点头："看来瞒不过你。我只是不愿意看你们高兴的样子。"

江哲心叹口气说："如果我是你的话也不愿意看着我们这些人高兴，甚至我还巴不得这些人撞得头破血流，整天哭丧着脸才好。"

何夕也学着叹口气说："你比我想象的要聪明得多。"

江哲心笑笑，这使得他脸上的皱纹越发的沟壑纵横。"这不关聪明的事，而是近不近人情的问题。我站在你的立场上自然就能够猜度到你的心思。"

何夕稍愣，过了一会儿他幽幽地说："你真的是一个好人。"他环视了一眼四周，"有件事情我想单独同你谈谈。"

何夕推着轮椅走进密室，从这个角度看过去江哲心脑后的头发已经所剩无几。何夕关上门，转圈来到江哲心博士面前，他看上去有些情绪激动。

"可以说了吧？"江哲心探询地望着何夕。

"我……"何夕给自己倒上一杯水，"我这次实际上去了两层空间。"

"为什么？"

"因为我在枫叶刀市看到了很不寻常的事情。你知道自由天堂吧？在我们这里它还是一个没有被正式承认的非法组织,但是在枫叶刀市的那个世界里它已经合法化了。"

江哲心的脸色阴沉,望着墙角一语不发。

何夕继续说道:"在那一层世界里自由天堂已经是第一大组织,有近百分之三十的人口是它的会众,而且人数还在急速增长之中。我同其中的一些人谈过,据他们说'圣主'是受命拯救世界,力量无边,可以操纵世间众生的生死祸福。他们中的一些人还亲眼见过'圣主'显灵。"何夕叹口气,"你不知道他们有多么虔诚,我觉得即使'圣主'要他们马上去死,他们也不会有丝毫的犹豫,因为他们相信'圣主'将令他们永生。我感觉自由天堂主宰那一层世界只是迟早的事情了。"

"你不是说你还去过另一层世界吗?"江哲心插话道。

何夕挤出个笑容:"情况更糟。自由天堂在那个世界里的影响更大,几乎所有人都陷于狂热了,站在教堂的神坛上接受礼拜的已经不是上帝,而是一个影子一般的雕像,他们说那是自由天堂的'圣主'。"何夕回想着他目睹的情形,"我觉得并不是那些人愚昧,因为他们目睹的的确是超出想象的事物,不由得他们不陷入狂热。"

江哲心摇摇头,脸上的肌肉不住地哆嗦着,他想说什么但终究没有开口。过了一会儿他稍稍平静了些,说道:"这次你到枫叶刀市还有没有别的收获?"

何夕的身体抖动了一下,江哲心的问询触动了他。这次他违背了计划私自到枫叶刀市只是顺应了内心里的一个声音。当何夕面对着枫叶刀市那宏伟壮观的城市风景时,当他看到巨大的玻璃幕墙反射出万丈阳光时,当他的手真切地在粗糙的建筑物表面划过时,当他的眼睛被滚滚红尘带起的喧嚣所灼痛时,他清楚地听到自己内心里有一个声音在大声地说:"我看到枫叶刀市了,我亲眼看到枫叶刀市了。我不是疯子。"他的心思飞回了檀木街十号那幢老式的建筑,耳边回响着母亲的叹息,眼前划过漫天黄叶和黄叶里大眼睛姑娘离去的背影。两行滚烫的泪水顺着何夕的脸庞滑下来,滴落在异域的土地上,发出清脆的声音……

"你怎么了?"江哲心关心的询问惊醒了何夕。

何夕摆摆手说："没什么，只是想起了一些事情。"他喝了口水，平静了一下心绪："我想说的是另一件事。你有没有发觉事情不对，我是说关于上次众生门被人破坏那件事。"

"看来自由天堂的确势力很大，我觉得那个影子——他们就是这样告诉我的——就是我们要找的人。"

"问题是他怎么进来的？"何夕焦急地表述着。

江哲心不以为然地笑笑："你这样问反倒让我奇怪。对能够穿梭层叠空间的人来说，整个世界都是透明的，他可以天马行空往来无碍。如果别人这样问还情有可原，而你本身就是具备这种力量的人。"

"你没听懂我的意思。"何夕强迫自己冷静下来，"他自然是想上哪儿就上哪儿，问题是他怎么知道我们那天刚好要进行跃迁实验。事先知道这件事情的只有几个人，他还不至于能跑到别人的脑子里去吧。"

江哲心的表情有些迷茫，他喃喃道："是啊，除了五人委员会之外，只有你和那位叫牧野静的女士事前知道这件事。会不会是牧野静？"

何夕大大咧咧地打断他："我可不这么想，那女孩虽然有些莽撞，但是心地好着呢。"

"那你认为问题是出在我们这边了？"江哲心低声说。

"我也不是武断的人，现在我只是提出这种怀疑，毕竟事情过于巧合了一点儿。"何夕稍稍停顿一下，"我不知道该怎么说。"

"你就直说怀疑谁吧？"

何夕迟疑了一下："跃迁实验那天崔则元博士为什么没有来？"

江哲心悚然一惊："你怀疑他？"

/ 十七 /

送走客人之后，崔则元博士独自走进书房，他的神情显得很疲惫，自从三年前过了七十岁生日之后，他自感精力已经大不如前。是应该退下来了，他想，同时他在脑海里搜索着一些后学之辈的面孔。他根本没有注意到有一个人已经站在他的背后很久了。

"你好。"来人大方地打着招呼,他整个身体都站在大书架的阴影里,看不到面容。

崔则元只是稍微表示了一点奇怪,几十年来他见过的怪东西太多了。

"如果不介意的话请将门反锁上。"来人不紧不慢地吩咐道。等到崔则元照做之后,他低头拖过一张椅子坐下来,竟是一副打算长谈的架势。

"你是怎么进来的?"崔则元决定一个问题一个问题地搞清楚,他知道自己作为五人委员会的成员一向受到最高级别的保护,一个人想要混进来即使从理论上讲也几乎是不可能的。

来人笑了,从笑声里崔则元听不出恶意。"我是大摇大摆走进来的,没有人能够阻止我。"来人说着话走出了那片阴影,崔则元立刻知道来人的话并不是夸海口了,因为那个人是何夕。

但是崔则元的惊讶之情反而胜过了刚才:"你来做什么?"

何夕若有深意地沉默了几秒钟。"我想弄清楚一件事,现在我怀疑五人委员会里有自由天堂的人。"

崔则元博士想了想说:"这么说你怀疑我?"他环顾四周,"这里没有别人了,你直说吧。"

何夕没料到崔则元竟会这么直接,他反而有些被动地嗫嚅道:"我也不是这个意思。我只是觉得只有做这个假设才能解释一些事情,实验出事那天只有你不在场。"

崔则元博士叹口气:"原来你是因为这件事。"他摇摇头,指着桌上一叠厚厚的文件说,"两个月前我因为身体原因正式提出退出五人委员会。你知道以前我们一直是终身制,所以这次的变化应该算是很大的。这段时间我一直忙于这件事情,不想反而惹得你怀疑。"

何夕愣住了,凭他的眼睛看不出崔则元博士有丝毫的隐瞒之处。

崔则元接着说:"江哲心博士知道这件事情,他没有告诉你吗?"

"江哲心博士?他没有对我说过。"何夕苦恼地回忆着,他不明白自己那天向江哲心提出对崔则元博士的怀疑时,他为什么没有说出其中的缘由。这时何夕脑子里突然闪过一个念头,一时间他的两腿几乎站立不稳。

"我必须走了。"何夕匆匆转身,"如果冒犯了你的话,请多原谅。"

崔则元刚想要表示自己并不介意的时候，何夕已经突然消失了，就像他根本没有来过。尽管知晓其中的技术原理，但是崔则元还是立刻就僵立在了原地。

何夕驾着车一路狂奔，窗外的景物飞一样地朝后逝去。走过两个街区，突然道路被阻断了，一些拉着横幅的游行队伍鱼贯而过。所有的横幅上都写满了"自由天堂"这几个字，横幅边上是无数表情狂热的人。他们喊着口号，更多的路人加入到其中。何夕知道近段时间以来自由天堂的活动已经日趋公开，在政府里也有不少人支持它。这个日益庞大的组织取得合法地位，只是迟早的事情。

游行队伍好不容易才过去了，何夕急不可耐地踩下油门。刚才崔则元博士的话提醒了他，现在他终于想清楚了事情的前因后果。五人委员会里肯定有自由天堂的人，这是何夕早就认定的。因为在另五个新创空间里根本就没有众生门，而如果没有众生门作引导的话，没有人能够达到自由穿梭层叠空间的境界，所以这个人一定来自这一层世界。更为关键的一点是，如果有这么一个人，那么他一定也会同何夕一样，从小就目睹到一些奇怪的现象，从人之常情出发，他也一定会发出询问，想要找到答案。但是他却没有这么做，而是采取了另外一种完全不同的利用这种能力的方式。这就说明他是一个知道内情的人，而且很可能知道何夕的悲惨遭遇。除了五人委员会之外，还有谁能具备这些条件？

何夕一分神车头擦上了前面一辆车的尾部。"镇定。"他在心里对自己说，同时不无歉疚地看着已被自己超出、犹自在后边骂不绝口的那位司机，"如果撞车的话你不会有事，但别人会死，要珍惜生命。"自从知道自己的特殊能力之后，何夕曾经恶作剧地突然冲上公路，惹得那些惊出一身冷汗的司机臭骂一顿，他觉得这就像是一场游戏。

五人中蓝江水已经不用怀疑了，而江哲心，何夕是怎么也怀疑不到他头上去的。凯瑟琳在实验出事时一直没有走出过何夕的视线。现在如果崔则元没有嫌疑，那么就只剩下一个人。当天在实验室他是第一个朝大厅左角跑去的，蓝江水到底看到了什么，已是死无对证。他那天如果不那样做的话，人们很容易会想到"众生门"被破坏是内部出了问题。他可以先打死蓝江水之后再故意显出一个身体的影子来吸引人们的注意力，然后他从另一层空间里快速返回原地，再给自己补上一枪。当时警卫们一直在外面开枪，枪声是根本无法区分的。何夕感到一阵阵的心悸，郝南村阴鸷的脸在他眼前晃呀晃的。

何夕没有从正门进入基地，他点起一支烟，望着门口森严的守卫。过了一会儿他转身钻进了小车。有一名警卫踱着方步过来，他拍着小车的前窗大声嚷嚷道："快开走，这里不能停车的。"他埋下头，"咦，人呢？我明明见到有人进去的。妈的，大白天见鬼了。"

/ 十八 /

江哲心微微喘息着，他感到自己的心脏一阵阵的紧缩。自从何夕同他谈过对五人委员会内部的怀疑之后，他就知道什么事情发生了。他几乎是直觉地想到了郝南村。但是要他怎么正视这一点呢？郝南村是他最得意、也是最心爱的学生和助手。

"这么说你承认了？"江哲心低声问，他脸上的肌肉止不住地哆嗦。

郝南村面无表情地看着自己的脚，江哲心的询问让他心烦意乱。什么地方出了差错？他仔细地回想着。他并不怕江哲心发现这个秘密，实际上这是迟早的事，在他的计划里他迟早会露面的，因为他将主宰六道众生——谁会愿意当一个不能见人的主宰呢？那还有什么意义？问题是他不想这么快就和江哲心摊牌，毕竟他是对自己恩重如山的老师。

"我在问你。"江哲心提高了声音。

"我没什么好说的。"郝南村开口道，"你不会明白的。"

江哲心气得浑身发抖："你说什么？我有什么不明白的？"

郝南村突然站起身，他有种一吐为快的欲望。"你不会明白的。一个人从小就被迫目睹无数说不清来处的奇怪的影子，它们无时无刻不在你的眼前飞舞。我不敢对任何人讲自己亲眼看到的东西，如果那样做的话，我就会被当成疯子。你知道吗，我从几岁起就天天陷于这种无法解脱的恐惧之中，我怕他们把我关进疯人院去，我听大人们说里面关的全是疯子，如果疯子的病治不好的话人们还会烧死他们，我害怕极了。"郝南村捂住了头，他的眼睛里充满痛苦，"你不会明白的。"

江哲心的神色平静了些，他轻抚着郝南村的肩头："我知道你受过很多苦。在整件事情里，我们都是有责任的。只要你解散自由天堂，放弃那些荒唐的做法，以后你还是我的好学生，还是我的合作者。你的前程是不可限量的。"

"前程？"郝南村仿佛有所触动，他直愣愣地望着墙，目光像是痴了。他怎么能给江哲心说得清楚？江哲心知道站在神坛之上享受亿万人的顶礼膜拜是什么滋味吗？知道自己脚下的尘土被人亲吻的滋味吗？可他知道，那种感觉真是令人永远难忘。如今在六道众生的世界里已经建起了无数自由天堂的神龛，当他降临其上的时候，四周狂热的欢呼声响彻云霄。他的一颦一笑一喜一怒都可以左右亿万人，他们愿意为他生，为他死。无数人愿意为他奉献金钱，无数少女愿意为他奉献贞操。在自由天堂的世界里，他的话就是圣典，就是金科玉律，那个时刻他就是世界的中心，就是亿万人的主宰——而现在江哲心居然要他放弃这一切。

江哲心的神情有些恍惚："这些日子以来我一直在想，也许我们和金夕博士都大错特错了，我们实在是过于迁就人类的意愿，总是想尽一切办法满足他们。六道众生！"江哲心悲叹一声，"佛陀本来就只给人类准备了'人道'这一层世界，我们挖空心思做的这一切根本就是逆天而行，只能是饮鸩止渴。何夕说得对，随着时间的推移，自由物质出现的总体可能性将越来越大，如果那次雪崩或是某一次火山爆发发生在某个大城市的话，后果真是不堪设想。"江哲心闭上双眼，显出痛苦的神情，"倘若如此，我们的灵魂将永堕地狱的底层。所以，我决定了一件事。"

"什么事？"郝南村有些紧张地问。

"我决定由我们这一届委员会来终止众生门计划。"江哲心睁开眼，"我已经和凯瑟琳、崔则元谈过，他们已经同意了。"江哲心凝视着郝南村，"现在，就差你的一票。"

"如果我不同意呢？"郝南村幽幽地说。

江哲心脸上显出决绝的神色，他明白了郝南村的意思。这个时候他看上去不再像是一个风烛残年的老人，而更像是一名斗士。一丝痛苦的表情在他苍老的眼睛里浮动着，但他的语气里不再有丝毫的感情："那我们只能恩断义绝。"他拿起桌上的电话。

但是江哲心立刻捂住了胸口，一柄样式古怪的刀子贯穿了他的右胸。他看着殷红的、下滴的鲜血，脸上的表情像是面对一件不可想象的事情。

"不——"何夕突然从墙角现身出来，刚好目睹了弑师的一幕。郝南村的脸一下子变得惨白，他惊恐地朝后退去。

何夕查看江哲心的伤势后，愤怒地瞪着郝南村。"你还算是人吗？"他悲愤地问，"他是你的老师，你说过他对你恩重如山。"

郝南村镇定了一些，他神经质地叫喊着："他要阻止我。无论谁要阻止我，都是死路一条。我是神，至高无上的神——"

"你是魔鬼。"何夕狂怒地打断他，与此同时他的手里多出了一把枪，"你该下地狱。"

郝南村突然笑了，他满不在乎地盯着何夕手里的枪："你应该知道这没有用。我们俩人都是上天凭借概率之手选中的人。世界上没有什么东西能够伤害我们。等你的子弹打过来时我早就跃迁到另一层空间里去了。"

"我相信报应，报应啊——"何夕虔诚地大喊，似乎想借助上天的力量帮助自己除去眼前这个恶魔，几乎就在同时，他手里的枪喷出了长长的火舌，震耳欲聋的枪声充斥了整个密室。

硝烟散尽，对面的墙上布满了弹孔，但是郝南村不见了。没有报应，也没有上天的力量，什么也没有。何夕扔掉枪绝望地跪倒在地，掩面长泣。

"你是……谁？"是江哲心的声音。他苏醒过来，迷茫地看着何夕。

何夕急忙迎上去："是我，何夕。"他握住江哲心的手，感觉生命正一点点地从这个老人身上消失。"我该怎么办？"何夕痛苦地呻吟，"他是超出六道众生的恶魔，任何力量都奈何不了他。告诉我，我该怎么做？还有什么能阻止他？还有什么？告诉我——"

一丝淡然的、近乎彻悟的神色自江哲心苍老的脸上漾开，他低垂着眼睛一字一顿地说："天——网——恢——恢——疏——而——不——漏——"他的头猛地一低。

何夕一动不动地跪在原地，他的心中麻木得没有一丝感觉。没有人知道这里发生的事情，密室隔绝了刚才的一切。不知过了多久，一阵急促的电话铃声突然响起，何夕抓起听筒。

"江哲心博士，"听筒里是一个焦急的声音，"几分钟前凯瑟琳博士和崔则元博士在实验室里遇刺身亡。据郝南村博士分析，这是一名叫何夕的恐怖分子所为，政府已经发出了通缉令……"

何夕不禁哈哈大笑，这太荒唐了，自己居然成了通缉犯，而真正的恶魔却依然正人君子般高高在上。他大笑着对着听筒说："我就是何夕，江哲心博士就在我旁边，他已经死了，来抓我吧。哈哈……"

何夕扔掉听筒，继续放声大笑。密室的门打开了，荷枪实弹的警卫冲了进来。但是何夕的身躯渐渐变淡，最终消失不见，只有凄厉的绝望到极点的笑声还在四处回荡……

/ 十九 /

牧野静穿过拥挤的人群，她的目光须臾都不敢从前方那个身影上离开。四周充满了男人的汗臭与女人的香水混合而成的刺鼻气味，让人呼吸不畅。天知道这么多人怎么会突然聚拢来，看上去超过十万。这里本来是一片荒园，现在却变得像是在开交易会。不同的是这里没有什么货物，只有狂热的人群。所有人的脸上都充满兴奋，一个个红光满面就像是过足了瘾的吸毒者。四下里的火堆照亮了天空，"噼噼啪啪"的木头爆裂声清晰入耳。松枝燃烧析出的油脂"滋滋"地往下淌，恰如人们高到极点的情绪。在广场的前方搭有一个几米高的平台，台子正中是一具巨大的十字架。在十字架的中心处悬挂着一张精美的座椅。在平台的四周都拉着条幅，上面书写着血红的大字——自由天堂。

牧野静不知道何夕为何一到晚上就到这里来。十多天前他突然失魂落魄地找到自己，样子就像是刚刚走了几十里路似的，人一倒在床上便人事不醒了。那一觉足足睡了将近二十个小时，醒来后他便像是换了一个人一样，脸上是一种大彻大悟的神情。牧野静问他到底发生了什么事，为什么政府现在要通缉他，他是不是真的杀了人。对于这些问题何夕一语不发，不过他每天都会消失一段不算短的时间，回来的时候总是面色苍白，疲倦得像是散了架，有时身上还带着青紫的伤痕。牧野静问他到底在干什么，但他只是笑着摇摇头，然后便蒙头大睡，醒来之后又是一副大彻大悟、仿佛看透了一切的神情。

人群突然爆发出一阵巨大的欢呼声，牧野静知道准是快到那个时刻了。往日里也是每到这个时候，人群就会像炸锅一般地掀起震耳欲聋的狂喊，等到那个什么"神"突然出现在高台上的椅子上时，又立刻静得连一根针掉在地上的声音都能听见。而接下来便是更加狂热的、声嘶力竭的呼喊和掌声。那时的人群就像是疯了一般且歌且舞，无数人朝那个高台冲过去，口里嘶吼着"带我走吧""你与我同在""我愿意为你死"。片刻之后"神"却悄然逝去，就如同他的出现一样的神秘。牧野静感到这里的人是一天比一天多，她记得十多天前只有几百人而已。听别人说以前这里的"神"是极少显身的，但是近段时间以来却从未让人失望。

牧野静心里有一个猜想，虽然她实在不愿相信这是真的。每当"神"显身的时候她就会发现何夕不知上哪儿去了，而当"神"离去之后何夕却又会悄无声息地突然出现，脸上是一种极度满足的神情。那种神情让牧野静没来由地感到恐惧，她疑心那个"神"就是何夕。她甚至想如果何夕真的决定去当一个"神"的话，自己应该怎么办？她知道何夕不是常人，甚至可以说他就是一个神。这样想的时候牧野静觉得何夕就像是一个令人不安的陌生人。

牧野静咬咬牙，决定今晚一定要一眼不眨地看住何夕。她快步向前几步，拽住了何夕的手。何夕悚然回头，见是她立刻轻松地吐出口气，脸上露出明朗的笑容。牧野静看着他的笑容，心里想为什么有着这样明朗笑容的人会想到去做一个"神"。她轻声叹口气说："你今晚一直陪着我，好吗？"

何夕怔了一下，笑容消失了，他低头看表："我办完事情就回来陪你。"

牧野静盯着何夕的眼睛:"什么事情比我还重要?"

有一丝亮光自何夕的眼睛里闪过,但立即就变暗了,他缓缓地将手从牧野静手里挣脱。"比什么都重要,"他的眼里滑过一丝无奈,"包括你。"

说完这句话,何夕就无声无息地从牧野静面前消失了。周围的人群都狂热地盯着高台的方向,没有人注意到这奇怪的一幕。

但是人群突然安静了下来,所有人的脖子都拼命地伸长了,朝着高台的方向望去。牧野静擦干顺着脸庞流下的泪水,她的心已经碎了,她终于知道一个女人的柔情在男人的所谓理想面前是多么的渺小可笑。她真想一走了之,离开这个伤心的地方,但她还是本能地望向了高台的方向,她知道"神"就在那里,不,应该说是何夕就在那里,享受着万众的膜拜。

但是事情变得有些古怪了,因为高台上突然凭空出现了两个身影——两个"神"!他们居然还在说着什么,只是无人能够听清他们的话。其实就算听得见也没有人听得懂他们在说些什么,因为那是神与神的对话。

/ 二十 /

"怎么你会在这儿?"郝南村坐在高台上的椅子上,一条长长的披风斜拖在身后。他居然化过妆,使得他的面容看上去更加威严和神圣,如果不仔细看的话几乎认不出他是郝南村。

"我为什么不能在这儿?"何夕惬意地伸了个懒腰,环视着疯狂的人群,"这里很不错嘛。"

郝南村突然笑了:"我听说每天都有神在这个盛大的聚会上现身,原来是你在这里。"他了解地看着何夕。"你终于想通了。其实你何必冒我之名来偷偷享受这种无上之福呢,凭你的实力可以另起炉灶的,我保证和你井水不犯河水。不过也好,像今天这种规模的盛会并不多见,说起来我还应当谢谢你才对,毕竟你帮我扩大了自由天堂的影响。"郝南村陶醉地聆听着震耳欲聋的欢呼声,"想想看,造物主待你我不薄。世界就在我们的掌握中,六道众生也在我们的掌握中。这真是妙不可言的感觉。"

"我不大懂你的意思。"何夕淡淡地说。

"这有什么难懂的。"郝南村轻慢地指着黑压压的人群,"我知道你迟早会想通的。我和你属于另类,相对于这些人来说我们是神。人生短促如朝露,何不利用上苍的恩赐享受一下?"他志得意满地大笑,"我和你都将有精彩的人生。这些人心甘情愿地供我们驱使,这个世界上的一切都将属于我们。"

"可是你想过没有,这样的世界是不稳定的。"何夕插话道,"随着时间的推移,六层空间的世界将面临越来越多的问题,也许在下一个时刻灾难就会降临。"何夕指着狂热的人群,"这里有十万人,如果地下突然冒出火热的岩浆来会是怎样一副情形?" 何夕紧盯着郝南村的眼睛,"就算是炼狱也不过如此。"

郝南村稍稍愣了一下,也许何夕描述的情形让他有些害怕,但只一瞬间他便恢复了常态:"这对你我都是没有影响的,我们可以马上穿梭到另一层安全的世界去。"

"可他们呢,这里有十万人,你就看着十万人在火海里挣扎着死去吗?"何夕激动地大叫,脸涨得通红。过了几秒钟后他平静下来,用同样平静的口吻说:"不过我倒是很满意你的回答,可以说简直是满意透顶。"他的脸上露出奇怪的笑容。

"满意?为什么?"郝南村问道,他隐隐觉得什么地方有些不妥。

"因为这使我永远都不必为自己下面要做的事情感到后悔。"何夕的手指微微一动,一道亮闪闪的金属圈从椅子上弹出来,箍住了郝南村的身体。

"你这是什么意思?"郝南村迷惑不解地看着何夕,"你要做什么?"

何夕的手上多出了两样东西,那是一个足有两尺长的、锈迹斑斑的铁钉和一把同样锈迹斑斑的铁锤。

"这根钉子是我特意委托一位牧师替我找的,据说曾经钉在魔鬼的胸口。"何夕认真地说。

郝南村哑然失笑，他觉得何夕大概是受刺激过度，有点神经不正常了。"不要玩这些噱头了，你知道这不会有用的。这个世界上没有任何东西能够伤害到我，子弹不能，你手里的玩意儿更不能。"

何夕没有理睬郝南村的话，他一脸虔诚地朝前逼近。"你没有试过，怎么就知道不行？等到铁钉的尖锋刺进你的胸膛里，你就不会这么说了。还记得我说过的话吗？"何夕的眼神迷蒙了，"我相信报应。我知道你是不信报应的，这正是你我之间最大的不同。不过快了，你马上就会知道什么是报应了。"

郝南村有些惊慌地盯着何夕，就像是看着一个疯子。"你准是疯了。我不想和你纠缠。我奈何不了你，可你也同样奈何不了我。你慢慢玩吧。"说着话郝南村的身体开始变淡，轮廓也开始消失。只一瞬间的工夫，何夕的面前便只剩下了一团虚空。

但是何夕的姿势没有变化，他依旧一手执锤一手执钉，满是虔诚地望着苍穹，目光里有希冀的光芒闪现，他的口里念叨着什么，就像是在祈祷。

大约只几秒钟的时间，郝南村突然又出现在了何夕面前的金属圈里，他的脸由于极度的惊恐已经扭曲变形，看上去令人害怕。

"你做了些什么？"郝南村挣扎着大叫。

何夕低头叹了口气："你终于知道害怕了。你知道你的老师——江哲心博士临死前对我说了句什么吗？他说天网恢恢，疏而不漏。"何夕指着那个金属圈说，"我给它起的名字就是天网。它并不是唯一的，在六道世界的同一位置里都有这样的一个圈，所以无论你逃到哪一层世界都会发现自己仍然被它牢牢地箍住。这就是天网。"

"天网。"郝南村面无人色地重复着这个词。

"你以为我每天到这里来就是为了享受这种令人作呕的狂热崇拜吗？"何夕鄙夷地看着郝南村，"我承认那种滋味的确让人飘飘欲仙，但是它不值得我留恋。你想主宰这个世界，可我不这么想，我从不认为哪个人有权利那样做，而且我说过，我相信报应。我每天来这里只是为了等你。如果你想避开我的话，我是毫无办法的，所以我设计了这一切，我知道这样的盛会对你的诱惑力是不可抗拒的。你不是喜欢万众的膜拜吗？你不是喜欢坐在宝座上面高高在上的感觉吗？这些我全给你。当然，还有天网。为了布置好这些，我在每一层世界里费尽周折。"何夕撩开衣袖露出伤痕，"这个位置在其中一层世界里居然是火山口。"何夕扫视台下无比激动的人群，"这些人都是你的信徒，你是他们心中至高无上的'神'，不过——"何夕露出冷酷的表情，"他们将亲眼看着你死。"

"还有这根取自魔鬼身上的铁钉。"何夕将手里的器物高高举起，"它也不是单一的，在六道世界里都安排有一根这样的铁钉。你无处可逃了。"

郝南村彻底瘫软了，他的身体剧烈地哆嗦着，汗水从他的脸上大滴大滴地滚落下来。"你放过我吧。"他呻吟着哀求，"我不是人，你不要杀我。"

何夕用更高的声音打断了他的话："到现在才说这些已经太迟了。"他的眼里有隐隐的泪光闪动，他的眼前晃过一些故人的面孔。"想想为你而死的那些人吧，想想你将把世界引向的去处吧，这就是你的报应。"何夕突然举起了铁锤。"纳命吧——恶魔。" 他高声喊道。

全场哗然。

"以圣灵的名义——"何夕击打着铁钉。

血光飞溅。郝南村在惨叫。座椅跌落在地，摔得粉碎。人群发出惊呼。

"以圣子的名义——"何夕睁大了双眼，污血溅得他满脸都是。

郝南村喉咙里发出"咕咕"的响声，他已经说不出话。

"以死难者的名义——"何夕继续挥动铁锤。

郝南村的身躯扭曲着忽隐忽现，他在六道世界里左奔右突但是却无路可逃，他的眼睛瞪得很大，就像要暴突出来，污黑的血顺着铁钉往下淌。

"以正义的名义——"何夕的神色已是极度的亢奋，他的心里升起一种嗜血的快感。

郝南村抽搐着，口里吐出血沫。

何夕停下来，但是立刻又补上一下："以我的名义——"

铁钉贯穿了郝南村的身体，直达背后的十字架，他的身体已经以铁钉为支撑悬挂在了上面，犹如某种象征。

何夕朝郝南村的尸体啐上一口，他已经筋疲力尽，但他还是强打精神转向已经惊呆了的人群。一时间何夕有些茫然，他不知道该如何向人们解释发生的一切。是该让所有人知道真相的时候了，尽管这个真相并不美好，里面浸透了人类的贪婪与疯狂。但是，它是真实的。

"这就是你们的'神'。"何夕走到麦克风前，他指着郝南村的尸身大声说，"但是他死了，和所有人一样，他也会死，所以他也不再是神了。"何夕扔下手里的铁锤，铁锤打在地上发出巨大的响声，"我来告诉你们这一切究竟是怎样发生的吧。这个故事实在太长了，它从两百多年以前发生至今，而几乎所有人都对它一无所知……"

四下里的火堆已经燃尽，收敛了曾经喧嚣直上的妖艳的火光，有气无力地冒着烟。东方的天空已经现出了淡淡的天光，预示着真正的光明就要来临。

何夕还在讲述着。

周围安静极了，所有人都静静地站立着，就像是一座座雕像。

"后来的事你们都看到了。"何夕轻声叹口气，他像是要虚脱了一般。"这就是真相。也许你们现在还不愿意相信我，但是迟早你们会明白的。"何夕龇牙笑了一下，目光惨淡，"有时我会忍不住想，人类真是伟大，能够凭借智慧发现那么多自然的秘密，用以造福自己。而有时我却又想，如果大自然是一位母亲的话，那么人类就是她最聪明但也是最可怕的一个孩子。这个小家伙顽劣不堪却又自以为是，他总是不断地向母亲要这要那。母亲疼爱自己的孩子，但是她并不想纵容他。可是这个孩子实在是太聪明了，他总能够变着花样地从母亲那儿索取到自己想要的东西，他每一次背着母亲偷偷地火中取栗都是有惊无险，每次都自以为是地享受着自己的聪明，却不知母亲一直就站在他的身后，默默地为他将来的命运暗自垂泪。"

何夕说不下去了，他的眼中淌出了泪水，泪光中他见到一个人走上高台，轻轻地依偎在他的胸前——那是一个姑娘。这就是结局了，何夕想。

/ 二十一 /

微风扫过无人的城市，蓝色天幕上巨大的云影缓缓移动。

一百三十四岁的何夕已是白发苍苍，他站在宽大的街道上，环视着雄伟壮观的枫叶刀市。一座高大而荒凉的过街天桥横亘在他的面前，昔日人流上下奔忙的景象已是苍狗浮云。周围没有一个人，也没有有人的迹象，就像是一座死城。死城，何夕回味着这个词，是的，这里是一座死城。"重归"计划是从一百年前启动的，也就是在郝南村死后不久。何夕想着这个时间，他在心里惊叹自己居然活了这么久，也许是因为他的身体异于常人。但是他知道自己确实老了，他已经能够看到死亡的身影。在这个计划里，人们用了一百年的时间返回故里——谁能想到回家的路竟然有这么长。

牧野静已经离开这个世界很久了，在不太遥远的未来，何夕自己也终将离开这个世界。但是这个世界将继续存在下去，连同他们的子孙。何夕想到这一点时内心充满宁静。

阳光还在，反射万丈光芒的玻璃幕墙还在，但是人们已经归去了。这片异域的土地本来就是不存在的，它也不应该存在。它只是空中楼阁，就如同镜子的反光。但是它毕竟存在过，并且在那么长的时间里承载过无数人，连同他们的爱与悲哀。只是，现在不需要它了。

何夕看了下时间，再有几分钟，当"重归"计划结束时，位于另一个世界的一些人将启动巨大的机器湮灭五个新创的世界。何夕周围的一切将消逝无痕，就如同它们根本就不曾存在过。这个时刻何夕想了许多，无数思绪在他的脑子里匆匆而过。他仿佛看到了百余年前那个惊梦的少年，仿佛看到许多故人向他微笑着走来。

何夕抬起手，做了个挥手道别的动作——向往昔的一切，也向这座令他永世难忘但却终将在繁华落尽之后归于虚幻的城市。微风吹过来，掀动着他的白发。当何夕的手还停在空中的时候，他的眼前突然闪过一阵亮到极点的白光，他不自觉地闭上了双眼，他知道，那件事情发生了。

等到何夕重新睁开眼睛，刚才的一切都已消失不见，他发现自己身在一间亮着灯光的屋子里，脚下是真正坚实的大地。何夕跺跺脚，享受着沉闷踏实的声音。不会有雪崩了，也不再有离奇的大灾难，这很好——他想。

这时，房门突然"吱吱呀呀"地被推开了，一个小脑袋小心翼翼地钻了进来，是一个七八岁的、长得胖乎乎的小男孩。

男孩见到有人先是一惊，但是立刻问道："你在我家厨房做什么？"

"厨房？"何夕一愣，他环视了一圈，这里果然是个厨房，"我……路过这里。"他来了兴趣，"那你到这里又是做什么？"

小男孩不好意思地笑笑，指着肚子说："我饿了，想找东西吃。我妈妈只要过了吃饭时间就不准我吃东西。"

何夕心念一动，这才发觉周围的景物是那样熟悉。时光的流逝终止了，窗外小园子里花草们的身影随风摇曳。"告诉我，这是什么地方？"他轻声问道。

小男孩打开冰箱，食物的香气扑鼻而来，他的脸上立刻写满了幸福。"檀木街，十号。"男孩咽了口唾沫，嘟囔着说。

# 人生不相见

太阳系是人类温暖的摇篮,但孩子长大后终有放手的一天,不应该让摇篮成为永远的禁锢和桎梏。正是几万年前来自非洲的先行者闯进旧大陆,以及几百年前来自欧洲的先行者们挺进新大陆,才有了后来人类历史中一幕幕壮丽的篇章。

／ 一 ／

午休时间的基地安静了许多，训练的喧嚣已经散去。这里是美国凯斯国家海洋保护区的基拉戈海岸，范哲一直警惕地扫视四周，因为叶列娜现在正在"工作"。怎么说呢，反正范哲现在算是叶列娜的同谋，档案馆的门禁系统是他突破的，也是他在给叶列娜望风。按章程规定，档案馆网络与外界物理隔离，自成一体，只有在内部才能调阅。严格说叶列娜就算进到里面也没法"调阅"，因为她根本不具备相应的资格权限。叶列娜已经潜入档案馆快一个小时了，也不知道情况如何。范哲可不想成为被好奇心害死的猫，再说他对那些档案也没什么好奇心，他最多只是对叶列娜有那么一点好奇心罢了。虽然是在犯规，但范哲心里并无多少愧疚之感，其他学员一个月前都如期离开，偏偏只剩下他们两个人，而且不管找谁询问都是一句冷冰冰的"无可奉告"。范哲的脾气还好点，他只是一名工程师。叶列娜可是特警出身，天生就是个惹事的丫头，反正闲着也是闲着，正好练练各人的手艺。

范哲心虚地四下张望，就在这时他见到了那个人。范哲敢肯定就在一分钟之前周围是没人的，估计这家伙刚才隐身于某个角落。对方显然发现了自己，因为他正点头示意。问题是范哲心里有鬼，他强迫自己不要望向档案馆的方向。

"这里真美啊！"来人应该是位亚洲人，大概四十七八岁的样子，脸上的皱纹宛如刀削。但他的语气让范哲觉得有些奇怪，因为这样的抒情就像是一个青涩的少年。

"当然。"范哲强自镇定地接过话头，"你刚才一直在这里……看风景？"

"我来了有一阵了，我们这个星球上的大海很壮观，不是吗？"来人几乎是有些贪婪地四下眺望，一丝复杂的神色在他脸上浮动。

"当然，你慢慢看。"虽然来人透着古怪，但范哲没有心思追究，心里只盼着这家伙早点离去。

来人望着远处："宝瓶宫还在原来的地方吧？"

范哲悚然一惊，离海岸八公里外的海面之下就是宝瓶宫。宝瓶宫始建于20世纪80年代，是元老级的宇航员训练设施。其生活舱和实验室就建在一个深海珊瑚礁旁边。宝瓶宫长十四米、宽三米、重约八十一吨，建在二十七米深的水下，模拟了空间站的各种生活条件。许多年来它经过多次维护，但面积一直保持在四十二平方米。并非是技术上无法扩建，而是刻意保持与太空狭小居住环境的相似性。生活设置当然是很齐全的，但是只要想象一下让人在里面一连待上几百个小时（所谓的饱和潜水技术）就会明白那是什么滋味。"宝瓶宫"主要是为了训练宇航员的太空运动能力，但显然对宇航员的心理素质也是一个考验。据说在未公布的档案里就有宇航员长期幽闭后出现精神疾病被淘汰的记录，当然这样的资料不是一般人能看到的。不过范哲知道，也许再过一会儿，自己就能目睹那些神秘的资料了，希望叶列娜一切顺利。

"您是新来的教官？"范哲试探地问。

"不是。"来人意味深长地摇头，"很多年前我是这里的学员。"

"啊？"这回轮到范哲吃惊了，曾经有人向教官问及以往学员的现状，但被告知这属于绝密，而现在居然来了一个活的。

"不用怀疑。"来人淡淡地说，"不过我出现在你面前，的确属于前所未有的特例。"

"为什么告诉我这个？"范哲不禁有些紧张，出于本能他也明白某些事情知道了不见得是好事。

"因为我们将一起合作。你、我还有叶列娜。自我介绍一下，我是何夕。你们之所以一直待在基地，就是在等我，因为我是你们的领路人。"

范哲的嘴微微张开，样子有些傻。这时他手里的手机响了一声，上面显示出一条正在传输资料的横条。看来叶列娜已经有了收获。

"跟我来吧。"来人说完大步朝前。

"去哪儿？"范哲不知所措地问。

"当然是去档案馆。"来人眼里闪出洞悉一切的光芒，"你通知叶列娜终止行动吧，我会解开你们心中的谜团的。"

/ 二 /

档案已经发黄。

在恒星际时代出现"纸"这种东西的机会是极少的,这只是因为在个别场合按照规定必须使用所谓的"硬"拷贝材料。何夕早已从电脑里知晓了档案袋里的内容,但现在他仍然必须在办理烦琐的手续后从机要员手里接过它。蓝色的菱形印章覆盖在档案的封口处,代表着某种至高无上的权威。印章已经有些斑驳,五十多年的时光顽强地在上面留下了痕迹。其实,所有人都知道真实可靠的文件内容只能通过电子副本获得,因为在这个时代,只需入门级的原子组装技术,便可复制出连同这个印章在内的全部纸质档案,谁也不敢确定手上这套东西就是以前封存的原件,只有基于数论的电子加密技术才能完全确保文件的安全。但并不妨碍何夕一脸郑重地抽出文件从头阅览,因为这是规则。

看着那些文字,何夕心里涌出一丝难以言说的情绪,他知道二十年前的那个人也曾经翻阅过这套编号为145的档案。范哲和叶列娜亦步亦趋跟在何夕身旁,脸上的激动无法掩饰。何夕瞄了眼范哲,不禁想起当年的自己,何尝不是一样。何夕知道他们俩能跟随自己进入这里看到"乐土"计划的档案,的确是一件不容易的事情,这意味着他们至少要淘汰掉两千名以上的竞争者。但何夕不知道的是,当这两个年轻人完全明了自己的使命后,是否还能像现在这样志得意满。从道理上讲应该影响不大,何夕知道在测试题目中已经隐晦地暗示了某些线索。

"好了,该进入正题了。"何夕示意两位年轻人坐下,"从拆开这份文件开始,你们便正式加入了'乐土'计划。也许你们也知道一些内情,但我还是按规定从头说起,因为我是你们的领路人。在未来这段时间里,我将陪伴你们,直到任务完成。"

"还是不用了吧。"叶列娜突然打断何夕,"基础的背景知识我刚刚在电脑里看过了。"她转头看着范哲,"我还传给你看了,对吧?"

范哲有些错愕,他没想到叶列娜竟这样坦诚。

这回轮到何夕吃惊了,"乐土"计划归入联邦绝密级!他带些狐疑地看着这个有着斯拉夫血统、头发微卷的女孩。他知道叶列娜有特警的经历，但没想到她居然还是一名技术超群的计算机黑客。

"你不用怀疑。"叶列娜落落大方地开口道，"我潜入档案馆用自己写的一个工具软件搜索到了系统的小漏洞，从而看到了少量密级不高的资料，但也到此止步，总体来说那个什么'乐土'系统还是非常stronger（强大）的。不过所有事情是我一个人干的，与范哲无关。"

何夕不动声色地问："那你们知道些什么？"

叶列娜似笑非笑地答道："至少我知道了我们这趟旅程并非一般的考察，这条航路曾经发生过重大事故，充满未知的危险。"

"你……"何夕顿时语塞。眼前这个文弱的女孩显然具有与她外表不相称的内在力量，她无所畏惧地与何夕对视着，竟然使得后者生出一丝躲闪的念头。一旁的范哲保持沉默，但看得出他是站在叶列娜一边的，他看着叶列娜的眼光混合了欣赏与关心，甚至还有隐隐的依恋。这也难怪，他们一起接受训练，特别是这最后一个月，他们一直单独相处。何夕心中一凛，这是一个让人感觉不好的苗头。

"恐怕基地的头儿也是有所顾虑吧。"叶列娜幽幽地开口，眼里有光芒闪现，"我们这次考察本该在一个月前开始，可一直拖到现在。其实基地并不缺领路人，但却专门将你从四十六光年之外召回来，因为那些人缺乏经验，难以胜任这次的特殊任务。"

何夕颓然跌坐。叶列娜说得没错，这次行动的确非同寻常。接到基地的命令，何夕也相当意外，从来没有人会第二次执行"乐土"任务，这是没有先例的。

二十年来何夕一直生活在天蝎座里海星，天蝎座18号星距离太阳系四十六光年，地球天文学家很早就开始关注这颗恒星，原因在于它和太阳太相像了，具有几乎相同的年龄、质量、直径，甚至表面温度，就连自转周期也非常接近，都为二十五天左右。这颗位于天蝎座的左螯上的恒星，理所当然成为人类优先纳入考察计划的星球。在"虫洞通道"技术进入成熟阶段不久，人类就向天蝎座18号星发出了探测飞船。正如英谚里常说的"坏运气连着坏运气，好运气连着好运气"一样，人们惊喜地发现这颗恒星的第二颗行星竟然具有良好的生态环境，而更可贵的是这颗行星上还没有进化出具有智能的生命体。一句话，人类中大奖了，奖品就是一颗直径一万一千公里的、后来被命名为"里海"的宜居星球。

但是叫他怎么对两个年轻人说呢？他们只是好奇，只是对世界上的未知充满向往，却不明白人生其实一直行进在雷场之中，无法察觉的灾难随时可能吞噬一切，经历过危险的人才能加倍珍视生命。为了执行这次任务，基地总共向十二位"老人"发出了非强迫性的召集令，但最终只有何夕一个人接受了命令。

"先生，你怎么了？"范哲关切地问，作为一名工程师他不像叶列娜那样咄咄逼人。

"没什么。只是里海星的氧气含量略高于地球，我这次回来时间不长，还没完全适应。"何夕抚了抚有些气闷的胸口，"其实就算你们没有突破系统，有些事情我也是会告诉你们的，所以我不打算将这件事情上报。当然我会提醒他们系统出了漏洞。不过也请你们不要再对其他人提起这件事，好吗？"

叶列娜的目光在何夕脸上停留了一秒钟，声音突然变得很低："谢谢。"

"还是让我们说说渤海星的事情吧。"何夕戴上数字手套，房间里顿时暗下来，一幅全拟真的星图浮现在半空中。淡淡银河垂地，仿佛某个超级巨人的信手涂鸦。"看那里，猎户座。也就是中国古人所说的参宿。"

何夕手指微动，星图在急速地拉近。"这颗编号为HP26762的红色恒星距离地球一百六十八光年，光谱类型F，太阳为G，所以它的表面温度略高于太阳。"

镜头拉近，红色的灰尘被放大，显出模拟的细部结构，可以看见丝丝缕缕的日饵偶尔喷吐出星球的表面，宛如条条纱巾。那是另一颗光明星球，是太阳远在亿兆公里之外的兄弟。何夕注视着这颗美丽的空中宝石，眼里有某种难以描述的神情显现，即使以范哲的粗疏也能看出，这个中年男人分明对这颗远在一百六十八光年之外的星球怀有某种奇特的情感。叶列娜记下了这一幕,她隐隐觉得此次的任务透着一些诡异。

"恒星HP26762的第二颗行星就是渤海星,是在五十多年前被发现的,在例行的二十年观测实验期后,正式纳入'乐土'计划。渤海星形成于三十亿年前,比地球年轻。和地球的主要差别在于它的铁镍质核心偏小,这导致地核冷却速度更快,所以虽然它更年轻,但它现在的地磁强度只是地球的二分之一,并且每年仍以一定速率减少。将来渤海星也会像火星一样彻底失去磁场保护,到时候在恒星粒子流的作用下它最终将失去绝大部分液态水。不过那是二十亿年后的情形,在未来几亿年内,它依然算得上人间的'乐土'。"何夕例行规定地做着介绍。

"等等。"叶列娜插话道,"HP26762恒星表面温度高于太阳,渤海星的磁场又弱于地球,那上面的恒星辐射一定比地球更强。"

何夕赞同地点头:"准确地讲,渤海星表面的平均恒星辐射强度是地球的两倍,在两极地区还要高很多。渤海星在30°左右的低纬度地区偶尔也能看到极光,这就好比地球上能在上海市看到北极光。"

"那肯定很美。"范哲露出神往的表情。

"当然,可以毫不夸张地说,美得令人呼吸不畅。"何夕淡淡一笑,"但可惜我们欣赏不了多久。高能粒子会让我们的眼睛很快患上白内障,我们的骨髓细胞会迅速被摧毁,接下来便是顺理成章的结果——死亡。"

"所以才需要先行者,对吧?"叶列娜插话道。

何夕这次没有表现出诧异,他料到叶列娜已经查知了先行者的资料,"是的,先行者率先登陆并征服这些星球,如果有必要,他们还承担着改造星球环境的任务。总之,先行者是值得我们永远尊敬的一群人。他们为全人类的美好前途付出一切⋯⋯"何夕陡然止住,脸上浮现出萧索之意。

叶列娜与范哲面面相觑,何夕凝视着虚空中的猎户座群星,心里不禁滚过一阵悠长的感叹。在一百六十八光年的时空阻隔之下,彼端已然是另一个世界。

"资料里提到了通道事故的事情⋯⋯"范哲小心地提起话题。

何夕从短暂的失神中回过神来:"是的,通道,那是一次事故。在发现渤海星的时候,虫洞技术已经非常成熟,人类在坐标点之间的跃迁有过无数成功的经验。虫洞技术的基石是引力，正是靠着对强大引力的精确操控才能将空间'穿孔'，从而实现超距跃迁。虽然虫洞跃迁的理论耗时为零，但在实际中至少要维持十五秒稳定态，才有足够时间完成一次操作。不过虫洞的理论基石已经隐含着虫洞跃迁的一个危险——虫洞总是成对出现的，如果在虫洞对之间的直线空间上存在着强引力物体，那么在跃迁之前就必须考虑到这种引力的影响，将其代入到计算中，否则建立的虫洞对将陷入紊乱状态，跃迁目的地将变得无法预料。"

叶列娜插话道："的确，这种情况下，一旦误入巨星系的核心区域，肯定会导致灾难性后果。"

何夕摇摇头："你说的情况并不常见，就总体而言宇宙中物质的分布非常稀薄。现在发生的几起事故是另外一种更复杂的情况。"

"什么情况？"范哲问。

"偏移并不只发生在空间上。"何夕神色凝重地说，"第一艘事故飞船发现自己偏离预定地点约二十光年，当他们和地球建立量子通讯之后才发现，虽然他们只感觉过去了一瞬间，但在地球上时间已经过去了一个月，人们当时都以为他们遇难了。所以他们是同时在空间和时间上都出现了飘移。"

"他们穿梭了时空？"叶列娜倒吸口气。

"穿梭这个词容易导致误解，没有人能够回到过去，只可能往后飘移。"何夕接着说，"根据事后分析，这种效应类似于物质以光速运动时发生的情形，对他们而言时间停止了。迄今为止相同的事故发生了六起，时间飘移最短的是十个小时，最长的是七十天。"

"渤海星任务也是事故之一，对吗？"叶列娜幽幽地问道。

"是的，就是猎户座渤海星。"何夕点头，"也是我们这次的目的地。"

"威胁来自黑洞，对吗？"范哲插话道。

"并不是那么简单。"何夕缓缓摇头，"在现有技术条件下，虫洞对之间的距离不能超过十光年，所以去到某个外太阳系的行程实际上由一系列的跳飞组成。而对强引力物质的探查，就是建立航道最重要的工作。十光年虽然是一个非常广大的区域，但现有技术对于包括普通黑洞在内的强引力源的探查是很准确的，唯独对那些形成于宇宙大爆炸初期的微黑洞束手无策。那些尚未完全蒸发的太初黑洞的视界还不到一微米，具有的引力却很强大，要完全排查极其困难。好在这种特殊结构并不常见，而且根据计算，单个微黑洞并不足以扰乱虫洞对的运行，除非是遇到散布的微黑洞群落，否则虫洞跃迁依然是安全的。实际上在事故之前，已经往渤海星成功发射过几艘飞船，一切运行正常。"

"资料上讲，飞船成员发回了遇险讯息。"叶列娜开口道，"当时他们不仅在时间上飘移了十二天，而且在空间上误入了一颗超强辐射脉冲星的势力范围。两名成员当即死亡，最后那位女性成员在发出航线上存在高危险微黑洞群警报讯息之后也死了。"叶列娜注意到何夕脸上难以掩饰的痛苦，"这直接导致到渤海星的航道从二十年前中断至今。"

"是的。"何夕调整了一下情绪，"航道的重新探查是一个漫长的过程，尤其是在已经发生了悲剧的情况下。现在的新航道在距离上远了一些，但应该能够绕过那个可怕的微黑洞群落区域。"

"能确定是微黑洞造成的事故吗？"叶列娜探究地问。

"这个，当然了。"何夕有些诧异地看了一眼叶列娜。

"可之前的航行都是成功的，后来也没有确切发现微黑洞群落的位置，为此居然白白耗费二十多年时间……"叶列娜止住话头，因为她突然发现眼前的何夕仿佛变成了另一个人。

"你说什么？"何夕瞪大双眼，"你有什么资格怀疑于岚的判断？那是她付出生命代价才得出的结论，你……"

叶列娜忙不迭地摆摆手，她也觉得自己的怀疑有些过分："对不起，我只是有些好奇。"

何夕撑住额头，二十年了，一切仿佛昨天才发生，包括于岚最后那凄美的微笑……

/ 三 /

宇航中心一派繁忙，渤海星飞船将在这里升空，进入外层空间后再转入虫洞飞行。虫洞飞船的主体就像是一颗巨大的枣核，周围悬浮缠绕着三个交叉的线圈。领路人马维康带着他的组员加腾峻和于岚一字排开站在飞船面前，接受人们的祝福。

何夕面无表情地注视着站在飞船前面的三个人，准确地说，他的目光只是落在那个娇小的身影上，心里麻木得没有一丝感觉。就在昨天之前，他的心还被幸福的憧憬填满，而现在一切都已无法挽回。

是的，就在昨天，何夕当时刚刚从减压舱出来。在宝瓶宫受训的宇航员由于长时间生活在水下，他们的身体体液被高压氮气所充斥，在返回海面前要进行十七个小时的减压，这是最让人难受的环节。何夕一出减压舱禁不住仰头深吸一口气，感觉自己这才算活过来了。等他再次平视前方时，一眼便看到了于岚那俏丽的身影。

绿树、草地、衣袂飘飘，这是一道风景。

于岚扬起脸，有些调皮地看着何夕："谢谢你这段时间对我的照顾。"

"咱们的生物学博士什么时候变得这么客气了？"何夕略显木讷地笑笑。他们相差十天进到宝瓶宫，在那里共同训练了二十天。其实何夕觉得应该说感谢的是自己，因为自己晚到十天，所以于岚告诉他许多有益的经验。不过，在一起突发事故中，也的确是何夕帮助于岚脱离了险境。

"我是来同你道别的。"于岚轻声道，低头看着地面。

何夕有些意外："道别是什么意思啊？我们可是分在同一个组的，应该是半个月后一起出发吧。"

"基地作了调整，我改派了别的任务。"于岚黑白分明的眸子里闪过难以言表的神色，一种称为痛楚的感觉在这一瞬间从她心头滑过。二十天前的一次训练中，于岚的潜水设备发生了紧急故障，何夕没有任何犹豫地将自己的呼吸器拉开，接到了她的面罩上。那一刻，于岚心里某个最柔软的地方被深深触动了，她没想到，这个世界上真的会有一个人视她胜过自己的性命，她本以为这样的情节只存在于赚人眼泪的小说里。那是怎样一种天雷地火般的触动啊！

"哦，怎么会这样？"何夕语气里有难以掩饰的失望，他觉得自己的心正在往下沉。

于岚咬住下唇，叫她怎么跟眼前这个比自己小一岁的大男孩说呢？其实是她自己要求改派的，当十天前回到基地知晓了任务的全部内容后，她只能作这样的选择，等何夕知道真相后，应该也同意这是最好的选择吧。这个世界上有许多很伟大、很崇高的东西，跟它们比起来爱情虽然美丽，但却只是一件渺小的装饰品。于岚想到这一点的时候，突然觉得有一丝什么东西从身体里被抽了出去，渐行渐远，仿佛多年前的某一天，她眼睁睁地望着心爱的布娃娃飞出了列车车窗。

"再过二十四个小时，我就出发了。"于岚脸上挂着空洞的笑。

"我们以后还能见面吗？"话一出口，何夕就发现自己问得太蠢。刚受训时他们就已被告知，不同小组成员的后况属于机密，彼此是无缘再见的。

"知道我要去的是哪里吗？"于岚的声音像风铃一样动听，"是位于猎户座的渤海星，中国古人所称的参宿。而你要去的里海星位于天琴座，中国古人称之为商宿。"

何夕陡然间明白了什么。人生不相见，动如参与商。参星在西，商星在东，千百年来地球上的人们从未同时见到参宿和商宿，当一个上升另一个便下沉，永世不能相见。

于岚的心里也滚过宿命般的感叹。十天前她只是请求改派任务，到渤海星是上面的人决定的，但却那么不可思议地映照到千年前的诗句里，仿佛冥冥之中真有天意的存在。

送别的人一一上前告别，祝福三位人类的勇士。这时领路人马维康注意到了于岚的沉默："我们基地最美丽的女士不想给大家说点什么吗？"

突如其来的提问把于岚从失神中拉回，她静静地巡视全场。"谢谢大家来送我们。其实，我要说的话昨天已经说完了。"于岚望向人群中的何夕，脸上是带泪的笑容。

何夕的嘴唇翕动，那是只有他们两个人才能听到的诗句："人生不相见，动如参与商。今夕复何夕，共此灯烛光。"

是的，这就是人生的宿命。当何夕第一次打开属于他自己的里海星任务档案时，立刻就明白了于岚做出的是怎样的决定。他现在赶到发射场只为最后同于岚告别。这并不是什么一般性的考察任务，在那个无比崇高的目标之下，需要他们付出的很多，这其中就包括——爱情。

/ 四 /

预定目的地设定为距渤海星六十万公里的外层空间，这是为了尽量避开渤海星两颗卫星的干扰。作为领路人，何夕完成了百分之九十以上的操作。每一次十光年跳飞后的方位确认、航道修正以及能源补给需时约两天。其实一切都是在计算机程序的安排下进行，领路人所能做的也不过是摁下确认按钮，这虽然只是一个表象，但却让人觉得仿佛是自己在掌握着命运。何夕摆摆头，将这个念头甩开，拇指毅然摁下，启动最后一次跳飞。

三十五个地球日之后，虫洞飞船突兀地出现在渤海星的外层空间，就像一个从遥远虚空中钻出的幽灵。防护罩缓缓打开，母星明亮的光线经过过滤之后照射进来。叶列娜和范哲迫不及待地解开束缚，飘移到舷窗旁。渤海星巨大的身影悬浮在远处漆黑的深空中，像是一只绘满蓝色花纹的瓷盘。

是的，蓝色覆盖了渤海星的全部表面，这是一颗没有陆地的水星球。虽然这是从资料里已经知道的事实，但它同地球的巨大反差，还是让人一见之下难以相信自己的眼睛。

"真美啊！"叶列娜如痴如醉地赞叹道，"哎，范哲，你看它像不像一颗矢车菊蓝宝石？"

"真想把它镶嵌在戒指上送给我的新娘。"范哲幽幽开口，"不过它真的太奇特了，竟然没有陆地。"

何夕的动作比年轻人慢了半拍，他凝望着渤海星，一时间难以言表自己的心情。"渤海星并不奇特，恰恰相反，是地球更奇特。"

"你说什么？"范哲不解地问。

"宇宙中的行星无非两种，要么有液态水，要么没有。相比之下存在液态水的行星是小概率事件，根据现有资料来看概率小于一亿分之一。因为这要求行星具备一系列极难满足的条件，比如行星与恒星的距离、恒星所处的年龄阶段、行星自转的速率、行星的质量大小以及大气层厚度等等。这些条件的苛刻程度，足以与宇宙常数所具有的奇异精确程度相提并论。你们想想看，在太阳系里存在那么多行星、小行星以及卫星，但确定拥有液态水的却只有地球。"何夕耐心地讲解，"但另一方面，由于宇宙无比巨大的物质数量，存在液态水的行星数量在实际上却又是一个天文数字。在数以十亿年计的时间条件下，如果我们认可生命的自发论是正确的，那么，液态水和生命存在几乎就是一个等同的概念。所以人们很早就认为，宇宙中生命绝非地球所独有。"

"这个我大概是知道的。"叶列娜插话道，"可刚才你说地球才是奇特的又是什么意思？"

"你们应该知道地球表面百分之七十一是海洋，百分之二十九是陆地。我的意思是在拥有液态水的星球里，这是一种非常奇特的小概率现象。"

叶列娜和范哲面面相觑，表情都有些发呆。

"实际上水这种物质在地球总的物质中占有比例相当低。这些水大致有几个来源：地球形成时的太初尘埃、数十亿年来引力俘获的星际水分子、撞击地球的小行星或彗星带来的水分。正是这些极其复杂的来源共同形成了地球上现在的水分。地表水的重量只占地球重量的不到万分之六，地核中则基本可以肯定没有水的存在。为了测出地幔的情况，2002年日本的研究者在高温高压环境下，创造出四种和地幔矿物相似的化合物，然后向这些化合物灌水，测试它们吸水后重量的变化，结果表明，在地幔处溶解的水是地表水量的五倍多。所以地表水的重量加上地幔水的重量，水占地球重量的比例约为千分之一。这显然是一个非常低的比例，我们完全可以想象水占比高得多的行星，理论上甚至不能排除百分之百由水构成的星球，有些小行星和彗星的构成比例差不多就是那样的。那么从道理上讲，水重量占比小于千分之一也是稀有事件，存在液态水的行星中，绝大多数的含水量都应该高于地球。"

范哲听得有些发呆，而叶列娜也罕见地保持沉默。

何夕笑了笑："别这样看着我，要知道我的专业就是天文学，我当年的毕业论文就是研究地外含水行星的，题目就叫《水星球》。让我们回到正题吧，即使以千分之一这样低的占比来看，海洋也占据了地球的大部分表面。如果我们假设某个行星的水重量为星球总重的千分之二，那么按照一般化的原理来看，大陆已经不大可能存在了；而如果行星含水比例再上升一些，就连岛屿也将完全消失。也就是说，对于所有存在液态水的星球来说，大片陆地的存在只是一个小概率事件，而表面基本被海洋覆盖才是一个常态。实际上迄今为止，在人类发现的两百多颗地外生命星球中，只有一颗星球具有大片陆地。"

"在哪里？"叶列娜按捺不住地问。

"就是我生活了二十年的里海星。它的表面百分之九十被海洋覆盖，只有一片面积接近亚洲的大陆。当初发现它时引起的重视是空前的，人类委员会启动了最紧急预案。"

"为什么？就因为它有陆地？"范哲插话道。

"还能有别的原因吗？就是因为陆地。"何夕肯定地点头。

/ 五 /

飞船已进入近地轨道。从这里看上去渤海星占据了大半个视野，它静谧地转动着，丝丝缕缕的云带时断时续，勾勒出大致的大气运动图案。叶列娜眼光扫了一下控制台，信号已经发出，但是还没有收到任何回应，这显得有些不正常。虫洞跃迁结束后是一段常规航程，大约四天后才能抵达渤海星，宇航员进行的培训就是为这种常规航程准备的。叶列娜转头欣赏着舷窗外的风景，她已经知道由于没有大陆，渤海星的气候是比较温和的，除了在赤道附近偶尔形成台风外，基本上没有极端的气候状况；由于没有大陆的阻拦和消减效应，台风在渤海星的存续时间比地球长很多。不过就算是台风也对生物圈构不成多大威胁，巨量的液态水保护了所有的生灵，但是，这真的是种保护吗？

"我还是怀疑水星球能永远封锁智能生命的产生。"叶列娜看着何夕，"如果时间足够，也许生命会找到一条我们未知的进化道路。"

"时间不是问题，某些小质量的恒星可以稳定地存在几百亿年。但你能告诉我在水星球上怎样得到火吗？不是稍纵即逝的像闪电那种，而是持续不断的、能被使用的火。"何夕的声音低沉下去，"燃烧的三个条件是有可燃物、与氧气接触、温度达到可燃物着火点。在水中没有游离氧，而且水温也低于多数可燃物的着火点，自然条件下无法获得火。至于现在人们实现的水下燃烧实际上是基于精巧设计的机器，这种火其实是智慧的产物了。"

叶列娜泄气地摇头。她当然知道火对于智能生命进化的意义。那可不仅仅是提供保护和熟食，包括煅烧器具、冶炼金属，包括后来人类的化学、物理等一切科技，没有一样不是发端于火的应用。

"以前有种观点，认为人类作为智能生命的标志是人的大脑与体重的占比是最高的，但现在知道宽吻海豚的这个比例是大于人的。可是几百万年来宽吻海豚也没能产生自己的文明，最多算是有些社会的雏形罢了。"何夕接着说道，"所以你们现在可以明白，当年发现里海星时地球联邦为何如临大敌了，因为大陆的存在极可能导致智能生命的产生。后来，事实证明不过只是虚惊一场，里海星没有高智能生命存在，那里最高级的物种是一种生有脊椎、长着六条腕足的陆地章鱼，智力接近地球上的长臂猿。如果人类更晚发现里海星，这种生物可能会成为星球的统治者，但现在它们的腕足是里海星的一道名菜。"

叶列娜心中不禁涌起巨大的骄傲与庆幸。如果认可何夕的论点，水星球对生命的保护最终将变成一种近乎永恒的禁锢。处于这颗蓝色星球的顶空，叶列娜知道这几天与领路人的交谈已经彻底地改变了自己。她几乎是有生以来第一次意识到身为人类是一件多么奇异的事情，或者按何夕的说法，是一件概率多么小的事件。

"但为什么人类会这么害怕另一种智能生命？难道我们不能成为朋友吗？"叶列娜吐出心里的疑问。

何夕古怪地笑了笑："其实在这个问题上一直存在悲观与乐观两派。悲观派认为宇宙间的智能生命一旦相遇，将立即导致落后的一方被掠夺、杀戮乃至灭绝，现在这种观点获得了很多人的认可，是主流。"

"那乐观派呢？"叶列娜急切地问。

"我就是乐观派。"何夕注视着叶列娜的眼睛，"这也许和我自己的天文学专业有关，但是现在我的这种观点出了点问题。"

"我不太明白你的话。"叶列娜蓝汪汪的眼睛里写满好奇。

"我们乐观的原因只是因为宇宙本身的宏大。离地球最近的恒星系是四点三光年之外的比邻星，但因为它是一个引力系统非常复杂的三星系统，通过计算就能发现大行星不可能稳定存在。而已知的拥有行星的恒星都离地球十光年以上，但基于生命产生和进化的苛刻条件，这些行星上面恰好拥有智能生命的可能性几乎为零。上百年来地球上最强大的射电望远镜还没有从这些星球上接收到一丝有意义的信号，这实际上已经否定了地球周围数十光年内存在智能生命的可能性。"

"那再远一些呢？"范哲插话道，"可观测宇宙的范围可是超过一百三十亿光年。"

"再远一些当然会有可能。"何夕肯定地说，"虽然智能生命产生的概率极低，但由于宇宙物质的无比巨大，所以拥有智能生命的星球是一定存在的，而且其中一些的科技水平肯定远远超过了地球人。那么问题来了，如果这些进化水平可能超出人类上百万年的外星种族来到地球，他们会干什么？"

叶列娜和范哲对望一眼，都老实地摇了摇头。

"乐观派的结论是他们什么都不会做。因为对于能够跨越成千上万光年距离的高级文明来说，地球以及现阶段的所谓人类文明除了有一点观察意义之外，根本就没有任何用处。这样的超级文明早就洞悉了物质的全部秘密，也许他们为了来到地球看一眼，顺手便熄灭了上百颗太阳大小的恒星,这样的种族又怎么会在意地球上那丁点儿沙粒般的资源呢?"何夕露出一丝戏谑的笑容,"我常想这就好比人类建造了能抵抗深海压力的高科技潜艇,来到大西洋海底烟囱观察那些靠硫化细菌生存的管虫,如果管虫中也有悲观者的话,它们一定会惊呼:糟糕了,人类来抢我们的硫化氢和美味酸水了。"

叶列娜扑哧一下笑出声来,何夕的比喻让她忍俊不禁,她当然知道人类的屁里就充斥着硫化氢。不过她想起一点:"那你为什么说自己的观点出了点儿问题呢?"

"是虫洞。"何夕的表情转为严肃,"这都是因为虫洞这种超越了时代的技术,至少我认为这种技术提前让人类进入了本来还不到时候进入的领域。"

"我有些明白了。"叶列娜点头,"这种技术可能让还不够成熟的文明和种族发生碰撞,结果导致悲观派预见的结果。"

"还没有回信吗?"何夕转头问范哲。

"的确没有收到回信。"范哲很肯定地报告,他已经全面检查了设备。作为一名合格的工程师,他相信自己的能力。"哎,等等,有信号答复。"

何夕和叶列娜急速地飘过来,他们的目光都锁定在了屏幕上。

"这里是渤海星接引驻地,先行者欢迎来自地球的客人。驻地坐标东经115°,北纬30°。重复一遍:东经115°,北纬30°。"

"登陆飞船准备就绪,请领路人指示。"范哲掩饰不住心中的激动,有生以来将第一次登上另一颗星球,这是多么奇妙的境遇。

但是何夕却微微蹙眉,仿佛面对一件奇怪的事情,脸上阴晴不定。

"范哲留在主船,我和叶列娜登陆。"

"为什么?"范哲失望地问,"按章程我也应该下去的。"

"你的任务是立刻对整个渤海星建立毫米级扫描观测。"

"计划书里根本没有这一条啊。"范哲大惑不解。

"这是命令。"何夕面色阴鸷,口气不容置疑。

/ 六 /

驻地像一片漂浮在无边池塘里的巨大树叶,登陆舱渐行渐近,在巨大树叶的映衬下像极了一只小小的瓢虫。这时驻地的表面隙开一道窄缝,吞下登陆舱。

面前居然是一片浅丘草地,不知名的野花绚丽绽放。小溪淙淙流淌,一只草原黄鼠"嗖"的一下从旁蹿出,惊起几只蚱蜢,在渤海星相当于地球五分之四的引力条件下自在飞行。一幢四面透明的房子矗立在平地上。

一个满头银发、皮肤黝黑的高个子从房子里走出来:"欢迎你们,我是先行者李高。"

"你好。"何夕淡淡点头,"你的先行者编号可以告诉我吗?"

来人沉默了一下:"当然,我是渤海星先行者42号。"

"那好,42号,我们现在要到大船去。"何夕简短地说。

"现在还不行,大船在圣地。"

"圣地?"何夕疑惑地问,"那是什么地方?"

来人的语调变得庄严:"圣地是世界上最美丽的地方。"

何夕用眼睛的余光扫视了一下自己手臂上的那个扣子,那是一个发射器,此处的一切情况已经传送到了虫洞飞船。"我想看看这个圣地,请带我们过去。"

来人再次沉默了一秒钟:"好的,我去安排。现在请你们在此等待。驻地的环境和地球相似,领路人应该知道的。"

李高进了屋,叶列娜刚想开口却被何夕止住,他取出仪器四下扫描,确定没有监视器之后开口道:"你马上联系范哲,让他准备建立和地球的量子通讯。"

"现在就准备吗?"叶列娜吃惊地问。在虫洞飞船中携带有一组用于量子通讯的电子,保存在接近绝对零度的超低温环境中。它们都是一对双生电子中的一个,对应的另一组电子留在了地球上。双生电子诞生于纯粹能量的碰撞,呈现出量子纠缠态,由于泡利不相容原理,它们的物理状态永远是相反的,这便是超空间量子通讯的理论基础。量子通讯要求的能源巨大，实际上虫洞飞船只能支持最多两次量子通讯。按照规定第一次量子通讯应该是登陆第七天初步掌握目标星球总体情况后进行，但现在何夕就要求作好启动准备，的确让叶列娜感到不解。

"我觉得有必要。"何夕的语气不容置疑，"渤海星让我有种不安的感觉。"

叶列娜环视风景怡人的四周，不明白何夕指的是什么。但她知道何夕曾经执行过里海星任务，这样说一定有道理，她需要做的就是执行命令。

"我也觉得那个先行者有些傲慢。"叶列娜四下张望，"不过这里真的布置得和地球没什么差别，他们为了迎接我们是用了心的。"

"这只是章程的规定。"何夕冷冷地说道，"按照《乐土宪章》，先行者必须在本星建造一处面积不小于一平方公里的地球环境，作为星球政府的永久驻地。渤海星还没有到设立政府的时候，这里应该是驻地的前期雏形。"

"我知道这部宪章，上面的规定都很死板。"叶列娜有些不以为然地撇嘴，"比如政府驻地这条，渤海星明明是一个水星球，像这样永久性地维持一块地球环境多么不容易。"

何夕心中涌起面对淘气的晚辈时的那种宽容，但他的语气却依然不容辩驳："《宪章》是整个乐土计划的核心，第一条就明确规定宪章不容违背，否则视为人类公敌。"

"这么严重！"叶列娜吐吐舌头，"我看《宪章》细则里面有些很细的规定，那些也不能违反吗？"

"我知道你指的是什么，那些规定的确很烦琐，但却是乐土计划顺利施行的保证。"何夕了解地点头，"比如刚才的先行者42号，你看出他和我们有什么不同吗？"

叶列娜摇了摇头："只是觉得他的皮肤颜色较黑，但比起地球上的中非班图人还要浅一些，这应该是因为适应恒星辐射的缘故吧。别的好像没什么了。"

"难道你忘了渤海星是一颗水星球吗？"何夕问，"这些先行者大部分时间生活在水下，他们都有鳃，那才是他们的主呼吸器，肺只是辅助器官。"

"对啊。"叶列娜恍然大悟般叫道,"可是怎么没看到呢?"

"这便是缘于《乐土宪章》的相关原则。"何夕说,"比如大熊座黄海星的引力是地球的一点四倍,很明显人类必须经过改造才能在上面生存。黄海星的原生生物都普遍矮小,身体多呈扁平。先行者是经过设计的人类,很显然将身躯设计低矮是最方便的办法。但是人类采取了另一种方法,就是加固先行者的骨骼等支持系统,当然还包括提高血管壁强度等相关措施,虽然这样做的代价高了很多,但可以保证现在黄海星人的平均身高只比我们低一点点而已,也就是说从形态上能一眼看出他们是我们的同类。"

"那渤海星人的鳃在哪里呢?"叶列娜问道。

"在我掌握的资料里他们的腋下便是鳃的所在。"何夕肯定地说,"虽然这样做造成了呼吸道的部分冗余,但显然外观上更能让人接受。"

"其实也可以不采用基因改造的方法啊。"叶列娜想起了什么,"采用水下呼吸器不也可以在渤海星生存吗?"

"如果那样做的话,人类根本不能算是移民成功,充其量只是一个过客罢了。"何夕说,"只有凭借本能的力量自由生存,才是真正征服并融入了这颗星球,这也是乐土计划的根本宗旨所在。"

"那万一有些星球环境过于古怪怎么办?"

"已经有过一些放弃的先例。"何夕显然很满意叶列娜能提出这个问题,"比如离地球五十九光年的死海星,由于大量硫化物的存在,死海星的海洋呈现较强的酸性,上面生活着一些奇怪的低等生物。基因工程师从一种水生螨虫得到启发,设计出了可行的先行者方案,但最终被听证会否决。现在死海星已经被废弃六十年了。"

"为什么?既然都有了可行方案为什么不实施?"

何夕的嘴角抽搐了一下:"在方案里,为了适应那里的环境,先行者将必须是一种全身布满黏液的有鳞物种。我的朋友威廉教授就是听证会成员,他是一位人类学家,据他说当时一百多名听证员全票否决了方案。"

这时李高从屋子里出来,叶列娜注意到他的笑容有些谦卑。"大船正在赶过来，根据速度计算二十分钟之后对接。"

何夕蹙了蹙眉头："据我所知大船都是作为永久驻地的一部分，怎么在渤海星会分隔这么远？还有，这里既然是政府驻地，怎么只有你一个人？"

"大船只是例行巡视。另外我不知道什么叫做政府。"李高的语气不卑不亢，说完便低下头去。

这个回答让何夕感到一些放心，他也知道政府是验收之后才会成立。何夕没有注意到李高低头的瞬间，一丝阴鸷的神色从他脸上滑过。

## / 七 /

"我们现在上船，你请自便。"何夕扭头对李高说道，"驻地这里平时是你在管理吗？"何夕又淡淡地问了一句。

"没有，中央电脑说我还需要学习更多的知识，我现在只是配合机器人管家做些外围的事情。"

大船的主控室位于甲板之上，是一处透明的半球形穹顶式建筑，四面的海景一览无余，当然，对于有害辐射已经作了过滤处理。正前方控制台屏幕上显示出一个虚拟的、长得胖乎乎的头像。

"你好，中央电脑已经准备就绪。"头像的语气很平静。

"有一个问题，为什么那个42号先行者具备了某些不该具备的知识？"何夕的语气变得咄咄逼人，"你解开了伽利略封印？"

头像回答得很快："四十五年前，我同四千枚先行者胚胎一起来到渤海星，我的使命本该在二十年前完成的，但你们迟到了二十年，那些帮助我管理的机器人逐渐发生了故障。我只好向先行者传授了少量封存的知识，否则不可能在这颗星球上坚持到现在。"

何夕喟然长叹，担心的事情还是发生了。从上次冰河期结束算起，人类文明已经发展了一万三千年，但是现在人们认为严格意义上的科技文明以伽利略为鼻祖。在伽利略和波义耳之前，人们一直禁锢在古希腊的短暂辉煌中难以前进，而之后的牛顿等人则是凭借站在他们的肩膀之上才得以进到科学的殿堂。所谓的伽利略封印只是一个比喻，按照章程在验收之前，任何移民星球所掌握的知识以农耕文明为上限，这也正好对应着伽利略之前的时代。也就是说，验收之前先行者会掌握完备的经典几何知识，会有朴素的物质元素观念，能够有浅显的农业和医学知识。但是没有牛顿定律，也不会明白天上的星星是些什么东西。因为渤海星的特殊情况，之前人类委员会已经预料到可能会发生意外，但没想到出现问题的居然会是伽利略封印。

"他们知道运动三定律了吗？"何夕尽量保持语速平缓。

"是的。"中央电脑说，"十六年前大船在海啸中受损，为了尽快修复，我解开了牛顿定律的封印。"

"那热力学三定律呢？"

"很抱歉先生，这是能源应用中必须用到的。"

何夕沉默了几秒钟，小心翼翼地问："那麦克斯韦方程呢？"

"电磁学、相对论、量子论以及虫洞理论没有解禁。"中央电脑说。

何夕吐出口气，看来情况还不算无可挽回。其实等到验收完毕，这一切都不是问题，从现在掌握的情况来看验收应该不会有大的意外。何夕心里打定主意，等验收完毕就把这段插曲删除掉，毕竟中央电脑也是在与地球失去一切联系的情况下采取的应急措施。按照章程这台违规的中央电脑应该格式化后重新编程，但何夕不打算那样做，虽然没什么道理，但内心里他甚至有点儿喜欢上了这个自作聪明的胖家伙，尽管它实质上只是一台由"0"和"1"驱动的智能机器。

"先行者说的圣地是怎么回事？"叶列娜突然问道。

"十六年前的那次大海啸中，大船受损，为了避免类似情况再度发生，我指挥先行者建造了一处海底停靠点。至于他们称之为圣地，可能是基于对大船的敬仰。"

"那好吧。我的问题问完了。"何夕觉得轻松不少，脸上露出笑容。

"但是我有一个问题。"中央电脑突然说。

"哦。"何夕的眉头一挑，"你问吧。如果我们解答不了，还可以跟人类委员会联系，求得他们的帮助。"

"不必。"中央电脑说，"如果你不能回答就算了。我想知道现在的渤海星先行者还能不能得到改进？因为经过这么多年后，我发现设计上有个别不太完善的地方。"

"基因设计是系统工程，对每个移民星系的基因设计至少都要花费五年以上的时间来施行，要改变设计除非是通盘重新调试。"何夕有些不耐烦地回答，他没想到会是这种幼稚的问题，"个别地方不完善没有多大影响，世界上从来就没有尽善尽美的设计。"

大船行进了十分钟后，海面上开始出现一些绿色的伞状漂浮物，先是三三两两，但很快就变得密集起来。大的直径超过五米，小的也有几十厘米。

"这是海浮萍。"不等何夕询问，中央电脑便给出了解释，"这片海域是渤海星的无风区，所以会聚集这么多。"

"渤海星的植物有根吗？"叶列娜突然问道。

中央电脑迟疑了一秒钟："从我现有的资料来看应该没有。这颗星球上的所有生物都处于漂浮状态。渤海星最浅海域的深度是八十三米，最深处超过十万米。"

"我好像看到天空中有鸟在飞。"何夕插话道。

"渤海星没有同地球类似的鸟类，但是有类似昆虫一样的飞行生物，它们也可以在水面上停留，应该是从水生生物进化而来。这些昆虫也是先行者食物的来源之一，据他们说有一种大飞蝗的后腿烤制后很美味。"

叶列娜皱了下眉，似乎有些担心先行者会拿虫子款待自己。何夕指着远处一块不断起伏的巨大黑影问："那是什么？"

"那是土鲨。"中央电脑解答道，"根据研究，这个物种类似于地球上的鲨鱼，已经有差不多十亿年的历史了。"

"十亿年。"何夕倒吸口气，他知道地球上某些种类的鲨鱼已经存在超过三亿年，属于地球最古老的物种之一，相比之下，人类几百万年的进化史简直不值得一提，实际上地球上的陆生物种的存在时间往往比海洋生物短很多。

"经过这么长时间还没有灭绝，真可算是奇迹。"

"的确是奇迹，化石资料表明这么久以来这个物种几乎没有什么变化。"中央电脑补充道，"也许是渤海星的环境太平静了，进化的动力太小。"

"应该是这样。"何夕点头，"地球上至今仍有些人因为某些生物几千万年来变化甚少而否定达尔文的进化论，其实这不过是因为这些生物几千万年来的形态仍然很适应环境罢了。生物进化是因为生存环境带来的选择压力，看来水星球的确是生命的舒适摇篮。"

"我们已经到达坐标位置附近，现在开始下潜。"随着中央电脑的提醒，穹顶外陡然一暗，片刻之后四周已是一派海底风景。阳光透过海浮萍的缝隙照射下来，形成道道明亮的光柱。光柱中大片悬浮的巨海藻飘来飘去，宛如无根的森林。

"它们虽然没有根，但在下部却普遍长有一团沉重的组织体。"何夕对叶列娜说，"这是许多水星球植物的共有特点，以此来调节自身在水中的高度。"

"我们已经发现，至少上百种植物具备初级运动能力，它们可以通过蠕动部分枝干缓慢前进，以便选择适合生存的环境。"中央电脑补充道。

"那是什么？"叶列娜突然指着一个方向问道。何夕望过去，立刻就看到了奇怪的一幕。在一丛巨海藻的中部呈现膨大的一团，就像生出了一枚直径十来米的卵。在轻浪起伏中，这个巨大的物体缓缓飘荡，阳光照射在上面，波光流动，熠熠生辉，就像一块用翡翠雕琢的艺术品，散发出梦幻般的不真实感。一时间，何夕不禁看得有些痴了。

"那是花房。"中央电脑的语气保持着固有的平静，"是孩子们用巨海藻建造的，他们喜欢待在里面。"

话音未落，便看到两个小巧的身影像游鱼般从花房里冲出来，他们有些惊慌地望着大船，脸上混合了羞涩和不安。何夕一眼看出他们的年龄都只有十五六岁，看来大船的到来打搅了一对小恋人的幽会。

"是秋生和星兰。"中央电脑说道。

两个大孩子镇定了些，他们向着这边翕动嘴唇。

"他们在说什么吗？"叶列娜问道。

"我们听不到的,在水底他们发出的是一种次声波语言。"何夕解释道。

"他们说刚才有一批银贼鱼袭击牧场,大人们都赶过去了。"中央电脑说。

何夕犹豫了一下:"这些人都有名字吗?难道用编号不好吗?"

"从二十年前开始,第一代先行者给自己起了名字。"中央电脑回答道,"当时起名一般是根据各自的特点自己选择,其实更像是将原来的绰号确定为了名字。比如李高原来的绰号就叫高个子。不过现在孩子们的名字就正规多了。"

"孩子。"何夕念叨了一声。在验收之前这本来是不应该存在的事物,但二十年联系的中断改变了许多事情。不过这也只算小小的意外吧,从道理上讲这些孩子也是先行者的一员。

窗外开始掠过一些悬浮在水中的、结构精巧的建筑。这些建筑都呈现六棱柱形,有些是单独的,而更多的则是相互拼接成更大的建筑。这片建筑绵延开去,占据了很大一片空间,俨然就是一座海底的城镇。可以想见,平日里这里应该是一派熙熙攘攘的景象,不过现在大多数人都赶到牧场了,只有稀疏的十多个人有些好奇地望向大船。

"这里就是渤海星的城市吗?"叶列娜问道。

"现在还只能称作聚居点,渤海星现在有八个这样的聚居点。"中央电脑说,"我们的人口还很少。"

"那现在先行者总共有多少人?"何夕仿佛不经意地问,"加上那些孩子。"

"原有先行者四千人,现在加上孩子总共是八千七百五十四人,这不包括几十年来因为意外事故失去的人口。"

"从二十年前算起,人口年增长率大约是百分之四。"何夕在电脑上做了个简单的演算,"人类向处女地移民时人口增长率一般都很高,当年英国皇家海军'邦蒂'号上的反叛者在皮特凯恩岛上的人口增长率曾经高达百分之四点三。"

"需要建设的东西很多,劳动力明显不足。"中央电脑继续作着汇报，"机器人大多出现故障，备用零件已经告罄。"

"这都是意外造成的，正常情况下渤海星二十年前就已经解除伽利略封印，现在早该有了自己的制造业体系了。"何夕了解地点头，"不过这一切就快改变了。"何夕转头望向叶列娜，"让这颗蛮荒星球沐浴到文明的光辉，这就是我们的使命。"

叶列娜身躯微震，她从何夕的语气里听到了一种不容置疑的决心。在拿到"乐土"计划书的时候，她已经知道了自己此行的目的，但在此之前，她更多地将这看成自己必须完成的一项任务，和此前自己曾经执行过的那些任务虽有区别，但本质并无不同。然而，这段时间的经历让叶列娜有了不一样的感觉，她意识到自己的人生已经和这次任务密不可分，她甚至没来由地隐隐觉得自己的命运也会因之而改变。叶列娜其实不喜欢这种似乎带有神秘意味的感觉，但她无法摆脱这种感觉。

/ 八 /

伴随一个明显的减速过程，大船停了下来，窗外昏暗的光线表明这里至少已在海平面下几十米的深处。

前方的地板缓缓打开，现出一列向下的台阶。"前方也有我的终端，你们随时可以同我交流。"中央电脑保持着例行公事的腔调。

甬道里的照明条件很好，何夕注意到墙壁的材质类似于地球上的花岗岩，每隔一段距离就矗立着一根粗壮的、显然是人工材料的支柱作为加固。何夕估算一下，从离开大船算起已经又向地底深入了几十米，在这样的深度，任何海啸都不再成为威胁。

眼前豁然开朗，这是一个圆形大厅。在正中的平台上悬浮着一个直径约一米的淡蓝色球体，何夕觉得那应该是代表渤海星的雕塑。

中央电脑胖胖的头像再次出现在前方的一块屏幕上，在旁边站立着三个身着黑衣的人。

叶列娜突然满脸惊奇地望向何夕，仿佛不知所措。何夕完全明了叶列娜何以如此，因为他自己也感到几分震惊——面前居中的那人长得同他颇有几分相像，年龄也差不多，就像是他的一个失落的兄弟。现在同样吃惊的表情也浮现在那人眼里，显然他也没料到现在的场面。

"我叫秦忘。"那人恢复了平静，"先行者编号17。在这里大家也叫我酋长，欢迎来自地球的尊贵客人。"

何夕立时明白经过这么多年之后，先行者中间已经产生了自己的领袖，看来这个秦忘就是这样的人物。"那好，中央电脑应该告诉过你我们的来意。另外纠正一下，我们似乎不应该算是客人吧。"

叶列娜悚然一惊，她这才想起最初收到的讯息里称他们为"客人"时，何夕好像也是满脸不虞。

秦忘脸上掠过一丝不易觉察的尴尬："我这样说只是出于尊敬，我们已经盼望很久了。我们现有的力量在渤海星生存显得太弱，迫切需要来自联邦的帮助。"

何夕的脸色缓和过来，一路过来，他的心情早已轻松了许多，到现在为止没有不满意之处，看来此行的任务会很顺利。"这里是什么地方，你们称这里为圣地有什么含义吗？"

"这里是我们的议事厅。"秦忘解释道，"圣地是大家的习惯称呼，并没有什么特别含义。"

何夕环顾四周："这里有监控设备吗？就是那种可以从远处看到这里的东西。"

"没有。"秦忘很肯定地答复。这个回答让何夕满意，其实叶列娜身上就带有检测设备，刚进来就已经向他发出了安全讯息，他向秦忘提问只是一次小小的试探罢了。

秦忘迟疑了一下开口道："按章程似乎你们还应该有一个人的。"

对方主动提到章程规定让何夕感到很踏实，他也觉得是让范哲登陆的时候了，毕竟范哲在渤海星计划里也是不可替代的一分子。"我现在就下令范哲登陆，让大船接他过来。"何夕兴奋地转头看着叶列娜，"渤海星计划正式开始了。"

秦忘谦和地点头："我现在就去安排。"

范哲一进门就高声大嚷："你们肯定不相信我看到了什么，那些用巨海藻编织的房子是我这辈子看到过的最漂亮的别墅，还有……"

"好啦好啦。"叶列娜打断他，"还有巨大的海浮萍是吧？少见多怪。"

"原来你们也看到了。"范哲挠挠头，"不过有个东西你们肯定没见过，我在轨道上可是观测到几十米长的潜艇……"

"那是土鲨吧？"叶列娜哈哈大笑，"渤海星可是农耕时代，哪来的什么潜艇。"

"先别说这些了。"何夕忍不住打断了两个年轻人的斗嘴，"我们还有正事要办，你们不会忘了自己此行的任务吧。"

叶列娜脸色变得有些奇怪："当然没忘，不就是让我和范哲来渤海星和亲嘛，而你这所谓的领路人其实就是个星际媒婆。当初我看到参加选拔的条件要求是未婚时就觉得十分古怪，像宇航员这种高风险职业一般都是选择有了孩子的人。"

何夕陡然一滞，在叶列娜嘴里，至高无上的"乐土"计划竟然成了老古董式的"和亲"，自己也当上了媒婆，可细想这话却让人无从辩驳，一时间他竟然有些哭笑不得。"这个，'乐土'计划事关全人类未来的福祉。"

"我知道，《宪章》上讲了的。"叶列娜接过话头，"如果人类永远困守地球则必将走向灭亡，像超新星爆发、小行星撞击、高能试验事故、生化事件、太阳灾变等等，无法预料的偶然事件随时可能在未来某一天毁灭全人类，只有实施'乐土'计划才能让人类散布宇宙，永世长存。"

"对啊。"何夕语气变得郑重，"能够在这样伟大的事件里承担一份责任是我们的荣幸。"

范哲幽幽地看了眼叶列娜："我们知道这是自己的使命，其实从看到计划内容的时候起，我就觉得自己变得和以往不同了。我们将注定承担很多以前不明白的东西。"

"二十年前我曾经有过同你们一样的感受。"一缕薄雾浮现在何夕的眼里，"而且由于另外的某个原因，我的感受比你们更加刻骨铭心。"何夕停顿了一下，似乎有些犹豫该不该吐露这个尘封已久的秘密。

"发生了什么事情？"叶列娜突兀地问，她的脸上若有所悟。

"事情很简单，当年我爱上了一位姑娘，但不幸的是她也是'乐土'计划的成员之一，所以注定了这是一个不会有结局的故事。"

范哲忽然轻轻问道："那她也爱你吗？"他的目光有些飘忽地瞟了眼叶列娜。

何夕一怔："我想是吧。其实我们认识的时间并不长，但怎么说呢？也许感情的确是世界上最盲目的事情吧。当时我看着她乘坐的飞船在视线里渐渐模糊，消失，觉得自己心里的某一部分也在那一刻永远地随她而去了……"

何夕突然停住话头四下张望。"你们听到了什么吗？"他的脸上浮现出困惑的神色。

"我也听到了，好像是一声很轻的叹息。"叶列娜回应道。

范哲有些茫然地怔怔立着，他没有听到什么，但是四周的情况却让他陡然紧张起来。不知何时四壁的门已经全部紧闭，范哲上前试图打开那些门，但他失败了。

叶列娜惊呼道："快看，那些烟雾！"

何夕这才发现房间里已经淡淡充斥了一层雾气，与此同时，范哲身上的便携仪器上也亮起了红灯。"天哪，是神经毒气梭曼！这样的浓度三分钟内就能置人于死地。"范哲大叫起来。

何夕这才发现自己铸成了大错。当初在飞船上收到的讯号里先行者称他们为"客人"，按照《乐土宪章》规定，所有移民星球在验收之前是不能视作人类家园的，但先行者的这种称谓却有以"主人"自居的意思，也就是说他们已经视渤海星为家园了。这个细节本来让何夕有所警觉，所以他安排范哲留守在飞船上，但后来的接触让他放松了警惕。现在看来渤海星上的确发生了异乎寻常的事情，说不定范哲观测到的真的是潜艇之类的东西。中央电脑的程序肯定被人动过手脚，对方是作了有意的安排，等到他们聚齐之后才采取了行动。但是何夕不知道先行者这样做究竟是为什么，而现在看来，这也许将是一个永远的谜了。屋子里的三个人脸色惨白地面面相觑，眼睛里都是难以置信的绝望。死亡，就这么来临了，在这遥远的异星之上。不仅突然，而且透着诡异。

在意识离开之前的最后一瞬，划过何夕脑海的是一个奇怪的念头：那声叹息怎么那么熟悉？之后纯粹的黑暗袭来，将一切吞噬。

/ 九 /

这就是死亡吗？像飘浮在云团里，又像是沉浸在温暖的海水中。斑驳的光影在眼前四处跳荡，宛如一幅让人不明就里的抽象画。

"不——"何夕突然大叫一声醒来，这才发现自己躺在一张柔软的椅子上，虽然没有充足理由，但第六感觉清晰地告诉他旁边有一个女人。这个判断很快有了依据，因为何夕立刻发现一个纤弱的身影就伫立在他的面前。

即使是最善于想象的人，在面对命运的安排时也常常感到意外，谁都不知道会在什么地方遭遇不可预料的人和事。当于岚的身影突然间映入了何夕眼帘的时候，他真切地感到这句话的正确。二十年的隔膜在那个瞬间被穿透了，何夕突然觉得天地间恍若无物，只剩下了两个人。多年前的伤口一直还在隐隐作痛，但是那个人居然回来了，她穿透的不仅是时间，还包括死亡。

何夕此时还不知道与于岚的重逢最终成了他心里第二道痛入骨髓的伤口，而且永世难愈。

"是你吗？"何夕喃喃地问，"如果不是从小被培养的无神论信仰，我一定会认为这是在天堂里的重逢。"

"是我。"于岚温柔地回答，眼里装满欣喜。

何夕四下张望，发现这里是大船的主控室，现在已近黄昏，太阳的光线变得柔和，绚丽的云彩挂在天边。但他没有看到范哲和叶列娜。

"他们现在很安全。"于岚仿佛看透了何夕的心思，"我根本没想到你居然会是领路人，如果再晚一点可能就……"于岚止住话，似乎仍然心有余悸。

"我不明白发生了什么事。"何夕犹疑地开口，"好像我们差点死了,但这怎么可能呢?一切都很正常啊,是不是发生了什么故障?"

于岚没有开口,像是没有听见何夕的话,但谁都能看出她眼里的喜悦发自内心。

"在当年的事故中你不是已经死了吗?"何夕急促地问,几乎与此同时一道灵光自他脑海里滑过,他猛然想清楚了一些事情,"我知道了,并没有什么事故,一切都是假象。"

于岚迟疑了一下,终于点头承认了何夕的猜测。

但是何夕心中的疑惑更甚:"可为什么会这样?是先行者扣留了你们吗?"

"怎么可能呢?"于岚摇头,"他们都是善良而无辜的,老实说,地球人在他们面前,至少在道德层面上肯定会感到自卑的。"

"但那个警报讯息又是怎么回事呢?那可是你亲自发出的。"

"马维康和加腾峻并不是死于脉冲星辐射,"于岚幽幽地说,"而是死于一次突发事件。当时我同他们发生了激烈的争执,先行者站在我这一边。他们两人先动手杀死了几十位先行者,但是最终寡不敌众。我后来发出了那条讯息。"

何夕彻底震惊了,他没想到二十年前竟然发生过这样惨烈的一幕。"是什么事情会发展到这种地步,难道不能协商解决吗?"

"不能。"于岚冷酷地说,"是生死存亡,没有调和的余地。当时马维康和加腾峻正准备向地球报告渤海星任务彻底失败的讯息。"

何夕倒吸一口气,他当然知道这个讯息意味着什么。"乐土"计划实施以来还从未发生过这种情况,一旦讯息发出,后果的确是不堪设想。

"是那种情况发生了吗?"何夕平静了些。

"是的,就是那种情况发生了。"于岚的神色变得古怪,就像一个来自黑森林的女巫,她一字一顿地吐出剩下的四个字,仿佛那是一句恐怖的咒语,"生殖隔离。"

虽然有预感,但这几个字还是像重锤一样打在了何夕的心上。"这怎么可能?我一直以为《宪章》里关于这一条的规定只是为了法律的完备性而准备的条款,没想到真会发生这种情况。要知道每个先行者方案都是经过至少五年时间、上千次实验才确定的。"

于岚的思绪已经回到了二十年前："当时我们顺利到达了渤海星，这里世外桃源般美丽的风光稍稍让我觉得安慰。我想就这样忘了过去吧，开始新的生活。"于岚的神色变得有些迷蒙，"后来的事情都是按部就班的，加腾峻同他的心上人一见钟情，而我居然遇到了一位和你颇有几分相像的先行者……"

"是秦忘吗？"何夕陡然想起那位酋长。

"就是他。"于岚苦涩地笑笑，"渤海星第一代先行者的名字都是自己决定的，唯有秦忘的名字是我给他起的。"

"秦忘。情忘。"何夕若有所悟地低语，一时间他的心里涌起痛楚的感觉，情真的能忘？

于岚平静了些，接着说道："如果一切正常，我们就会像在地球上一样，交往一段时间后，在领路人的主持下缔结婚约，然后在几个月后的某一天诞下生命的结晶。由于先行者的所有重要体征都被设计成显性基因，所以孩子肯定能够适应这里的环境，孩子顺利出世便是整个计划圆满成功的标志。"这时于岚像是想起了什么，"你的家人都好吗？"

何夕有些猝不及防地回答："当然，他们都在里海星。"他低声补充道，"我和妻子已经分手，现在我同女儿生活在一起，她非常可爱，像个天使。"

于岚流露出羡慕的目光，不知为什么，这目光让何夕觉得心中酸楚。"也许是我的专业使然吧，我一到渤海星便采集了先行者的生殖细胞进行分析，想观察他们同人类的生殖细胞结合时的行为。"

"这好像没有必要吧，在地球上的时候早就进行过无数次类似的实验了。虽然我不是这方面的专家，但也知道用先行者胚胎细胞制造他们的生殖细胞是一件很容易的事情，进行一次减数分裂就行了。"何夕有些不以为然地插话。

于岚没有理会何夕。"由于我自己的排卵期的原因，第一次实验是在到达渤海星的第五天才进行的，我同时也以实验的名义取得了加腾峻的生殖细胞。我说过当时只是专业兴趣使然，我根本没有想到会发生意料之外的事情。"

何夕的心渐渐下沉："实验结果是什么？"

"相当可怕。"于岚的语气简短而冷酷，"在显微镜下我看到的完全是异种生殖细胞相遇的情形。精子漫无头绪地乱撞，完全不像遇到同类卵子那样舍生忘死地冲锋，而卵子则是彻底封闭了表面的一切通道。也就是说它们排斥的程度甚至超过了马和驴，尽管后者也无法孕育出能正常繁殖的后代。"

"异种。"何夕从牙缝里挤出这个词，"可我知道类似的实验在地球上是全部成功的。"

"我当时也非常震惊，但事实就摆在面前。接下来我采集了更多的先行者标本做实验，结果完全一样。经过进一步的分析，我找到了原因所在。"于岚竖起食指指了指天空。

何夕立时明白了于岚所指："你认为是渤海星上特殊的恒星辐射造成的？"

"只能是这个原因。"于岚点头，"其实恒星辐射超过地球的行星并不少见，但以往从没有发生过以这种方式影响生殖细胞的情况，可见宇宙的确还存有许多人类未知的奥秘，我想可能是因为这里的恒星辐射中具有某些特殊频率的射线吧。不过我观察到，先行者生殖细胞之间的结合却又完全正常，甚至当时已经有了一对偷尝禁果的先行者，他们一岁大的孩子在水里游得比银贼鱼还快。"

"再后来发生了什么事？"何夕强迫自己保持语速平缓。

"我确定实验结果无误后便报告了马维康。他当时不相信，但在亲眼见证之后接受了我的结论。然后我们三个人在一起开了个会，其实根本不需要讨论，按照《宪章》的规定一切都是明摆着的。要知道，任何违背《宪章》的行为都被视作反人类罪行。"

何夕打了个冷战，他用有些奇怪的眼神看着于岚。

"他们两人的意见是立刻向人类委员会汇报，准备启动抹除程序。我想那一刻自己可能是疯了，我无法接受几千个活生生的有血有肉的人在我面前被杀戮。我冲出了门对先行者大声嘶喊，他们已经被人类视为异类，将被毫不犹豫地抹除掉。我告诉他们如果要拯救自己，就必须制止屋子里的人发出讯号。"于岚痛苦地摇头，乌发变得凌乱不堪，当年那可怕的景象让她至今不能释怀。"然后人群向屋子冲过去，我看到不断有人倒下，遍地的血……"

于岚的话戛然而止，在极度的激动之下她突然晕厥倒地。

## / 十 /

于岚苏醒的时候发现自己正好同何夕掉了个个儿，她躺到了椅子上，而何夕正注视着遥远的天边若有所思。

"你醒了，能告诉我现在我们所处的方位吗？"何夕俯身下来，眼里是毫不掩饰的关切之情。

"我们现在就在圣地的上方，先行者称这里为圣地是因为我住在这里，我没有抵抗辐射的基因，多数时候都生活在地底。"于岚起身站立，"他们对我当年的行为充满感激，对我像神一样充满尊敬。他们是知道感恩的人。"

何夕点头表示理解。二十年来于岚遗世独立，对渤海星的确付出太多，同时他也听出了于岚话中的维护之意。"我相信他们都是善良的，但他们是异种，这是不可否认的事实。"

于岚沉默了好一阵儿，像是在思考某个问题。"你看到这个了吗？"她突然指着桌台上一座半米高的拱桥模型，脸上浮现萧索的神色，"渤海星上没有河流的概念，当然也不会有桥这种东西，这个模型是我平时解闷玩的。"于岚说着话用手轻轻一拂，拱桥立刻散落成十几块大大小小的配件。"这座桥没有用黏合剂，完全是靠着配件契合成型。你试试能还原吗？零件上面有编号，你可以按顺序来做。"

虽然何夕不明白于岚为什么突然扯到这个模型上，但他还是依言摆弄起那堆零件。何夕知道于岚的老家是中国南部著名的水乡，那里有很多这样的石拱桥，少女时的于岚曾经日日从桥上走过。何夕想象着那时的于岚伫立桥上看风景是怎样一幅美丽的模样，而现在的她却只能在一百六十光年之外摆弄一座石桥的模型，不知为何，这样的联想突然让何夕有些心酸。他定了定神，将注意力放到眼前。所谓零件其实就是一堆梯形的塑料块。何夕试了几次都失败了，模型总是在垒到一定程度的时候崩塌掉。何夕有些郁闷地盯着这堆不听话的零件，从道理上讲这应该是件很容易的事情，这些零件的形状肯定是能够契合成一座拱桥的，就像他刚才亲眼见到的一样，而且也的确和现实中的拱桥一样不需要什么黏合物。

"你不会成功的。"于岚含有深意地开口，"零件一块不少，但你会发现你的工作总是进行到某一个时刻就崩溃了。"于岚从抽屉里拿出一个盒子，"你做不到只是因为还缺少一些东西，这个盒子里面的构件可以搭建一副脚手架来帮助你。翻开拱形桥建筑手册你就会发现，在造桥之前你需要搭建脚手架之类的辅助设施，但这些东西最后会被拆除，不留一点痕迹。"

"为什么和我说这些？"何夕若有所思地问，他觉得自己正在接近某个隐藏的真相。

于岚的眼睛变得很亮："其实建造这座桥的过程和人类的进化非常相似。这本来是进化应有的常态，三十多亿年里，我们身体的所有构件其实都经历了这样的过程。那些曾经出现但最终消失了的部件并不是无用的，没有它们也就不会有现在的人类。但是我们现在对先行者的改造却完全违背了这种自然规律，跳开了所有中间环节。人类凭借着已经超越了造物主的强大技术，直接依据移民星球的环境需要设计制造出了先行者。"

"你说先行者是非自然产物，是吗？"何夕问。

"先行者完全是纯粹计算的产物。"于岚的脸上滑过一丝悲戚，"他们不过是从移民星球的环境倒推得到的产品罢了。在人类委员会的眼里，他们就是一群小白鼠，根据人类的需要被发送到一个个开拓地。出于开拓的需要，他们先天就被赋予了各种特殊的能力，但是这些能力却可能在几十年后带给他们灭顶之灾。"

何夕沉默了好一会儿才开口道："你说的这种极端情况并没有出现过。"

"只能说在渤海星之前没有出现过。"于岚直视着何夕的眼睛，"技术不是万能的,它不可能预见到所有的情况。你认为渤海星的先行者会面临怎样的结局?"

何夕感到喉咙发干:"《宪章》……《宪章》里提到过的。"

"《宪章》。"于岚语气冷得像冰,"要我背给你听吗?这些年里我早就把《宪章》翻烂了。不错,《宪章》里写满了公理正义,它的每句话听起来都代表了人类文明的最高法则,让人无从辩驳。它对所谓移民失败的先行者只说了两个字:抹除。"

"实验总有失败的可能,既然明知是失败了……"何夕艰难地吞了口唾沫,"这也是迫不得已的做法。"

"问题在于渤海星先行者们失败了吗?"于岚逼视着何夕,"你看到过他们,连同他们的孩子。这么多年来他们自由自在地生活在这颗星球上,没有任何不适应的地方。他们建立了自己的家园,同万物和谐,没有大的灾难,他们还能这样生活一百万年。你看到过孩子们建造的那些花房吗?"于岚眼里放射出动人的光芒,"我觉得它就像是一件美轮美奂的艺术品,是这颗蛮荒星球上最动人的事物。你敢否认自己曾经被它打动过吗?"

"是的。"何夕低声说,"那些花房的确非常漂亮。还有,那些孩子也非常可爱,他们让我想起了自己的女儿。真的,我真的这样认为。"

"但是按照《宪章》的定义他们都是失败的样品,应该完全不留痕迹地抹除掉,就因为他们同我们产生了生殖隔离。"于岚话锋一转,"可这能怪他们吗?是人类在操纵这一切。"

"从生物学意义上讲,他们的确不能称作人类了。"何夕肯定地说,"我承认这是人类犯下的错误,也许最严密的设计方案也会有出错的时候,看来人类毕竟还没有洞悉生命的全部秘密。这里发生的一切已经证明渤海星的环境超出了某个阈值,适合生存的先行者将注定异化成非人类。按《宪章》规定,这个星球在抹除先行者后也不会再用于移民,它将成为又一个死海星。"

/ 十一 /

"你已经决定了吗？"于岚幽幽地问，一丝奇异的光芒在她的眸子里浮动。

何夕努力控制自己的目光不要四处躲闪，他知道从道理上讲，自己没必要感到愧疚，恰恰相反，他现在正是站在绝对正确的立场上。"我明白你的心情，这的确不是一个容易下的决心，但是我们不能被感情左右，那些先行者……他们……他们的确已经不能算作人类了。"

"不——你不会明白的。"于岚突然歇斯底里地大叫道，"你还是站在最狭隘的立场上看待眼前的一切。我认识这里的每一个人，熟悉他们的音容笑貌。秦忘很腼腆，米高喜欢在女人面前吹牛，星兰正在为自己长得太瘦而发愁……他们体内的基因有百分之九十七和我们完全相同，他们和我们一样有智慧、有灵魂，还有——梦想。他们不是机器，不是小白鼠，他们是有血有肉的人！你明白吗？"

何夕面色惨白地看着这个狂躁的女人，一语不发。等到于岚变得平静一些之后，何夕慢慢开口道："他们不是人类。按照门、纲、目、科、属、种的划分，我想他们最多只能到灵长目人科，到不了人属和智人种，他们和我们不是同一物种，生殖隔离是最有力的证明。我们同他们的差别之大也许超过了同为猫科动物的猎豹和非洲狮之间的差别。想想吧，只要有机会，草原上的雄狮会毫不犹豫地杀死并吞食猎豹，反过来也是一样。"何夕的喉结艰难地动了一下，"我们和黑猩猩也有百分之九十六的基因相同。所以……他们不是人，他们是绝对的异种。"

于岚颓然坐倒在椅子上，她的理智告诉她，何夕说的都是真理。

"人类很幸运，掌握了虫洞这种超越时代的伟大技术，得以一窥浩瀚宇宙的面貌。而更幸运的是，在运用这种技术的过程中，人类还没有遭遇到智能胜过自己的可怕异类。但在开拓异星的过程中，人类却可能创造出这样的异类，谁敢保证某一天他们不会向创造者举起屠刀。"何夕冷酷地问。

"不会这样的。"于岚无力地蠕动嘴唇,头上的乌丝剧烈地摆动着。"他们很善良,我一直教育他们对地球怀有感恩之心。"于岚仿佛抓住了一根救命稻草一般抬起头来,"我会告诉他们地球人类是他们的根,我会让他们永远记住这一点。他们永远不会对抗人类的。"

何夕有些怜惜地看着憔悴的于岚:"永远是什么?世界上有永远的事情吗?对人类的历史你应该比我清楚。现代欧洲人都来自非洲,但当他们的后代在十五世纪重返非洲时,带去的却是无尽的杀戮和种族灭绝。还有一个时间间隔更短的例子,公元一千年左右,一些波利尼西亚农民移居新西兰成为毛利人,其中又有部分移居查塔姆群岛成为莫里奥里人,但没过多久之后的某一天,毛利人冲到查塔姆群岛杀光并煮食了这些莫里奥里人,因为他们视那些人为异类。一个毛利人解释说:'我们捉住了所有的人,一个也没有逃掉……我们抓住就杀——这符合我们的习俗。'"何夕露出残酷的表情,"这些例子里的双方其实还属于同一物种,人类自己的历史已经证明了一切。我承认现在的渤海星先行者都是善良而无害的,而且我内心里甚至很喜欢他们。但是,人类绝对不敢冒险去养大一个拥有智能的异种。"

"我要阻止你。"于岚有些失控地嘶喊道,"你一定认为我是一个被感情冲昏了理智的巫婆,我已经当过一次人类公敌了,我不怕再当一次。"

"别这样。"何夕扶住于岚瘦削的双肩,"你已经尽力了,真相不可能永远隐瞒下去。"

"但是如果能多给先行者们一些时间,再给他们几十年时间,我可以教给他们更多的知识,让他们拥有自己的先进技术,他们就能进步到足以同人类抗衡的程度。"于岚突然痛苦地抓扯头发,脸上是无所适从的绝望,"天哪,我在说些什么啊?他们永远都不会同人类对抗的,不会的。"

"你说出的正是真理。"何夕知道现在不是心软的时候,于岚已经陷得太深,他有义务唤醒她,"其实你自己早就看到了一切,只是不愿意承认罢了。"

于岚一步一步朝门外退去,脸上混合着无助与决然:"你们都是屠夫，我不会让你们毁灭这里的一切的。"

"你打算怎么做，就像二十年前一样？让先行者们撕碎我？"何夕脸上挂着冰凉的笑，仿佛想掩饰什么，"我知道他们现在就在外面，他们的武器应该比二十年前进步多了。"

"求求你，别逼我。"泪水从于岚眼中不可遏制地流下。一边是曾经的挚爱，另一边则是无数她必须保护的生灵，一时间她仿佛听到了自己碎裂的心滴血的声音。

"是结束一切的时候了。"何夕突然扬了扬手，"人类委员会在二十分钟前，也就是你昏厥的时候已经收到了关于渤海星情况的报告。我和你都是小小的棋子，只有人类委员会才有权决定渤海星的未来。"

"这不可能。启动量子通讯至少需要两个小时，你在骗我。"于岚难以置信地摇头。

"也许世间真有所谓宿命的存在，出于某些难以说清的原因，我在几个小时前就让范哲启动了量子通讯。"何夕接着说，"我忠实地描述了渤海星的状况，其中也包括你强调的渤海星先行者的'善良'和'无害'。人类委员会是最终的决定者，我想再过一会儿我们就知道渤海星的宿命究竟是什么了。"

于岚不再说话，实际上何夕的话已经让她完全僵立。何夕缓步上前，温柔地环住她的肩膀，然后他们一同望向外面的黄昏，就像一对看海的恋人。

在一百二十公里的高处，虫洞飞船以黑丝绒般的太空为背景缓缓滑过，宛如一只巨眼君临万方。飞船核心处有一个内部冷到极点的黑匣，里面的温度甚至低于宇宙的背景辐射。在这样的温度下运动几乎终止了，就连电子这种不可捉摸的轻子也表现为黏滞的状态。

突然，像是获得了某种古怪的魔力，其中一些电子开始无视低温的禁锢执着地骚动起来，它们迈开了奇异的舞步。电子们的舞蹈并不是无意义的，它们跟随亿兆公里之外孪生兄弟的脚步拼出了一条无比清晰的指令。几秒钟之后虫洞飞船整个震颤了一下，在指令的召唤下从它的周围伸出一圈发着蓝光的管子，就像是一头从沉睡中苏醒的怪兽正在舒展四肢。

片刻之后很多道流星般的亮迹破空而至，在黄昏的天空中显得夺目，非凡。进入大气层之后亮迹急速地湮灭，与此同时无数淡蓝色的雪花开始在黄昏的天空中飘落，这幅无声的场景美得令人窒息。

天地间的异象迅速吸引了先行者的注意，许多人浮上水面争相目睹这从未见过的蓝色雪花。孩子们开心地大叫，他们甚至像海豚一样迫不及待地跃出水面去触摸满天美丽的雪花，却不知道这是与死神的致命邂逅。

"终结者病毒……他们还是做出了决定。"于岚喃喃开口，她的脸上一片幻灭。

何夕没有说话，在这样的时候语言根本没有任何意义。他知道这场雪会下十二个小时，直到这个星球的每个角落都覆盖上足够的病毒。对应于每种先行者，都预先设计出一种终结者病毒，它们是高度特异定向化的，一种病毒只能感染并杀死对应的先行者，当先行者全部死亡后病毒自己也无法存活。按照实验结果，先行者受感染后存活率低于十万分之一，而现在整个渤海星人口只有几千，也就是说，这将是一次完全彻底的饱和歼灭行动。

/ 十二 /

夜很深了，在两个月亮的辉映之下，可以看到近处的雪花仍然稀稀疏疏地飘洒着，这幅静谧的图景让人很难把它们同无数的死亡联系在一起。

"我们终于看到了渤海星的宿命。"何夕再次提起话头，于岚这样一言不发已经十个小时了。

"他们都死了，对吧？"于岚终于开口说话，这让何夕觉得稍微放心了些。

"终结者病毒攻击神经系统，感染者将很快因为神经系统瘫痪而窒息死亡。"何夕小心翼翼地说，"这是一种快速的低痛苦死亡方式。现在先行者应该都已经死去了，包括个别深海里感染得稍晚一些的。"

于岚机械地走到十米外的控制台边坐下,何夕知道从那里可以跟踪到每一位先行者,但于岚现在的举动已经毫无意义,在屏幕上她只会看到八千七百五十四个一动不动的小点——那是先行者横陈的尸体。

"一切都结束了。"于岚从控制台前站起,脸上全是麻木,"从渤海星被发现算起,已经过去五十多年了,在这颗星球上发生过那么多故事,而现在一切都回到原点,就像是做了一场梦。"

"这就是结局了。"何夕低声说,他转身指向天空某处,"从这里看过去,太阳系只是一个暗淡的白点,但那里是人类共有的家园。在这个冗长的故事里,最幸运的是经过那么多事情,我们的家园还在。"

于岚突然叹口气,像是有所触动:"知道吗?以前我觉得所谓的星座只是古人的奇特想象力组合的,但现在我却不这样想了。也许其中真的隐藏着某种我们永远无法彻底弄明白的东西,它超越了所谓的科学定理,也超越了人类全部的理解能力。"

何夕哑然失笑:"我们的生物学博士怎么改行研究哲学了。"

于岚转头看着何夕:"就像现在,我们站在这个位置上,能看到太阳系连同半人马座还有旁边的群星,你看它们像什么。喏,稍微把头偏左一点……"

何夕凝视着那个方向,饶有兴致却不以为然,然后天地间突然沉寂了,何夕感觉到有滚烫的泪水从眼里涌出——他看到了一个小小的摇篮,下面是篮身,上面有一条提臂,那颗火红大星则是悬挂点……小小的摇篮就那么孤单地悬挂在这广袤无垠的宇宙中。

从这个位置上,何夕其实也看到了在地球上永远无法与猎户座同时看到的天蝎座群星,火红的大星便是天蝎座α星,中国古人称为"大火",曾经专门设立"火正"一职观察它的位置以确定节气。天蝎座群星参与了太阳系摇篮的组合,这幅图景是那样美妙绝伦,却又蕴含着人类智慧永远不能理解的无尽深意。

良久之后,何夕回过头来。"该回家了。"何夕爱怜地望着于岚并且加重了语气,"是我们两个人的家。"

"回家。"于岚若有所动地重复了一句,"我也很想回家,但是我再也回不去了。"

何夕有些意外:"虽然你违背了章程,但毕竟没有铸成大错,我想联邦政府也不会太难为你的,我有把握替你脱罪,至少会是比较轻的判决。"

"你认为我们还能回到从前吗?不可能的。渤海星改变了我的一生,我已经同这里的一切有了永远无法分离的血肉联系。太阳系是人类温暖的摇篮,但孩子长大后终有放手的一天,不应该让摇篮成为永远的禁锢和桎梏。正是几万年前来自非洲的先行者闯进旧大陆,以及几百年前来自欧洲的先行者们挺进新大陆,才有了后来人类历史中一幕幕壮丽的篇章。终有一天人们会明白,宇宙的法则也许并不是汇聚,而是分离,就像地球现在已知的几百万物种,其实都来自三十八亿年前的同一个体。先行者不在了,但是我要留在这里,用我剩下的生命守护他们无根的灵魂,不然我怕他们会迷路。"于岚转头凝视着何夕,星星在她的眸子里闪烁着动人的光芒,"我们的人生分开得太久也太远了,就像参宿与商宿,东升西落,已经无缘相聚。"

于岚说完这番话将身体从何夕的怀抱中抽出,轻轻地、然而也是决绝地步入了门外的黑暗。剩下何夕一个人孑然伫立,仿佛一尊雕像。

/ 十三 /

登陆舱缓缓升腾,越来越高,渐渐成为湛蓝天空中一个不可见的小点。于岚面无表情地注视着这一幕,这时主控室的地板滑开,两个纤细的身影扑进于岚的怀里大声哭泣,过去的这十多个小时他们一直生活在炼狱里。于岚紧紧搂住两个吓坏了的孩子,就像是搂着两样失而复得的珍宝。几小时前她在主控室看到了两个移动的小点,也许是由于恒星辐射的缘故,这两个孩子竟然具有了抵抗终结者病毒的突变,也就在那一瞬间,于岚做出了最后的决断。

"虫洞跳飞进入倒计时。"叶列娜向失魂落魄的领路人汇报,她忍不住提醒一句,"还有十分钟时间,如果想道别请抓紧。"这时她猛地瞪了范哲一眼说："跟我出去呀，真是没脑筋。"

范哲稍愣，随即听话地跟着出门，他正好觉得有许多话想对叶列娜说。

屏幕上的于岚已经不复昨天憔悴的模样，似乎还淡淡地化了妆，看上去明艳照人。"我已经在这里等了一阵了，我知道你会出现的。"

"再有几分钟飞船就会启动，这一别我们恐怕再也无法见面了。"何夕深深凝视着于岚，似乎想将她的容颜镌刻在自己的视网膜上。"我会在亿兆公里之外想你的。"

"我也是。"于岚柔声道。

何夕迟疑了一下，似乎在作什么决定，末了他平静开口道："秋生和星兰都好吗？"

于岚悚然一惊，脸色一下变得苍白。"你，你说什么？"她的心急速地沉向无尽深渊的最低处。

"虽然你离开的时候关闭了控制台，但是后来我破译了启动密码，所以我知道有两位幸存者，很巧的是我居然见过那两个孩子。我一直在回想你说的那番话。"何夕稍稍停了一下，"也许放手也是一种爱，而且是宇宙间最深沉的爱。我知道该怎么做，不会有人来打扰你们的，就让人类和先行者各不相见吧。永别了，我的渤海星女神。"

"谢谢你，我会用心守护着他们，不让他们迷路。"于岚眼里流露出依依不舍的神情。时间飞逝，永世的分别就在眼前，两人透过屏幕深深凝望，口唇微动中，不知不觉吟诵的正是那已经刻入彼此灵魂的诗句：

人生不相见，动如参与商。

今夕复何夕，共此灯烛光。

千年前的绝唱道尽了世间的离合悲欢。泪水在两张面庞上聚集成行，肆意流淌，冲刷经行的一切，将心中无尽的块垒抚平。

少壮能几时，鬓发各已苍。

昔别君未婚，儿女忽成行。

前尘旧事在何夕眼前一一晃过，地球的初遇、二十年的分离、渤海星短暂的重逢，还有这永远的诀别。无数的慨叹划过心头，这一刻就像是历尽一生。

十觞亦不醉，感子故意长。

明日隔山岳，世事两茫茫……

炫目的闪光突然亮起，模糊了眼前的一切，宣告这个冗长的故事走到了终局。而空气中还停留着那最后的音节，在相隔亿兆公里的两端——盘桓、萦绕。

# 伤心者

我觉得画面上的母亲和儿子是那样的亲密，他们都是那样的善良，而同时他们又是那样的——伤心。是的，他们真的很伤心。现在他们早已离开那个他们一生都没能理解的世界了，就仿佛他们从来就没有来过。

/ 一 /

上午的菜市场正是一天中最热闹的时候。我看着夏群芳穿过拥挤的人群，她的背影很臃肿。隔着两三米的距离，我看不清她买了些什么菜，不过她跟小贩们讨价还价的声音倒是听得很清楚。从这两天的经历，我知道小贩们对夏群芳说话是不太客气的，有时就是直接奚落。不过我从未见过夏群芳为此而生气，她似乎只关心最后的结果，也就是说菜要买得合算。现在她已经买完菜准备离开，我知道她要去哪儿。

这座城市的四月是最漂亮的时候，每个角落里都盛开着各种各样的花。气候不冷也不太热，老年人的皮帽还没脱，小姑娘们就在天气晴朗的时候迫不及待地穿起了短裙，这本来就是乱穿衣的时候。"乱花渐欲迷人眼"，在这样的季节里成了不折不扣的双关语。

夏群芳对街景显然并没有欣赏的打算，她只是低着头很费劲地朝公共汽车站的方向走，装满蔬菜的篮子不时和她短胖的小腿撞在一起，使得她每走几步就会滑稽地打个趔趄。两旁的人行道上都是清一色的塔松，在这座温带城市里，这种树比在原产地要长得快，但木质也相对要差一些。夏群芳今天走的路线与平时稍有不同，因为今天是星期天，她总是在这个时候到C大去看她的儿子何夕。

由于历史的原因，C大的校园被一条街道分成了两个部分，在这条街上还跑着一路公共汽车。夏群芳下车后进入校园的东区，现在是上午十点，她直接朝着图书馆的方向走去，她知道这个时候何夕肯定在那里。同样由于历史的原因，C大的图书馆有两个，分别位于东西两区，实际上C大的东西两区曾经是两所独立的高校。用校方的语言来说这两所学校是合并了，但现在的校名沿用了东区的，所以当年从西区那所学校毕业的不少学生常常戏称自己是亡校奴，并只对西区那所学校寄予母校的情怀。何夕严格来讲也该算作亡校奴，不过他是在两校合并后才开始在C大读的硕士，所以在他心中，母校就是东区和西区的整体。

何夕坐在东区图书馆底楼的一个角落里静静地看书，不时在面前的笔记本上写上几句。这时候有一个人正从窗外悄悄地注视着他，那就是他的母亲夏群芳,她蛮有兴趣地看着聚精会神的何夕,汗津津的脸上荡漾着笑意。我看得出她有几次都想拍响窗户打个招呼,但最终放弃了。倒是临近窗户坐着的两个漂亮女生发现了窗外的夏群芳,她们有些讨嫌地白了她几眼。夏群芳看懂了她们的这种眼神,不过她心情好,不跟她们计较。她有个读硕士的儿子呢,在单位里可风光了。

想到单位,夏群芳的心情变得有些差,她已经四个月没有从那里拿到钱了。当然她这四个月并没有去上班,她下岗了,现在摆着个杂货铺。按照夏群芳一向认为合理的按劳取酬原则,她觉得这也是很自然的事情。夏群芳在窗外按惯例站了二十来分钟,脸上显得心满意足。我算了一下,为了这一语不发、莫名其妙的二十分钟,夏群芳提着十来斤东西多绕了五公里路,这种举动虽然不是经济学家的合理行为,但却是夏群芳的合理行为。

其实今天夏群芳是最没有理由来看何夕的,因为今天是星期天,何夕虽然住校但星期天总是会回家一趟。不过他不会在家里住,吃过晚饭又会回学校。夏群芳知道在何夕的心里学校比家里好,不过对于这一点,夏群芳并不在意,只要儿子觉得高兴,她也就高兴。

夏群芳永远都不会知道此刻摊放在何夕面前的那本大部头书里究竟有什么吸引人的东西,但很肯定的是,每当夏群芳看到儿子聚精会神地沉浸在书中,她的心里就有一种没来由的欣慰感。这种感觉差不多在何夕刚上小学的时候就有了。她以前就从不去探究何夕读的是什么书,现在就更不会了。

从小到大,何夕在学业上的事情都是自己做主,甚至包括考大学填志愿选专业,以及当后来大学毕业时,由于就业形势不好又转回去读硕士等等,都是如此。

想起儿子前年毕业时四处奔波求职时的情形,夏群芳就感到这个世界变化实在太快,她从没有想到大学生也有难找工作的一天,在夏群芳的心里,这简直无异于天方夜谭。有个同事对夏群芳说:"这算啥,人家发达国家早就有这种事情了。"说话的时候那人脸上有幸灾乐祸的神情。不过事实却肯定地告诉夏群芳,的确没有一个好单位肯要在她心中无比优秀的儿子，她隐约地听说这似乎和何夕的专业不好有关。在夏群芳看来何夕的专业蛮好的，好像叫作什么什么数学。这个专业应该挺有用的，哪个地方都少不了要写写算算，写写算算可不就是什么什么数学嘛。夏群芳有一次忍不住把自己的想法讲给何夕听，但何夕只是淡淡地笑了一下。

夏群芳的心中早就有了主见，自己的儿子可没什么不好，儿子的专业也是顶好的，那些不要何夕的单位是有眼无珠，迟早要后悔死的。夏群芳有时没事就在想，等有一天何夕读完硕士后找个好工作，一定要气气当初那些不识好歹的人，想到得意处她便笑出声来。

夏群芳有些不舍地又回头看了一眼专心看书的儿子，然后才踏实地离去了。

/ 二 /

何夕抬起头来，向我站的方向看过来。我愣了一下，立刻醒悟到他是在看夏群芳的背影。这时坐在窗户边的那两个女生开始议论，刚才那个在外边傻乎乎看了半天的人不知是谁。何夕有些愤怒地瞪了她们一眼。他其实很早就知道母亲站在窗户外注视着自己，在他的记忆里，母亲几乎每个星期天的上午都会到学校的图书馆来看自己读书。何夕知道母亲之所以选在这一天来，纯粹是前几年的习惯所致，实际上母亲现在的每一天都可算是放假。

何夕看着母亲远去的背影叹了口气，他觉得自己的情形也差不了多少。有时候何夕的心里会隐隐地升起一股对母亲的埋怨，觉得母亲实在太迁就自己了，从小到大许多事情她几乎都由自己做主。如果当初母亲能够在选择专业上不顺从自己就好了。何夕摇摇头，觉得自己不该这样埋怨母亲。他其实知道，母亲并不是不想帮自己，而是实在没有这方面的见识。

何夕看了下表，急促地向窗外扫视了一下。按理说江雪应该来了，他们说好上午十一点在图书馆碰面的。何夕简单收拾了一下朝外面走去，刚到门口就见到了江雪。

和何夕比起来，江雪应该算是现代青年了。单从衣着上江雪就比何夕领先了五年。这样讲不太准确，应该说是何夕落后了五年，因为江雪的打扮正是眼下最时兴的。发型是一种精心雕琢出来的叫作"随意"的新样式，脑后用丝质手绢挽了个小巧的结，衬得她粉白的面庞益发的清丽动人。

看着那条手绢，何夕心里感到一阵温暖，那是他送给江雪的第一件礼物。手绢上是一条清澈的江河，天空中飘着洁白的雪花。他觉得这条手绢简直就是为江雪定做的。看到他们俩走在校园里的背影，很多人会以为是一个学生在向老教授请教问题，不过江雪并不觉得这样有什么不妥，尽管要好的几个女生提到何夕时总是开玩笑地问："你的老教授呢？"

小时候她和何夕是邻居，有过一些想起来很温馨的儿时回忆。后来由于父母的工作变动而分开了，但却在十多年后的C大很巧地又遇上了。当时江雪碰到了迎面而来的何夕，两人不约而同地喊道："哎，你不就是……哎……那个……哎吗？"等到想起对方名字后两个人都大笑起来，所以两人后来还常常大声地称呼对方为"那个哎"。

江雪觉得何夕和自己挺合得来，别人的看法她并不看重。她知道有几个计算机系和高分子材料系的男生在背地里说他们是鲜花和牛粪。在江雪看来，何夕并不像外界所认为的那样是一个迂腐的书呆子，恰恰相反，她觉得何夕身上充满了灵气。给江雪印象最深的是何夕的眼睛，在此之前，她从未见过谁拥有这样一双睿智的眼睛。看到这双眼睛的时候，江雪总止不住地想：有着这样一双眼睛的人一定是不平凡的。

每当看到江雪，何夕的心情就变得特别好，实际上也只有这时候他才有如释重负的感觉。何夕很小就知道自己的性格缺陷。当他手边有事情没有完成的时候总是放不下，无论做别的什么事情总还惦记着先前的那件事。他本以为自己这辈子就这样了，但江雪的出现改变了一切。和江雪在一起时他也不知道为什么自己就像换了一个人。那些不高兴的事，那些未完成的事都可以抛在脑后，甚至包括"微连续"。

一想到"微连续"，何夕不禁有些分神，脑子里开始出现一些很奇特的符号。但他立刻收回了思绪，实际上只有在江雪到来时他才会这样做，同时也只有在江雪到来时他才做得到这一点。

江雪注意到了何夕一刹那间的走神，在她的记忆里这是常有的事。有时大家正玩得开心，何夕却很奇怪地变得无声无息，眼睛也会很迷茫地盯住虚空中的不知什么东西。这种情形一般不会持续很久，过一会儿他会自己"醒"过来，就像从睡梦中醒来一样。这样的情况发生多了，大家也就不在意了，只把它理解成何夕的怪癖之一。

"先到我家吃午饭，我爸说要亲自做拿手菜。"江雪兴致很高地提议，"下午我们去滑旱冰，老麦刚教了我几个新动作。"

何夕没有马上表态，眼前浮现出老麦风流倜傥的样子来。老麦是计算机系的硕士研究生，也算是系里的几大才子之一，当初与位居几大佳人之列的江雪本来都有了那么一点儿意思，但是何夕出现了，用老麦的话来说"自己想都想不到会输给江雪的儿时回忆"。不过老麦却是一个洒脱之人，几天过后便又大大咧咧地开始约江雪玩，当然每次都很君子地邀请何夕一同前往。从这一点讲，何夕对老麦是好感多于提防。不过有时连何夕自己也不得不承认，当老麦和江雪站在一起时显得那样协调，无论是身材、相貌还是别的，这个发现常常会令何夕一连几天都心情黯然。但是江雪的态度却极其鲜明，她毫不掩饰自己对何夕的感情。

有一次老麦带点不屑地说"小孩子的感情靠不住"，结果江雪出人意料地激动了，她非要老麦为这句话道歉，否则就和他绝交，老麦只得从命。当时老麦的脸上虽然仍旧挂着笑，但何夕看得出他其实差点儿就扛不住了。在这件事情之后，老麦便再也没有作过任何形式的"反扑"——如果那算是一次反扑的话。

何夕在想要不要答应江雪，他每个星期天都回家陪母亲吃晚饭的，如果去滑旱冰，晚上就赶不回去吃饭了。但是江雪显然对下午的活动兴致很高，何夕还在犹豫时，江雪已经快乐地拉着他朝她家跑去，那是位于学校附近的一套商品房。路上江雪银铃般的笑声驱跑了何夕心中最后的一丝犹豫。

/ 三 /

江北园解下围裙走出厨房，饶有兴致地看着江雪很难称得上端庄的吃相。退休之后他神速地练就了一手烹调手艺，高兴得江雪每次大快朵颐之后都要大放厥词，称他本来就不该是计算机系的教授而应当是一名厨师。也许正是江雪的称赞使他终于拒绝了学校的返聘，并且也没有接受另外一些单位的聘请。

何夕有些局促地坐在江雪的身旁，半天也难得动一下筷子。江家布置得相当有品位，如果稍作夸张的话可称得上一般性的豪华。以江北园的眼光来看，何夕比以前常来玩的那个叫老麦的小伙子要害羞得多，不知道性格活泼的江雪怎么会做出这种选择。不过江北园知道世上有些事情是不能够讲道理的，女儿已经大了，他不能像以前那样代她去作判断了。

"听小雪说你是数学系的硕士研究生。"江北园询问道。

何夕点点头："我的导师是刘青。"

"刘青。"江北园念叨着这个名字，过了一会儿有些不自然地笑笑说，"退休后我的记性不如以前了。"

何夕的脸微微发红："我们系的老师都不太有名，不像别的系。以前我们出去时提起他们的名字很多人都不熟悉，所以后来我们都不提了。"

江北园点点头，何夕说的是实情。现在C大最有名的教授都是诸如计算机系、外语系、电力系的。不仅是本校，就连外校和外单位的人都知道他们的大名——有的是读他们编写的书，有的是使用他们开发的应用系统。不久前C大出了件闹得沸沸扬扬的事情，一位学生发明的皮革鞣制专利技术被一家企业以七百万元买走，而后皮革系的教授们也纷纷受到青睐。

"你什么时候毕业？"江北园问得很详细。

"明年春季。"何夕慢吞吞地夹了一口菜，感觉并不像江雪说的那样好吃。

"联系到工作没有？"江北园没有理会江雪不满的目光，"已经没有多少时间了。"

何夕的额头渗出了细小的汗珠，他觉得嘴里的饭菜味同嚼蜡。"现在还没有。我正在找，有两家研究所同我谈过。另外，刘教授也问过我愿不愿意留校。"

江北园沉吟了半晌，他转头看着笑眯眯的女儿，她正一眼不眨地盯着何夕看，仿佛在做研究。

"你有没有选修其他系的课程？"江北园接着问。

"老爸，"江雪生气地大叫，"你要查户口吗？问那么多干吗？"

江北园立时打住，过了一会儿说："我去烧汤。"

汤端来了，冒着热气。没有人说话，包括我。

## / 四 /

老麦姿态优美地滑过一圈弧线，动作如行云流水般酣畅。何夕有些无奈地看着自己脚下凭空多出来的几只轮子，心知自己绝不是这块料。江雪本来一手牵着何夕一手牵着老麦，但几步下来便不得不放开了何夕的手——除非她愿意陪着何夕练摔跟头的技巧。

这是校外一家叫作"尖叫"的旱冰场，以前是当地科协的讲演厅，现在承包给个人，改装成了娱乐场。条件比学校里的要好许多，当然价格是与条件成正比的。由于跌得有些怕了，何夕便没有上场，而是斜靠着围栏很有闲情般地注视着场内嬉戏的人群。当然，他目光的焦点是江雪。老麦正和江雪在练习一个有点难度的新动作，他们在场地里穿梭往来，就像两条在水中翩翩游弋的鱼。这个联想让何夕有些不快。

江雪可能是玩得累了，她边招手边朝何夕滑过来。到跟前时却又突然打了一个三百六十度的急旋方才稳稳停住。老麦也跟着过来，同时举手向场边的小贩很潇洒地打着响指。于是那个矮个子服务生忙不迭地递过来几听饮料。老麦看看牌子满意地笑着说："你小子还算有点记性。"

江雪一边擦汗一边啜着饮料，不时仰起脸神采飞扬地同老麦扯几句溜冰时的趣事。"你撞着那边穿绿衣服的女孩好几次。"江雪指着老麦的鼻尖大声地笑着说，"别不承认，你肯定是有意的。"

老麦满脸无辜地摇头，一副打死也不招的架势，同时求救地望着何夕。何夕觉得自己在这个问题上帮不了老麦，只好装糊涂地看着一边。

"算啦，"江雪笑嘻嘻地摆摆手，"我们放过你也行，不过今天你得买单。"

老麦如释重负地抹抹汗说:"好啦,算我舍财免灾。"何夕有点尴尬地看着老麦从兜里掏出钱来。虽然大家是朋友,但他无法从江雪那种女孩子的角度把这看作一件理所当然的事,至少有一点,他觉得总是由老麦做东是一件令他难以释怀的事。但想归想,何夕也知道自己是无力负担这笔开支的。

老麦家里其实也没给他多少生活费,但是他的导师总能揽到不少活。有些是学校的课题,但更多的是帮外面的单位做系统。比方说一些小型的自动控制,或是一些有关模式识别方面的东西,以及帮人做网页,有时候甚至就是组一个简单的计算机局域网,虽然名称是叫什么综合布线。这所名校的声誉给他们招来了众多客户,很多时候老麦要同时几处开工。虽然他所得的只是导师的零头,但是已足够让他的经济水平在学生中居于上层了,不仅超过何夕,而且肯定也超过何夕的导师刘青。在何夕的记忆里除了学校组织的课题之外,他从未接过别的工作。

何夕有一次闲来无事,把自己几年来参与课题所得加在一起之后发现居然还差一块钱才到一千元。接下来的几小时里,何夕想破了脑袋,他想要找出自己可能忽略了的收入,以便能凑个整数,但直到他启用了当代数学最前沿的算法也没能再找出一分钱。

"今天玩得真高兴。"江雪意犹未尽地擦拭着额上的汗水。老麦正在远处的收费处结账,不时和人争论几句。何夕默不作声地脱着脚上的旱冰鞋,他这才感到这双脚现在又重新属于自己了。

"四点半不到,时间还早啦。"江雪看表,"要不我们到'金道'保龄球馆去。"

何夕迟疑了片刻:"我看还是在学校里找个地方玩吧。"

江雪摆头,乌黑的长发掀起了起伏的波浪:"学校里没什么好玩的,都是些老花样。还是出去好,反正有老麦开钱。"

何夕的脸突然涨红了:"我觉得老让别人付钱不好。"

江雪诧异地盯着何夕看:"什么别人别人的,老麦又不是外人。他从来都不计较这些的。"

"他不计较可我计较。"何夕突然提高了声音。

江雪一怔，仿佛明白了何夕的心思。她咬住嘴唇，有些不知所措地看着四周。这时老麦兴冲冲地跑回来，眼前的气氛让他有些出乎意料。"怎么啦？"老麦笑嘻嘻地问，"你们俩在生谁的气？"他看看表，"现在回去太早啦，我们到'金道'去打保龄球怎么样？"

何夕悚然一惊，老麦无意中说出的这句话让他的心里发冷。又是"金道"，怎么会这么巧，简直就像是——心有灵犀。他看着江雪，不想正与她的目光撞了个正着。对方显然明白了他的内心所想——她真是太了解他了，江雪的若有所诉的目光像是在告白。

"算了。"何夕叹口气，"我今天很累了，你们去吧。"说完他转身朝外面走去。

江雪倔强地站在原地不动，眼里滚动着泪水。

"我去叫他回来。"老麦说着话转身欲走。

"不用了。"江雪大声说，"我们去'金道'。"

我下意识地挡在何夕的面前，但是他笔直地朝我压过来，并且毫无阻碍地穿过了我的身躯。

/ 五 /

十八英寸电视里正放着夏群芳一直看着的一部连续剧，但是她除了感到那些小人儿晃来晃去之外看不出别的。桌上的饭菜已经热了两次，只有粉丝汤还在冒着微弱的热气。夏群芳忍不住又朝黑漆漆的窗外张望了一眼。

有电话就好了，夏群芳想，她不无紧张地盘算着。现在安电话是便宜多了，但还是要几百块钱的初装费，如果不收这个费就好了。夏群芳想不出何夕为什么没有回来吃饭，在她的印象中这是从来没有过的事情。何夕只要答应她的事情从来都是作数的，哪怕只是回家吃饭这样的小事，这是他们母子多年来的默契。夏群芳又看了眼桌上的饭菜，她没有一点儿食欲，但是靠近心口的地方却隐隐地有些痛起来。她撑起身子，拿勺子舀了点粉丝汤，而就在这个时候门锁突然响了。

"妈。"何夕推着门就先叫了一声，其实这时他的视线还被门挡着，这只是许多年的老习惯。

夏群芳从凳子上站起来，由于动作太急凳子被碰翻在地。"怎么这么晚才回来？"虽然是责备的意思，但是她的语气只有欣喜，"饿了吧？我给你盛饭。"

何夕摆摆手："我在街上吃过了。有同学请。"

夏群芳不高兴了："叫你少在街上乱吃东西的，现在流行病多，还是学校里的干净。你看对门家的老二就是在外不注意染上肝炎的……"夏群芳自顾自地念叨着，她没有注意到何夕有些心不在焉。

"我知道啦。"何夕打断她的话，"我回来拿衣服，还要回学校去。"

夏群芳这才注意到何夕的脸有些发红，像是喝了点儿酒，她有些不放心地问："今天就不回学校了吧，都八点钟了。"

何夕环视着这套陈设简陋的两居室，有好一会儿都没有出声。"晚上刘教授找我有事。"他低声说，"你帮我拿衣服吧。"

夏群芳不再说话，转身进了里屋。过了几分钟拿着一个撑得鼓鼓的尼龙包出来。何夕检视了一下，朝外拎出几件厚毛衣来："都什么时候了，还穿这些。"

夏群芳大急，又一件件地朝包里塞："带上带上，怕有倒春寒呢。"

何夕不依地又朝外拎，他有些不耐烦："带多了我没地方放。"

夏群芳万分紧张地看着何夕把毛衣统统扔了出来，她拿起其中一件最厚的说："带一件吧，就带一件。"

何夕无奈地放开包，夏群芳立刻手脚麻利地朝里面塞进那件毛衣，同时还做贼般地往里面多加了一件稍薄的。

"怎么没把脏衣服拿回来。"夏群芳突然想起何夕是空手回来的。

"我自己洗了。"何夕转身欲走。

"你洗不干净的。"夏群芳嘱咐道，"下次还是拿回来洗。你读书已经够累了，再说你干不来这些事情的。"

"噢。"何夕边走边懒懒地答应着。

"别忙，"夏群芳突然有大发现似的叫了声，"你喝口汤再走。喝了酒之后是该喝点热汤的。"她用手试了下汤盆的温度，"已经有点凉了。你等几分钟，我去热一下。"说完她端起汤盆朝厨房走去。等她重新端出来时却发现屋子里已经空了。

"何夕。"她低声唤了声，然后目光便急速地搜寻着屋子，她没有见到那两件塞进包里的毛衣，这令她略感放心。这时一阵突如其来的灼痛从手上传来，装着粉丝汤的盆掉落在地，发出清脆的响声。夏群芳吹着手，露出痛楚的表情，这使得她眼角的皱纹更深。然后她进厨房去拿拖把。

我站在饭桌旁，看着地上四处横流的粉丝汤，心里在想这个汤肯定好喝至极，胜过世上的一切美味珍馐。

## / 六 /

刘青关上门，象征性地隔绝了小客厅里的嘈杂，在这种老式单元房里，声音是可以四处游走的。学校的教师宿舍就这个条件，尤其是数学系，不过还算过得去吧。

何夕坐在书桌前，刚才刘青的一番话让他有些茫然。书桌上放着一叠足有五十厘米高的手稿，何夕不时伸出手去翻动几页，但看得出来他根本心不在焉。

"我已经尽了力了。"刘青坐下来说，不无爱怜地看着自己最得意的学生。

"我为了证明它花费了十年时间。"何夕注视着手稿，封面上是几个大字——微连续原本。"所有最细小的地方都考虑到了，整个理论现在都是自洽的，没有任何矛盾的地方。"何夕咽了口唾沫，喉结滚动了一下，"它是正确的，我保证。每一个定理我都反复推敲过多次，它是正确的。现在只差最后一个定理还有些意义不明确，我正试图用别的已经证明过的定理来代替它。"

刘青微微叹口气，看着已经有些神思恍惚的何夕："听老师的话，把它放一放吧。"

"它是正确的。"何夕神经质地重复着。

"我知道这一点。"刘青说,"你提出的微连续理论及大概的证明过程我都看过了,以我的水平还没有发现有矛盾的地方。证明的过程也相当出色,充满智慧。说实话,我非常佩服。"刘青回想着手稿里的精彩之处,神情不禁有些飞扬——无论如何这是出自他的学生之手。有一句话刘青没有说出来,那就是他并没有完全看懂手稿。许多地方的变换式令他迷惑,还有不少新的概念性的东西也让他接受起来相当困难。换言之,何夕提出的微连续理论完全是一套全新的东西,它不能归入到以往的任何体系里去。

"问题是,"刘青小心地开口,注视着何夕的反应,"我不知道它能用来干什么。"

何夕的脸立刻变得发白,像是被什么重物击中了一般,整个人都蔫了。过了半晌他才回过神来强调道:"它是正确的,我保证。"他仿佛只会说这一句话了。

"我们的研究终究要获得应用才是有意义的,否则只能误入为数学而数学的歧途。"

"可它看起来是那样和谐,"何夕争辩道,"充满了既简单又优美的感觉。老师,我记得你说过的,形式上的完美往往意味着理论上的正确。"

刘青一怔,他知道自己说过这段话,也知道这段话其实是科学巨匠爱因斯坦的经验之谈。他不否认微连续理论符合这一点,当他浏览着手稿的时候,内心的确有种说不出的充满和谐的感受,就像在听一场完全由天籁之声组成的音乐会。但问题的症结在于,他实在看不出这套理论会有什么用。自从几个月前何夕第一次向他展示了微连续理论的部分内容后,他就一直关心这个问题,这段时间,他经常从各种途径查找这套理论可能获得应用的范畴,但是他失败了。微连续理论似乎跟所有领域的应用都沾不上边,而且还同主流的数学研究方向背道而驰。刘青承认这或许是一套正确的理论,但却是一套无用的正确理论。就好比对圆周率的研究一样,现在据称已经推算到小数点后几亿位了,而且肯定是正确的,但也肯定是没有意义的。

"想想中国古代的数学家祖冲之，他只是把圆周率推算到了小数点后几位，但他对数学的贡献无疑要比现在那些还在小数点后几亿位努力的人大得多。"刘青幽幽地说，"因为他做的是有意义的工作，而不是纯粹的数学游戏。"

何夕有些发愣，他听出了刘青话中的意思。

"我不同意。"何夕说，"老师，你知不知道，许多年前的某一个清晨我突然想到了微连续。它就像是一只无中生有的虫子般钻进了我的脑子。那时它只是一个朦朦胧胧的影子，这么多年来我为了证明它费尽心力，现在我就要完成了，只差最后一点点。"何夕的眼神变得迷蒙起来，"也许再有一个月……"

刘青在心里轻叹一声，他看得出何夕已经执迷太深。何夕是他见过的最聪明的数学奇才，按刘青私下的想法，何夕的水平其实可以给这所名校的所有数学教授当老师。他深信，只要假以时日，何夕必定会是学术领域内的一朵奇葩。而现在何夕却误入歧途，陷在了一个奇怪的问题里，这个情形使刘青忍不住回想起很多年前的自己，也常常因为一些磨人但却无用的数学谜题而废寝忘食、形销骨立。但是何夕没有看到问题的关键，刘青知道自己作为师长有义务提醒这一点，尽管这显得很残酷。

"你想过微连续理论可能应用在什么领域吗？我是说，即使作最大胆的想象。"刘青尽量使自己的声音柔和些，虽然他知道这并没有什么用。

何夕全身一震，脸色变得苍白。"我不知道。"他说，然后抱住了头。我看到何夕脚下铺着劣质瓷砖的地面上洇出了一滴水渍。

/ 七 /

"这两天我没和江雪在一起。"老麦低声说，坐在桌子对面的他目光有些躲闪。

何夕有点愤怒地盯着老麦："你这算是什么意思？江雪和我吵架只是我们两个人的事，你这样做是乘人之危。"

老麦啜口茶,眼里升起无奈的神色:"我的确没和江雪在一起,不过我猜想她可能和老康在一起。"

"谁是老康?"何夕问。他在脑子里搜索着。

"老康是一家规模不小的计算机公司的老板。那天你和江雪闹别扭之后,我们在保龄球馆碰上的。大家是校友,自然谈得多一些。"老麦不无称羡地说,"听说……"他突然打住,目光看向窗外。

何夕回头,江雪从一辆漂亮的宝蓝色小车上下来,身边一位胖乎乎的年轻人正在关车门。何夕还没想好该怎么办时,江雪已经很高兴地叫起来:"真巧呵,你们两个也在这儿。"江雪兴奋得满脸发红,她拉着身边的那个人进屋来,对何夕说,"这是康——"她突然一滞,有些发窘地问道,"你叫康什么来着?算啦,我还是叫你老康吧。"然后她指着何夕说,"这是何夕,我的男朋友——"她似乎觉得不够,又补上一句,"数学系的高才生。"

"数学系——"老康上下打量着看上去有些猥琐的何夕,伸出手说,"常听小雪提起你。"

小雪?何夕心里"咯噔"了一下,他看了眼江雪,她却是若无其事的样子。"怎么不回我的传呼?"何夕带点生气地问。

"让你也着急一下啊!"江雪有些调皮地回答,"谁叫你气我。好啦,现在让你着急了两天,我们俩算是扯平了。今天大家新认识,应该找地方大吃一顿庆祝一下。我看看。"她煞有介事地盯着三个男人看,然后指着老康说,"我们几个数你最肥,这顿你请吧。"

老麦不依地说:"以前请客都是我的专利,这次还是我吧。"

老康的表情有些奇怪,他死盯着何夕的脸,仿佛在作某种研究。江雪碰碰他的胳膊:"你干吗老盯着何夕看?"

"我同何夕做不了朋友啦。"老康突然说,语气很是无奈,"我们是情敌,注定要一决高下。"

"你说什么?"江雪吃了一惊,她的脸立刻红了,"何夕是我的男朋友,你不该这么想。"

"我怎么想只有我自己能够决定。"老康咧嘴一笑,目光死死地看着江雪,直到她低下头去。他转头看着何夕说:"我喜欢江雪。"

何夕觉得自己的头有点儿晕,眼前这个胖乎乎的人让他乱了方寸。情敌?这么说他们之间是敌人了,至少人家已经宣战了。何夕感到自己的背心已经湿透,他不知道下一步该做什么。末了他采取了一个也许是最蠢的办法,转头对江雪说:"我该怎么办?"

江雪镇定了些,她正色道:"何夕是我男朋友,我喜欢他。"

老康看上去并不意外:"如果你是那种轻易就移情别恋的女孩的话,我就不会像现在这样喜欢你了。"他举起一只手,服务生跑过来问有什么事。"去替我买十九朵玫瑰,要最好的。"老康拿出钱。

何夕剧烈地喘着气,他从来没有遇到过这样的事情,这简直像是戏剧里的情节。"那好吧。"何夕吐出口气,"既然你要和我一决高下,我就奉陪。"何夕突然觉得这样的话说起来也很顺口,仿佛他天生就擅长这个。

"我不想待下去了。"江雪说,她的脸依然很红,"我们还是走吧,别人都在看我们。"

服务生又送来两杯茶。老麦吹了一声短促的口哨,站起身说:"今天的茶我请。"出乎他意料的是,何夕突然粗暴地将他的手推开,并且拿出钱说:"谁也不要争,我来。"

/ 八 /

何夕默不作声地看着夏群芳忙碌地收拾着饭桌,不知道自己该怎样开口。

"妈,你能不能帮我借点钱。"何夕突然说,"我要出书。"

夏群芳轻快的动作立时停下来:"借钱?出书?"她缓缓坐到凳子上,过了半晌才问,"你要借多少?"

"出版社说至少要好几万。"何夕的声音很低,"不过是暂时的,书销出去就能还债了。"

夏群芳沉默地坐着,双手拽着油腻的围裙边用力地绞着。过了半晌她走进里屋，一阵"窸窸窣窣"的响动之后，她拿着一张存折出来说："这是厂里买断工龄的钱。说了很久了，半个月前才发下来。一年九百四，我二十七年的工龄就是这个折子。你拿去办事吧。"她想说什么但没有出声，过了一会儿还是忍不住低声补充说，"给人家说说看能不能迟几个月交钱，现在取算活期，可惜了。"

何夕接过折子，看也没看便朝外走："人家要先见钱。"

"等等——"夏群芳突然喊了声。

何夕奇怪地回头问："什么事？"

夏群芳眼巴巴地看着何夕手里那本红皮折子，双手继续绞着围裙的边，"我想再看看总数是多少。"

"25380，自己做个乘法就行了嘛。"何夕没好气地说，他急着要走。

"我晓得了，你走吧。"夏群芳有点儿不好意思地说，她也觉得自己太啰唆了。

刘青有点忙乱地将桌面上的资料朝旁边推去，但是何夕还是看到了几个字：考研指南。何夕的眼神让刘青有些讪然，他轻声说："是帮朋友的忙。你先坐吧。"

何夕没有落座的意思。"老师，"他低声开口说，"你能不能借点儿钱给我，我想自己出书。"

刘青没有显得意外，似乎早知道会有这事。过了几分钟他走回桌前整理着先前弄乱的资料，脸上露出自嘲的神情。"其实我两年前就在帮人编这种书了。编一章两千块，都署别人的名字。并不是人家不让我署名，是我自己不同意。我一直不愿意让你们知道我在做这事。"

何夕一声不吭地站着，看不出他在想什么。刘青叹口气说："我知道你想把微连续理论出书，但是，"他稍停顿了一下，"没有人会感兴趣的，你收不回一分钱。"

"那你是不打算借给我了？"何夕语气平静地问。

刘青摇摇头："我不愿意眼睁睁地看着你失败，到时候你会莫名其妙地背上一身债务，再也无法解脱。你还这么年轻，不要把自己陷死在一件事情里面。我以前……"

门铃突然响了，刘青走出去开门。让何夕想不到的是，进来的人他居然认得，是老康。老康提着一个漂亮的盒子，看来他是来探访刘青的。

刘青正想作介绍，何夕和老康已经在面色凝重地握手了。

"原来你们认识。"刘青高兴地搓着手，"这下可好了。我早有安排你们结识的想法了，在我的学生里，你们俩可是最让我得意的。"

何夕一怔，他记得老康是计算机公司的老板。老康了解地笑了笑说："我是数学系毕业的。想不到会这么巧，这么说我算起来还是你的同门师兄。"他促狭地眨眨眼，"怎么样，知道孔融让梨的故事吧？"

刘青自然不明白其中的曲折，他兴奋得仿佛年轻了几岁，四下里找杯子泡茶。老康拦住他说不用了，都不是外人。何夕在一旁沉默地看着这一切，他看得出这个老康当年必定是刘青教授深爱的弟子。

"老师，"何夕说，"你有客人来我就不耽搁了，我借钱的事……"

刘青脸上的笑容不见了，他盯着何夕的脸，目光里充满惋惜："你还是听我的话，放弃那些不切实际的想法吧。借钱出这样的理论专著是没有出路的。"他转头对老康解释道："何夕提出了一套新颖的数学理论，他想出书。"

老康的眼里闪过一个亮点，他插话道："能不能让我看看？一点点就行。"

何夕从包里拿出几页简介递给老康。老康的目光飞快地在纸页上滑动着，口里念念有词。他的眉头时而紧蹙时而舒展，整个人都仿佛沉浸到了那几页纸里。过了好半天他才抬起头来，目光有些发呆地看着何夕："证明很精彩，简直像是音乐。"

何夕淡淡地笑了，他喜欢老康的比喻。其实正是这种仿佛离题万里的比喻才恰恰表明老康是个内行。

"我借钱给你。"老康很干脆地说，"我觉得它是正确的，虽然我并没有看懂多少。"

刘青哑然失笑："谁也没说它是错的。问题在于这套理论有什么用，你能看出来吗？"

老康挠头，然后龇了龇牙："暂时没看出来。"他紧跟上一句，"但是它看上去很美。"老康突然笑了，因为他无意中说了个小说名，"不过我说借钱是算数的。"

刘青突然说："这样，如果你要借钱给何夕必须答应我一条，不准写借据。"

何夕惊诧地看着刘青，印象中老师从来都是温文有礼并且拘泥小节的，不知道这种赖皮话何以从他口中冒出来。

"那不行。"何夕首先反对。

"非要写的话就把借方写成我的名字，我来签字。如果你们不照着我的话做，以后就不要再叫我老师了。"刘青的话里已经没有了商量的余地。

在场的人里只有我不吃惊，因为我知道会发生什么样的事情。

/ 九 /

江雪默不作声地盯着脚底的碎石路面，她不知道何夕会做出什么样的反应。从内心讲，如果何夕发一通脾气她倒还好受一些，但她最怕的却是何夕像现在这样一言不发。

"你说话呀！"江雪忍不住说，"如果你真反对的话我就不去了，很多人没有出去也干出了事业。"

何夕幽幽地开口："老康又出钱又给你找担保人，他为你好，我又怎能不为你着想。"

"钱算是我借他的，以后我们一起还。"江雪坚决地说，"我只当他是普通朋友。"

"我知道你的心意。"何夕爱怜地轻抚江雪的脸。

"等我出去站稳了脚，你就来找我。"江雪憧憬地笑笑，"你知不知道，你是我见过的最聪明的人。如果你是学我们这种专业的话，早就成功了。我说的是真的。"江雪孩子式地强调，"你有这个实力，我觉得你比老康强得多。"

何夕心里滑过一缕柔情："问题是我喜欢我的专业。在我看来那些符号都是我的朋友，是那种仿佛已经认识了几辈子的感觉。只有见到它们，我的心里才感到踏实，尽管它们不能带给我什么，甚至还让我吃苦头，但是我内心里有一个声音告诉我，那就是我降临到世上最应该做的事情。"

江雪调皮地刮他的脸："好大的口气，你是不是还想说天将降大任于斯人也……"

何夕叹口气："我的意思只是……"他甩甩头，"我入迷了，完全陷进去了。现在我只想着微连续，想着出书的事，为了它我什么都顾不上了。就这个意思。"

江雪不笑了，她有些不安地看着何夕的眼睛："别这么说，我有些害怕。"

何夕的眼睛在月光下闪着莹莹的亮点："说实话我也害怕。我不知道明天究竟会怎样，不知道微连续会带给我什么样的命运。不过，我已经顾不上考虑这些了。"

江雪全身一颤："你不要用这种口气对我说话好吗？这让我觉得失去了依靠。"

失去依靠？何夕有些分神，他有不好的预感。"别这样。"他揽住江雪的肩，"我们现在不是好好的吗？不论如何，"他深深地凝视着江雪姣好的面庞，"我永远都喜欢你。"

江雪感受到何夕温热的气息扑面而来，月色之中她柔软的唇像河蚌一样微翕开，漫天谜一样的星光下，她的眼睛里充满了泪水。

这是个错误。我轻声说，但是热吻中的人听不到我的话。

/ 十 /

"我说服不了他们。"刘青不无歉疚地看着何夕失望的眼睛，"校方不同意将微连续理论列为攻关课题，原因是——"他犹豫地开口，"没有人认为这是有用的东西。你知道的，学校的经费很紧张，所以出书的事……"

何夕没有出声，刘青的话他能预料到。现在他最后的一点希望已经没有了，剩下的只有自费出书这一条路了。何夕下意识地摸了摸口袋里的存折，那是母亲二十七年的工龄，从青春到白发，母亲连问都没有问一句就给他了。何夕突然有点犹疑，他不知道自己究竟有什么权利来支配母亲二十七年的年华——虽然他当初是毫不在乎地从母亲手里接过了它。

"听老师的话，"刘青补上一句，"放弃这个无用的想法吧。还有很多有意义的事情值得去做，以你的资质一定是大有作为的。"

出乎刘青意料的是，何夕突然失去了控制，他大笑起来，笑出了眼泪。

"大有作为……难道您也打算让我去编写什么考研指南吗？那可是最有用的东西，一本书能随便印上几万册，可以让我出名，可以让我赚大笔钱。"何夕逼视着刘青，目光里充满无奈，"也许您愿意，可我没法让自己去做这样的事情。我不管您会怎么想，可我要说的是，我不屑于做那种事。"何夕的眼神变得有些狂妄，"微连续耗费了我十年的时光，我一定要完成它。是的，我现在很穷，我的女朋友出国深造居然用的是另一个男人的钱。"何夕脸上的泪水滴落到了稿纸上，"可我要说的是，没有什么力量能够阻止我。我只知道一点，微连续理论必须由我来完成，它是正确的，它是我的心血。"他有些放肆地盯着刘青，"我只知道这才是我要做的事情。"

刘青没有说话，表情有些尴尬。何夕的讽刺让他没法再谈下去。

"好吧。"刘青无奈地说，"你有你的选择，我无法强求你，不过我只想说一句——人是必须面对现实的。"

何夕突然笑了，竟然有决绝的意味。"还记得当年您第一次给我们讲课时说的第一句话吗？"何夕的眼神有些空洞，"当时您说探索意味着寂寞。那是七年前的事情了，这么多年来我一直都记着这句话。"

刘青费力地回想着，他不记得自己说过这句话了，有很多话都只是在某个场合说说罢了。但是他知道自己一定是说过这句话的，因为他深知何夕非凡的记忆力。七年，不算短的时光，难道自己真的已经改变？

"问题在于——"刘青试图作最后的努力，"微连续不是一个有用的成果，它只是一个纯粹的数学游戏。"

"我知道这一点。是的，我承认它的的确确没有任何用处。老实说，我比任何人都更清醒地认识到了这一点。"何夕平静但是悲怆地说，这是他第一次这样直接地说出这句话。何夕没想到自己能够这样平静地表述这层意思，他曾经以为他根本做不到。一时间他感到心里似乎有什么东西正在一点一点地破碎掉，碎成渣子，碎成灰尘。但他的脸上依然如水一样平静。

"可我必须完成它。"何夕最后说了一句，"这是我的宿命。"

## / 十一 /

这段时间何夕一直过着一种挥金如土的日子。他从来没有像现在这般阔气，往往随手一摸就掏出厚厚的一沓钞票。尽管从衣着上他还和以往一样寒酸，加上满脸的胡须，看上去更显老了。他每日都急匆匆地赶着路，神情焦灼而迫切，整个人都像是被某种预期的幸福包裹着。如果留意他的眼神的话，会发现不少有意思的东西，他已经不是往日里的那个何夕了，仿佛变了一个人。要给这种眼神找一个准确的描述会相当困难，不过要近似地描述一下还是可以办到的——见过赌徒在走向牌桌时的眼神吗？就是那样，而且还是兜里的每一分钱都是借来的那种赌徒。

何夕正和一个胖墩墩的戴眼镜的人大声争吵，脸涨得通红。

"凭什么要我多交这么多？"何夕不依不饶地问，"我知道行情。"他笨拙地抽烟，尽量显出老于世故的样子。

胖眼镜倒是不慌不忙，这种事他有经验："你的书稿里有很多自创的符号，我们必须专门处理，这自然要加大出版成本。要不你就换成常用的。"

"那不成。"何夕用皱巴巴的西服袖子擦着汗，但是他已经没法像刚才那样大声了，"这些符号都是有特殊意义的，是我专门设计的，一个也不能换。微连续是新理论，等到它获得承认之后，那些符号都会成为标准化的东西。"

胖眼镜稍稍地撇了下嘴，脸上仍然是可亲的笑容："你说得很对，问题是咱们不是赶在标准前面了嘛,那些符号增加了我们的成本。"他收住笑容,拿出一页纸来,"就这个数,少一分也不行。你同意就签字。"

何夕怔怔地看着那张纸,那个数字后面长串的零就像是一张张大嘴,它们扭曲着向何夕扑过来,不断变幻着形状。一会儿像是江雪漂亮的眼睛,一会儿像是刘青无奈的目光,更多的时候就像是老康白白胖胖的笑脸。

何夕已经记不清自己向老康开过几次口了,每当胖眼镜找到理由抬价的时候他只能去找老康。老康是爽快而大方的,但他白胖的笑脸每次都让何夕有种如芒在背的感觉。老康总是一边掏钱一边很豪放地说:"有什么困难只管开口,你是小雪的朋友嘛。小雪每次来信都叫我帮你。小雪安排的事情要是不办好,等以后我到了那边可怎么交代哟。"

何夕面色灰白地掏出笔,他仿佛听到有个细弱的声音在阻止他下一步的行动,听上去有些像是江雪的。但是他终究在那张纸上签了名,也就在这个时候,他内心里的那个小声音突然消失了,再也听不见了。

胖眼镜一等到何夕的背影转过了楼梯口便露出了得意的笑容,他小心翼翼地收好何夕签名的那页纸。"雏儿。"胖眼镜不屑地转身,随手将另几页纸扔进了垃圾桶。

我看着那几页纸,它们同何夕签字的那页纸的内容完全一样,只是在填写金额的地方填着另外的数字——那些金额都更小。

/ 十二 /

"……六月的大湖区就像是天堂。绿得发亮的草地上是自在的人们。狗和小孩嬉戏着,空气清新得像是能刺透你的肺。这里的风景越好就越让我想起你。亲爱的,你什么时候能够来到我身边?我想你。"

"……老康昨天才走,他出来参加一个秋季产品展示会。难为他从西岸赶到东岸来看我。在这里能够见到老朋友真是件愉快的事,尤其是能亲耳从朋友口里听到关于你的事情。我让老康多帮帮你,你也不要见外,朋友间相互帮忙是常有的。其实老康人挺不错的,就是说话比较直一点。"

"……今天这里下了冬天的第一场雪,我特意和几个朋友赶到了郊外照相。大雪覆盖下的原野变得和故乡没有什么不同，于是我们几个都哭了。亲爱的夕，你真的沉迷在了那个问题里了吗？难道你忘了还有一个我吗？老康说你整日只想着出书，什么也不管了。他劝你也不听。你知道吗？其实是我求老康多劝劝你的。听我的话，忘掉那个古怪的问题吧，以你的才智完全还有另外一条铺着鲜花的坦途可走，而我就在道路的这头等你。听我的话，多为我们的将来考虑一下吧。让我来安排一切。"

"亲爱的夕，有人说在月色下女人的心思会变得难以捉摸。我觉得这人说得真好。今夜正好有很好的月光，而我就站在月光下的小花园里。老康在屋里和几个朋友听音乐（他又出来参加什么展示会了），我不知道是不是他有意选择了这首曲子，真是像极了我此时的心情。那样缠绵，带着无法摆脱的忧伤，还有孤独。是的，孤独，此时此刻我真想有人陪着我，听我说话，注视着我，也让我能够注视他。亲爱的夕，我不知道你为何拒绝我替你安排的一切，难道那个问题真的比我更重要吗？拿出我的相片来看看，看看我的眼睛，它会使你改变的，相信我……老康在叫我了，他总是不放心我一个人出来。"

"……今天和室友吵了一架，我真是没用，哭得惨兮兮的。也许是一个人在外久了，我变得很脆弱，一点儿小事就想不开。我真想有个坚强的臂膀能够依靠。你离得那么远，就像是在天边。老康下午突然来了（他现在成了展示会专业户），见我一直哭就编笑话给我听，全是以前听过的。要是在以前我早就要奚落他几句了，可这次不知怎的却笑得像个傻孩子。老康也陪着我笑，样子更傻……"

"……回想当日的一切就像是在做梦，我们有过那么多欢乐的时光。我真的不知道自己究竟应该怎么做。我不是善变的人，直到今天我还这么想。我曾经深信真爱无敌，可我现在才知道，这个世界上真正无敌的东西只有一样，那就是时间。痛苦也好，喜悦也好，爱也好，恨也好，在时间面前它们都是可以被战胜的，即使当初你以为它们将一生难忘。在时间面前没有什么敢称永恒。当我写下这段文字的时候，我的泪水止不住地往下流，但这并非因为对你的爱，而是我在恨自己为何改变了对你的爱——我本以为那是不可能的事。老康已经办妥了手续，他放弃了国内的事业，他要来陪着我。就让我相信这是时间的力量吧,这会让我平静。"

/ 十三 /

夏群芳擦着汗,不时回头看一眼车后满满当当的几十捆书。每本书都比砖头还厚,而且每册书还分上中下三卷,敦敦实实地让她生出满腔的敬畏来。夏群芳想起了四十多年前自己面对课本的感觉,当时在她小小的心里对编写出课本的人简直是敬若天人。想想看,那么多人都看同一本书,老师也凭着这书来考试打分。书就是标准,就是世上最了不得的东西,写书的人当然就更了不得了,而现在这些书全是她的儿子写出来的。

在印刷厂装车的时候夏群芳抽出本书来看,结果她发现自己每一页都只认得不到百分之一的东西。除了少数汉字以外全是夏群芳见所未见的符号,就像是迷信的人家在门上贴的桃符。当然夏群芳只是在心里这样想,可没敢说出来。这可是家里最有学问的人花了多少力气才写出来的,哪是桃符可以比的?

让夏群芳感到高兴的是,有一页她居然全部看得懂,那就是封面。**微连续原本,何夕著**。深红的底子上配上这么几个字简直好看死了,尤其是自己儿子的名字,原来何夕两个字烫上金会这么好看,又气派又显眼。夏群芳想着便有些得意,这个名字可是她起的。当初和何夕的死鬼老爸为起名字的事可没少争过,要是死鬼看到这个烫金的气派名字不服气才怪。

车到了楼下,夏群芳变得少有的咋咋呼呼,一会儿提醒司机按喇叭以疏通道路,一会儿亲自探头出去吆喝前边不听喇叭的小孩。邻居全围拢过来,不知道发生了什么事。

"买啥好东西了?"有人问。

夏群芳说到了,叫司机停车,下来打开后车厢。"我家小夕出的书。"夏群芳像是宣言般地说,指着一捆捆的皇皇巨著,心里自满得不行,有生以来似乎以今日最为舒心得意。

"哟——"有好事者拿起一本看看封底发出惊叹,"四百块一套。十套就是四千,一百套就是四万。小夕真行呀,你家以后怕不是要晒票子了。夏阿姨你要请客哟。"

夏群芳觉得自己简直要晕过去了，她的脸热得发烫，心怦怦直跳，浑身充满了力气。她几乎是凭一个人的力气便把几十捆书搬上了楼，什么肩周炎、腰肌劳损之类的病仿佛全好了。这么多书进了屋立刻便显得屋子太小，夏群芳便孜孜不倦地调整着家具的位置，最后把书垒成了一座方方正正的书山，书脊一律朝外，让每个人一进门便能看到书名和何夕的烫金名字。夏群芳接下来开始收拾那一堆包装材料，她不时停下来，偏着头打量那座书山，乐呵呵地笑上一回。

/ 十四 /

老康站住了，他身后上方是"国际航班通道"的指示牌，身前是送行的亲友。何夕和老麦同他道别之后，便走到不远之外的一个僻静角落里，与人们拉开了距离。

"我不认为他适合江雪。"老麦小声地说了句，他看着何夕，"我觉得你应该坚持，江雪是个好女孩。"

何夕又灌了口啤酒，他的脸上冒着热气，因为酒精的作用，他的眼睛有些发红。

"他是我的同行。"老麦仿佛在自言自语，"我也准备开家电脑公司，过几年我肯定能做得和他一样好。我们这一行是出神话的行业。别以为我是在说梦话，我是认真的。不过有件事我想跟你说说。"老麦的声音大了点，"半个月前我认识了一个老外，也是我的同行，很有钱。知道他怎么说吗？他对我说你们太'上面'了。我不清楚他是不是因为中文不好才用了这么一个词，不过我最终听明白了他的意思。他说并不因为世界首富出在他的国家他就感到很得意，实际上他觉得那个人不能代表他的国家。在他的眼里那个人和让他们在全世界赚大钱的好莱坞以及电脑游戏等产业没有什么本质差别。他说他的国家强大不是在这些方面，这些只是好看的叶子和花，真正让他们强大的是不起眼的树根。可现在的情况是几乎所有的人都只盯着那棵巨树上的叶子和花，并徒劳地想长出更漂亮的叶子和花来超过它。这种例子太多了。"

何夕带点困惑地看着老麦,他不知道大大咧咧的老麦在说些什么。他想要说几句,但脑子昏沉沉的。这些日子以来,他时时有这种感觉,他知道面前有人在同自己讲话,但是集中不了精神来听。

他转头去看远处的老康,他比老康要高,但是他看着老康的时候感觉自己就像是一个侏儒,须得仰视才行。欠老康多少钱?何夕回想着自己记的账,但是他根本算不清。老康遵循着刘青的意思不要借据,但何夕却没法不记账。"你拿去用。"老康胖乎乎的笑脸晃动着,"是小雪的意思。小雪求我的事我还能不办好,啊哈哈哈。"

烫金的"微连续原本"几个字在何夕眼前跳动,大得像是几座山。每一座都像是家里那座书山。几个月了,就像是刘青预见的那样,没有任何人对那本书感兴趣。刘青拿走了一套,塞给他四百块钱,然后一语不发地离开。他走出很远之后,何夕看见他轻轻摇摇头,把书扔进了道路旁的垃圾桶。正是刘青的这个举动真正让何夕意识到微连续的确是一个无用的东西——甚至连带回家当摆设都不够格。

天空里有一张汗津津的存折飞来飞去。夏群芳在说话,这是厂里买断妈二十七年工龄的钱。何夕灌了口啤酒咧嘴傻笑,二十七年,三百二十四个月,九千八百五十五天,母亲的半辈子。但何夕内心里却有一个声音在说,这个世界上你唯一不用对她感到愧疚的只有你的母亲。

书山还在何夕眼前晃动着,不过已经变得有些小了。那天他刚到家,夏群芳便很高兴地说有几套书被买走了,是C大的图书馆。夏群芳说话的时候得意地晃着手里的钞票。但是何夕去的时候,管理员说篇目上并没有这套书,数学类书架也找不到。

何夕说:"一定有一定有,准是没登记上,麻烦你再找找。"

管理员拗不过只得又到书架上去翻,后来果真找出了一套。何夕觉得自己就要晕过去了,他大口呼吸着油墨的清香,双手颤抖着轻轻抚过书的表面,就像是抚摸自己的生命,巨大的泪滴掉落在了扉页上。

管理员纳闷地嘀咕:"这书咋放在文学类里。"他抓过书翻开封面,然后有大发现地说,"这不是我们的书,没印章。对啦,准是昨天那个闯进来说要找人的疯婆子偷偷塞进去的。"管理员恼恨地将书往外面地上一扔，"我就说她是个神经病嘛，还以为我们查不出来。"

何夕简直不知道自己是怎样回到家里的，整个人仿佛都散了架一般。他一进门夏群芳又是满面笑容地指着日渐变小的书山说："今天市图书馆又买了两册，还有蜀光中学，还有育英小学。"

这时不远处的老康突然打了个喷嚏，"国内空气太糟。"他大笑着说，然后掏出手帕来擦拭鼻子，手帕上是一条清澈的江河，天空中飘着洁白的雪花。

我伸出手去，想挡住何夕的视线，但是我忘了这根本没有用。

"老康打了个喷嚏，"老麦挠挠头说，"然后何夕便疯了。我也不明白是怎么一回事，反正我看到的就是这样。真是邪门。"

"后来呢？"精神病医生刘苦舟有些期待地盯着神叨叨的老麦。

"何夕冲过去捏住老康的鼻子，嘴里说叫你擤叫你擤。他还抢老康的手帕。"老麦苦笑，"抢过来之后他便把脸贴了上去翻来覆去地亲。"老麦厌恶地摆头，"上面沾满了黏糊糊的鼻涕。之后他便不说话了，一句话也不说，不管别人怎么问都不说。"

"关于这个人你还知道什么？"刘苦舟开始写病历，词句都是现成的，根本不必经过大脑，"我是说比较特别的一些事情。"

老麦想了想："他出过一套书。是大部头，很大的大部头。"

"写什么的？"刘苦舟来了兴趣，"野史？计算机编程？网络？烹调？经济学？生物工程？或者是建筑学？"

"都不是。是数学。"

"那就对了。"刘苦舟释怀地笑了，顺利地在病历上写下结论，"那他算是来对地方了。"

这时夏群芳冲了进来，穿着老旧的衣服，腰上系着条油腻的围裙，整个人显得很滑稽。她的眼睛红得发肿，目光惊慌而散乱。

"何夕怎么啦？出什么事啦？好端端的怎么让飞机撞啦？"她方寸大乱地问，然后她的视线落到了屋子的左角，何夕安静地坐在那里，眼神无神地浮在虚空，仿佛无法对上焦距。他已经不是以前的何夕了。

让飞机撞了？老麦想着夏群芳的话，他不知道是不是自己在机场报讯时说得太快让她听错了。

"医生说治起来会很难。"老麦低声说。

但是夏群芳并没有听见这句话，她的全部心思已经落到了何夕身上。从看到何夕的时刻起，她的目光就变了，变得沉静而坚定。何夕就在她的面前，她的儿子就在她的面前，他没有被飞机撞，这让她觉得没来由地踏实，她的心情与几分钟之前已经大不一样。何夕不说话了，他紧抿着嘴，关闭了与世界的交往，而且看起来也许以后都不会说话了。不过这有什么关系呢？何夕刚生下来的时候也不会说话。在夏群芳眼里，何夕现在就像他小时候一样，乖得让人心痛，安静得让人心痛。

## / 十五 /

我是何宏伟。

一连两天我没有见一个客人，尽管外界对于此次划时代事件的关注已经到了白热化的程度。这两天里我一直在写一份材料。现在我已经写好了。其实这两天我只是写下了几个人的名字，连同简短的说明。但是每写下一个字我的心里都会滚过长久的叹息，而当我写下最后那个人的名字时，几乎握不住手中的笔。

然后我带着这样一份不足半页的材料站到了诺贝尔物理学奖的领奖台上。无论怎么评价我的得奖项目都不会过分，因为我和我领导的实验室是因为大统一场方程式而得奖的。这是人类最伟大的科学梦想，从某种意义上讲，是人类认识的终极。

"女士们，先生们。"我环视全场，"大家肯定知道，从爱因斯坦算起，大统一理论已经耗费了科学家两百多年的时间，至少耗尽了十几代最优秀的物理学家的生命。我是在三十年前开始涉足这个领域的。在差不多十七年前我便已经在物理意义上明晰了大统一理论，但是这时我遇到无法逾越的障碍。实际上不仅是我，当时还有几个人也都做到了这一步，但是却再也无法前行。

"你们有过这样的体会吗？就是有一件事情，你自己心里面似乎明白了，但却无法把它说出来，甚至根本无法描述它。你张开了嘴，但是却发现吐不出一个字，就像是你的舌头根本不属于你。此后我一直同其他人一样徘徊在神山的脚下，已经看得见上面的万丈光芒，却无法靠近一步。事情的转机说来有几分戏剧性。两年前的某一天，我送九岁的小儿子去上学。当时他们学校的一幢老图书楼正被推倒，在废墟里我见到了一套装在密封袋里的书。后来我才知道这套书已经出版了一百五十年，但是当时它的包装竟然完好无损，也就是说从未有人留意过它。如果当时我不屑一顾地走开，那么我敢说世界还将在黑暗里至少摸索一百五十年。但是一股好奇心让我拆开了它，然后你们可以想象我当时的心情，就像是一个穷到极点的乞丐有一天突然发现了阿里巴巴的宝藏。

"我不知道这样一部我难以用语言来评述的伟大著作怎么会被收藏在一所小学里，不知道上天为何对我这样好，让我有幸读到这样非凡的思想。我只知道当天我简直失去控制了，在废墟上狂奔着大喊大叫不能自已。

"这正是我要找的东西，它就是大统一理论的数学表达式，甚至比我要的还要多得多。那一刻我想到了牛顿。他的引力思想并非独有，比如同时代的胡克就有，但是牛顿有能力自创微积分而胡克不能，所以只能是牛顿来解决引力问题。现在我面临的问题又何尝不是这样。

"书的名字叫《微连续原本》，作者叫何夕。是的，当时我的惊讶并不比你们此刻少。这是个完全陌生的名字，默默无闻。后来的事正如你们所看到的，在不到半年的时间里我发表了一系列重要论文，简直可称为神速地完成了大统一理论的方程式。甚至在几个月前，我和我的小组还试着制造出了基于大统一理论的时空转换设备。

"有人说我是天才，有人说我的发现是超越时代的杰作，但是今天我只想说一句，超越时代的不是我，而是一百五十年前的那位叫何夕的人。不要以为我这样说会感到难堪，其实我只感到幸运，因为我现在已经知道超越时代意味着什么。如果何夕生在我们的时代，根本轮不到我站在这个地方。在他的那个时代支持大统一理论的物理事实少得可怜，现在我们知道必须达到$10^9$G电子伏特的能级才可能观察到足够多的大统一场物理现象。而在何夕的时代，这是根本不可想象的，这也就注定了他的命运。

"他是个什么样的人？为何他写下了这样伟大的著作却被历史的黄沙掩埋？为了解开心中的这些疑惑，我将第一次时空实验的时区定在了何夕生活的年代。我目睹了事情的全部过程。如果诸位不反对的话我想把我知道的全讲出来。"

台下没有一个人说话，甚至听不到大声出气的声音。我轻声描述着自己近日来的经历，描述着何夕，描述着何夕的母亲夏群芳，描述着那个时代我见到的每一个人。他们在我的眼前活过来了，连同他们的向往与烦恼。我轻轻做了个手势，按照事先的约定，助手们开启了机器。

大厅暗下来，一束光线投放在了巨大的屏幕上。由于特意喷出的薄雾，光线在空中的轮廓很清晰。我凝视着这束光线，无法准确描述自己此时的心情。我知道此时此刻那束光里有无数的光子，这些宇宙间最轻盈曼妙的精灵正以我们不可想象的速度飞舞。这不算什么，每个人都看到过光子的舞蹈，但是，这一次不同，因为这些光子来自于很久以前，此刻它们经过一扇神秘的大门从过去来到了现在。它们穿透的不仅是飘浮着薄雾的空气，还包括一百五十年的时间。

是的，它们穿透了亘古的时间魔障，它们飞舞着，我甚至听得到它们在歌唱。它们本该在百余年前悄无声息地湮灭掉，就像它们的亿万个同类，但是它们循着一条奇异的道路挣脱了宿命，所以它们有理由歌唱，它们在大声呼喊"我们来了"。是的，它们来了，循着那条曲折艰难的道路，向今天的人们飞舞而来。

屏幕上的图像渐渐清晰，分为一左一右两幅画面。一边是年轻漂亮的少妇夏群芳抱着她刚满周岁的胖儿子何夕坐在公园的长椅上，脸上是幸福而憧憬的笑容。另一边是风烛残年的半文盲老妇人夏群芳，正专注地给她满脸胡须、目光痴呆的傻儿子何夕梳头，目光里充满爱怜。

尽管我想忍住，但还是流下了泪水。我觉得画面上的母亲和儿子是那样的亲密，他们都是那样的善良，而同时他们又是那样的——伤心。是的，他们真的很伤心。现在他们早已离开那个他们一生都没能理解的世界了,就仿佛他们从来就没有来过。

"如果没有何夕,大统一理论的完成还将遥遥无期。"我接着说,"而纯粹是由于他母亲的缘故,《微连续原本》才得以保存到今天,当然这并非她的本意,当初她只是想哄骗自己的儿子,将他从痛苦中解脱出来。现在想来,当时她以一个母亲的直觉,一定已经隐隐意识到悲剧就要发生,从母亲的角度她是多么想阻止它。以她的水平根本就不知道这里面究竟写的是什么,根本不知道这是怎样的一本著作,所以她才会将这部闪烁不朽光芒的巨著偷偷放到一所小学的图书楼里。从局外人的观点看她的行为,会觉得荒唐可笑,但她只是在顺应一个母亲的想法。自始至终她只知道一点,那就是——她的孩子是好的,这是她的好孩子选择去做的事情。

"我不否认对何夕的那个时代来说,《微连续原本》的确没有任何意义,但我想说的是,对有些东西是不应该过多讲求回报的,你不应该要求它们长出漂亮的叶子和花来,因为它们是根。这是一位母亲教给我的。母亲对自己的孩子从来都不曾要求过回报,但是请相信我们可爱的孩子终将报答他的母亲。"

我看着手里的半页纸,上面的每一个名字都是那样的伤心。"也许我们应该永远记住这样一些人。"我照着纸上写的往下念,声音在静悄悄的大厅里回响。

"古希腊几何学家阿波洛尼乌斯总结了圆锥曲线理论,一千八百年后,德国天文学家开普勒将其应用于行星轨道理论。

"伽罗华公元1831年创立群论,当时的学术界无人理解他的思想,以至于论文得不到发表。伽罗华年仅二十一岁英年早逝,一百多年后群论获得具体应用。

"凯莱公元1855年左右创立的矩阵理论,在六十多年后应用于量子力学。

"数学家J.H.莱姆伯脱、高斯、黎曼、罗巴切夫斯基等人提出并发展了非欧几何。高斯一生都在探索非欧几何的实际应用,但他抱憾而终。非欧几何诞生一百七十年后,这种在当时一无用处、广受嘲讽的理论以及由之发展而来的张量分析理论成了爱因斯坦广义相对论的核心基础。

"何夕独立提出并于公元1999年完成了微连续理论，一百五十年后，这一成果最终导致了大统一场理论方程式的诞生。"

在接下来长达十分钟的时间里，整个大厅里没有一丝声音，世界沉默了，为了这些伤心的名字，为了这些伤心的名字后面那千百年寂寞的时光。

我拿出一张光盘："何夕在后来的二十年里一直都没有说过话，医生说他完全丧失了语言能力。但是我这里有一段录音，是后来何夕临死前由医院录制作为医案的，当时离他的母亲去世仅仅两天。我们永远无法知道，究竟是因为何夕在母亲去世之后失去了支撑呢，还是他虽然疯了但却一直在潜意识里坚持着比母亲活得长久一点——这也许是他唯一能够报答母亲的方式了。还是让我们来听听吧。"

背景声很嘈杂，很多人在说话。似乎有几位医生在场。

"放弃吧。"一个浑厚的声音说，"他没救了，现在是十点零七分，你把时间记下来。"

"好吧，"一个年轻的声音说，"我收拾一下。"年轻的声音突然升高，"天哪，病人在说话，他在说话！"

"不可能，"浑厚的声音说，"他已经二十年没说过一句话了，再说他根本不可能有力气说话。"但是浑厚的声音突然打住，像是有什么发现。周围安静下来，这时可以听见一个带着潮气已经锈蚀了很多年的声音在用力说着什么。

"妈——妈——"那个声音有些含糊地低喊道。

"妈——妈——"他又喊了一声，无比的清晰。

# 审判日

我们最终的目的是让每一个人都接受审判。在我们先民的时代这并不是必须的，那时人类的灵魂里还没有那么多罪恶需要用审判这种最为极端的形式来荡涤。而到了今天，我觉得除了审判之外，没有任何事情能让这个世界有所改观了。

我今日呼天唤地与你作证，我将生死祸福陈明在你面前。

所以你要选择生命啊，让你和你的后裔得以留存。

——《旧约全书·申命记》

/ 一 /

"如果你上辈子是一个坏人，比如说总是忘记太太的生日或是爱占别人的小便宜，那么公正而万能的上帝就会让你这辈子事事不顺，处处吃亏忍让，也就是说你将是一个好人；如果你有幸在上辈子过着坏透了的生活，那么毫无疑问，因果报应的力量会让阁下这辈子除了诸如解放全人类之类的苦差事外恐怕无事可干。请欢迎我们前世的罪人何夕先生！"

何夕不知道蓝一光什么时候变得这么会调动气氛，印象中他的这个助手并不是能言善道的人。何夕缓缓走上前台，恍惚间他觉得这几米的距离长得就像是人的一生。

"女士们，先生们，今天我站在这里首先想起了一个人，那就是我的母亲。关于她，我最不能忘记的是她离开这个世界的时刻，可以说我一直都在赞美那一刻。"何夕停顿了一下，一阵意料中的嘈杂声响了起来。

"请原谅我这么说，但这是真话。那无疑是我一生中最重要的一刻，其重要性肯定超过了我的诞生。在那之前，我和无数生活在这个科技时代的人过着几乎一样的生活，我知道地球是圆的，宇宙里有无数的星球；生命是由遗传密码控制的大分子序列，是由那些冰冷的元素在亿万年的亿万次碰撞中偶然聚合出来的。我也相信这一切，即使在今天，谁都不能说这一切是错的，但我觉得我可以说这一切也许是不应该的。

"我丝毫没有跟各位开文字玩笑的意思。我想问各位一个问题，从这些正确的科学理论出发，我们应该怎样生存呢？很显然，我们能得出最重要的一点就是生命的两极是生与死，生前与死后对生命而言没有意义。这听起来像是废话，但我却觉得这人人皆知的道理恰恰是我们这个世界多灾多难的最大根源。

"当年法国国王路易十五曾说过：'在我死后哪管洪水滔天'，从这点上讲，他是一位绝对正确的、科学的无神论者。可是如果一个人多读几遍历史就会发现，这个世界上最可怕的事情，正是无神论者干出来的。当一个国王像路易十五那样思考的时候，他唯一的可能便是成为恶魔一般的暴君，历史也证明了这一点。而如果一个普通人也这么想，那么他就会毫不犹豫地把糖水当成奶粉卖给那些贫穷的母亲，然后心安理得地看着婴儿死去。

"现在回过头来再说我的母亲，她只是一个普通的基督徒。我永远记得母亲去世时的情形，她从连续几日的昏迷中突然苏醒，吩咐我们去找牧师来。但牧师来了之后，她却又拒绝忏悔，说这一生没有做过需要忏悔的事情，天堂里早已安排了她的地方。直到今天我仍无法形容当时的感受，只觉得母亲的脸庞笼罩着一层淡淡的光芒。也许是幻觉，我觉得她的脸白净得已经透明，让人感到必须要仰视。

"除去那些在昏迷中告别人世的人以外，母亲的去世是我所见过的死亡里最宁静、祥和的。我心中很奇怪，没有一丝面对死亡的痛苦，倒像是送母亲到一个美好的去处，也许就是她说的天堂。

"后来我常想，也许人的死亡本该就是这样，也正是从这一天起，我不再是一个无神论者了。我开始相信在我们的智慧以外的某个地方存在着我们永远无法了解的力量，这种力量才是这个世界上真正的智慧者和审判者。或者说应该存在这样一种力量，因为丧失了最终审判的世界不是一个公正的世界。

"再次申明一点，我不是要请回基督，实际上我也做不到这一点，但我们将请回基督的末日审判台，我们要让好人享受福报，让坏人堕入地狱，让死者开口，让沉冤昭雪。当审判日到来的时候，人们将亲耳听到来自天国的声音，所有过往的一切会如同重放的电影般陈列于眼前，而仁慈的主会用他公正的力量对人世间的一切做出宣判。"

何夕停下来，四周安静极了。他挥挥手，示意助手协助，大厅正前方的半空中立刻出现了一个何夕的三维头像。听众席上出现了"嗡嗡"的声音。

何夕笑了笑："现在我要在这里演示一下我们多年来的工作成果。

这是一套叫作'审判者'的系统。它的原理非常简单,谁都能听懂。现在各位看到的这个"人"并不是通常我们所认为的,只是一个虚像,严格地说,那就是我本人,因为在这个人像后面起支撑作用的计算机里,储存着我全部的记忆。"

何夕捋起额前的头发,一根黑色的细管显现出来:"这是一根天线。我想先阐明的一点是,大约在20世纪的时候人们就已经知道,思维和记忆活动作为精神运动,其实总是伴随着脑电波以及细胞间物质交换等物质运动。换言之,我们能够通过分析可以定性、定量的物质运动,来达到洞察精神活动的目的。当时的人们已经通过脑电波的形状来分析人的精神状态的好坏,比如认为阿尔法波形表示人的精神状态最佳。简明扼要地讲,这实际上是个解码的过程。现在我找到了一些更完善的方法,可以精确解释每一次物质运动后面对应的精神运动。我的脑中植入了一块叫作'私语'的生物芯片,它能截取我脑中每时每刻的记忆,并通过这根天线实时地发送到当代功能最为强大的电脑中储存起来。"

听众席再度传出低低的议论声,何夕不得不停下来。这时一位年纪不大、记者模样的人突然站起来说:"你是说这机器是一台读心器?"

"大致是这样——如果你愿意这么说的话。"

小记者走上前凑到何夕耳边低声说:"何夕是个骗子。"然后他走到头像跟前问道,"说吧,刚才我最后一句说的是什么?"

"何夕是个骗子。"头像的声音由电脑合成,有些瓮声瓮气。

四周传来一阵意料之中的讪笑,小记者十分得意。

何夕平静地问道:"你是说的这句话吧?"

小记者胸有成竹地说:"是这句话没错。不过这种把戏几十年前就有人玩过了。我打赌在你的身上藏有微型窃听器,头像的话只不过是你的同伙作的配合罢了。"

人们的笑声变得有些肆无忌惮了。

但是一个声音很快结束了这种混乱场面。头像瓮声瓮气地说:"你一定喜欢吃大蒜,刚才我闻到你的嘴里有高浓度的臭味。"

周围立时安静下来,小记者下意识地捂住了自己的嘴,这次他的脸真的红了。众目睽睽之下，头像的这种感受除了直接从何夕的大脑中取得外，别无他途。一丝很浅的笑意自何夕的嘴角漾起，小记者口中的大蒜味的确难闻，头像的抱怨一点儿也不夸张。

于是接下来的一切自然而然地变成了喜剧。观众沸腾了，他们对头像提出一个个稀奇古怪的问题，诸如"何夕有多少钱""何夕是不是处男""何夕睡觉磨牙吗"等等。不过对这样的问题他们得到的回答一般都是一句"无可奉告"。

何夕不得不站出来解释道："不要说是一个活着的人了，即便是死去的人的内心世界都应该得到保护。如果没有得到法律的许可，我认为谁都无权公布他人的内心世界。今天为了这个发布会，我们特意开放了部分数据，但只限于一些很平常的记忆，请大家不要再询问刚才那些问题了，那都是些没有开放的数据。不过不管政府以后制定什么样的法律，反正等我离开这个世界的那一天，我倒是不反对解答各位的所有类似问题。"

/ 二 /

走道被挤得水泄不通，闹哄哄的人群始终不肯散去，组织者不得不动用警卫才将何夕护送回六十公里外的实验室——其实也算是何夕多年来的家。

何夕刚走进办公室，政府方面的代表马维康参议员就走过来和他握手。马维康大约六十出头，头发花白、精神矍铄，眼睛看人的时候常眯成一条刀样的缝。政坛上的多年沉浮使得他脸上的表情没有任何可供他人参考的东西。何夕知道这都是表象。说起来他们是患难之交，马维康是政府方面少数几位对审判者系统持支持态度的人，并且因此还受到不少非难。他一直会同几名议员游说政府批给研究经费，在几年前何夕处境最艰难的时候，他还让他的女儿马琳中断了医学博士的学业，给何夕当助手。

"欢迎我们的上帝先生。"马维康半开玩笑地说，"在你面前我感到自己就像是真理，我的意思是说，赤裸裸的。"

何夕捋起自己额前的头发指着那根黑管说："那得等到你们批准给所有人都装上这个东西才行，至少到目前为止，你还是穿着衣服的。"他顿了一下，"到时候给你选个花白颜色的天线，跟头发相配。"

马维康议员想了一下："但愿人们能理解这一切。"

"没有人会理解。"何夕接着说，"没有几个人喜欢把自己脑子里的东西翻出来晒太阳，即使里面早就长满了霉菌。这也是我愿意同政府合作的原因。如果政府不通过立法来推行，我是毫无办法的。"

"你想把我们拉进来作你的挡箭牌？"

"我敢肯定只要实施这个计划，我马上就会成为众矢之的，搞不好会被说成是法西斯和希魔第二。但我是不会后悔的。'审判者'虽然防不了天灾，但绝对可以避免给人类带来巨大灾难的人祸。实际上人类到现在为止的历史完全就是一本糊涂账，我认为仅仅依靠像中国古代的司马迁一样敢于拼命的史家，是无法还历史以真面目的。脆弱的真相常常无法得到保留。"

"我懂你的意思。不过政府内部对于这套系统持反对意见的人占了大多数。另外还有件事，"马维康耸耸肩，"的确有人说你是希特勒第二。"

何夕冷笑出声，情绪有些激动："如果当年有'审判者'系统，希特勒根本就上不了台，他脑子里的那些东西如果预先让德国人民见到的话，又哪来的第二次世界大战？"

这时马琳从门外走了进来，她二十八九岁的样子，明眸皓齿、长发飘飘，一身得体的衣服将身材的娇美衬托得恰到好处。看到何夕正在她父亲面前发火，她有点不知所措："怎么吵上了，好像你们俩一见面就没有清静的时候。"

当何夕情绪激动的时候，马琳是少数几个能令他平静下来的人之一。马琳是何夕见过的女人中称得上"美丽"的少数人之一。何夕一向认为漂亮女人不少，但"美丽"的女人就更罕见了——漂亮只涉及外表而美丽与否却关乎整体。

"我已经说服政府给你追加了一些经费，不过我不能向你保证什么。政府方面由我去努力，你们专心搞好研究就可以了。"马维康说到"专心"二字的时候似乎有深意地瞪了马琳一眼，让何夕不由得感到一阵心跳。

马维康走后，屋子里就只剩下何夕和马琳，马琳看了他一眼说："如果没有别的事我先出去了，明天上午实验室见。"

何夕按捺住心中的失望点点头，然后便听到了她出门后碰上门锁的声音。他掏出香烟准备点上却犹豫了，因为屋子里还残留着一股好闻的气息，何夕知道那是马琳最爱用的香奈尔香水。十年前，他在事业上放逐自己的同时也将自己放逐到了感情的荒漠地带，但是十年后的今天，在这个值得纪念的夜晚，一些久远的东西却在他的心中不可抑制地泛起，让他意识到三十六岁的自己身上其实还蕴藏着另一种让人无法抵抗的激情。

门铃响了。何夕满怀期待地去打开门，然后他看到了马琳如花的笑靥，她手里拿着一壶新煮的咖啡。

## / 三 /

上午八点十分，何夕进入位于基地主楼的一号实验室。在过道里他听到窗外传来一阵喧哗，中间夹杂着蓝一光的声音。何夕好奇地向窗外望去。警卫正在阻止一群人进入基地，他们手里都拿着抗议条幅，上面出现最多的几个字是"神圣思权阵线"。这好像是一个新近成立的组织，目标正是"审判者"。

对方的领导者是一个叫崔文的年轻人。何夕知道以现在人类的心智水平而言，没有谁会愿意他人探知自己的内心世界。但常人的隐私无非分两种，一种是于人无害但却于己有羞，一种则于人有害。对后一种无疑是正义社会应该千方百计调查清楚并提早预防的，对前一种的态度则完全受社会进步程度的影响。何夕认为当"审判者"系统获得广泛应用之后，人们的思想将随之发生极大的改变，届时人们对他人的一些闪念之间的恶念将持宽容得多的态度。

单从相貌上看，崔文可以说相当吸引人。他大约三十刚出头，蓄着顺眼的络腮胡。"性感男人"，看着站在他面前的崔文，不知为什么何夕心里突然闪过这样一个词，一丝按捺不住的笑意从他的嘴角荡漾开来。他说："我觉得你们并不清楚什么是'审判者'。"

崔文摆摆手："请不要用这种居高临下的态度和我们讲话，在这个问题上，我并不认为你比我懂得多。我曾经在政府科研部门工作过，和你的研究方向是一样的。"

何夕来了兴致："我知道政府以前研发过一个类似的系统，后来因故停止。你怎么会和自己曾经努力的目标过不去呢？"

"我只认定一点，那就是任何人都无权透视他人内心所想。"

看着崔文，何夕心里居然很奇怪地有种面对老友的感觉。他知道个中缘由很简单，因为崔文像极了十年前的自己。那种说话的语气、那种自以为只要手中握有真理就敢向整个世界挑战的让人想笑却又有几分感动的激情，还有那脸红的样子、飞扬的眼神。何夕目不转睛地盯着崔文的脸看，他觉得自己简直是喜欢上这个"持不同政见者"了。

崔文真的感到愤怒了，何夕莫名其妙的态度让他无法平静下来，他大声说道："尽管你现在是一个名人，可是在我看来你表现得又狂妄又虚伪。我们来这里只是想告诉你，也许你认为自己可以扮演救世主的角色，但不过是一厢情愿罢了。实施你的系统只会禁锢人类的思想，把所有人都变成头脑空白的伪君子和卫道士，后果比中国古代的"文字狱"要严重百倍。你的失败是迟早的事情。"说完他转身离去，背影竟然潇洒得令何夕移不开眼睛。

何夕还在发愣，过了几秒钟，他突然大声对那个潇洒的背影说道："那你为什么不留下来亲眼看看狂人的覆灭。"

/ 四 /

墙上的大屏幕正在演示记忆的物质过程。实验的样本采自两天以前，受试对象同以前一样，也就是说是何夕自己。何夕愿意看到自己内心不可见的记忆被"审判者"系统通过可观测的物质运动抽取并归纳成条理清晰的内容。何夕曾经花时间考证过人类对自身思维的认识，结果发现一个有趣的现象——那就是世界许多民族的人最早都是把心脏当成思维器官。

中国古代的大哲学家孟轲曾说过："心之官则思，思则得之，不思则不得也。"古希腊哲学家亚里士多德也认为心脏是思想和感觉的器官，而大脑的作用只是让来自心脏的血液冷静而已。直到公元2世纪的时候，希腊一位名叫盖伦的著名医生才开始认识到大脑才是思维的器官，但大脑究竟如何产生思维的，对他而言还是一个不解之谜。直到19世纪之后，对大脑功能的研究才真正走上正轨。通过法国医生布罗卡，俄国生理学家贝兹、谢切诺夫、巴甫洛夫等人的卓越研究，才使得大脑的神秘面纱初步被掀起。

何夕想到这些先行者的名字的时候，心里很自然地升起敬慕之情，因为他现在就站在这些巨人的肩膀上。但他同时也不无自信地想到，自己很可能将成为这场旷日持久的奋斗历程的终结者，因为何夕毫不怀疑自己将要成为揭开大脑思维记忆这一千古之谜的人。

屏幕上是部分脑细胞的三维显微图像，可以作任意角度的旋转和任意比例的放大以及任意比例的时延。如果何夕愿意的话，他甚至可以把镜头推到其中的某个大分子内部去作一番游历。实际上何夕之所以能取得目前的成果，和眼前这种分辨率达到原子级别的计算机仿真显微技术是分不开的。

经过几代人的努力，人们已经知道人的思维和记忆都是由大脑的多个部位来共同负责的。就记忆而言，大脑皮层的颞叶和额叶以及海马体都与记忆的产生有关，也就是说，这些部位受损后人将无法记住刚刚发生的任何事情，但不一定会遗忘以前记住过的事。研究发现长期的记忆对应着神经元细胞的结构性改变，正是这一点成了"审判者"系统的理论基础。"审判者"正是通过分析神经元细胞的这种结构性改变来抽取人的记忆。

几年来，何夕领导着这个实验小组记录并分析了几十亿个神经元细胞的结构图谱，包括它们之间相互组合所形成的更为复杂的网络，从中破译出了各种不同结构所对应的记忆内容。任何人都可以想象得出这是一个多么庞大的工程。他们终于走上了正轨。正如演示的那样，"审判者"已经是一个接近实用的系统了，现在剩下的都是些完善工作。

在充满了整个屏幕的细胞内，可以看到棒状的线粒体正在剧烈地"燃烧"，由葡萄糖酵解而来的丙酮酸在三羧酸循环中释放出大量的三磷酸腺苷，这是一切生理活动的能量来源。长有几千到上万个突触的神经元细胞相互纠结着，如果仔细观察会发现，没有任何两个神经元细胞之间有原生质联系，也就是说它们都只是通过突触"碰"在一起。每一个神经元细胞内都满布着无数钾离子、有机大分子及少量钠离子及氯离子，而细胞外则布满无数的钠离子和氯离子，离子间保持着动态的电化学平衡。

何夕知道此时在细胞膜上的电压是负七十毫伏，正是这个电压维持着离子间的平衡。忽然，从某个树突传来刺激，导致神经元细胞膜上某个局部的电压突然减小到了临界值，细胞膜外的钠离子开始向细胞膜内扩散，膜电位也由负变正。随着膜电位的升高，细胞膜对钠离子的通透性又急速下降，对钾离子的通透性却增加，最终又恢复到了开始的平衡状态，整个过程都在一毫秒内完成。

虽然一切还原，但并不意味着什么事情都没有发生过，因为刚才的那个电位倒转将造成毗邻的细胞膜发生相同的过程，从效果上看就是刺激导致的电信号会沿着神经纤维以每秒九十米的速度不衰减地传输出去，直至下一个相邻的神经元细胞，并最终到达神经中枢。

就在这个瞬间，最原始的记忆已经产生了，由于神经细胞的惰性作用，电信号实际上已经轻微地改变了神经元细胞突触的结构。其原理非常类似于眼睛的视觉暂留现象。当然，如果事情到此结束的话，这种结构变化会很快消失，如同一根被外力压弯的树枝会逐渐复原一样，结果表现为记忆消失了，比如人们并不会记得自己眼里看到的每一幅图像。但是如果这种改变因为某种原因受到强化的话，就可能发展成长期的记忆。这时的神经元细胞的突触将形成复杂网络，如果日后感受到某些相关刺激的话，就会激起复杂网络的活动，重现过去的经验，这也就是所谓的"想起"的机制。

大约又过了二十分钟才演示完了那个片断，而这实际上只是发生在神经元细胞里的不足零点一秒的过程。同时计算机的分析结果也出来了，电子合成的声音听起来有点发闷："高温，灼烧，肘部皮肤，摄氏一百三十二度，时间持续零点二秒。"

何夕满意地点点头，实验样本正是采集了他被一个高温物体短时灼烧的过程。当然他自己是不可能知道物体的准确温度以及持续的准确时间，但计算机可以根据刺激的强弱程度测出这个温度和时间。何夕想这也不能算是什么缺陷，最多可说是"审判者"系统在对人的记忆描述上的拟真度还不够高而已，看来马琳还应该在模糊计算模块上再多做些改进。

这时有一名警卫走进来低声对何夕说："马议员打电话说他马上要来，另外——"他转头看了看不远处的崔文——他正目不转睛地看着屏幕，欲言又止。

何夕有些不悦地皱眉："这里没有外人，你尽管说。"

警卫犹豫了一下，还是凑到何夕耳边用很低的声音说："总统先生和他在一起。"

## / 五 /

总统看上去比传媒里的形象要显得疲倦，一丝丝忧虑的神色在他的眉宇间浮现。这是何夕第一次在这样近的距离看到这位拥有巨大权力的人。

"听说你们搞出了一样新奇的东西，可以读出别人的思想。"总统温和地微笑着说，"我觉得这很有趣。"

何夕觉得总统的话里有一个他很想提出异议的地方，他犹豫了一下还是开口道："请原谅，总统先生，我认为'审判者'不应该只用来读别人的思想，我的意思是说，如果政府在最后的立法里使得任何一个人享有审判豁免权的话，都是不公正的。如果是那样，我不介意亲手毁掉这个我为之努力了十年的系统。"

总统吃了一惊，眼前这个目光坚定的科学家让他有些意外。本来他没有到这个实验室来的计划，只不过因为马维康议员竭力建议并且顺路罢了。但他现在倒是来了兴趣，而且是大大的兴趣。他直视着何夕说："你真认为我们有必要去审判每个人的内心世界吗？我是说，以前我们没有这样做不也过来了嘛，让每个人独享自己的心灵不好吗？"

"问题在于这个世界上并非所有的心灵都是无害的，其中一些肮脏、龌龊乃至剧毒的东西是需要用审判的形式来彻底洗涤干净的。想想古往今来的那些欺世盗名者，那些自诩为人民大救星背地里却男盗女娼丧心病狂的独裁者，那些创立邪教危害世人的骗子，那些丑恶的心灵都应当得到审判。"

总统的脸上闪过一丝尴尬的笑容："你说的这些我也有同感，问题在于，严格地讲，这个世上可能没有一个人能经得起审判。有谁一辈子都没有做过亏心事呢？"

何夕点点头："我承认你的说法。但你用了'亏心事'这个词，如果一个人在记忆里对做错事有亏心的感觉，那么起码来说他还是有良知的。而如果这件事并非十恶不赦的话，那么我想'审判者'系统把这件事情从他的记忆里发掘出来，对他而言并不是一件坏事。

"我不同意这个世界上没有人可以经得起审判的说法。对真正虔诚的宗教徒而言，审判本来就是他们盼望已久的事情。无神论者用各种手段甚至动用国家机器打碎了人们心中曾有的天堂与地狱，自以为这才是科学的态度，但无数事例已经证明，世界上最可怕的事情正是那些心中没有信仰也从不相信报应的人干出来的。宗教里的天堂和地狱也许是荒诞不经的，但是如果承认它们的存在能够让人们的心灵得到寄托、行为受到向善的规范，那么又有什么不好？

"有人曾经问我，为什么欧洲在宗教最盛行的中世纪恰恰最黑暗，我的看法是，正是由于没有一个现实的终极审判存在，所以不排除宗教里的某些掌权者根本就不是真正的信徒。其实所有宗教最重要的教义就是终极审判和彼岸世界，而其他一些东西，比如唯心的认识论、自虐式的禁欲等等，基本上是无用甚至是有害的，正是这些东西导致了中世纪的黑暗。"

总统很认真地听着，没有插一句话，在马维康的印象中这是很罕见的。许久之后他才有些不舍地站起身，对马维康说："我看可以给这个系统追加一些经费，你叫人写一份报告给我。"他转过头看着何夕，"我必须要说的是，你让我想到了以前不曾注意到的一些东西，改变了我对某些事情的看法。"

何夕淡淡地笑了笑，握住总统伸过来的手："你也改变了我的一些看法，原来世界上还是有可以理喻的政治家的。"

总统用力握了握手："如果这算是恭维的话，我接受它。当然，如果那个被叫作'审判者'的系统能证明这番话是出自你的真心,我将更加高兴。"

## / 六 /

蓝一光冲进办公室,脸上的神色很焦急:"这段时间我调查了一下崔文的背景,发现他很不简单。他曾经是'深思'系统的一名助理研究员。"

"深思。"何夕念叨着这个名词,他知道这是政府几年前资助过的一个项目,后来因故停止。"崔文说过他从事过与我们类似的工作,这么说他很诚实,没有撒谎。"

蓝一光不想掩饰自己的不满,他实在想不通何夕为什么信任崔文,那个大胡子崔文根本就是一个危险人物。

"问题在于,"蓝一光不自觉地提高了声音,"有报告称崔文可能就是最终导致'深思'系统失败的人。我们还是赶他走吧。"

"可是那个报告并没有肯定他就是破坏者。有一点你们想过没有,现在'审判者'系统面临的最大难题已经不在技术上,而在于人们接受与否。这个视'审判者'系统为洪水猛兽的崔文的转变正好可以作为一个示例。我正是因此才留下他的,我希望说服他。"

这时突然从门外传来一声异样的响动,何夕警觉地走过去拉开房门,看到崔文慌张的背影正飞快地离去。

今天是《世界新论坛报》预约采访的日子,何夕简单地准备了一下便随同两名警卫一道前往报社。快要出门的时候他想了一下,然后朝着正在不远处闲逛的崔文招了招手说:"和我一起去吧。"

崔文稍稍犹豫了一下,似乎不明白何夕何以叫上自己,但他并没有问什么。

汽车在海滨公路上飞驰着,一名警卫负责驾驶,另一名则警惕地注视着周围一切可疑的现象。道路两旁秀丽的景色不断向后退却,湿润的空气中充满了海边特有的清新味道。何夕发现崔文坐得笔直,与自己保持着相当的距离。他不禁哑然失笑，觉得这个年轻人有趣得很。

"你是不是觉得我是一个偏执狂之类的角色？"何夕饶有兴致地看着崔文。

崔文没有回答，眼睛仍然直视着前方，但这种态度等于默认了何夕的问题。

"我们有麻烦了。"这时坐在前排右边的警卫突然说道，他抽出了腰上的手枪，"后边有辆白色轿车已经跟了我们足有十分钟了。"

何夕回头看去，的确有辆车跟在后面。这段路是最荒僻的路段，警卫的担心不无道理。何夕还在犹疑的时候，听到耳边响起了震耳的枪声，在本能的驱使下他伏下了身体。

警卫开启了卫星定位紧急报警系统。枪战仍在继续，汽车在公路上剧烈地扭动着前进，有几次何夕的头都撞到了坚硬的物体上，令他差点晕过去。他听到其中一名警卫发出了中弹的惨叫，鲜血溅湿了他的手，感觉滑腻腻的，空气中弥漫着甜腥腥的味道。就在何夕以为这次自己在劫难逃时，他听到了直升机的轰鸣声。

一切都过去了，何夕站在了道路旁，面对着山崖下犹自冒着浓烟的白色轿车的残骸。荷枪实弹的士兵还在作最后的检查，听他们说车里共有四个人，但都已经死了，两名警卫一死一伤。崔文额上擦了一道口子，并不碍事，但显然惊魂未定。

## / 七 /

《世界新论坛报》的资深专栏记者廖晨星快人快语地说："我主要想知道'审判者'系统的实用性。我听说你似乎很热衷于审判我们的政治家。恕我直言，我总觉得'审判者'系统像是把双刃剑，一方面它可以像你说的那样惩恶扬善，但另一方面，如果它被人利用的话又会带来更大的恶行。不知道我是否准确地表达出了我的意思。"

何夕一愣，但他马上就明白了廖晨星的意思，同时他也意识到廖晨星之所以能够成为资深记者，的确有他的过人之处。"你是说当有朝一日

'审判者'成了我们这个世界上评判善恶的唯一标准之后……"

廖晨星目光中含有深意："你能保证'审判者'系统能够毫无错误地行使它至高无上的审判权吗？"

何夕神情自若地说："虽然我想不出你担心的情况会如何发生，在技术上我认为'审判者'系统是无懈可击的。但我可以肯定的是，如果有朝一日'审判者'系统有愧于它的名字的话，我愿意亲手毁掉它。"

廖晨星有些意外地抬起头来看着何夕，他听出了何夕这句话里的诚意。

何夕接着说："我们最终的目的是让每一个人都接受审判。在我们先民的时代这并不是必须的，那时人类的灵魂里还没有那么多罪恶需要用审判这种最为极端的形式来荡涤。而到了今天，我觉得除了审判之外，没有任何事情能让这个世界有所改观了。在大街上、在世界的各个角落，你能看到什么呢？反正我总是看到无数末世浮华的东西。无神论消灭了两端的天堂和地狱，只给人们剩下没有过去也没有未来的俗世。我只想大声为上帝的智慧赞叹，他竟然在人类诞生之初就看到审判将是人类最终的宿命。"

尽管整个采访过程都有录音，但廖晨星还是飞快地在小本上写着什么。以廖晨星多年的经验，何夕这个人是足以信赖的。在他看来，何夕也许应该算是一个愤世嫉俗者，不过却是那种希望这个世界变得更好的人，这就和另外那些站在世界的边缘诅咒这个世界的人有了天壤之别。

/ 八 /

这段时间何夕感到蓝一光对自己有点儿冷淡，几乎到了他不主动询问就无话可说的地步。何夕心知自己的这个助手脾气十分倔强，但他想也许过几天就会没事了。今天是休息日，马琳说她打算陪蓝一光出去散心，顺便劝劝他。何夕当即毫不犹豫地表示同意，因为这正是他的想法。

蓝一光和马琳离开后，何夕突然有股想要立刻工作的冲动。实际上在休息日他很少会这样想，但今天他不想浪费这种热情。

与一般的计算中心不同，"审判者"并没有一个统一的主机系统，环绕在控制台四周的几百台计算机共同构成了"审判者"系统的神经中枢。它们都是平权的，也就是说它们之间是合作而非从属的关系。它们的这个特征类似于脑细胞之间的关系。"审判者"系统的全部信息资料以及用于分析破译人类记忆行为的电脑软件就储存在这个机群里。平时何夕很少过问程式细节，因为自从马琳加入了"审判者"系统的开发并且表现出了极高的计算机水平之后，他就很少有机会展现他的才能了。

何夕随意地打开了一段程式快速地浏览，马琳行云流水般的编程风格令他赞赏不已。电脑屏幕上不断滚过一行行的代码，在何夕看来那简直就是一串串悦耳的音符。

何夕突然停了下来，目光盯在了屏幕上。有一个地方有被改动的痕迹，记忆非真实性的判断阈值从九十四变成了八十九。应该讲这只是一个极小的改变，带来的结果是对受试对象的记忆非真实性的判断要求降低了五个百分点。

当阈值为一百的时候，受试者全部的记忆都将受到最严格的检验，即便是有百分之九十九的可能性是想象或是梦境的记忆，都会被认为是有效的，必须予以注意的，也就是说每个人的每一丝记忆都不会被放过。由于这个世界从本质上讲是一种概率性的存在，所以引入阈值是绝对必要的措施。

何夕主张尽可能高地设立阈值，他曾一度将判断阈值设成了九十九，但他很快发现这样做的结果是"审判者"系统变得极端幼稚，在实验中记录下了无数莫名其妙的东西。比方说将何夕从小到大所做过的梦全部写进了实验报告——即使它荒诞离奇到无以复加的地步。

在阈值这个问题上，何夕还与蓝一光有过一次争论，蓝一光认为应该设定较低的阈值，比如说九十一二或者八十几就能够达到审判的要求了，这样可以剔掉受试者那些毫无意义的记忆内容。最后的结果是大家都做了让步，何夕放弃了他曾坚持的九十六，蓝一光也同意采取一个相对较高的阈值，这也是后来采取的九十四这个阈值的由来。

但是现在这个阈值被更改了。进入计算中心大门的密码每天都不一样，它由一个精心设计的密码公式每天产生。知道这个公式的人只有三个，除了何夕就是蓝一光和马琳。看来更改者应该是他们中的一个。不过何夕想不明白他们有何必要瞒着他作这样的修改。何夕不自觉地摇摇头，心想也许因为崔文的事情使得马琳和蓝一光与自己有了嫌隙。想到这里，何夕不禁感到微微汗颜，想自己是不是应该找时间和他俩心平气和地谈一谈。

这时突然从合金门的方向传来门开启的声音，何夕有些吃惊地回过头去。走进门的那个人看到何夕时，脸上的惊讶程度丝毫也不亚于他。

那个人是崔文。

"怎么——你会在这里？"崔文语无伦次，事出突然，他有些不知所措。

"你是说我不该在这里？"何夕保持着平静，他觉得今天崔文脸上的络腮胡子看上去没有以前那样顺眼了。"你的确很善于观察，知道我在休息日都是不工作的。"

"噢，我不是这个意思。"崔文挠挠头皮，似乎也觉得此情此景不好解释，不过他很快就恢复了正常的语气，"我是无意中知道计算中心的密码公式的，当然，没经过你的允许我不该使用这个密码。但是，谁都有好奇心。"

"无意中知道的……"何夕重复着崔文的话，意味深长地说，"如果无意地试探差不多七百万亿次的话，你的确可以找出这个密码公式。"

崔文仍然是满脸无辜的样子，凭何夕的阅历竟然无法看出他的这副表情是装出来的，而他越是这样就越让何夕感到可怕。

"好吧。"过了一会儿之后，崔文缓缓开口道，"现在我要走，你总不会再拦着我了吧？"他顿了一下，语气变得微妙，"不过说实话，你令我难忘。"

/ 九 /

和心仪的恋人在海滨漫步总是令人感到惬意的，即使你的身后不远处紧紧跟着两名身形彪悍、荷枪实弹的警卫人员。夕阳的斜辉把沙滩染成了金黄色，海浪一波波地涌上来，又一波波地退下去，在沙滩上留下道道鱼尾样的花纹。

何夕的眼光滑过马琳光滑的手臂，停在她娇美的脸庞上，斟酌着开口道："以前为了工作，我曾经放弃了家这样东西，并且自以为这样做非常正确，但是现在我不这样想了。"何夕轻轻握住马琳的手，"嫁给我吧。"

马琳低下头，过了许久才轻声地说道："就在前天，也是在这个地方，蓝一光说了跟你几乎完全一样的话。"

何夕有些颓然地坐倒在沙滩上。蓝一光，怎么会是蓝一光？尽管已经是好几年前的事情，但何夕还记得自己最初见到蓝一光的情景。那时何夕的实验室还只是一处租住的狭小公寓，刚从一所名牌院校毕业的蓝一光从朋友那里听到了何夕的一些事情，然后这个本来不用为前程担忧的年轻人便鬼使神差地找到何夕，要求加入他的研究。用蓝一光自己的话来说，是"这件充满风险的工作听起来让人着迷"。当然，因为这句话，蓝一光后来陪着何夕吃足了苦头，但他从没有动摇过。在何夕看来，蓝一光无疑是一个好助手，他也知道，蓝一光的智力水平虽然不算低，但对于从事"审判者"系统的研究却还是不够，马琳或是崔文都在他之上。但是何夕在心里非常喜爱这个助手，他虽然不够聪明但既专一又踏实。

"算了。"何夕洒脱地站起身，"这个问题太复杂了，超出了我的控制范围，还是把它放在最后来解决吧。现在我想到一个问题，从你的角度看，'审判者'系统对于记忆真伪判定的那个阈值应该定为多少？"何夕说到这里停顿了一下，"这段时间我一直在想这个问题，我的意思是，可能我这个人有时会显得太偏激了，九十四会不会高了点。"

"那个值的确太高了。其实根据我们的实验，取值是八十六或是八十七是最恰当的。那些实验都是你亲自参与的。我承认世上有些极具心计的人，就像以前在测谎仪下也有少数逃脱者。但是'审判者'系统远非当年的测谎仪可比，如果什么人能够凭借心智的力量逃脱审判的话，"马琳轻轻叹口气，"他根本就不是人，而是神。"

何夕望着天边沉默了半晌之后说："也许我这个人最大的缺点就是刚

愎自用。好吧，等回去后我们就把阈值定到八十六。"

这时有一个稍大的浪涌来，打湿了他们的鞋和裤角。浪头退去的时候意外地留下了一条镶着淡蓝色花纹的小鱼，在沙滩上痛苦地挣扎。何夕轻轻捏住它的尾巴提到眼前，注视着它半透明的身体，然后在第二个浪头涌来的时候把它放回了广阔无垠的大海。

/ 十 /

何夕特立独行的思想与廖晨星犀利无比的文字结晶而成的报道引起了极大的反响，在一片毁誉声里，审判这个并不让人愉快的字眼立即成了这个世界最为流行的词语。人们已经开始猜度审判将会在什么时候以及什么情况下来临，某种既紧张又热切的情绪渐渐蔓延开来，像一场传播速度很快的疾病。有个别政府官员甚至惶惶不安地递交了辞呈。

是的，也许那个日子就要来临了，那个审判日。

但是谁都没有料到第一个接受审判的人竟然会是总统。当马维康议员向何夕转达了总统的这一意愿时，他简直不敢相信自己的耳朵。

"总统先生说，如果审判不可避免的话，不妨由他来带这个头。当然，我的建议也起了一些作用。"马维康语气平静地说。

何夕没有掩饰自己的意外："这样是不是风险太大了。毕竟他的身份特殊，如果因此造成社会动荡不安，岂不是得不偿失。"

马维康笑了："我记得你是最热衷于把政治家们都押上你的审判台的，怎么现在机会来了反而退缩了，是不是有什么顾虑？或者是不忍心对总统先生第一个下手？我不想对你隐瞒什么，新一届总统大选就要开始了，现在的民意测验对执政党不利。总统先生自认为这辈子没有做过什么该下地狱的坏事，如果能通过'审判者'系统让人们知道他是一个表里如一的人的话，形势将会向对我们有利的方向发展。"

何夕本能地大叫道："我不会让'审判者'成为你们的工具，怪不得你们一直向我们提供经费，原来是为了达到你们的目的。"

马维康见怪不怪地等着何夕平静下来。"你太激动了。总统先生所做的不正是你一向期望的事情吗？这件事对'审判者'来说正是一次难得的契机。总统这样做其实是需要极大勇气的，如果有人觉得不公平的话，他们也可以来试试审判的滋味。"

何夕回想着马维康的话，他不得不承认马维康说出了真理："'审判者'"系统已经具备了足够的实用性，总统先生只需接受一次脑部手术，植入记忆采集芯片，然后……"

马维康摆摆手说："你不用对牛弹琴了，这些我都听不懂。"

/ 十一 /

威廉姆博士是何夕长期的合作伙伴，不过这并不意味着他了解"审判者"系统，实际上他只是一位著名的显微手术大夫，他在"审判者"实验里充当着实践者的角色。威廉姆其实并不清楚他的工作有什么作用，他只是严格按照何夕的要求将那种叫作"私语"的生物计算机芯片植入到受试者的脑部。这种奇特的芯片看上去有些像蜘蛛，当然，自然界里不会有任何一只蜘蛛能长有这么多只脚。对任何一位大夫来说，要将"私语"芯片的三百二十七条细丝一样的引脚与人的神经系统天衣无缝地连接起来，无疑是非常有挑战性的工作，即使他有最为先进的仪器辅助。

如果一个不明就里的人突然见到威廉姆博士，一定会以为这位头发花白、服饰整洁的大夫正在打太极拳，因为威廉姆博士面前很开阔，也没有病人，而且他一直就那么站立着，两只手伸到面前的虚空之中，一动一动地就像在理一团线。不过这些只是表象，实际上威廉姆博士正在进行最为复杂的虚拟现实脑部显微手术。从病人脑部拍摄的三维图像被送到数字眼罩里，同时他手部的每一个动作也通过数字手套传送到真正位于病人脑部的微型机械手上。每次手术完毕后，威廉姆博士满意地取下头盔时，总会从心中升起一股感念之情——他庆幸上帝让他出生在这个伟大的时代并让他成为医生。

手术进入了关键的时候，威廉姆博士的表情看上去让人害怕，他一会儿龇牙咧嘴，一会儿又露出呆滞的笑容，汗水不断地从他的额头上冒出来，他身边的助手不停地给他擦拭。看样子威廉姆博士已经完全沉浸在了那个由三维摄影机和计算机共同构筑的亦真亦幻的世界当中。手术进行得漫长，当威廉姆博士成功缝合了最后一根引脚的图像传来时，蓝一光兴奋得打了一个响指。是的，手术成功了。现在"私语"芯片的每一根引脚都天衣无缝地同总统的神经系统连接到了一起。从这个时刻起，总统成了世界上第二个与"审判者"系统相连的人。

总统从手术台上坐起，在最初的十几秒里他的表情看上去显得呆滞。何夕上前去握住他的手说："从今天起，我和你就是同类了。"

总统想了一下说："你知不知道，在手术进行的过程中我时时感到眼前飞过一些很奇怪的亮点，耳边也听到了某种非常空灵而神秘的声音。也许站在你们科学家的立场上会认为这只是神经系统受到刺激之后的正常反应，但是从我的角度却无法这样理性地去看。作为普通人，我只会相信自己的亲身体验。我觉得那些影像和声音都仿佛有所暗示，它们在告诉我，从今往后我就不再是以前的那个我了，我的全部内心都不再专属于我一个人，而是——"总统停了一下，似乎想找到一个恰当的词汇来形容他此时的感受。

"怎么说呢？中国古代的圣人曾经说过，当一人独处或是处在一个谁也不认识自己的陌生环境的时候，尤其需要注意自己的行为举止，因为在这种情况下人很容易做出可怕的事情来。他们用了一个词叫作'慎独'，并且说如果能做到这一点的话，就离圣人的标准不远了。现在的我再也不可能有所谓的人前人后的区别了，当我意识到这一点的时候，第一感觉是害怕，但与此同时我又觉得这种'举头三尺有神明'的真实感受正是让我远离一切邪恶的力量。"

/ 十二 /

"你如果后悔现在还来得及。"何夕提醒总统，与此同时他瞟了眼正在进场的人们。

"我早上起床的时候的确感到有些后悔。"总统笑了笑，脸上浮现出刀削样的皱纹，"不过有一点你肯定弄错了，现在后悔已经来不及了。如果我此时拒绝审判的话，各大媒体马上就会在头版长篇幅发表这一新闻，同时还会发布不知多少有关我的轶事——肯定会比'审判者'以及我自己知道的都要多。"

何夕伸出手同总统握别，然后他立刻赶往实验室。蓝一光和马琳已经就位，过一会儿一个三维的头像将代表总统回答人们的提问。由于总统身份特殊，其记忆中有大量的国家机密，所以所有获准前来旁听的人都被禁止提出涉及相关方面的问题。

大厅里的灯光暗下来，虚空中浮现出一张脸孔。

马维康拿过麦克风，"请允许我成为第一个提问的人。"他说，"你是谁？"

头像瓮声瓮气地说："我是总统。"

开始的时候一切正常，头像坦然地回答了人们写在纸条上的各种问题。他讲述的有些事情听起来温馨可人，让人觉得总统也是一个普通的人。而有些事情听起来令人不快，比如少年时的任性，以及成人之间的激烈竞争与钩心斗角。不过在何夕看来，这些都是人们可以理解的，算不得什么恶行。人们通过头像的回答看到了一位心中充满理想的、有责任感的人。但是后来出了点儿问题，有一位记者问到了总统的私人生活。有一个女人，是的，似乎在总统的生活中曾经有过对婚姻不忠的行为，那是很多年前的事情，当时他还很年轻。提出问题的记者简直兴奋到了极点，以至于声音都有些变调。"快点讲，"他急促地说，"都在什么地方？有多少次？"

何夕记不起那天的审判是什么时候结束的，他只记得记者们狂热而兴奋的欢呼。当头像回答了某次幽会的过程之后，全场充满淫邪意味的哄笑。有些人跳上了桌子，有些人刚刚向报社传完稿件就开始畅饮啤酒，有些人则露出了幸灾乐祸的表情。当然，还有一些人感到了失意，政府官员们有的黯然退场，有的则对总统怒目相向。他们并不介意总统的那些风流韵事，而是认为总统不该接受这次莫名其妙的实验。不知不觉之中，人潮渐渐地分开，一个孤独的身影凸现出来。那是总统，他一直站在原地。从他的表情谁也看不出他在想些什么,这是多年政治生涯锤炼的结果。但是现在这种无表情的脸庞再也无法给他保护了,因为"审判者"正在忠实地向所有人讲述他的内心世界。尽管如此,此时他的身躯仍然挺得笔直,神态仍然显得高贵而庄严,那些肆意大笑的人从他面前经过,仍然会有仰视的感觉。

但是那些人并不打算放过他,有一名记者带着捉弄的口气向头像提问道:"现在你在想些什么?是的,就是现在,是不是想故作镇静啊?你脸上那种清高的神情是不是故意装出来给大家看的呀?啊哈哈哈。"

何夕在监视器里看到了这一幕,然后他立刻非常清醒地伸出手去关掉了开关。头像消失了。"系统出现故障,预计短时间无法修复。"他说。

/ 十三 /

议会大厅里已是人去楼空。没有了辉煌明亮的灯光,这间巨大的厅堂显得空旷而荒凉。

而那个人仍然站在那个地方,一动不动。何夕清楚地从他略显佝偻的身影里读出他此时的心境。这个身影显得苍老而无奈,就像是突然之间——垮掉了。

何夕走近了些,轻轻地咳了一声。那个人仿佛吃了一惊,第一瞬间的反应是挺直了自己的身躯,如同他平日里的样子。不知为何,他的这个举动竟然差点让何夕流下眼泪。

"今天的事我感到很抱歉。"何夕缓缓开口,"我不知道事情会变成这样。"

总统回过头来:"你不用抱歉,你没有什么过错。"他说话的时候开始用手在衣兜里搜索,何夕理解地递过去一支香烟,立刻便听到不远处的一名警卫高喊道:"总统先生,这支烟没有经过安全检查。"总统苦笑着点燃香烟说:"就让我相信一次自己的判断吧。"

"他们仍然忠于自己的职守,仍然把我管得死死的。"总统接着说道,"只不过我不知道他们还能管我多久。"

何夕听出了总统话里的意思，他摆摆手说："今天的事情未必就无法挽回。如果人们是理智的话，他们应当多看你的政绩，而不是看那些与他们无关的事情。在我小的时候，我的祖国流传着一位政府总理廉洁的故事。他的一件破旧衬衣被作为重要的文物放在了博物馆里供人们参观。每一个人都为上面的补丁赞叹不已。但当有一天我去参观这件衣服的时候却突然怀疑，对于一位掌握着无上权力并且在很大程度上主宰着国家命运的政府首脑采取这种价值评判是否恰当？他如果犯一个错，所带来的损失恐怕几十个服装厂都不止；而他如果稍微体恤民情的话，老百姓的受益又何止一件衣服。我总觉得这是一种不折不扣的舍本逐末，甚至有欺世盗名之嫌，让人猜疑他是否因为没有功劳，所以才会拿这种什么也不是的东西当功劳。"何夕顿了一下，"你明白我的意思吗？"

总统叹口气："你不用安慰我。有些事情一旦发生了就不可更改，今天'审判者'挖出了我内心深藏的秘密，我反而有种解脱感。我早已从那件事情里挣脱出来，就连我自己都忘记这件事了。"总统停了一下，语气变得低沉而虚弱，"现在我觉得最对不起的人是我的妻子，我现在感到后悔不是为别的，而是因为她。"说到这里，这个到目前为止仍是这个国家最有权力的人突然用手蒙住了自己的眼睛。

这时马维康议员走了过来，看上去显得疲惫而苍老。他低声对总统说："我们应该回去了。按照今天的日程安排，你和企业界人士还有个会晤。"

总统立即挺了一下身板，就像是换了一个人似的，他再次握了握何夕的手说："不管怎么说，你都令我敬佩。我真想知道你们是怎样做到的，这一切太神奇了。"

第二天几乎所有的报纸和网站都用极大的篇幅报道了一则新闻："总统宣布退出下届竞选"。何夕看到消息之后的第一个反应便是接通了马维康议员的电话，他说："我想见总统。"

从总统官邸出来之后，何夕感到了深深的失落，因为他没能劝说总统回心转意。总统拒绝了何夕的建议，他的神情就如同一个看破了世事的人。

"就让这一切成为我的结局吧。"总统说，"你可以认为我懦弱，但是我觉得这是正确的做法。"

何夕知道自己无法说服眼前的这个人了："但是你有没有为你的政府想过？"

总统慢吞吞地说："我退出竞选之后，将会有新的人选代表执政党参选。你的老朋友，马维康议员。有件事我想提前告诉你，马维康议员提出他准备接受审判。"

"不——"令何夕想不到的是自己竟然惊呼起来，"这不行。"

/ 十四 /

后来的事情证明何夕错了。在同样的地方，几乎同样的观众，但是结果却完全不同。个中原因相当简单——马维康是一个品行高尚的人。

是的，就是这个原因。"审判者"系统忠实地表明了这一点。从马维康出生至今的记忆也都清楚地证明了这一点。在总统的事情之后，马维康还有勇气走上审判台，单凭这一点他就已经通过了一半的审判，除了内心无畏的人还有谁敢这样做？没有让人不能接受的恶行，除了年轻时的青春幻想之外也没有什么绯闻。有的是对民生的关注，对清明政治的向往，当然，还有对世界没能变得更好的遗憾。那些花尽心思提问的刁钻记者最后的结果都是自取其辱，除了暴露自己的小人之心外，他们别无所获。

现场安静得能听到人们的呼吸，所有人在这一刻都沉入到了另一个人的心灵当中，感受他的温和、正义，以及面对不公不义时的愤懑。马维康面色如常地坐在头像的旁边，同所有人一道聆听自己的内心世界。他看上去是平静而自信的，就像是在听别人的故事，甚至不时露出着迷的神色。

最后一个被允许提问的人站起来，因为激动他的声音有些颤抖，他仰视着马维康的神情就像是面对圣人："请问，如果你成为总统的话，你最想说的一句话是什么？"

"我将效忠于我的国家和人民。"头像和马维康同时说出了这句话。

掌声的海洋淹没了整个大厅。

"以审判的名义，"电视屏幕上马维康一字一顿地说，"我宣誓永远效忠于我的国家和人民。"

马维康议员以从未有过的巨大优势当选为下任总统,他最后的得票率超过了百分之九十九。在大选结果公布后的第五天,总统递交的辞呈获得通过。而与此同时,为了保证政府的连贯性,马维康宣誓就职。也就是说,本届总统的任期比以往提前了一些。

总统的离去多少影响了何夕的心情,所以他只是委托蓝一光和马琳前去观礼。电视里闪过不少熟悉的面孔,包括蓝一光、马琳、廖晨星,还有威廉姆博士。马维康的"私语"芯片植入手术也是由威廉姆做的,他的技术的确已经到了炉火纯青的地步。这时镜头重又对准了马维康,他还在宣誓。

这时何夕突然有种奇怪的感觉,他觉得马维康的样子和威廉姆博士有几分相像,但他又说不出是在什么地方。响彻大厅的掌声经久不息,记者们手里的闪光灯几乎亮成了一片。马维康容光焕发地走下台来,接受着人们的祝贺。他所过之处,人们都以面对圣人般的崇敬目光注视着他,有些人甚至流下了热泪。

电话突然响了起来,何夕拿起听筒,他立刻听出了是崔文的声音。

"很早就想同你联系,"崔文说,语气竟然有些害羞,"但每一次都觉得下不了决心。通过这两次事件我想了很多,也许你是对的。有一件事情我要告诉你,"崔文犹疑了一下,"那天在海滨公路上发生的事情是我一手安排的。"

何夕愣了一下,他想起了那天自己邀请崔文时他的迟疑,以及一路上他坐立不安的情形。何夕突然大笑起来,而且是那种非常彻底的、足以舒筋活血的笑。

崔文大惑不解地问道:"你笑什么?这有什么好笑的?"

过了好一会儿何夕才平静下来说:"这么说来,那一次你本来打算陪我一块儿死?"

"当时情况紧急,我怕如果不陪你去会让你怀疑。当时你在我心中是——"崔文斟酌着说,"一个将要危害世界的狂人。"

何夕沉默了半晌之后叹口气说:"这个世上像你这样的人已经很少见

了。一个人只要能忠于自己的原则就是可敬的,相比之下他的原则是否正确我看倒在其次。我佩服这样的人。现在我有一个请求,想请你加入'审判者'系统的研究。"

崔文在电话那头几乎没有任何犹豫地说:"我明天就过来。"

何夕稍稍感慨了一番,然后出门朝计算中心走去,他准备在计算机里给崔文建一个用户。

/ 十五 /

"口令错。"

"口令错。"

何夕有点儿不相信地看着屏幕上的几排字。他没想到自己作为"审判者"系统的缔造者居然会被拒绝访问。他觉得脑子有些乱,怔怔地坐了一会儿,像是在想什么问题。末了他抬起头来俯身到键盘前,坚定地敲出了一个字符。

大约四十分钟之后,何夕取得了突破,他破解出了系统的口令字,尽管这几乎令他耗尽脑汁。然后他迫不及待地朝系统隐藏最深的地方寻找。

"审判者"系统核心程式代码、阈值维护、"私语"生物芯片构造、神经元细胞突触结构图谱……一个个重要的模块资料自何夕眼前掠过,他目不斜视地搜寻着任何可疑的地方。现在到了受试者记忆存储区,一号受试者的资料何夕一晃而过,然后是二号受试者也就是总统的资料,何夕没有发现什么值得注意的地方。接下来便是马维康的,何夕放慢了浏览的速度。资料按照阈值分为两大部分。一部分是按阈值被判断为有效记忆的,大约占了十分之九。何夕看了一下,基本上是在上次审判中都见到过的东西。他把注意力集中到剩余的那十分之一,那些都是按照阈值被判定为无效记忆的部分。

时间一分一秒地过去了,何夕不知道自己是什么时候才又回到这个世界的。他擦了擦满头的汗水,像是虚脱了一般。是的,就是这种感觉,就像是一个人刚刚从一场可怕的梦魇里拼命挣脱出来。"我的上帝!"何夕几乎听得到自己内心发出的惊悚的叫声，那都是一些什么样的记忆啊！

死尸遍布的荒园、腐烂的面孔露出森森白骨、血丝密布的眼球。黑漆漆的树林、灰尘满布的老宅。面色苍白的少年、灰色的天空、黑色的大鸟怪叫着飞远。镜子里古怪而扭曲的笑容、杀手冷酷的脸、政敌在刀光里身首异处。巨大的蘑菇云、异教徒横陈的尸身。恶毒的诅咒、对世界极度的绝望与仇恨……

……百分之八十九的可能性为梦境等非真实记忆。

……百分之八十七的可能性为梦境等非真实记忆。

……百分之九十一的可能性为梦境等非真实记忆。

……百分之八十七的可能性为梦境等非真实记忆。

在每一个单元的后面都跟着这么一段说明文字。按照现在的八十六这个阈值取值来讲，这些记忆都是无效的。但是何夕感到极度害怕，尽管他知道这个阈值是足够高的，但他的身体仍然一阵阵地发抖。那些地狱般的场面就像是无数只鬼手攫住了何夕的心脏，令他喘不过气来。太可怕了！他知道那些情形应该只是梦境或是想象中的场景，可是什么样的人才会做这样的梦，想象出这样的场景啊！

这时何夕突然注意到有一个黑色的影子出现在了面前的地上，看起来这个影子已经在那里站立了很长的时间，过度的投入使他没有听到这个人进门的声音。从眼睛的余光何夕看到那是一个身着白衣的人。

何夕缓缓抬起头来，然后便看到了掩藏在头发里的一张苍白的脸以及失神的双眼。

那是马琳。

/ 十六 /

亿万年过去了，地球停止了转动，世界化为了乌有，静谧的荒园成为万物的归宿。赞美诗高昂的旋律充斥了何夕的耳孔，灯光在他眼前旋转，幻化成无数闪烁的亮点。天堂的轻风与地狱的烈焰同时向他袭来，一切都变得那么不真实，就像是在梦里。

不，那只是一瞬间。何夕定了定神，前因后果开始在他的脑海里急速地翻转。

"那个值的确太高了，"马琳的声音在回响，"如果还有什么人能够凭借心智的力量逃避审判的话，那么他根本就不是人，而是神。"是的，马琳是这么说的。"取值为八十六或是八十七是最为恰当的。"回忆中马琳的声音如银铃般悦耳。

何夕痛苦地摇摇头，他的心正在往无尽的深渊沉落。是的，他竟然忘记除了神之外还有魔鬼也是可以做到这一点的。他遇见的是魔鬼，那个人竟然骗过了"审判者"。"老天，"何夕在内心里哀叹一声，"我竟然亲手给魔鬼装上了天使的翅膀，并且将他送上了亿万人顶礼膜拜的神坛。"

"这是为什么？"何夕喃喃地说，他的眼睛直视着马琳，仿佛要用目光从她的脸上剜下肉来。现在一切都可以解释了，包括阈值，包括她在何夕与蓝一光之间制造的芥蒂。现在想来，从一开始她就是抱着不可告人的目的进入到"审判者"系统中来的。白嫩的肌肤、艳丽的红唇、雾蒙蒙的像是会说话的双眼；飘飞的长发、让人热血沸腾的娇媚体态，她依然是那样美丽动人。但此刻马琳看上去越是美丽就越让何夕感到害怕。他的心脏一阵阵地痉挛着，像是要收缩成一个点。

"你不要再难为马琳了，她只是按我的安排去做的。"马维康突然从门口走了进来，他的手里拿着一支乌黑的手枪，同时反手关上了实验中心的密码门。

"马维康议员……"何夕微微一惊。

"怎么不称我为总统先生。"马维康有几分揶揄地开口，脸上写满得意，"我能有今天，可以说有大半功劳都是你的。"

"这是为什么？"何夕直视着马维康，满脸难以置信的表情，"怎么会这样？你到底是个什么人？你内心的那些东西……"

马维康大笑道："我当然就是我自己。是的，我的内心世界绝不是上回审判时表现出来的那样。可我要说，这世上真有什么圣人吗？我只知道这个世界已经无可救药了，你选择的道路是当医生，而我只想顺时势而为。"

何夕反而平静了下来，他觉得自己又能思考问题了。"有一点我能确定，你不可能凭意志来骗过'审判者'——即便你真的具有神或者是魔鬼的意志力。这倒不是在为我自己的成果辩护，我只是从理智出发知道那是不可能的事情。告诉我吧，你们是怎么做到的。反正，"何夕注视了一下马维康手里的枪，"我也活不了多久了，就算是让我死得瞑目。"

/ 十七 /

马维康露出得意的神色："其实答案很简单。你只要多想想你的老朋友威廉姆博士做的那些手术就应该知道真相了。"

"手术？"何夕讷讷地重复道，他的眼前浮现出威廉姆博士奇异的表情和古怪的动作——他的手伸在虚空里，一动一动地就像在理一团不可见的线，脸上是呆滞的笑容。刹那间，一道亮光犹如电光火石般自何夕脑海里掠过。"虚拟现实。"他脱口而出。难怪当初他会觉得马维康和威廉姆博士有几分相像，其实相像的不是他们的相貌，而是他们不经意间流露出的那种神情。

"不错。"马维康抚弄着手柄，"差不多有四个月的时间，我每天都要花将近七个小时在一套精心设计的虚拟现实环境里生活。那真是一套了不起的系统，它将'审判者'和虚拟现实技术结合在了一起。我让女儿加入你的研究，目的也在于此。"马维康拍拍头，面有得色，"我早就由另外的医生植入了一套'私语'芯片，我脑子里的记忆被抽取出来作为搭建虚拟环境的素材，脑神经与系统沟通后，那个世界和真正的现实没有任何区别。我以前经历过的所有事情都在这套系统里得以重演。而我就如同一个可以反复出场的演员般生活在其中。在那个世界里畅游真是一种妙不可言的体验。"

"并且你还可以按照意愿重新改变事情的本来面目，你扮演编剧的角色。"何夕倒吸一口凉气，全身都在不可抑制地发抖，"重新设计了人生的剧情，可以让自己的全部恶行都得到纠正，还可以虚构本来并不存在的善举。你就是凭这些欺骗了全世界，原来这一切早在你的安排之中，甚至连总统也被你算计了——你居然有脸说你是他的朋友。你真是一个伟大的天才，相比之下我们简直就是一群白痴。"

马维康并未因何夕的讽刺而脸红。"老实说我自己也是这样认为的，不知道我这种坦率算不算是你所说的善举。不过假的总是假的，用虚拟现实技术造就的记忆不管怎么说总是有漏洞的，所以后来才会有那个阈值之争。比方说'制造记忆'本身这件事情也是我的记忆之一，但是不可以让人知道。为了掩盖这一事实，我们便在后来的实验里设计了一些场面来消解它，比如将其设计为一场梦境等等。多做几次之后，这件事情就成了半真半假，然后我们便可以通过设定阈值来控制它了。唯一麻烦的是我总共做了三次手术，一次植入一次取出，再加上后来的这一次植入。"

何夕现在才知道当初自己的确是冤枉崔文了，当然，他也知道自己永远也无法当面向崔文道歉了，除非能出现奇迹——何夕下意识地看了眼不远处的密码门。

何夕的这个小动作没能逃过马维康的眼睛，他举起了枪："不要枉费心机了。现在最少有十个警卫一眼不眨地盯着蓝一光。告诉你，我会让所有人一个个地走上审判台，他们其实是接受我的审判——感谢你给了我这个权力。所有人都不可能对我的权力提出异议，因为我是圣人。到时候我可以随心所欲地主宰这个世界。"马维康说到这里怪笑起来，他的手指扣上了扳机，"好了，说再见吧！以你的品行一定可以上天堂的，我的上帝先生。"

何夕听出了马维康最后一句话的意思，他叹口气闭上了眼睛。其实真正让何夕坠入深渊的并不是马维康手里的枪，而是他描述的未来的可怕情形。但愿这只是一场噩梦，但愿我此时不在此地，何夕想，与此同时，他的眼中淌出了绝望的泪水。万劫不复，这个词是何夕听到枪响前的最后一个念头。是的，这将是他最后的归宿。何夕自己知道马维康说的并不对，他根本上不了天堂，因为他是魔鬼的帮凶，等待他的只能是永无超脱的地狱。

/ 十八 /

荒园，陵墓，晦暗的树影，天空中飘荡的生者与死者。

芙蓉般的面颊之下隐隐显露的骷髅，温柔之乡里闪动的嗜血嘴脸。

嘎嘎的笑声，青紫色的脸，沾着腐肉的利齿，腥臭的气味。

绿色的火焰环绕四周，发出炙人的热度；滚烫的红色岩浆遍地横流，吞噬着经行的一切。

还有似乎永不停止的颠簸，颠簸。

何夕大叫一声，从梦魇里醒来，一时间竟不知身在何处。他急促地看着四周，发现自己躺在一辆熄火的汽车的后排座上，右肩散乱地缠着从衣服上撕下的布条，一些滑腻的液体正慢慢地从布条里渗出来。他撑起身体，看见前排方向盘上伏着一个男人，那是崔文。

崔文的下腹部有一个很大的伤口，直贯后背，没有经过包扎。何夕想起了发生的事情，枪响的时候是崔文冲进来救了自己。

"何夕，是你吗？"崔文的眼睛慢慢睁开。

何夕正在从衣服上撕下布条给崔文包扎，右肩的疼痛使得他的动作很不协调。"是我，你先不要讲话。"

崔文用力地摆头，脸色白得吓人："我本打算明天才到基地去的，但我放下电话想早点儿和你见面，没想到会发生这样的事情。"崔文露出笑容，"那个密码公式居然还能用，你真是太信任我了。否则，我也救不了你。这真是天意。"

何夕难过地埋下头，他知道眼前这个昔日的"持不同政见者"的伤势已经不治，当初崔文神采飞扬的情形又浮现在了何夕眼前，一切就仿佛发生在昨天。

"你是对的。"何夕说，"我不应该研究'审判者'，事情到了现在这一步我真的很难过。"

"这不是你的错。"崔文吃力地喘口气，"马维康不会得逞的。"

"可是他已经得逞了。"何夕悲伤地说，"现在还有谁能阻止他？我恨我自己，是我亲手把世界推向了深渊。"

"你能阻止他。"崔文一字一顿地说,"你必须阻止他。我们不能让披着天使外衣的魔鬼主宰这个世界,如果那样的话,我会死不瞑目的。"

何夕还没有想清楚应该怎样回答这个请求,崔文的身体已经软了下去,他的眼睛直视着虚空,从他口腔里和着血水吐出了最后两个字:"审……判……"

何夕给廖晨星打了一个电话,他几乎是本能地认为廖晨星可以信赖,而实际上他们仅仅才交往过一次而已。这也是何夕决定和他联系的原因之一,因为他知道自己平日里的社会关系已经都在政府监控之中。电话里廖晨星一个劲儿地问到底发生了什么事情,但何夕只约了见面的时间、地点便放下了电话。他知道时间稍长就可能暴露自己的行踪,甚至还会祸及朋友。

这是家叫"雨栏"的小酒吧,生意很冷清。何夕进门后稍稍闭眼才适应了光线的变化。廖晨星坐在角落里的一个小间里等他。何夕伸手摸了摸唇上的假胡须,走到廖晨星身边落座。

"原来是这样。"廖晨星听完何夕的讲述后倒吸了一口凉气,"想不到马维康会这样可怕。这不是帮不帮你的问题,而是我的天职。"廖晨星想了一下,"这里面肯定会涉及很多技术性问题,我怕自己讲不清楚,你现在能不能到我家里去一趟。"

何夕知道廖晨星说的是实情,但他还是摇摇头:"如果你有地方不明白就在这里问吧,我尽量说得浅一些,去你家对你来说太危险了。我已经失去了一个朋友。"

廖晨星有几秒钟没有说话,然后他低头在随身带来的提包里找出录音设备和纸笔。他做这一切的时候显得有条不紊。当他郑重其事地将纸笔铺开,一丝近乎虔诚的光芒在他瘦削的脸上浮动着。正是这种光芒将他与那些平庸的同行们区别开来。何夕完全相信,对廖晨星来说,新闻就是他生存的意义所在,就如同"审判者"在何夕心中的位置一样。但不同之处在于,廖晨星的新闻此时仍然是他手里的长剑,可以掷向敌人,而"审判者"此刻却已成为了魔鬼手里的刀叉。这样想着的时候,何夕的心如坠深渊。

出于安全的考虑，何夕叫廖晨星比自己晚五分钟离去。出门之前何夕习惯性地摸了摸唇上的假胡须，回头与仍坐在原位的廖晨星相视一笑。

天已经黑了，但路灯正将金黄色的光线洒在热闹的街道上，整个世界显出温暖的样子。何夕看了下表，再过不到十个小时早报就会上市。邪恶终究压不过正义的，廖晨星是这样说的吧。何夕感到自己的心情已经同几小时前判若两样。

何夕走到街道拐角处的时候听到了一阵惊天动地的爆炸声，他几乎是本能地匍匐倒地。几秒钟后他慢慢地挣扎着起身，同时下意识地朝自己的来处看去。

"雨栏"酒吧已是一片火海。

何夕的嘴里满是苦涩，巨大的悲伤冲击之下，他完全没有注意到有几个黑色的身影正从不同方向朝他逼近，他们手里的杀人武器在火焰的映照下闪着森冷的光芒。

/ 十九 /

小车在公路上一路狂飙，夜色笼罩下的景物飞一般地向后退去。

何夕坐在车子的后排，自责如同一条毒蛇缠住了他的心，使得他完全没有去想此时自己何以会在这样一辆汽车上。

车子突然停在了路边。速度的变化让何夕从沉思中惊醒过来，他有些发怔地看着蓝一光的背影——爆炸、火光、呛人的烟雾、杀手冷酷的脸，然后蓝一光赶到拖他上车。

"你只能在这里下车。"蓝一光没有回头，车内没有开灯，虽然月光从车窗外投射进来，但是仍然看不清他的脸。"警察在公路的出口处设了卡，你只能翻过公路护栏然后步行到下一个小镇。"蓝一光递过来一张卡片，"这是信用卡，你可以在小镇里提取现金。"

何夕没有伸手去接："你是叫我逃亡？"

蓝一光点点头："只能如此。这是为你好。也许你还应该考虑整容。

世界这么大，马维康想找到你也不是件容易的事情。"

何夕冷笑："那你呢？现在想来你应该早就知道其中的秘密了，却一直瞒着我。"他痛苦地抽搐了一下，"我们合作了这么多年！"

蓝一光的肩头不引人注意地抖动了一下，头埋了下去："对不起。我并不知道事情会发展到今天这一步，如果知道的话我早就对你讲了。马琳当初只是对我说那个阈值太高了而你又不可理喻，所以让我私下和她一起作些改动。她又说你只信任崔文，眼睛里根本没有我和她，我们跟着你是没有前途的。"

"马琳——"何夕轻叹口气，"她还对你说过些什么？"

蓝一光犹豫了一下说："她还说，她喜欢我。"蓝一光的神色渐渐痴了，"她的眼睛那么大，那么深，她离我好近，她的头发散发出阵阵幽香……"

何夕再次叹口气，他感到自己已经原谅了蓝一光。一个人在名利和情欲的双重诱惑之下要想超脱实在是难之又难，就连他自己不也曾经陷入对马琳的迷恋之中不能自拔吗？何夕直视着蓝一光说："你是不是打算永远和马维康待在一起？永远把自己的灵魂出卖给魔鬼？"

蓝一光全身剧烈地颤抖："我该怎么做？现在还有谁能和马维康对抗？马维康已经控制了一切，他现在是总统，是所有人心中的圣人。凭借着'审判者'他拥有了对任何人、任何事的最终评判权，和他对抗只能是失败。"他神经质地大叫，"想想廖晨星的下场吧。当我看到廖晨星死去的时候简直快疯了，我当时觉得在火海里哀号着的人仿佛是我自己。太可怕了！"

何夕仿佛没有听到蓝一光在说些什么，他的目光转向车窗外面。那里是黑漆漆的田野，树木的影子在薄纱般的月色笼罩下仿佛是一张张的剪纸。不知名的夜鸟啾啾地掠过天空，道路上不时有几辆车疾驰而过。

"你是不是对'审判者'系统很失望？"何夕突然开口，他的目光仍然看着窗外，就像是在自言自语，"你是否后悔和我一起缔造了它？"

"审判。"蓝一光下意识地念叨着这个他一度以为相当熟悉但在经过许多事情之后却变得有些陌生了的词汇，一种不曾有过的感受自他的胸中升起，但更多的却只是茫然。

## /二十/

今天是政府组阁后的第一次新闻发布会。

马维康站在前台，按照惯例向人们介绍他身旁的几位高级官员，他的脸色略显苍白。半个月前在术后例检中，威廉姆博士查出当初植入的"私语"芯片产生了轻微的免疫排异反应，所以两天前他刚刚做完一次修补手术，现在还处在恢复期。当人们得知他抱病来到现场时，掌声变得更加热烈而真挚。

记者招待会有条不紊地进行着，气氛非常活跃。看得出马维康及其下属们得体的回答让大多数人都感到满意。

"总统先生，"这时坐在后排的一名年轻记者站起来，"你如何保证政府能够秉公办事？我是说，无论如何，是我们这些纳税人出钱养活了你们。"

"这点不成问题。"马维康脸上带着慈祥的微笑，"我和我的部属都经历过最严格的审判，一定可以忠诚地履行职责。纳税人的每一分钱都会花在该花的地方，我尤其欢迎媒体对我们的工作实行全面的监督。"

台下响起愉快的笑声，年轻记者坐下来开始往本子上记东西。

"你这个猪猡！没见识的家伙！"扩音器里突然传出一个高亢的声音，虽然有些变调但仍然能听出是马维康的。"政府是我的，连这个国家都是我的，用得着你来操心吗？"

全场所有人立时惊呆了，谁也想不到这样不可思议的话竟然从总统口中说出。每个人的目光都朝台上看去，马维康惊慌地捂住了嘴。

"有人搞破坏，这话不是我说的。"马维康紧张地辩解道。

马维康的嘴刚刚闭上那个声音又来了："他妈的，是谁在搞鬼？等我查清了我要让他全家死得和那个叫廖晨星的记者一样。"

这回人们不仅听得相当清楚，而且也看得清楚，这些话的的确确是从马维康嘴里说出来的。只不过不是他自己想说，好像是有一个力量控制了他，一旦他停止说话，这个力量就会操纵他的嘴，而且专说心里话。这一回马维康显然惊呆了，他甚至忘了捂嘴。

"各位，这是有人恶意破坏。请相信我，这不是我在说话。一定有人控制了音响系统。"马维康面色苍白地解释。

高亢的声音："糟了，这件事情如果传出去怎么办？干脆让卫兵把他们抓起来，一个都不放过。"

全场立时炸了营，所有人都朝外面跑去。

"噢，这不是我的意思。我怎么会这样想，我是一个品德高尚的人。"马维康用力摆手，声嘶力竭地大叫道。

高亢的声音："事到如今，只有一不做二不休。宁可我负天下人，不可天下人负我。"

"快叫卫兵，快把所有人都抓起来。一个都不能放走。"马维康大汗淋漓地对身旁的人嚷道。荷枪实弹的卫兵冲进屋来，他们手里乌黑的枪管起到了强大的威慑作用。所有人都安静下来了，局面很快被控制住了。人们惊恐地缩成一团，面面相觑，不知什么样的命运在等待着他们。

"都在这里了。"一名卫兵报告道，"没有跑掉一个人。"

马维康如释重负地擦了擦汗。"很好，这些人都涉嫌危害国家安全，现在把他们都带走，路上不准他们讲话。"

卫兵们押着人们朝室外走去，外面已经清场。哭丧着脸的人们一个接一个地上车，有些人刚刚哭出声便被卫兵们粗暴地呵斥住了。马维康长出口气，脸上露出了笑意。现在好了，他想，一切都在掌握之中。那些人正一个个地被带出大厅，带上车，他们将终生保持沉默。是的，终生，直到他们死。当然，他们都会死得很快。马维康的脸上露出得意的笑容，面目在灯光下竟然显得有几分狰狞。

我控制住了形势，我还是胜利者。马维康想，他的笑意加深了。

人群还在移动着，朝着马维康安排的方向。

高亢的声音："对了，还有这些士兵怎么办？他们也都听到了。等事情完了之后另外找人把他们也干掉。这不算什么，自古以来的政治家都是这么做的。"

士兵们停下了脚步，一个个转过身来，连同他们手里乌黑的枪口，就像是突然被一阵风吹过来的一样。马维康这次是真的感到了恐惧，他面色惨白地捂住嘴，但是已经迟了。所有人都目不转睛地看着台上，默无声息地盯着马维康惨白的脸。空气里充满了紧张的气息，沉闷得令人感到窒息。

"我是总统……"马维康语无伦次地说，看得出他的双腿在不住地发抖，"我是你们的总统……"

但不知是谁首先发出了一声呐喊，然后愤怒的士兵连同人群开始冲向前去。马维康惊慌地躲藏，但很快便被人潮淹没了。

"揍他。"

"打死这个魔鬼。"

"别打了，饶命啊……他妈的，我不会放过你们的……不，这不是我在说……饶命啊！"

"天哪，你听听，他一边求饶一边还在心里诅咒我们。"

"撕烂他的嘴。"

"把他的心挖出来看看到底有多黑。"

"……我不敢了……我不会放过你们的……哎哟……"

"打死魔鬼。"

有一个人没有动，他远远地站在大门口，面无表情地看着这一切，就像是一尊石像。过了一会儿他伸手撕去了嘴上的假胡须。他是何夕。

是的，这一切都是何夕安排的。他在那次故意安排的修补手术中对马维康脑子里的"私语"芯片做了改动，蓝一光和威廉姆博士帮助了他。公道自在人心，一个人的内心世界便是他自己的终极审判台。何夕所做的只是在十分钟前启动了这个新增的功能。当然，这个功能只会用来对付这个世上那些特殊的人。

不知过了多久，人群终于慢慢散去了，他们一边离去一边回过头来吐着唾沫发泄心里的余恨。在何夕面前的地上，蜷伏着一个黑色的身躯，那是马维康。他双手抱头，血污和着灰尘糊满了他的脸，看上去他的伤势并不会致命。"救命，饶了我吧！"他有气无力地喊叫着，就像是一只丧家犬。何夕皱了下眉，然后拿出电话拨通了急救中心的号码。

天作孽犹可恕人作孽不可活。何夕心里滚过一句谚语。他摇摇头，最后看了眼脚下瘫软如泥的马维康，然后头也不回地朝门外走去。

走出几步远之后，何夕突听得马维康在身后念叨着什么，仔细听去却是一些非常古怪的句子。

"……今天天气好……晴天……我吃过了吃过了……杀死他杀死他……不，这不是我在说……天气好……吃过了……我叫马维康……男……六十二岁……我要你们都不得好死……噢，不敢不敢……从前有座山……山上有座庙……吃过了吃过了……啊鬼，你们不要找我，别过来……救救我……吃葡萄不吐葡萄皮不吃葡萄倒吐葡萄皮……天气好天气好……山上有座庙庙里有个老和尚老和尚说从前有座山……"

何夕有些纳闷地放慢了脚步，但他立刻又大步朝前走去。他想清楚这是怎么一回事了，只要马维康的嘴稍有空闲，他内心里的那些令所有人——也许包括他自己在内——都会感到作呕和恐惧的脏东西就会不可遏止地通过他的嘴冒出来，于是他便强迫自己不停地说话，以此来摆脱这种地狱般的精神折磨。看来这辈子马维康都将在这种令人发疯的、无休止的唠叨中生活下去了，一直到他死。何夕深叹口气。

何夕没有看到后来发生的事情。他离开之后不久，有一个身影缓缓走进了大厅。马维康害怕地捂住头低声地呻吟道："饶了我吧……从前有座山山上有座庙……"来人的身形颤抖了一下，然后便有几滴水珠样的东西落在了马维康面前的地上。马维康若有所悟地想要抬头看清来人的面孔，但等他抬起头来，大厅里已经空无一人。只有地上的几滴水渍表明刚才的事并不是他的幻觉。

"你下一步打算怎么办？"大厅外隐隐约约传来一个男人的声音。

"我已经心灰意冷。"是一个女人的声音，"这是我咎由自取，世界之大不知何处可以容下我这有罪之身。"

"不管你相不相信，我会一直陪着你。"

"你不该这么做，你还这么年轻，前程不可限量，何必为我做出这大的牺牲。何况,我算不上是一个好女人。"

"我知道你心里也是充满无奈。老实说,就算你是一个十恶不赦的人,我也会陪着你。对我而言这也是无可奈何的事情,因为这就是我的选择。"

"你以后会后悔的。"

"也许吧,但我知道如果不陪你走的话,我现在就会后悔。"

声音渐渐远去,大厅里只剩下马维康在永无休止地絮语。

"……今天天气好……晴天……我吃过了吃过了……吃葡萄不吐葡萄皮不吃葡萄倒吐葡萄皮……天气好天气好……山上有座庙庙里有个老和尚老和尚说从前有座山……"

## / 二十一 /

这是一座位于城市近郊的小公墓,很冷清。一块石柱上钉着一块小小的塑料牌,上面写着:"南山公墓"。一圈不大整齐的石头墙把公墓围绕起来,地上打扫得还算干净。一些墓前放置的鲜花已经凋谢,瑟瑟地在风里颤抖着。下一场雨水到来的时候,这一切都会被掩埋。这时从城市的方向驰来了一辆白色的汽车,停在了道路旁。然后有一个人从车上下来,手里拿着一束谈不上漂亮的花。

何夕慢慢走着,风吹乱了他已经很久没有理过的头发,有几次还遮住了视线。在公墓的角上何夕找到了他的目标。这是两块并列着的新墓碑,上面刻着两个名字:崔文,廖晨星。这时故人的面孔浮现在了何夕的眼前,带着他曾经熟悉的笑容。何夕环视着周围,墓园很宁静,只有树叶在微风里沙沙作响。

"你们好吗,我的朋友?"他低声对着墓碑说道,"你们知道吗,经过这么多事情之后,人们终于认识到为何要进行审判了。新一届政府刚刚通过了一项提案,从明天起,将开始实施我和你们都盼望已久的审判——不是对某一个人或某些人,而是对所有人。理想社会的光芒终于要照亮这个世界了。明天,明天就是审判日。"何夕的目光变得有些忧伤,"现在想起来真是可怕，差一点儿我们就把自己出卖给了魔鬼。好在这一切都成了过去，你们终于能够上天堂了。"何夕合拢了双手，做了一个表示庆幸的动作。他慢慢地站起身，然后恋恋不舍地朝车子的方向走去，"我的灵魂终于可以得到安宁了。"

何夕启动了汽车，朝来时的方向驶去。他眼睛的余光看到有两个人在后视镜里一脸祥和地向他缓缓挥手，一如他们生前，何夕的眼泪立即流了下来。他们静默无言地站在那里，好像很柔弱的样子，但何夕知道，他们才是这个世界上最为强大的力量，同时这种力量也正是这个世界得以长存至今的支柱。

何夕有意把车开得很慢，欣赏着一路的风景。今天是个艳阳高照的好天气。高大的行道树自由自在地舒展着繁茂的枝叶，阳光从树叶的缝隙里投射下不规则的斑块，平坦的草地绿得发亮，空气里散布着清新的味道。快乐的人们与何夕擦身而过，他们脸上的笑容感染了何夕。男人和女人都健康而富有力量，老人充满爱怜地牵着孩子们的手，他们的眼睛里充满对生命与生活的信任。

"一切都会变得美好，谁也不能破坏它。"何夕想。

这时有一个两三岁模样的小女孩蹒跚着走过，吸引了何夕的目光。女孩伸出粉嘟嘟的手一晃一晃地指着明媚动人的天空、高低远近的山峦、错落有致的楼宇，以及熙熙攘攘的人群，稚嫩的语气里充满骄傲："看，丫丫的家。"

# 天生我材

他启动了脑域反入侵程序,一场看不见但却是这世界上最复杂激烈的战争立即展开了。这是一个大脑与十亿个大脑之间的战争,是一个人同整个世界的对抗。

/ 一 /

所有发生的事情都源自那次事故。

当时俞峰同往常一样进入了"脑域",这么讲并不太准确,因为对俞峰这样的人而言,与其说是进入倒不如说是一次融合。俞峰本身就是一个中心,F32实验室专属于他一个人,出于安全等原因,兆脑级研究员分散于世界各地。大约三十名警卫忠诚地守卫在实验室四周,"鹰眼"监控系统不会放过任何可疑的物体。每时每刻都至少有不下二十名助手围绕着俞峰工作,他的所有要求都必须在第一时间得到满足。而这一切只有一个原因,那就是他叫俞峰。这两个字是他的名字,非常的普通,在这个世界上谁都可以叫这个名字。但在"脑域"里,这个名字却是唯一的。

"名字与口令字"。一个声音在俞峰耳边响起。俞峰报出名字以及长达六十四位的密码。

"正确"。那个声音说,然后伴着"轰"的一声(长期以来俞峰一直以为这只是一种幻觉),那个无限广阔而美妙的世界便立即在俞峰面前展开了。

脑域。

/ 二 /

傍晚的檀木街行人很少,只有忙碌的出租车往来不停。由于下着小雨,卖小吃的摊贩们也稀稀拉拉的。何夕深一脚浅一脚地走在人行道上,像是随时都会倒下来。他一直走到一栋棕红色的老楼前,有那么一瞬间,他停了下来,犹豫地踯躅不前不前,但是他的身影最终还是融进了楼道里。

"这次打算待多久?"黄头发阿金一见到何夕便大大咧咧地问。他同何夕是老熟人了,有时候还会帮何夕开点后门,比方说像现在,何夕稍微沾了点酒的时候。

"老规矩,五十分钟。"何夕老练地躺到三号的那间屋子的平台上,并且自己从脑后牵出导管连上了接驳器。黄头发阿金摇摇头,但没有说什么。他仔细地检查了一下设备的情况，然后返回控制台准备开始。

"哎！"黄头发阿金叫起来，他盯着面前的屏幕说，"你这个星期已经是第八次了，这可不好。按章程你已经超限了。"

何夕不耐烦地说："我没事，我不是好好的嘛。完事了我请你喝酒。"

黄头发阿金叹了口气，同时又忍不住咽了口唾沫。的确，章程是有的，就在墙上贴着，而且还有政府的大印。但是，现在已经没有谁会来管这事了。实际上在黄头发阿金的印象里，只要愿意谁都可以来，并且愿待多久就待多久。就像上回那个叫星冉的女孩，在一号间里一连待了三十多个小时。当然，她出来的时候脸色可是没法看了，而且又喘又吐。黄头发阿金摇摇头，不愿再想下去了，他回头看着何夕。"这可是你自己要求的，"他说，"出了差错别怨我。"

"你还有完没完！"何夕大声打断了黄头发阿金的话，"再不开始我就自己来了，反正这一套我全会。"

阿金不再说话，何夕说的是实情。实际上他的工作一点儿也不复杂，每个人都会。从某种意义上讲，他更多的时候只是起一个设备保养员的作用。

"名字。"一个声音说。

何夕急速地键入"今夕何夕"四个字。到这儿来的人起名很随便，有些人甚至是每次来想到什么用什么，因为系统是不会作核查的。他们都是些匆匆的过客，因为不同的理由来到这里，在这里待上几十分钟或者是几个小时又匆匆离去。谁也不会去考察他们的身份，谁也不会有兴趣知道他们为何要到这里来、他们每个人又有着怎样的故事。这里只关心一件事，就是他们会在这里待多久。包括黄头发阿金、包括系统在内都只关心这个。不过何夕每次来都用这个名字，没有别的原因，他只是喜欢这个名字。

何夕感到一丝浓稠的倦意正从后颈的部位袭向大脑，看来一切正常。同步调谐的时间大约是一分钟，他等待着那个时刻的到来。空灵的、不明来由的声音在何夕耳边回响着，让他渐渐不知身之所在。太阳穴的部位一跳一跳地发出尖锐的疼痛，就像是有什么东西在那里搅动他的脑浆。每次都这样，何夕想。他觉得思维正在一点点地离自己而去。快了，只要那道白光一来就没有这些不适了，但愿它快一点来。

白光。

如同黑夜里突然从天际划过的闪电，伴着电影镜头切换般的让人不明所以的一些混沌画面。就像是一个人仰面躺在流动的水里，看着越来越模糊的天空，并且一点点地下沉。今夕何夕，今夕何夕。在思维最终离开大脑前，何夕的脑中又习惯性地划过自己的别名。

然后是昏沉。

## / 三 /

事故发生的时候没有一点征兆。从脑域建立至今将近十年，从未曾发生过任何意外，谁也没有想过它也有出现故障的时候。不是人们太大意，而是由于脑域的原理决定了它出现重大故障的概率几乎为零。所以当俞峰思维里突然出现了不明来由的混乱信号时，他简直不知道该怎么做。

研究正进行到最为关键的时候，连同他在内的全球四百名兆脑级研究员正在脑域里紧张地工作。每秒数亿比特的信息束在世界上最强大的四百个大脑里流动、共享，并且加以分析。有用的结果迅速转入储存，闪念之间进出的思想火花立刻在第一时间被查获，接受进一步的检验。无穷无尽的存储领域里准备了所有实验的数据，只要需要便可以马上提取出来。

功能强大的计算领域更是一派繁忙景象，从最基本的开方、乘方、微积分到最复杂的高阶方程式求解都被作为请求发送到这个区域，结果则发回请求的区域。如果某一位研究人员因故突然退出系统，他的工作将立刻被无缝接替，对整个系统来说，谁也察觉不到有什么变化。除非遍布全球的四百名研究员都在同一时刻突然离开了脑域，整个工作才可能停顿下来，但这显然是不可能发生的事情。

今天的工作也是近两个月来最重要的，按照进度，脑域将在近期推导出"时间尺度守恒原理"的可逆修正方程式。这一原理是在数十年前由一位叫蓝江水的人发现的，根据这个原理，只要不违背守恒性原则，人们就可以改变某个指定区间内的时间快慢程度。之后，蓝江水的学生西麦博士依照这一原理建立了在时间上加快了四万倍的西麦农场，以此来满足人类对食物、能源的需求，但是由此带来的物种超速进化问题给人类造成了极大的威胁。后来，两位富有牺牲精神的青年人选择了终老于西麦农场，并毁掉了农场与现实世界的通道，以此为人类守护这片脱缰的土地。

这些年来世界与西麦农场一直相安无事，但是近两个月来出现了反常的情况，似乎有某种生物试图突破屏障。尽管还不知道是何种生物，而且这种试探行为仅仅发生过几次并且都不成功，但谁都能看出这件事情对人类的威胁有多么大，只有找到终止时间加速的方法，才能最终解决问题。

面对这一危机，脑域系统立即暂停了其余工作而全部投入到此项研究之中。近段时间的工作进行得很顺利，当然与此成正比的是送住存储区域和计算区域的数据量呈几何级数上升。俞峰也知道这其中也有不少请求从系统优化上讲是不可取的。有些研究员为了节省时间将一些简单但却极其消耗系统性能的请求也发向了计算区域，比方说很随意地让脑域计算123的700次方或是不加优化地作一次超大规模的排序等等，而这本应该采取子调用的方式，向同脑域联结的专用电子计算机中心发出请求。但这已经是习惯的做法了，其实俞峰自己也常常发出类似的请求，尽管经常在结果传来之后才发现这根本就是一次不必要的计算。谁让脑域的性能总是这样优秀呢，它简直就是一台超级智慧机器，总是称得上神速地满足每一个请求。

当俞峰进入脑域的时候，总是有种奇妙的感受，他觉得自己就像是一个插上了翅膀的思想巨人，在未知的领域自由飞翔，头脑里充满无穷无尽的智慧与知识，全部心灵似乎都被解放了；他可以纵极八荒，俯仰宇宙，整个世界在他面前纤毫毕现。

忽然间有种整齐划一的振动从遥远的地方传来，四百颗充满无尽智慧的大脑在同一时刻里达到了妙不可言的统一。"时间尺度守恒原理"的可逆修正方程式终于向人类显露出了它隐藏至深的身影。这是量变终于成了质变的瞬间，长久以来的艰苦努力终于得到了应有的回报。一时间俞峰几乎听到了这个星球上最聪慧的四百颗大脑的齐声欢呼，就像以往每一个脑域项目取得成功的时刻一样。彼时彼刻，在俞峰的心里升腾起的不只是成功的欢乐，更多的是面对神圣的赞叹：人类的智慧到底成就了多少的不可能？

今夕何夕……今夕何夕……

剧烈的头痛在最初的几秒钟里令俞峰根本无法呼吸，他觉得就像是有一把钢锯在锯自己的头。眼前爆裂的光斑就像是黑幕上撕开的一个个不规则的小洞。出什么事情了？他的意识里划过这句话，然后便感到自己就像是从一个高速旋转的秋千上被甩了出来。今夕何夕，今夕何夕。是那个声音，它又来了。俞峰禁不住呻吟了一声，轻灵而曼妙的思想翅膀被粗暴地抽掉了，显出了世界平庸的真相。光线映满了他的视野，大脑立刻变得像铅块一样沉重。

俞峰揉揉眼，世界的光线变得更加真实了。我被扔出来了，俞峰有些发呆地抚着脸颊，这怎么可能。他几乎是下意识地报出名字和口令字，但是回应他的只是长久的沉默。看来脑域里发生了异常的事情，可能是一次故障。俞峰想，应该很快就能修复。只是千万别毁掉这几个月来的工作成果，还有那么多珍贵的数据。

俞峰拿起电话拨了一个有些生疏的号码说："请接总部。"

/ 四 /

黄头发阿金一看到眼前的场景就忍不住想准是出了什么事。因为在此之前他从未看到过这么多人会同时醒来。当然，用"醒"这个词肯定不是很贴切，因为这些人并不是睡去。不过单从表面上看，这些人躺在那里和睡着了也差不了多少，最大的不同在于当他们恢复行动的时候，总是显得相当疲惫，而不是像睡了一觉之后那样精神饱满。

眼下这些人突然在同一个时刻醒来了，正不知所措地面面相觑。过了好半天大家仿佛才明白发生什么事情了，然后人群便像是一个被搅动了的蜂窝般发出了嗡嗡的声音，并且像马蜂一样朝门口的方向涌去。每个人走到黄头发阿金面前时，便伸手取走插在一排插槽上的属于自己的蓝卡。有几个人似乎觉得什么地方不对劲，和阿金发生了争执。听上去大概和时间有关。

"是三十八分钟。"一个声音说。

"不对，是三十一分钟。"黄头发阿金的声音听上去比所有人都洪亮。

何夕摇摇头，觉得一切都很无聊。他取下脑后的接驳器，直到现在他仍然感到阵阵头痛。何夕知道这只是幻觉，只要取下了接驳器就不应该有这种感觉了。不过他也知道这并非是他独有的幻觉，实际上接驳器幻痛学研究已经发展成当今很发达的一门学科了，描述这种幻觉的专著可称得上是汗牛充栋，除了专家之外，谁也无法掌握那样深的知识。

"还不想走？"黄头发阿金开玩笑地打趣了何夕一句，因为没有了别人，他们说话显得随便了些。在阿金心里，何夕与别人有所不同，何夕懂得不少事情，同他谈话让人长学问。更重要的是，何夕也愿意同他谈几句。像他这种在脑房里工作的人，一天到晚面对着一个个纹丝不动的、挺尸样的人，能找个人说说话真是件让人愉快的事情。

在黄头发阿金看来，何夕也一定是愿意同自己交谈的，要不他怎么总是来这间脑房呢。要知道现在脑房可不是二十年前的稀罕物了，如今遍地皆是。早年间这可是收入可观的行业，那会儿的黄头发阿金可是很让人羡慕。算起来阿金干这一行已经十多年了。其实现在的阿金只是一个花白头发的普通中年人，那个染着一头黄发的阿金只是人们习惯说法里的一个旧影子罢了。

"三十六分钟二十四秒。"阿金说。

何夕无所谓地笑笑，接过蓝卡。"看来出了点问题。"何夕说，他用力拍着后脑勺，那里仍然在一跳一跳地痛。好像黑市上有种能治这种幻痛的药，叫作什么"脑舒"，价格贵得很。不过听吃过的人讲效果很好，就是服用后的感觉很怪——头是不疼了，但却一阵阵地发木。

"人都走了？"何夕边问边递给阿金一支烟。

阿金接过烟别在耳朵上，然后指着最靠里的一号间说："还有人啦，是那个叫星冉的。"

何夕一愣。"就是那个曾经创纪录地联线三十多个小时的女孩子？"

"除了她还能有谁。"黄头发阿金见惯不惊地说,"她好像完全入迷了。"

"入迷?"何夕反问一句,他的头还在痛。"这不可能。"他说,"我才联了不到一个小时,脑袋已经痛得像是别人的了,还有人会为这件事入迷?我不信。"

一号间里传出了"窸窸窣窣"的声音,过了一会儿,一个很瘦的人慢慢推开门走出来。这是何夕第一次亲眼见到这个曾经耳闻过的、有点奇怪的女孩,第一印象是她有一张苍白的小瓜子脸,相形之下眼睛大得不成比例。衣服有些肥大,使得她整个人看上去都是瑟缩的,仿佛风里的一株小草。

"出什么事了?"女孩开口问道,她说话时只看着黄头发阿金。她边说边往嘴里倒了几粒东西,仰脖和着水吞了下去。

"你在里面做什么?"何夕突然问,"我是说系统断开之后的这十几分钟里。"

星冉的肩猛地抖动了一下,像是被何夕的问话吓了一跳,而实际上何夕的语气相当温和。

"我……在等着系统恢复。"星冉说。她看着何夕的目光有些躲闪,似乎很害怕陌生人。

何夕突然笑了,他觉得这个女孩真是有趣得很:"这么说你打算等到它恢复后马上联入?"

星冉想了想,然后点头。

何夕怔住了,转头问阿金:"能不能告诉我这丫头总共已经联了多少时间了。"

阿金敲了几个键说:"星冉总是用同一个名字联线的,哦,差不多快四万小时了。"

何夕立刻吹了声口哨:"看来我认识了一个小富婆。不过你最好休息一下,我建议你现在和我去共进晚餐。放心,是我请客,我知道凡是能挣钱的人都不喜欢花钱。"

星冉有些发窘地低下头,这反倒让何夕有点后悔开她的玩笑了,而且他突然发现，这个奇怪的女孩子低头的模样让他不由得在心里生出些柔软的东西。但是星冉明确地朝一号间的方向退去，这等于是拒绝了何夕的邀请。

阿金的目光从屏幕上移开，他大声朝星冉的背影说："上边刚刚发来消息，这是一次事故，起码要明天才能恢复。我可不想待在这儿，得找个好地方美美地喝两口。"

星冉急促地停住脚步。"你们都要走？"她回头问道，虽然说的是"你们"，但目光只看着黄头发阿金。

"那是当然。"阿金满意地咂嘴，"这种名正言顺休息的机会可少得很。"

星冉环顾着四周隔成了许多小间的屋子，四处安静得吓人，灯光摇曳下，隔墙形成的大片阴影在地上可疑地晃动着。星冉沉默了一会儿后低声问何夕，声音小得几乎不能被听见："你刚才说的话还算数吗？"

她看了眼何夕迷茫的表情补充道："我是说关于晚餐的事。"

## / 五 /

脑域紧急高峰会召开，首先作了一个关于此次事故的情况分析。兆脑级研究员到场了一百三十四人，其他的人则已经重新进入了系统。事故的原因说起来很简单，亚洲区的赵南研究员发出了一次计算量过于庞大的请求，结果造成系统超载崩溃。分析人员对此有两种不同意见，一方认为这次事故说明脑域的性能有问题，应该加以改造提高；而另一方则认为这只是一次偶然事件。

俞峰坐在后排的位置上，一直没有发言。但当苏枫博士表态倾向于支持对脑域升级改造时，他猛地站了起来。三十六岁的俞峰在兆脑级研究员中属于后学之辈，他突然站起来的举动不仅令在场的人吃惊，也令他自己吃惊。但是他既然站起来就已经不能再坐下去了。

"问题的关键在于，经过我的分析，这次请求根本就是错误的，错误的请求肯定也是不必要的。"俞峰说出第一个字之后显得镇定了些，"我仔细分析了整个事件的经过，发现赵南研究员发出的计算请求是不可理解的，对当时的研究工作而言是完全没必要的。所以我认为这只是赵南研究员的错误举动导致的偶发事件，我们需要的是完善操作规程，而不是改造脑域。在正常应用的情况下，脑域的整体性能绝对是够用的。"

赵南研究员就坐在前排，从俞峰发言起他就一直保持着一种惊讶的表情，眼睛死死盯着俞峰，嘴角不时牵动一下，却始终一言不发。他从事着三个主要的专业，分别是分子生物学、高能物理以及数学，而他对音乐的业余爱好又使他成了全球一流的音乐大师。从各方面看，赵南都比俞峰的资历深，几乎可以算是俞峰的前辈。

"我有不同意见。"赵南等到俞峰落座之后开口道，"我承认是我发出了一个非常复杂的计算请求导致了这次事故，但那肯定是有必要的，如果说'不可理解'只是由于个别人水平不足以理解而已。"

这句话立刻让俞峰冒了火，他腾地又站了起来，声音也变得失去了控制："承认自己的错误并不可耻，可耻的是挖空心思掩饰它。事情究竟如何你心里应当很清楚，你不能为了自己的面子而让我们付出巨大的代价。"

会场立刻有些乱了，支持赵南的人开始大声地向俞峰发出"嘘"声，相比之下俞峰就显得很孤立了。但这更让俞峰的情绪失去了控制，他拉开架势准备大干一场。但是苏枫博士站了起来。

"大家都冷静点，"他说，"这不是今天的主题。"苏枫的威望起到了巨大的作用，虽然有传闻这位脑域的元老级奠基人已经开始考虑退休，但谁也不敢在他面前放肆。

"好吧，我先道歉。"俞峰举起右手，"我太冲动了。不过我依然坚持自己的观点。"

赵南研究员若有深意地盯了俞峰一眼，没有说什么。

"还是讨论最关键的议题吧。"苏枫博士接着说，"由于此次事故，我们丢失了许多相当重要的成果。大家知道，脑域实际上从诞生以来就从未中断过，它总是处于高效的动态平衡之中。每时每刻都有人离开，但与此同时又有差不多数量相同的人进入，准确的说法应该是稍多一点的人进入。从来没有发生过像这次一样的全部人员离线的情况，所以在那一瞬间，我们全部的数据都丢失了。"

俞峰忍不住插话道："难道备份机制没有起作用？"

苏枫露出一丝苦笑："你应该知道，除了脑域本身之外，没有任何设备能够存储下脑域里的全部信息。实际上我们以前都只是在某一项研究完成之后记录下最终的结果。至于那些浩如烟海的中间过程的信息，只能让它留在脑域里自生自灭。"

"你的意思是——我们在最后的时刻真的丢失了全部信息？"俞峰有些气馁地问，"可是那些信息总还在吧，能不能想办法恢复？"由于从来就没有经历过事故，俞峰觉得需要弄清楚的问题不少。

"是的，信息还在。但是它分布式地存在于当时在线的每一个人的脑海里。"苏枫盯着俞峰的脸说，"你的脑子里有，在座的每个人的脑子里也有，但是你们只是其中的亿万分之一。我们都知道脑域的日常状态是十亿脑容量，那是怎样的情形你们都清楚。你们是兆脑级研究员，都不会去记忆那些过程数据，所以在你们脑子里几乎没有储存这些信息。更何况脱离了脑域的管理，每个人根本无法对这些散布的信息进行处理。每个人都只知道相对说来极少的片断，甚至可能只是其中的某些错误指令导致的垃圾数据。"说到这里苏枫瞟了一眼赵南，"根据分析，工作实际上已经完成了，最终的结果也已产生。但是我们却因最后的突发事故而失去了它。"苏枫说到这里的语气就像是叙说一个荒谬的笑话。

"这么说我们真的没有办法了？"俞峰觉得身体有些发软，"我们应该怎么办？"

"'时间尺度守恒原理'的可逆修正项对这个世界而言的重要性不用我多说。"苏枫接着说，"现在我们已经计划重新开始前两个月的工作，但是，"他稍顿一下，"我们最缺的就是时间，因为我们都知道正常世界的两个月在西麦农场里意味着什么，那里的时间进度是我们的四万多倍。"

苏枫的脸色变得苍白如纸："现在试图冲出西麦农场的生物极有可能就是当年两位自我牺牲者的后裔，他们的这个举动表明他们已经背弃了祖先的意愿。"苏枫再次停顿了一下，目光显出无奈，"从理论上分析，他们在进化上比我们超前了至少十万年，当然这是从纯粹生物学的意义上来讲。虽然考虑到他们是在一片蛮荒上起步以及地域狭小会对生物的发展不利，但无论如何他们都远比人类先进得多。"

会议室里鸦雀无声。过了一会儿赵南缓缓举起一只手。

## / 六 /

"我上回同你吃过一顿饭并不代表我这一次也要接受你的邀请。"星冉的拒绝并不坚决，她看上去似乎只是因为疲倦才这么说。她的眼睛有些无神。

何夕知道星冉根本就不是那种坚决的人，所以他丝毫没有退却的意思。他已经不记得上次的晚餐都吃了些什么，当时好像光顾着看星冉吃东西了。"走吧。"他接着说，尽量使语气显得有鼓动性，"你一个人也没什么意思。"

"我已经买了份快餐。"星冉还朝着脑房的方向走，她已经看得见站在门边的黄头发阿金了，他似乎在同什么人说话。

"你还去脑房？"何夕作势拦住星冉，"我觉得你不应该一天到晚都待在那个地方。"

"那你说我应该待在什么地方？"星冉突然笑了，似乎觉得何夕的说法很可笑，"我不觉得这有什么不好，这是我的工作。"

何夕一愣，他无法反驳星冉的话。过了几秒钟他才幽幽开口道："原来那是你的工作。可你知道我的工作是什么吗？当我不在脑房的时候就在码头上卸货。大多数时候是开机器，不过遇上机器去不了的地方就用肩膀扛。"

"你是码头搬运工？"星冉并不意外，"怪不得你的身体看上去很棒。不过能多份工作总是好的。"

何夕咧嘴笑了笑说："在那里做一天工下来的钱刚够吃三顿快餐。"

星冉有些不明白地看着何夕，清澈的眼眸让何夕禁不住有些慌张。

"你这是何必？这样算起来在那儿干一天还比不上在脑房里待上一小时。"

何夕的语气变得有些怪："我知道在脑房里能挣更多的钱，可问题在于……"何夕有些无奈地看了眼天空，"我觉得只要躺在脑房里就有人付钱这件事让人感到害怕。"

"这有什么？"星冉似乎释然了，"大家都这样，我觉得这没有什么不好。也许你是那种过于敏感的人，就是报纸上称的那种——脑房恐惧症患者。我听说这是可以治好的，你应该去试试。"

何夕不想同星冉争下去了，他觉得这不是重点："我们还是说说晚饭怎么吃吧，我的脑房恐惧症还没有确诊，不过独食恐惧症倒是肯定有的。你不会拒绝一个病人的请求吧。"

星冉忍不住笑了。何夕费了很大劲才管住自己的目光死盯着她的脸不放。

"好吧。"她柔声说，就像是面对一个耍赖皮的朋友。

但是这时阿金突然喊着星冉的名字向这边招手。

"出什么事了？"何夕念叨了一声。

"我是俞峰。"说话的人看上去大约三十出头，手里拿着一台袖珍型的电脑笔记本，一边问一边记着什么。有十来个看上去似乎是警卫的人一脸警惕地守卫在他的身后。"你就是星冉吧？"俞峰很客气地问。

"我是。"星冉在陌生人面前显得有些紧张，说话的声音都有些抖。

"根据我们的调查，你总是在这家脑房登录，而且总是用这个名字。"俞峰的语气很柔和。

"是的。"星冉镇定了些，她不解地看了眼俞峰，"为什么调查我？"

俞峰没有立刻回答，他手脚麻利地做着记录。"接近四万小时的联机时间。"他有些惊奇地念叨了一句，端详着星冉的脸庞说，"你也就二十多岁吧。就算一天平均十个小时也得差不多十年。"

星冉红着脸低下头，看起来她似乎无法应付这样的局面。何夕有些恼火地开口道："这好像不关你什么事吧。"

"哦。"俞峰愣了一下,意识到了自己的唐突,"请问你是谁?"

"我是何夕。"

"是这样。"俞峰紧盯着何夕,仿佛他的脸上有什么东西,"我奉命作一次调查,这位女士的某些情况引起了我们注意,简单地说是在某些指标上表现得十分优秀。"俞峰递给星冉一页纸,"请你明天早上带上这份通知到市政府大楼去,到时候会有人安排一切。"

"我?表现优秀?"星冉突然抬起头,她的眼睛睁得很大,这副惊诧的样子真是动人极了,"我明天一定去。"

"那好吧。"俞峰淡淡地笑了笑,他觉得这个叫星冉的女孩身上有种与年龄不相称的天真。其实俞峰经常都会觉得在他面前的人显得过于天真,但那只是因为智力的原因,而此时却肯定不是这个原因。星冉的天真让人觉得亲切,还带有那么一点儿好玩。还有,她的眼睛真大。

俞峰摆摆头,抛开这些与工作无关的念头。"我该走了,"他说,"明天的事情别忘了。"

"你听到了吗?"星冉看着俞峰的背影对何夕说,"我表现优秀。"她兴奋地转头看着不明所以的阿金,更大声地说,"我表现优秀,你听到没有?"

何夕从鼻子里哼出一声:"想不到你还挺有上进心的嘛,我一直没看出来。"何夕说的是真话,这段时间以来他从未看到过星冉这样高兴,就像是换了一个人。在何夕的印象里,星冉一直是羞怯而内向的,甚至还有些自闭。他没想到那个叫俞峰的人几句话就让星冉高兴成这个样子。

"我们去好好吃一顿。"星冉拉着何夕的手便走。不过她没料到的是,何夕居然一动不动。"怎么啦?"她疑惑地问,"你不是一直想吃东西吗?"

何夕闷了半天,然后小声嘟囔了一句:"那个叫俞峰的家伙可真厉害。"

星冉愣了:"你说什么呢?不想请客就明说嘛,小气鬼。"

/ 七 /

这是家离码头不远的餐厅,属于比较上档次的那种。其实何夕是讲究实惠的人,很少上这种地方。不过星冉说今天她请客,并且亮出了荷包,里面满是大叠的钞票。按照何夕的生活水平,起码可以很舒服地过上半年,而这只是星冉随身带的钱。

"小富婆。"何夕嘀咕了一声。

"你说什么?"星冉回头问道。何夕慌忙闭上嘴。

从二楼的窗户望出去能看到码头的全景。晚风拂过来,带着海边特有的潮味。

"看。"何夕指着远处说,"白天我有时就在那一带干活。"

星冉"哦"了一声,忙着吃东西。她似乎从来没有像今天这样胃口好过,只觉得样样东西都好吃。"这个再来一盘。"她含糊不清地指着已经空了的一个碟子说。

"你有没有觉得今天叫俞峰的那个人有些怪。"何夕边喝汤边说,"他的话说得模棱两可,明天你可要小心点。还有……"何夕神秘地指了指右方说,"那边有两个人一直盯着我们,已经很久了。你别不信,我可是说真的。"

"我看你是神经过敏。你不要总是不相信人嘛。"星冉瞪了何夕一眼,"我看俞峰根本不是坏人。我今天觉得很高兴,你可别破坏我的好心情。"

"你以前是做什么的?"何夕突然没头没脑地问了一句。

"以前?"星冉愣住了,她没想到何夕会问起这个。"你知道我已经有接近四万小时的联机时间,我以前当然也是在脑房。怎么啦?"

"我知道这个。我是说更早以前。"何夕坚持问。

星冉的手里叉着块食物但却悬在了半空中,她的目光迷茫了。"更早以前?"她喃喃地说,"那是多久以前的事了?那钢琴,黑色的表面亮得能照出人影来,真漂亮——"星冉突然打住,就像是被什么东西从睡梦里惊醒。

"我听见你说钢琴。"何夕探究地看着星冉,"你是钢琴师?"何夕的声音很小,他知道自己问得很没道理。这个世界上除了赵南之外还有谁会是钢琴师。

星冉镇定了些。"就是钢琴。"她简短地说,"以前我练过整整十年钢琴。我觉得自己从生下来起就喜欢这种世上最漂亮的乐器,在钢琴面前我觉得自己充满灵感,人们都说我有天赋。我那时的梦想是当一名钢琴教师,坐在光可鉴人的琴凳上轻抚那些让人着迷的黑白琴键,让美妙的音乐从自己的手指缝里流淌出来,而我的学生们就坐在台下静静地倾听。"

星冉突然笑起来,她指着自己的脑子说:"你一定认为我很傻,是吧。后来我真的借钱开过一家很小的钢琴训练班,开张的那一天我觉得自己是世界上最幸福的人了。不过只经营了不到一个月就维持不下去了,没有一个学生。"星冉笑得有些无奈,"我太傻了,对吧?"

何夕专注地看着星冉的脸。"我不这样想。"他说,"但我能理解。"何夕回头看着餐厅角落里一架蒙尘的钢琴,"今天你想不想弹一曲?"他问星冉,不等星冉回答便起身招来侍者说,"请关掉音乐,对,就是赵南的那一首。我的朋友想给在座的各位送上一曲。还有,麻烦你们替我录下来。"

"别。"星冉着急地阻止,但是何夕已经半强迫地将她送到了琴凳上。星冉还想挣扎,可是那仿佛具有魔力的黑白琴键立刻抓住了她的心。她的双手不知不觉地抬了起来,一时间她已经不知身之所在。《秋日私语》那简单而优美的旋律如流水般从星冉的指尖流淌出来,美妙的音乐将她带到了另一个世界之中,她已经浑然忘我。所有人都安静下来了,整个餐厅里除了琴声之外没有别的声音。

《秋日私语》渐渐远去,良久之后都没有人出声。星冉站起身来,两行清亮的泪水顺着她秀丽的脸庞流淌下来。何夕起身鼓掌,他觉得这真是一个可爱的夜晚。

但是人群发出了"嘘"声,他们放肆地大笑着对星冉指指点点,脸上是鄙夷的神情。"这样的水平就是来出丑。"有人大声说,"和赵南比差得太远了，快滚吧。"

星冉像是被雷击一样愣在了钢琴边，她死死咬住下嘴唇。

何夕冲上去，用力拍打着星冉的肩。"你怎么啦？"何夕大声地说，"你不要理会他们，你弹得很好，相当好。那些人根本不懂什么是音乐。我不是都鼓掌了吗？你知道我是不会骗你的。"

但是星冉一直都没有说一句话，她低着头，双唇紧闭。

/ 八 /

"他们说有人想见我，想不到会是你。"俞峰看上去有点儿不耐烦，他身边两名全副武装的警卫不放心地上下打量着何夕。

何夕穿着件很旧的夹克衫，站在台阶下显得比实际要矮："我今天早上陪星冉去了市政府，我觉得她的情绪不大好。"

"你找我就是说这件事情？"俞峰哑然失笑，"我还有重要的工作要做，你知不知道我的每一分钟都是很宝贵的。"

"问题是你要她这样做的。"何夕有些焦躁地说，"我觉得这件事有些古怪，我想单独同你谈谈。你不答应我是不会罢休的。"何夕的表情看上去很执拗。

俞峰四下里看了一下，回头对身后的人说："带他到我的办公室。"

"你们到底想从她那里得到些什么？她只是一个普通的女孩子。"何夕开门见山地问。

"出于规程我不能说太多。"俞峰倒是很坦然，"几天前脑域系统出了一次事故，因为星冉是一个长时间联线的人，所以我们希望她对我们修复系统有所帮助。这一次我们总共找到了三百多名类似情况的人，她只是其中之一。我们要筛选出最适宜的人，然后对其进行更深入的分析。"

"是什么事故？"何夕刚一问出口便醒悟到这个问题是得不到答案的，俞峰能够说到这一步已经算是破例了。

不出所料，俞峰听了这句话摇摇头，一语不发。这时桌上的电话响了，俞峰拿起听筒。

过了一会他抬头对何夕说:"好了,有几个人比你的漂亮女朋友更合适,她已经离开了。"俞峰笑了笑说,"现在我可以去做我的事情了吧?"

"这样做是严重违反章程的行为。"黄头发阿金瞪着何夕,似乎不相信对方会提出这样的要求来,"你知道任何人都不得改变当事人设定的联线时间。我可一直都是模范管理员。"

"我不管那么多。"何夕简直是在大叫,"我要你立刻让星冉下线。我有话同她讲。你不帮我就不是我的朋友。"

"不能等时间到了再说吗?"阿金的口气已经没那么强硬了,他没什么朋友。

"你让我在这儿等十个小时?"何夕看了眼屏幕,"你知道星冉是个联线狂。你不帮我,我就自己动手了。"

"好啦,算我怕你。"黄头发阿金选中了一个指令。一号间的方向传来轻微的声响。过了一会儿门开了,星冉蓬松着头发,无精打采地走了出来。

"这不能怪我。"阿金指着屏幕解释道,"是何夕要我这么做的,他找你有事。请不要跟上面说这件事,要不我非丢了这份工作不可。"

"你不能整天这样。"何夕大声说,"你每天躺在这里一动不动,人生对你失去了意义。我不能看着你变成这样。"

"这不关你的事。"星冉与何夕对视着,她的脸色很苍白,"我愿意这样,时间是我自己的,人生也是我自己的,我怎么支配是我的事。你是我什么人?凭什么管我?"星冉转头对阿金说,"我马上要联线,十个小时。"

阿金看了眼星冉,想说什么但欲言又止,他低头开始准备。何夕猛地按住阿金的手说:"我不准她这样做。"阿金无奈地叹口气,他想抽出手来,但是何夕的力气很大。

星冉突然冲上来用力掰何夕的手。"你走开。"她说,"你没资格管我。我愿意这样。我一直过得很好,我挣的钱比所有人都多。我不比别人差,我一点儿也不比别人差。"

"你这是为什么？"何夕没有放开手，他的目光里充满柔情。

星冉终于伏到何夕肩上并且哭出了声，泪水顺着她的脸往下淌。"我没用，我什么事都做不来。"她大声地吸着鼻子，"人们嘲笑我的琴声，他们叫我滚下台。"星冉泪眼蒙眬地看着窗外，身体蜷缩成一团，"昨天我听到自己表现优秀的时候真的好高兴，从来没有人说过我优秀。你知不知道昨天晚上我一直都没睡着。可是——今天他们却说不要我了。"

何夕轻轻揽住星冉的肩，他觉得就像是握着一张薄纸，一阵风都能把她吹走。"你并不比任何人差，你只是有些傻。"何夕柔声说，"以后你应该多出去走走，不要成天待在这里。从今天开始我要你陪我到码头去上班。"看着星冉惊奇的目光，何夕笑了笑，"放心，不是要你当搬运工，你那小身体干不了这个。我只是想让你散散心。"

/ 九 /

俞峰觉得眼前的情形让人感到害怕。一字排开的平台上依次躺着四具一动不动的躯体，就像是四具死尸，唯一不同之处是这四具躯体上不断冒出豆大的汗水。联线时间已经超过二十四小时，本来很少会用到的生命维持系统也已开启。

赵南在另一端的仪器前忙碌着。这次的补救方案是他提出来的。赵南认为"时间尺度守恒原理"的可逆修正项既然已经得出，那么它就必然存在于当时联线的某些人的大脑里。最终结果不同于中间过程，其数据量是相当有限的，从理论上讲一个人的大脑肯定足以完全存储下来。不过由于脑域是一种分布式结构，所以全部的最终结果信息可能会分布存储在某几个人的大脑里。他建议寻找那些当时正处于长时间联线的人，他们之中最有可能找到这样的人。现在看来一切都很顺利，根据目前的情形来看可以从这四名受试者的脑中获得可逆修正项的全部内容。虽然做起来很麻烦，但总比重新研究好得多。

苏枫站在场外，不时朝这边投来满意的目光。尽管已经连续工作了这么久，但赵南却一点儿也不觉得疲倦。

俞峰的工作只是协助性的，他已经睡了一觉醒来。仪器正在地毯式地对四名受试者的大脑进行搜索，不放过任何一丝可能有用的信息。俞峰看过四名受试者的履历，其中有一名出租车司机，还有一名十二岁的小学生，另两名是文盲兼无业者。但是他们却不知道自己的大脑中竟然存储着人类迄今为止最复杂最尖端的知识。

俞峰禁不住在心里感叹一声。是的，这就是脑域。也许当初苏枫博士将它带到这个世界上来的时候根本没有想到，它会给人类社会带来这么巨大的改变。说起来脑域的原理相当简单，但是这种简单技术却带来了人类智慧的飞跃。在脑域里无数的大脑通过接驳装置联结成了一个整体，当一个普通人联入脑域之后，他的一百四十亿个脑皮层细胞便不再专属于他了，而是成了脑域的一部分。他的脑细胞可以被用作存储器和计算器，或者用作思维的载体。

兆脑级研究员则是具有脑域思维权的联入者，他们的大脑在联入后用于思维而不是用于存储和计算。兆脑级研究员平均一个人可以得到超过一百万个大脑的强大支持，当他们联入脑域后，每个人的智力都足以无所顾忌地嘲笑人类历史上的所有人。在他们面前，牛顿和爱因斯坦只是两只未脱蒙昧的猿猴。虽然本质原理不同，但就综合功能而言，人的大脑不亚于世界上全部电子计算机的总和。而脑域则是由亿万人的大脑整合而成的"超级计算机"，其功能如果非要用一个词来形容那便是：魔幻。

无数人联入后的脑域成了一架无与伦比的智慧机器，它包含了超过一千亿亿个脑皮层细胞，可以存储浩如烟海的数据量，可以在一瞬间进行超高精度的复杂运算，可以从这些信息与计算分析中得出唯有脑域才可能得出的结论。脑域诞生了不过十多年时间，进入成熟应用的时间更晚，但却永久性地改变了这个世界。

这时那名十二岁的少年的身躯突然剧烈扭动起来，口里发出急促的喘息声。"出什么事情了？"俞峰边问边朝那边跑去。他看了眼监视器后说，"赶快停止，受试对象的细胞组织过于疲劳。"

"不用。"说话的是赵南。他沉着地指挥助手给少年注射了一剂针药。少年的扭动舒缓下来，重新恢复了平静。那位助手开始给另三位受试者注射相同的针药。

"这是我的小组研发的新药,能够缓解人们长时间联线造成的细胞疲劳所带来的不适。"赵南对闻讯而来的苏枫解释道。

俞峰心念一动。他知道黑市上一直在卖一种叫"脑舒"的药物,当初他特意找来作了分析,结果发现里面含有一种虽然能暂时让人舒缓痛苦,但经常使用却会让人思维能力日益衰退的成分。

"这样好的药物为什么不早点申报。"俞峰冷冷地说,"这样人们也不用去买黑市上那些损伤智力的药物了。"

赵南脸上有些挂不住了,他讪讪地说:"我们还在做进一步的药理分析。不过,"他停了一下接着说,"对普通人来说,智力受到一点儿损失不算什么,反正他们也用不着有多高的智力。"

这时四名受试者同时发出了呻吟声,看来药物已经不能缓解这种超长时间联线所带来的痛苦。"快停止吧。"俞峰几乎是恳求地看着苏枫说,"他们已经受不了了。"

"可是如果这时候停下来,一切都要重来。时间紧迫。"赵南的额头都是汗水,但看得出他很想坚持,"他们是这个世界的希望。"

赵南最后的这句话起了作用。苏枫望向了天空。过了差不多十几秒钟的时间他叹了口气说:"继续吧。"

## / 十 /

何夕觉得腿肚子一阵阵地痉挛,就像是肌肉突然打了个死结。吊车的手把由于被汗浸湿也显得不听使唤,耳朵边震天响的轰鸣声就像是一把刀要刺进脑髓里去一样。从高高的吊车控制室望出去,远处身着粉红色长裙的星冉就像是开在地面上的一朵小花。起吊,放下;起吊,放下;起吊,放下。就在何夕觉得自己快要累得垮掉的时候,终于听到了救命的收工铃。

"原来这就是你的工作。"星冉的样子有些揶揄,聪明的她似乎看透了何夕的气定神闲只是伪装出来的假象,"不像你平日说的那么有趣嘛。"

何夕憨笑着挠头："是有些累，不过我已经习惯了。反正，我觉得有意思。"何夕很认真地从衣兜里摸出皱巴巴的几张纸币说，"这是我今天的工资，是比较少，不过，"他直视着星冉的眼睛，"我保证这里的每一分钱都是我自己辛苦挣来的。"

星冉的目光有些迷茫："我不太懂你的意思，难道我的钱不是自己辛苦挣来的吗？"

"你知道在脑房里发生了什么事情吗？"何夕低声问。

"我不明白你在说什么？"星冉看上去有些害怕，何夕的语气令她不安。

"你知不知道有极个别的人在联线后并不会完全失去知觉，少数时候他们会在系统中恢复部分感知能力，从而获得部分不公开的信息。"何夕的语气像是在讲述一个秘密，"而我就是这样的人。"

星冉突然笑起来，露出编贝一样的牙齿。"你逗我呢。"她笑着说，"我不信。哪有这种事情，我怎么全不知道。"

何夕愣了一下，印象中星冉不是这种随意打断别人的人，尤其是在自己不在行的问题上。他有些急地补充道："这是真的，我没有骗你。"

"这么说你比我们这些普通人知道的东西多啰？"星冉还在笑。

"我也只多知道一点点而已。"何夕很老实地说，"绝大多数情况下，我同大家一样，只在某些极个别的情形下会略有知觉。那种情况有些像做梦，隐隐约约明白一点儿，但细加追究起来却又含糊得很。不过我还是知道了一些事情，比如我们联入的其实是叫作'脑域'的一个人脑联网系统，里面有许多兆脑级研究员从事着研究工作，而我们这些普通人的大脑在其中似乎是相当于……"

"算啦，这些我都不喜欢听。"星冉不耐烦地嚷起来，"没什么意思。你还是说准备请我吃什么吧，这个我爱听。"她转动着眼睛有些促狭地拍了拍自己的提包说，"要是没钱可别打肿脸充胖子哦。"

何夕不解地看着星冉，这个容颜秀丽的女孩身上有些他无法看透的东西。有时候她就像是一潭清水，让人能一眼望见底；而有时却又像天上的浮云，让人捉摸不定。不过，也许正是这种感觉，才让何夕觉得和星冉在一起很愉快。

"你干吗……这样看着我？"星冉有些脸红地颔首，声音也低了许多。

如果不是有人恰好到来，很难讲何夕能否在星冉这副欲语还羞的模样前挺住。来人并没有注意到何夕对他的到来有些不满，他只看着星冉说话。

"我是赵南。"来人除下墨镜，显得很有礼貌，但他身边的警卫人员却表现得很傲慢。

惊喜的光芒立刻从星冉的眼睛里绽放出来，一时间她简直不敢相信自己的耳朵。星冉目不转睛地仰视着这个她一直想要见到的音乐大师："你一直是我的偶像，从来没有人能够像你弹奏的音乐那样深深地打动我。"

赵南脸上保持着矜持的笑容。他常常不得不面临这种局面，音乐对他而言纯粹只是带有玩儿性质的爱好，他也根本没在这上面花多少工夫。但是凭借脑域的力量，他能够用任何一种乐器将任何一段音乐演绎到炉火纯青的地步，而且可以绝不夸张地说，如果愿意的话，赵南可以毫不费力地找出古往今来每一首曲子的缺陷所在，不过出于对昔日大师们的尊重，他无意这么做。

个中道理很简单，包括音乐在内的一切艺术活动其实都可以归结到智力上来，当一个人的脑力提高了上百万倍之后，在他的眼中世界就会是另一种完全不同的样子了。实际上他只是多年前的某一天心血来潮在联线时弹奏了一支曲子，结果却成了举世闻名的音乐大师。而他本身的专业却只有很少的人知晓。不过严格说来在他专攻的三个专业里，只有分子生物学是他本身所学，但因为脑域的缘故，他可以游刃有余地同时在另外两个原本不算熟悉的领域有所建树。

"我们到处找你。"赵南说，"你今天好像变动了行程，平时这个时候你通常都在脑房里的。你对我们很重要。"

星冉有些受宠若惊，她想不到赵南会这样说，她觉得自己有点儿头晕。"我……很重要？你真的是在说……我？"她不敢相信地重复着。

"我希望你能够跟我们走。"赵南期待地看着星冉，"我们需要你的帮助。"

"你们是不是想从星冉那里得到一些东西。"一直没有说话的何夕突然开口。

赵南一愣:"你是谁?谁这样告诉你的?你知道些什么?"

"我是何夕。我只是这样猜测。我想知道她有没有危险。"何夕平静地说,"星冉是我的朋友。"

"何夕?"赵南狐疑地转动了一下眼珠,似乎这个名字勾起了他的一些记忆,"你联线时用过今夕何夕这个名字吗?"

何夕淡淡地摇摇头说:"我不知道你在说什么。"

赵南呼出口气,低头将一份文件递给星冉:"如果你没有意见的话请在上面签字,表示你自愿与我们合作。"

星冉接过文件飞快地扫视了一眼便签下了字。她的脸红红的,还没有从兴奋中恢复过来,整个人都显得很激动。何夕在一旁不动声色地看着这一幕,他尤其爱盯着赵南的眼睛看,这个举动让赵南有些不自在。

赵南满意地收好文件对星冉说:"你现在就不用回去了,跟我们走吧。"

/ 十一 /

远处是一道墙。墙看上去是黑色的,是那种纯粹的、绝对的、不反射一丝光线的黑色。墙体高耸入云,充满着神秘莫测的味道。

直升机悬停下来。"我们不能再靠前了。"俞峰说,同时眼光仍然盯着那道奇怪的墙。

"这是什么地方?为什么要带我跑几百公里到这儿来?"何夕问,同时伸了个懒腰,"那道墙是什么东西?"

俞峰叹口气。"只有在这里我才有决心坦白地告诉你一些事情。"他指着远处说,"那道墙其实是一道隔离场,里面就是堪称人类最伟大的创举之一的西麦农场。"

"西麦农场?"何夕悚然朝着舷窗外望去。虽然政府严格保密,但关于西麦农场的事情他多少知道一些,想不到自己今日竟然能够目睹这传说中的秘境。

"你知不知道,就在那道墙的背后,现在有某种也许比人类先进了不知多少年的诡异生物,正在试图冲破屏障来到我们的世界。你觉得它们会怎样对待我们这些低等生命体?"俞峰的话语里有调侃的意味,"我觉得只有人类这种疯狂的生物才能造就出像西麦农场这种集奇迹与灾难于一体的智慧结晶。"

何夕静静地看着俞峰,他等待着下文。

俞峰接着说:"星冉的大脑里可能正好存有能够阻止它们的方程式。通过这个方程式我们可以让加快了的时间停下来,简言之,我们可以冻结西麦农场的时间,让里面的一切相对于我们来说变成一动不动的雕塑,直到它们不再对人类构成威胁为止。"

"为什么对我说这些?"何夕不解地问,他预感到有事情要发生了。

"我们刚刚使得四个活生生的人精神崩溃变成了白痴。"俞峰的语气失去了控制,他无助地望着那道黑色的墙,"实验失败了,为了扫描出他们脑中的信息我们让他们超长时间联线,结果发生了悲剧。"

何夕倒吸一口凉气:"那个叫赵南的音乐家带她走的时候可没说这些。"

"赵南是三个学术领域的专家,音乐只是他的业余爱好。"俞峰苦笑,"虽然现在我对音乐只是略知皮毛,可是只要我联上脑域,我马上可以成为音乐大师。"俞峰露出崇敬的神色说,"这就是脑域时代的奇迹。"

何夕突然大笑起来,他知道这样做很没道理但却管不住自己。他觉得俞峰的话真是好笑极了。

"我也有个故事要对你讲。"何夕边笑边对俞峰说,"我认识一个女孩子,很普通的那种。她花了很多年的时间去练钢琴。她觉得自己从生下来起就喜欢这种世上最漂亮的乐器,她的梦想就是当一名钢琴教师,坐在光可鉴人的琴凳上轻抚那些让人着迷的黑白琴键,让美妙的音乐从自己的手指缝里流淌出来。但是后来她的梦想破灭了,就因为脑域的存在。我肯定她永远都不会再去碰钢琴了。这个女孩就是星冉。"

俞峰沉默了,他听懂了何夕的意思。他有些无力地反驳道:"她不用这样的,作为爱好何必放弃。"

何夕从衣兜里拿出一个小录音机,一阵轻快的琴声从里面流淌出来。

"这是星冉最后一次弹琴,我费尽心思才令她鼓起勇气这样做。结果人们嘲笑她的琴声。我承认赵南弹得更好,我也承认只要你联上脑域就能成为大师。可那真是你们的琴声吗?你们拥有百万倍于常人的智力,像音乐这样的事情对你们而言只是小试牛刀。"何夕的脸涨得通红,"可是我要说星冉的这首曲子胜过你们千百倍,这是她练习了无数次,流了无数汗水才换来的琴声,是她发自灵魂的真实的声音。"

俞峰叹了口气,没有反驳何夕。过了一会儿,他疑惑地看着何夕说:"我能肯定自己联上脑域之后的智力远在你之上,但是我很怀疑自己正常的智力是否及得上你。"

何夕若有所思地说:"那天赵南听到我的名字后突然问我有没有用过'今夕何夕'这个名字联线,我没有告诉他这正是我用的名字。"

俞峰惊讶地叫了声:"你就是今夕何夕?那你是不是有时会在'脑域'里保持知觉?我就曾经不止一次在脑域里感觉到你的活动。这种情况相当罕见,根据分析,只有少数心智水平很高、极度聪明的人身上才会发生这种事情。"

"极度聪明。"何夕自嘲般地哼了一声,"在你们这些兆脑级研究员面前还有谁敢自认聪明。"何夕的语气变得悲凉,"在脑域的时代,天才和傻瓜已经被同时消灭了。即使是一个弱智成了兆脑级研究员都可以嘲笑任何一位天才的智力。这让我想起蜜蜂。其实除了雄蜂之外所有的蜜蜂刚生下来时彼此间都没有任何不同,但是吃蜂王浆的幼虫成了无比尊贵的蜂后,哪怕它本来是其中最差的一只。"

俞峰明白了何夕的意思,一时间他有些讪讪然。何夕说的虽然偏激但却让人无法反驳,这正是脑域时代的写照。由于命运的安排,自己成了兆脑级研究员,成了金字塔的顶端,可是这一切能说明什么呢?那无穷无尽的智慧真的是自己的吗?那无与伦比的思想光芒真的出自自己的内心吗?

"算了,还是说正题吧。"俞峰换了话题,"星冉答应了参与补救计划,你打算怎么办?"

何夕背上立刻惊出了一身冷汗。

/ 十二 /

"是你带他进来的?"赵南问俞峰。

"我只想同星冉说几句话。"何夕的目光四下搜寻着,"我是她的朋友。"

"她已经联线了。"赵南摇摇头,"你如果愿意的话,可以等。"

何夕冲动地往里面闯,他的额头上满是汗珠。几名警卫人员迅速围过来,用身体挡住他。但是何夕已经无所顾忌了,他试图冲破警卫的阻拦。在抓扯中他的外套袖子被拉破了,领带也偏到了一边。不过这显然是徒劳的,尽管他身体很壮实,但毕竟一个人的力量太小了。

"星冉。"他一边同警卫厮打一边喊着这个名字。不知什么时候何夕的鼻子受了伤,血流了出来,在胸前的白色衣领上浸出点点红斑。

"你不要闹了。没有人强迫我,我是自愿的。"一个女孩的声音立刻让何夕安静了下来。说话的人是星冉,她站在几米开外的地方。看来她还没有联线。

何夕急切地招手:"我有话对你说,就几句话。你听完之后就会改变主意了。"

"那好吧。"星冉有点无奈地拉着何夕的手来到一处没有人的房间。"这没别人了,你想说什么就说吧。"

何夕面带欣喜地上下打量着星冉:"你不要留在这里,这个实验很危险,上次的几个人现在都成了白痴。跟我走吧。"

星冉默不作声地盯着地面,过了一会儿,她缓慢但却坚定地摇了摇头:"我不想走。你放心,我不会有事的,我有过超长时间联线的经历。"

"赵南没有对你说实话。"何夕焦急地说,"你根本就不知道什么是脑域。我们这样的普通人在里面只是提供脑细胞的活机器。"何夕无助地看了眼天花板，"上帝如果知道人类居然发明出了脑域这种东西，不知道会做何感想。"

"你错了。"星冉突然抬起头，一时间她的目光简直可以用明若秋水来形容。"我知道什么是脑域，很早就知道了。你还记得吗？那天你想告诉我脑域里发生了什么事的时候我打断了你，因为我知道你要说什么。"星冉的声音渐渐变低，"其实，有时我也会在脑域里保持知觉。"

"那你为什么还同意做这次实验？"何夕真的吃惊了，"你应该知道这有多么危险。"

星冉突然露出笑容，这使得她的脸焕发出一种无法形容的美。"其实现在正是我长久以来最快活的时候。"她轻声说。

"你说什么？"何夕如坠迷雾。

"我一直都觉得自己很没用。"星冉说，"我没有专长，没有学识。唯一的爱好就是钢琴但却只会惹人嘲笑。其实我一直都很努力，小时候我读书很用功，大人都说我聪明。但是等我长大才发现这个世界根本就不需要我的聪明，需要我做的只是提供自己的脑细胞。"

这时候星冉流出了几滴眼泪，掉落在地很快便被吸干了。"长久以来，我都是躺在脑房里挣钱，充当着提供脑细胞的活机器。其实我根本用不了那么多钱，我只是想证明自己是有用的。我没有别的办法证明这一点，只能这样做。你骂过我，叫我不要这样生活。可我又能怎样生活？而你呢？虽然你在码头上有份工作，但是那不过是寻求心灵的平衡罢了，单靠那份工作你养不活自己。我们出售自己的脑细胞，价格还算合理，同时百万倍地放大兆脑级研究员们的智力，生产出无数有用的知识。这世界上的人都是这样生活的。"

何夕完全愣住了，他根本没想到在星冉的心里会埋藏着这么多不为人知的思想。

"所以当赵南告诉我，在我的脑子里可能存储关系人类命运的知识时，我唯一的反应就是喜悦。我不想管赵南是个什么样的人，也不在意是否被人利用。这些都不重要。"星冉接着说，"我第一次感到自己是一个有用的人。你明白我的意思了吗？"

何夕深埋下头。他明白了星冉的意思，同时他也知道无论如何他都不可能让星冉回头了。一时间他的心里乱得像一团麻，星冉的这番话让他简直无法评判。

"我该走了。"星冉轻轻地说，与此同时她那双黑白分明的眸子中闪过不舍的光芒，似乎还有话想对何夕讲。但是她终于什么也没有说便转身离去。几名警卫立刻封锁了门，留下何夕独自一人待在空荡荡的房间里。何夕一动不动地站着，他的心已经被那双若有所诉的眼睛填满了，再也没有一丝缝隙。

/ 十三 /

黄头发阿金满脸疑惑地看着何夕像一阵风似的冲进脑房。

"三十个小时。"何夕急促地说。

"你小子是不是打牌输惨了。"阿金乐呵呵地打趣，他还从没有见过何夕这样急着联线。而且何夕从来没有要求过这样长的联线时间。

"如果你想救星冉的话就快点。"何夕已经进了三号间。这是他唯一能想到的办法了。他也知道这样做的可行性很低，因为他也只有偶尔的情形下才会在脑域里保持知觉。不过只能如此了。何夕这次想做的还不止于此，要救星冉的唯一办法只有入侵脑域。这样做的难度可想而知，因为他的对手是集亿万智慧于一身的脑域，是人类迄今为止建立的最为复杂的超级系统。在脑域里保持意识与思维是兆脑级研究员的权利，普通人要想如此做就必须破译出脑域为研究员设定的密码。何夕知道希望渺茫，但他没有别的选择。

白光闪过。

就像是黑夜里突然从天际划过的闪电；就像是一个人仰面躺在流动的水里，看着越来越模糊的天空，并且一点点地下沉。然后是昏迷。

今夕何夕。今夕何夕。

星冉，星冉你在哪儿？

庞大的数据流像潮水般涌来又退去,意识的碎片闪动着,23的193次方,排序,计算,无穷尽的计算,存储……

口令字错。请输入口令字。

无边无际的信息海洋。

星冉,星冉你在哪儿?

口令字错。请输入口令字。

今夕何夕。今夕何夕。

……

苏枫面对监视器一语不发。信息显示有人正试图突破脑域的身份管理系统,而且已经有了一些效果。多年来有无数人出于各种原因这样做过,但从来没有人取得过任何成果。但今天的这个入侵者似乎不容轻视,因为系统显示他已经连续尝试了许多次。但要想突破系统是绝对不可能的事情,这就好比一只草履虫想要战胜一头包含亿万个细胞的抹香鲸。

口令字正确。身份已确认。亚洲区研究员俞峰在线。亚洲区研究员赵南在线。

俞峰与赵南面面相觑。绝无可能的事情在他们面前发生了,他们两人明明没有联入脑域,但系统却显示他们已经联线了。入侵者破译了他们的专有密码,取得了兆脑级研究员的特权。

"这不可能。"苏枫注视着屏幕,汗水从额上冒出来。他看着俞峰和赵南的目光就如同他们两人是冒牌货。

"他是谁?"赵南面色苍白地喃喃道,"他是怎么做到的?"

俞峰显得更理智些,他启动了脑域反入侵程序,一场看不见但却是这世界上最复杂激烈的战争立即展开了。这是一个大脑与十亿个大脑之间的战争,是一个人同整个世界的对抗。时间分分秒秒地过去,所有人的目光都注视着屏幕上的变化。入侵者艰苦地扩展着自己的立足之地,有时候他几乎快被战胜了,但不知从何而来的力量却又令他绝处逢生。他站住了,不仅如此,他还向四周伸展出了无数的触手,这个情形看上去就像是一张从中心处开始变色的蜘蛛网。

亚洲区研究员俞峰被驱逐。亚洲区研究员赵南被驱逐。欧洲区研究员陈天石在线。美洲区研究员威廉姆在线。欧洲区研究员戈尔在线。在线。在线。

苏枫长叹口气,皱纹深刻的脸上滑过无奈的表情。入侵者破译了众多研究员的密码,中心刚驱逐掉一个,他立刻又用另一个身份登录。"他是谁?"苏枫喃喃道,"他怎么能做到这一点?他破译了拥有一千亿亿个脑细胞的脑域所设定的密码,这怎么可能?"

仿佛是回应苏枫的话,屏幕上显示出了一行信息:何夕在线。

"是那个人。"苏枫惨笑一声,"谁能告诉我怎么会发生这种事情。他想干什么?"苏枫直视着俞峰,声音更大了,"他想做什么?"

俞峰的目光有些躲闪:"我不知道。他战胜了脑域,他已经获得了脑域的最高控制权。从理论上讲他现在可以令整个脑域自毁。"

"你是在告诉我单细胞的草履虫战胜了抹香鲸?"苏枫猛地剧烈咳嗽,咯出了一口血。"这不可能。"他一边咳嗽一边说,然后整个人倒在了地上。

## / 十四 /

是你吗?何夕。

是我。终于找到你了。星冉,快醒过来。星冉,离开这里。

我太累了。结果快出来了吧。我的大脑全部搜寻过了吗?

快醒过来。你已经尽了力了。快醒过来。

我好累。何夕,我是不是快死了?

不会的。你不会死。我在等你,星冉。

何夕,其实当我离开你的时候想对你说一句话。我想说,如果这辈子能够再见面的话,我再也不离开你了。我是不是特别好笑。你一定在心里笑话我……我太累了。我想睡觉。

不,星冉。千万不要睡过去,不要睡——

我真的想睡,想睡。

不,星冉。不——

何夕猛地撑起身，映入眼帘的是黄头发阿金关心的面孔。窗外的光线照进脑房，时间是正午。

"你已经在这里躺了十五个小时。"阿金轻声说，"事情怎么样了？星冉不会有事吧。"

何夕没有说话，他的目光有些漠然地看着周围的一切，任凭汗水从额上大滴大滴地流下来。他历尽艰辛终于在广阔无垠的神秘脑域中找到了星冉，但是最终却眼睁睁地看着她被吞没在脑域的深处。

"我要去找星冉。"何夕朝外面跑去。"等等我，我同你一起去。"阿金追过来。

星冉安静地躺在平台上，脸上还挂着几滴水珠，几缕汗湿的头发在她光洁的额头上卷曲着，长长的睫毛在脸颊上投下细小的阴影。看来她曾经有过一番挣扎，但是现在已经平静了。

何夕冲上去握住星冉冰冷的手，感觉不到一丝热度。"怎么会这样？"何夕面无人色地说，"她怎么了？"

"她坚持到了最后，比所有人都坚持得久。"说话的人是俞峰，他的面容上带着深深的惋惜，"我从来没有见过像她这样意志坚强的人。我们找到了要找的东西，是她救了这个世界。"

何夕死死地盯着俞峰，目光里像是要冒出火来："你的意思是星冉这样死去很值得？像她这样的小人物能够有这样的结局真是莫大的福气？"

在主控室里安放有数百台监视器，可以看到所有兆脑级研究员的情况。这时候他们都已停止了工作，关注着这里发生的一切。

何夕悲愤地对着全场的每一台监视器用更大的声音说："我知道你们就是人类思想的全部，在这个世界里，实际上只有你们才拥有思想的权利。你们有足够的理由嘲笑我们，因为在你们的智慧面前我们只是一些过于低级的生命，就像是人类眼里的动物一样。唯一不同的是，动物提供蛋白质，而我们则是提供脑细胞。你们只要愿意便可以让我们去计算23的500次方，还可以让我们陷在死循环里永不超脱。我们在脑域里永远地失去了自己，成了一粒粒没有任何分别的灰尘。"

何夕说到这里身体开始颤抖,他觉得世界真是荒谬。而问题的关键在于就连何夕自己也不知道到底应该仇恨什么。说到底正是脑域最大限度地解放并发展了人类的智慧,创造出了前所未有的奇迹。

"谢谢你没有毁掉脑域。"俞峰插入一句,他的表情是真挚的,"我现在仍然无法知道是什么力量支持你做到这一点的,也许永远都无法知道了。我们马上要着手加强脑域的安全性。"

何夕愣住了。其实他也说不清楚自己为何没有毁掉脑域,尽管当时他的心里有一万个理由要这样做。他只是实在无法下这样的决断。

"星冉并没有死。"是赵南的声音,他的目光有些躲闪,"但是,她的大脑受到了损害,她成了植物人。"

何夕爱怜地轻抚着星冉光滑的脸庞,柔声说道:"你不是想救世界吗?你真的救了世界。"两行泪水顺着何夕的眼角流下来,滴落在星冉的脸上。过了一会儿何夕吃力地抱起星冉,对已经呆若木鸡的阿金说:"我们走吧,离开这个地方。"

人群自动地分出一条道,默无声息地目送何夕离去。俞峰似乎想说什么,但最终只是摇了摇头,他觉得此时说什么都没有意义了。

/ 十五 /

正是黄昏时候,血一样红的夕阳缓缓坠入苍茫,天地开始合围世界。

"这间脑房陪了我这么久,就这么关了它一时还真有些舍不得。"阿金感慨地叹口气。

"其实你不用这么做。"何夕平静地说。

"就算没有这件事情发生,我也早就有这个心思了。这么多年来只有现在我才感到轻松。"阿金如释重负地笑笑,"我也算不清有多少人在这间脑房里出售过他们的大脑,他们以后只好换地方啦。"

"脑域始终是人类最伟大的创造,但是我现在只想远远地离开它。"何夕环顾着四下里繁华的街道,"是不是很可笑?就像当年工业革命到来时怀念田园生活的那些人一样。"

阿金摇摇头，表示对何夕的理解："你带着星冉准备去哪儿？"

"不知道。我只是想远远地离开。我想这也是星冉的意思。"

"不知道还有没有再见的一天。"阿金的语气里已经有了对人生无常的感叹。他的手向上抛出，一道亮线划过天空，阿金的目光一直跟随着那道亮迹直到它落地——那是脑房的钥匙。

当黄头发阿金回过头来，他的身边已经没有人了。夕阳将远行者的身影拉得很长。随着晚风飘过来隐隐约约的钢琴声，清灵、曼妙、充满梦幻的味道，就像是来自天边。阿金觉得天地间像是有一双看不见的手轻轻抚过，使万物宁静。

那是《秋日私语》。

# 汪洋战争

倒悬的蓝色海洋开始发生变化，像是听从于某个无形巨人的指挥，无数白亮的光柱从每艘飞行器里同时发射，汇聚在一起宛如海洋里倾覆的滔天白浪，席卷奔腾，将亿万人吞没。

/ 一 /

入口给人以狭小的错觉，如果不是亲眼所见，谁也想不到在这里面布置了一个作战指挥部之后仍然显得宽绰，还可以用便携式书架隔出一间卧室来。也许因为和领袖初次见面的印象过于深刻，此后的岁月里迦英的脑海中常常浮现出这幅幽暗的景象，以至于多年以后，当他在这个星球上最奢华的府邸里午夜梦回时，偶尔还会以为身处某个幽暗的山洞，而自己仍然是那个懵懵懂懂编号为"4577"的小勤务兵。

领袖拉旺刚刚起床，有些睡眼惺忪。这时迦英看到他将一根条状物塞进了口中龇牙咧嘴地咀嚼。迦英很快知道，早起吃一根产自印度东北部山区的生辣椒是领袖的习惯，为的是让自己能快速清醒。那种辣椒的烈度是人所共知的，所以当迦英知道这一点后心里对领袖生出不可遏制的崇敬。迦英是来接替沙牧尔的，在昨天的一场小规模遭遇战中，沙牧尔为了掩护领袖身中五弹。拉旺此时咀嚼辣椒时的凶恶表情显然不止是因为味觉的刺激，因为在他的眼中燃烧着一团仇恨的火焰。他手里轻轻摩挲着一个银色的铭牌，上面写着一个数字和沙牧尔的名字。

"领袖，我见过这个牌子。"迦英突然怯怯地说了一句。

"哦？"拉旺并不意外地回头，这时可以清楚地看到他凌乱的头发和胡须。

"沙牧尔和我都是塔吉村的，两个月前沙牧尔回村时曾经拿出它来向我们炫耀过。"迦英解释道。

"你看到过几次？"拉旺的态度很和气。

"就一次。后来他也回过村子，但再也不肯拿出来了。"

领袖沉默了一会儿。"你知道后来他为什么不拿出来吗？"

迦英想了想，摇摇头。

"展示身份牌违反了我们的纪律，他受到了严厉的警告和惩罚。我们是战士，铁的纪律是胜利的保证。"拉旺接着说，"敌人凶残而狡猾，任何大意的行为都可能导致严重后果。另外请记住一点，叫我向导，不要叫我领袖，而且任何时候都不要对我敬礼。在我们的队伍里，人与人之间没有这些差别。"

迦英点点头，表示自己明白了这个道理。他不由自主地瞄了眼山洞口外低悬的那个圆盘。现在是清晨，月亮还没有完全隐没。迦英知道敌人就在那里，正是那些红眉毛绿眼睛的家伙夺走了人民的幸福。

领袖从桌上拿起一样复杂的工具在铭牌上来回操作，这个工具是山洞里少有的、带有科技性质的东西。迦英后来才知道，领袖是极少亲自制作铭牌的，新战士的身份铭牌一般由连长或是营长制作。片刻之后，铭牌上的名字已经换成了迦英的，"这个是你的了。"领袖说着话将牌子递给迦英，"你外出执行任务时最好把它留在营地，这样会少许多麻烦。"

"那个数字还没变呢。"迦英小声地提醒道。

"哦，那个是不用变的。"领袖瞄了铭牌一眼，"数字可以重复使用，我们不能让数字变得太大，这样会增加敌人对我们的警惕，敌人非常强大。"这时领袖顿了一下，似乎有些明白迦英何以有此一问，"人民会永远记得沙牧尔的，他活在这里。"领袖用拳头捶了捶胸口，发出沉闷的"咚咚"声。

迦英捏了捏铭牌，坚实的金属边硌疼了十六岁的他的手，心里却真切地升腾起某种很充实但他现在还无法完全明了的感觉，近似于……幸福。

/ 二 /

由于没有地球引力的保护，月球背面的陨石坑密度大于正面，从联邦总部大楼望出去，大片起伏的凹坑一直延伸出去，就像是一片被放大了亿万倍的橘子皮。建筑物的保护罩能够承受绝大多数陨石的冲击，那些超出承受力的小行星则被提前拦截清除。出于安全考虑，联邦总部两年多前从地球迁到了月球的静海，在这里指挥对叛军的清剿。而自从叛军掌握了难以防御的大功率激光武器之后，总部再次迁移到了月球背面。

元首巴契夫满脸不悦地审视着戡乱战报，长条桌边的部门头头们一个个小心翼翼地观察着，这时候他们最不愿意听到的就是自己的名字。

"科恩，"元首点了一个名字，"你们安全部不是报告说派出的斩首部队绝不会失手吗？为什么清除名单上的九个人里还有将近一半的人活着？"

一个谢顶的胖子很快站起身，在月球的低重力环境下他肥胖的身材对行动基本没有什么影响，他粗大的喉结滚动了一下："我们为这次行动准备了半年时间，为了避免他们对这轮行动产生警惕，针对九个组织的大规模斩首行动同时进行。在逃脱的四人中，其中三个组织的头目是用牺牲替身的方式欺骗了我们。还有一人当时情报部门已经确定了他的位置，但他和参加婚礼的几百人混杂在一起，无法实施远程打击。等特遣分队到达时他已经逃掉了。"

"'地球团结阵线'……怎么又是婚礼？"元首再次看了眼资料，禁不住嘟囔了一句。

科恩似乎明白元首所指："是的，元首您的记忆很准确。七个月前我们清剿'地球团结阵线'时也遇到过一场婚礼，无功而返。"

"地球团结阵线"在现有的九个地球抵抗组织里实力排名一直靠后，控制的地盘不大，从掌握的情况看其人数也非常有限。在联邦总部做出的敌情判断里，它的危险度排名有时候是八有时候是九。根据情报分析这个组织具有坚定的反叛决心，但实力普通难成大患，今后最大的可能是被另一个更强大的反抗组织合并。

联邦国防部长拉姆斯菲尔德发言："当时你们发射一枚五级导弹就可以解决问题了。现在一切又要重来。谁知道下一次找到他们要到什么时候。"

科恩有些不安地瞄了眼元首，但他看不到元首有什么表情变化，这使得他稍稍镇定了些。"这个我们当然知道。其实一枚四级导弹就足够了，但是那些当时在场的人全都会死，里面绝大多数都是平民。你们知道的……"科恩咽了口唾沫，"战争公约里禁止这种行为。"

巴契夫有些不耐烦地合上卷宗："安全部没有做错。从联邦统一前的列国时代算起，公约已经实行了几百年，我们的时代不应该成为例外。请国防部尽快根据情况制订下一阶段的作战计划，重点消灭斩首行动已经见效的几股叛军。安全部继续之前的工作，不过那些人知道了我们的行动，你们以前的方法是行不通了。另外制订更好的方案吧。"

会议人员依次退出。拉姆斯菲尔德走到门口又折返回来："先生，能问一个问题吗？"

元首似乎早预料到他会回来，点了点头。

"我认为安全部这次的处理属于失误。本来是一枚五级导弹就能解决的事情，现在我们至少要付出一千倍以上的伤亡代价了，就因为一个迂腐的公约。"拉姆斯菲尔德的声音显得很低沉，他仿佛看到成千上万的联邦士兵倒在血泊中。

元首的目光变得有些飘忽，仿佛想起了什么，过了一会儿他低声说道："你知道，几天前我们刚刚发表声明谴责叛军违反战争公约。在这种时候我们更有必要维护公约。"

"是的，我知道这件事，我参与了声明的起草。"拉姆斯菲尔德面无表情地看着元首，"但我不认为一份谴责抵得过在红翼山谷牺牲的四十二名战士的生命。"拉姆斯菲尔德的喉结困难地蠕动了一下，"我最优秀的一位学生就在其中。我甚至不知道怎么表彰他们，因为他们并没有立下一点军功。"说到这里，拉姆斯菲尔德不由自主地想起那些可怕的现场照片，这个以铁血著称的军人的声音不禁有些颤抖。

元首沉默了几秒钟。"既然公约存在了这么多年，自然有它的理由，我们还是遵守吧。"

巴契夫开始埋首看文件，没有注意到联邦国防部长极度悲哀的眼睛里闪过一丝愤怒的火焰。

/ 三 /

在列国时代，这片山区属于巴基斯坦和阿富汗接壤部，当时也称部族地区。即使在全球一统的联邦时代，部族的势力仍然保持着余威。越野车在这里的道路上开得不快，越往前走景色越荒凉。沿途的崇山峻岭中偶尔能看到几处低矮破旧的土坯房，趴在荒山野草之中，远远望过去，很难分清哪里是房，哪里是地。狭窄的道路上间或遇到几辆装载木材的破旧卡车或是"挂满"当地人的客车。汽车扬起的尘土挡住了视线，司机叫苦不迭，紧抓着方向盘，神情紧张。

迦英拉着扶手，任凭身体在座位上颠簸。他已经习惯了每隔一段时间的迁徙，有时坐汽车，有时坐驴车和马车。车里只有三个人，其他地方都塞得满满当当的，但并不是生活用品，而是领袖的书。除了书以外，领袖对于他用过的物品从不留恋，即使他曾经很喜欢的也一样，按照他的说法是"留下来都送给当地老乡吧"。但迦英很怀疑是否真有老乡能够发现那些伪装得极好的山洞，实际上常常是几个月后的某一天，领袖又带着大家转回到某个以前的山洞，那些物品还好好地待在当初的地方。

直到现在，迦英对于此次迁徙的原因都是不明就里的，他心里隐隐觉得虽然有情报的关系，但似乎更多取决于领袖某个时刻的直觉。领袖天生就比他人拥有更敏锐的洞察力，他似乎兼有狼的嗅觉和狐狸的智慧。半个多月前的一个深夜，在没有任何征兆的情况下领袖突然从睡梦中起身，嚼着辣椒命令大家紧急转移。结果驴车刚刚走出几公里便听到山洞的方向传来惊天动地的爆炸声。迦英知道那是联邦军队的"滚球"炸弹，威力足以削平整座山坡。

这样的紧急转移发生过很多次，有时是在领袖睡觉的时候，有时则只是领袖刚好抽完一支烟的当口。迦英已经习惯了随时上路，他坚信在领袖的大脑里一定有某个神秘的声音在护佑着他，让他能察觉到普通人感觉不到的异常。而在老乡们那里，领袖的这个能力被传得更是神乎其神，有人说领袖是天上的星辰降临人世，有人说他是伟大的阿赫迈德沙·杜兰尼再世，有千里眼和顺风耳的神奇本领。有人把这些话告诉了领袖，领袖爽朗地大笑着说："这是人民对我们的祝福，说明人民和我们在一起。"

领袖特别喜欢提到"人民"，在他的表述里人民无所不能，是决定世间万物成败的关键。"人民是水，我们是鱼，融入人民之中，我们就是不可战胜的。"领袖常常这样教导战士们。听到这样的话，无论是战士还是老乡都会觉得有一种外在的力量突然注入自己的身体，也许这就是领袖所说的那种"不可战胜"的感觉。

塔吉是最可靠的堡垒村之一，迦英没想到这次转移的目的地居然是自己的老家。想到那些从小到大的玩伴现在还在土里刨食，他不由得用力挺了挺瘦弱的胸膛。迦英伸手摸了摸那块铭牌，心里有些犹豫带不带着它回家，他想象着自己在母亲和妹妹面前拿出铭牌的那一刻该有多么风光。不过迦英最后还是放弃了，携带身份牌容易被敌人发现。领袖曾经告诫过他，一定要在打击敌人的同时保护好自己。

住在堡垒村的日子是难得的放松的时光。在这里基本不用担心什么突发的情况，长老和村民都衷心地爱戴着领袖。"地球团结阵线"以前的名字并没有"地球"二字，这是两年前领袖加上去的，当时联邦总部因为担心热核武器的攻击刚刚迁到月亮上。

迦英这段时间来也见识渐长，毕竟天天和领袖在一起，有缘见到一些情报资料，他知道有两个组织已经拥有了这种魔鬼的武器。一份情报上说联邦军队到处搜寻的一枚核弹其实就埋在一位村民家地窖的甜菜堆里。当然那位村民并不知情，他以为这是一箱待价而沽的铜矿石，每天一大家子在火山口上生活如常。

领袖的另一个创举是给联邦政府改了名字："月球佬"。按照历史学家的分析和评价，领袖这个小小创造的影响无法估量，实际的军事价值超过三十个整编师。大多数历史学家认为从后来的发展看，联邦政府迁到月球的决定无疑是失策的。不过也有极少数的历史学家认为这个决定是正确的，因为有情报显示叛军可能制定了对首都进行热核攻击的计划。拉旺的创造很快不胫而走，人们忘记了政府的迁移是一种战时措施，"月球佬"成了联邦政府的专称，似乎那些人本就是来自月球的异类。在地球的各个抵抗组织里、在山地、在丛林、在华北的青纱帐、在密西西比平原的麦浪中，"月球佬滚回去"的声音星火燎原。

说明一点，做出评价的历史学家是外星人。

/ 四 /

"兵者，诡道也。故能而示之不能，用而示之不用，近而示之远，远而示之近……攻其无备，出其不意。此兵家之胜，不可先传也。"

领袖在读书，借着山洞门口传进的光线，领袖投入到了他自己的世界当中。迦英这个时候是比较轻松的，闲坐或是打盹都可以。领袖看书很少出声，但有些段落他却总是反复诵读。他告诉迦英，那是一本来自古老东方的著作，蕴含着人类顶级的智慧。迦英其实不太明白领袖的话，他觉得这些拗口的话虽然听上去很艰深，但不过就是一堆文字，抵抗战士们都认为发明了飞行船和磁爆坦克的人更了不起。

抵抗战士因为没有这些尖端武器，交战时总是处于下风，常常要付出几条人命的代价才能击毁或是俘虏一架联邦军的装备。团结阵线虽然有自己的兵工厂，但规模和水平不仅无法同联邦军相比，同另外几个抵抗组织相比也差很多。

不过领袖似乎对此并不在意，他对武器的态度超出所有人的想象。领袖并不像外界传说的那样是一介武夫，恰恰相反，他对武器有一种天生的疏离感，不到万不得已，他甚至都不愿意碰一下枪把，似乎那些让抵抗战士们喜爱不已的武器会刺痛他的手。出于安全需要，领袖配备了一支老式的鲁格手枪，但它绝大多数时候都待在迦英腰上多出来的一个枪套里。有一次迦英小心翼翼地问领袖为什么不随身带枪，领袖爽朗地一挥手说："敌人的子弹是打不中我的。"看着迦英迷惑不解的表情，也许是出于对这个半大孩子忠心的奖赏，领袖补充了一句，"如果到了需要我拿起枪的时候，枪也就没有什么用处了。"然后领袖发出自信的笑声走出洞，留下迦英一个人沉浸在这句高深莫测的话语里独自思量。

现在领袖开始读另一本书，但不是原本，而是由领袖亲自抄撰的小册子。"革命者应当从本质上、在行动中、而不仅仅是在口头上，与一般国民的公民秩序，与整个有教养的阶层，与所有当今世界的法律、礼仪、约定俗成的习俗和道德观念断绝一切联系。"这段话无疑是领袖特别喜欢的，迦英也听得耳熟无比了。迦英觉得领袖对这本书早就倒背如流，因为在他平常的讲话中，那些句子总是很恰当地涌出，每次都让战士们热血沸腾。每当那种时候，迦英就不禁想领袖其实是有武器的，而且是一种威力无比的超级武器，但不是握在手中，而是深藏在他睿智的脑海里。这武器能让战士变得英勇，也能让敌人战栗。

/ 五 /

月球总部在安全上有足够的保证，官邸中基本上不需要什么警卫力量，元首开始享受一天中最轻松的时刻。卡佳快乐地扑过来，将红红的脸蛋埋在祖父的怀里。小姑娘六岁了，在这远离地球的地方从未体会过战争的残酷。既然在月球背面看不到地球的战火，那不如索性让孩子们与战争绝缘，这几乎是这里所有人的想法，所以很少有人在孩子面前提到战争的事情。

而在地球上的情况则完全不同，巴契夫不禁想起看到的纪录资料，一些死去的叛军战士几乎就是孩子，他们的人生还没有真正开始就已经结束了。有幅照片里一个男孩双手紧紧抓着枪把，似乎以为这个东西能将他与厄运隔离开，仅剩的一只独眼瞪得很大，仿佛要掉落出来。死亡将最后的迷惑永远定格在了惨白的天空之下。这样的孩子参战肯定违反了公约，不过叛军好像没有把这个当回事。

"给我讲故事。"卡佳扯住祖父的衣领，"接着昨天讲的。"

元首将思绪收回眼前："好啊，我的小卡佳。昨天讲到哪里了？"

"讲到你的爷爷，也就是爷爷的爷爷年轻时干活不小心扎破了手指的故事。"

元首"哦"了一声，昨天他是给小卡佳讲了那个故事，不过真实的情况是左手食指和中指被机床切断了，为了不让孩子过于害怕他做了一点艺术加工。元首抬头瞄了眼墙壁，他的祖父神情肃穆地倨坐在那幅已经稍许褪色的油画里，看不到残疾的左手。家族就是从祖父那一辈开始兴旺发达的，从一家小作坊开始直至建立起后来的工业帝国。而在此之前，家族一直只是普通之极的农人。不过在古老的传说里家族祖先却有着非同一般的遭遇，如果不是凭着那种不可思议的幸运，所有的一切都已沉入永恒的黑暗……元首心中一凛，中断了对这个超出心脏负荷的问题的回想。

"卡佳告诉爷爷，那个故事告诉我们什么道理呢？"元首和蔼地抚弄着小女孩褐色的鬈发。

"告诉我们做事情要细心。"卡佳奶声奶气地回答，她觉得祖父的问题真是太简单了，不过还是很得意地接受了祖父赞许的目光。

"对的，我的小卡佳真聪明。"

/ 六 /

大眼第一百九十七次从寐境中苏醒。

"露茜"自动系统在第一时间接通信息管道，大眼立刻知道了这是一次时长为三十个行星年的标准的寐境。神尺表现平静，说明其间没有发生什么特殊事件，否则系统会提前终止寐境。按照章程还需要大眼在例行的为期十天的苏醒期进行复核。不过由于系统的高可靠性，复核工作基本上只是形式罢了。

大眼有些无聊地调阅历史年表纪录，有些是文字的，更多的则配上了图像资料。这种单调重复的工作早就丧失了吸引力，大眼只是在履行自己的职责。他做着这项工作的时候，心思早已回到遥远的菲星，那是一个和蓝星迥然不同的世界：天空中一颗太阳恒定大小，平均距离两万亿公里之外另有两颗太阳忽大忽小。在故乡晴朗的夏夜，大眼和露茜曾经无数次牵手走过。虽然大眼知道菲星上自己熟悉的一切早已逝去，但是记忆并不受制于理性，自有一套逻辑。

蓝星的最近三十年显然不平静，统一的联邦只稳定运行了十来年就被分裂势力冲得七零八落，战火在这个星球上熊熊燃烧。不过话说回来，战争在蓝星上本来就不是什么稀罕事儿，从这颗星球上诞生人类以来没有一天停止过战争，争斗似乎写进了这种两足猿猴的基因里，让他们甘之如饴、不能自拔。曾经有不少人类学者不理解原始部落为什么会花许多时间和精力从事狩猎，根据统计，狩猎获得的能量根本无法抵偿总体消耗，实际上让部落得以长期生存的是妇女们从事的采集活动。如果男人放弃狩猎从事采集的话，生存质量必然更好。但后来学者们终于意识到这种狩猎行动最重要的功能是保持一支武装力量，为随时可能发生的战争作准备，与狮群豢养雄狮是同样的道理。大眼知道这个秘密的时间远远早于人类自己，那时候他刚和露茜一起降落到这颗蓝色星球不久。

大眼想到这里不禁瞄了一眼断崖下的冰瀑，那是他为露茜选择的葬身之所，想来露茜应该对此感到满意，至少几百年来，当她偶尔进入大眼梦中时并没有对此表现过什么抱怨。直到今天，大眼都不能理解露茜当年的那个决定，经过行前魔鬼般严酷的训练的她不该犯那样的错误。而对露茜来说，最可悲的一点在于她付出生命的代价并没有得到相称的结果，神尺的规律至今仍然是不解之谜。现在想来露茜一定是被那地狱般的场面搅乱了心神，以至于做出了愚蠢的举动。这时候大眼心里突地滚过一阵刺痛，让他有点难以呼吸，看来时间并没能平复一切。

大眼同露茜的相识实在太久了，幼年时他们一起进入到训练营，实际上大眼根本想不起没有露茜的时候自己做过些什么。从小他们就知道虽然菲星已经是银河联邦的成员，但由于地理位置的偏僻，只是一个不入流的小成员。的确，银河旋臂的边缘地带物质非常稀薄，菲星不要说与辉煌壮丽的银核区星球相比，就与那些位于旋臂中段的第三世界星球相比，也有天壤之别。实际上如果不是一位神族巡游者偶然经过这片区域，同时菲星上又正好机缘巧合地在进行一次粒子实验，引起了神族的注意，可能到今天菲星都还是一个孤独的宇宙弃儿。大眼并没有亲眼看见神族降临，那时候他还是母腹内一团无知无觉的血肉，但他从后来见到的纪录资料上感受到了当年那狂热的气氛。

神族巡游者从天而降，化身为菲星长者的形象，所有人载歌载舞向神族表达敬畏。菲星的智者已经知道银河系的广袤超出一切想象，而神族巡游者却能够在瞬间往返自如。如果这个过程是按照传统的能量耗减方式进行，那么根据智者阿朵的计算，这至少需要同时熄灭一千颗太阳。但神族显然自有奥妙难言的方法，因为星空依然闪烁。

菲星人的欢乐并没有持续太久，神族巡游者宣布他将离去，而且不再回来。菲星人难以掩饰自己的失望，巡游者显然了解菲星人对高级技术的渴求，但他明确地表示了拒绝，理由并不是菲星人理解的传授难度太高，而是因为智慧物种只能依靠自己的力量融入宇宙，任何干涉行为都将扰乱"法则"。资料真实记录了神族巡游者提到"法则"这个词时庄重肃穆的语气，让人清楚地感觉到面对"法则"，即使身为神祇也须匍匐身躯。

神族巡游者的告别礼物是一支晶莹剔透的"神尺"，从中分为"蓝"、"红"两种颜色，一道简洁的黑色游标横亘底部。巡游者解释说："当游标停留在底部意味一切正常，进入蓝色段时意味着警告，说明神圣的'法则'受到了冒犯。而如果冒犯行为加剧则游标将进入红色段，这意味着菲星人将遭到外来的严厉惩罚。而如果游标超出红色段……"说到这里时巡游者停顿下来，加上一段意味深长的话，"你们还是祈求不要出现这种情况吧。"

智者阿朵鼓起勇气上前提出盘桓在每个菲星人心中的疑问："至高无上的神族啊，请给卑微的菲星人以指示：'法则'到底是什么？"

巡游者仰望天空久久沉默——这是纪录里唯有的一次关于神族也需要思考时间的例证——然后说了两个字："生存。"

这是神族在菲星上留下的最后线索，此后的许多年里，无数菲星智者为这个浅显至极的词汇绞尽脑汁。从字面上看这个词并不需要任何解释，但如果仔细思考就会发现它高深莫测。如果"生存"指的是生命的存续，马上就会面临一个难解的悖论：生物圈本身由食物链构成，生命个体的存续必然伴随着另一些生命个体的毁灭。而且神尺的表现也似乎佐证了这一点，黑色标尺总是在蓝色部分游移，意味着菲星上一直发生着冒犯"法则"的事件，而在每年的渔猎季节，更是可以明显发现黑色标记的异动。

巡游者逗留菲星时对这个区域的其他地方进行了仔细探寻，结果发现在大约三个菲星光年之外有另一个太阳，它的第三颗行星上生活着一种两足智慧生命。

/ 七 /

接到开拔命令的时候，迦英正在家里帮忙翻晒小麦，看着金灿灿的粮食和母亲枯皱脸上的笑容，他觉得浑身上下都充满力气。塔吉村和周围的几个村子以前都属于法尔汗老爷，兴起"农牧社"之后法尔汗老爷跑掉了，他的土地和牲口都由"农牧社"分给了村民。当时法尔汗的大儿子试图阻止"农牧社",但一颗子弹让他安静地闭上了嘴。

迦英一直记得那个欢乐的日子,大家都兴高采烈地清点自己名下的那份财产。"农牧社"大院门口的告示牌前挤满了人,沙牧尔的舅舅鲍回尔是村里最有学问的人,他不知疲倦地站在台阶上反复宣读着上面的文字。沙牧尔在人群里骄傲地睥睨四下,仿佛站在台阶上的不是他舅舅而是他本人。那时沙牧尔还不知道自己七天之后会参加队伍,一百零七天之后自己的一切将凝固成数字"4577"。

"没变啊,交的地租和以前一样,还多了'农牧社'的会费。"人群里一个愣头愣脑的庄稼汉开口道。

他的话立刻招来一阵嘲笑,所有人都仿佛获得了一种智力上的优越感。

"坎图尔你这个糊涂虫,这能比吗?以前土地是法尔汗老爷的,现在是自己的了。"达乌德长老拿手杖敲了敲坎图尔的腿。

"就是,地是自己的,就算多交一倍也愿意啊。"说话的是兴奋得满脸通红的鲍回尔。

受到嘲笑的坎图尔觉得这句话在道理上有漏洞,有些不服地反击道:"多交一倍哪成,还不如以前了,那日子就过不去了啦。"

鲍回尔被顶得一愣,但口里并不松劲:"我们交的租是给地球团结阵线的,知道吗?团结阵线啊,是我们自己的队伍。给我们土地,让我们翻了身。"说到这里鲍回尔激动起来,无师自通地振臂高呼,"团结阵线万岁!领袖万岁!"

"农牧社"的大院以前是法尔汗老爷的住宅,四周环绕着高十米、厚四米的土墙,土墙周围是茂密的石榴园、葡萄园以及一片长满大象草的荒地。也许是被喧闹声惊动,一个人影从大门里走了出来。他神情激动地注视着高呼口号的鲍回尔,用同样高亢的声音回应道:"人民万岁!"

这就是塔吉村的人们第一次见到领袖拉旺的情景,当时在场的人每次向别人提到这件事情都会加进一些新的内容。有人信誓旦旦说那一刻东边的天空突然变得通红,但也有人以阿拉的名义作证那一刻天降甘霖。这些纷乱的、无法共存的说法最终使得那一分钟里发生的简单事情变成了不可思议的传奇。现在领袖已经到过多次塔吉村,村民已经见惯了拉旺的音容，但他们的敬仰丝毫没有减退。

刚赶回指挥部，迦英就看到一副匆忙的景象，那些书已经打包，参谋长正向领袖解释着什么。

"只是一个五十人左右的小分队，没有重武器。"参谋长仿佛在作什么努力，"情报显示这是一次奇怪的行动，不过并非针对我们。他们不知道我们在这里。"

领袖赞许地看着参谋长："应该嘉奖我们忠诚的情报人员。知己知彼，百战不殆。他们为我们赢得了宝贵的撤离时间。"

参谋长小声地建议："我们可以不撤离。警卫连加上我们有一百多人。我们能够消灭他们。"

领袖脸上的表情变得凝重："我已经下达了撤退命令，难道你忘记了我们制定的优势兵力作战准则吗？"

"当然，我没忘。"参谋长声音变得有些低，"在战役战斗部署方面必须集中绝对优势兵力，即五到六倍，至少也要三倍于敌的兵力方可作战。"

拉旺脸上露出笑容："那就好。去准备吧。不过我们也不能放过这些家伙，可以打一次放羊战。"

迦英感到一阵兴奋，放羊战是最英勇也最具有传奇色彩的游击战术。乔装成放羊人的战士暗藏武器接近敌人，然后迅雷不及掩耳地发起突然袭击，往往能以极小代价杀死大批敌人。在十多天前红翼山谷的那次放羊战中，一名英勇的战士扮作受伤的牧人，将炸弹绑在自己和羊群身上，与四十二名联邦军士兵同归于尽。

参谋长点点头转身出门，仿佛又想起什么回过头："情报称法尔汗的小儿子是这支队伍的指挥官。估计他们是想回到塔吉村夺回财产和土地。塔吉村是最早的一批堡垒村，这里的人民非常拥护我们。"参谋长低声强调了一句，"这是我们的土地。"

拉旺沉默了，右手不自觉地拿出一根辣椒放进嘴里嚼动，仿佛在下什么决心。过了几秒他开口道："同敌人打阵地战就正好中了他们的圈套，我们要在运动中用一切手段机动灵活地消灭敌人的有生力量。我们追求的是最终的胜利，如果患得患失舍不得坛坛罐罐，我们就放不开手脚，就会陷入泥潭。"拉旺久久地盯着参谋长的眼睛，似乎在传递着只有他们两人才能明白的某种信息，"执行命令吧。"

迦英要过一些年头之后才最终理解了领袖此刻的目光中的含义，同时也明白当参谋长转身出门的时候为什么会突然佝偻了身躯。撤退命令执行得很迅速，迦英没有时间回家同母亲及妹妹说再见，实际上他永远都没有这种机会了。指挥部撤离后不久，小法尔汗认识的两位塔吉村牧羊人因为缺水向联军小分队求助，几分钟后周围的人们听到了一声巨响。袭击使用了黏附作用极强的白磷弹，十一名阵亡的联邦军士兵实际上是被烧熟了。

再后来的历史在细节上成了永久的谜团，没有人知道究竟是小法尔汗一开始就打算血洗塔吉村呢还是十一名战友临死前的惨叫让这支装备精良的部队失去了理性。半小时后的塔吉村成了人间地狱，眼睛血红的士兵不让任何村民靠近，不听任何解释，他们疯狂地发泄着仇恨和子弹，无视任何人的哀号，仿佛在他们面前苦苦哀求的不是一个个活人而只是一群异类。鲜血从一个个身体里喷涌而出，转瞬便被干燥的土地吸收殆尽，只留下大片红褐色的斑块。

硝烟开始散去，小法尔汗全身无力地斜倚在大院门柱上，除了他之外，每个人的子弹都打空了。"农牧社"的牌子摔在地上成了几截。

拉姆斯菲尔德面无表情地站立着，身躯笔直。他的肩章已经取下，同帽子一起整齐地叠放在面前的桌子上。撤销他的国防部长的命令刚由元首宣读完，他接下来将要面对的是联邦最高法院的指控。

塔吉村事件带来的影响超过了任何人的想象。来历不明的血腥视频扩散全球，联邦军人对手无寸铁的村民的屠杀铁证如山。虽然小法尔汗以及参与这一事件的所有人都被立刻抓捕并送交军事法庭，虽然军方发表声明称：小法尔汗率队突袭塔吉村的行为没有得到任何正式命令，属于个人行为，其初衷是想夺回法尔汗家族的财产，因为途中受到了炸弹袭击才丧失理智酿成惨剧，但所有人都知道，这些理由根本于事无补。为了平息民愤，联邦紧急撤换了多名高级将领，现在轮到了国防部长。

安全部长科恩一直有些犹豫是否发言，最新的情报表明，拉姆斯菲尔德很可能不是无辜受过。小法尔汗在军校时曾经是拉姆斯菲尔德最欣赏的学生之一，单凭小法尔汗个人的力量要伪造军令难以成功，一定有更强大的力量提供了帮助。科恩一直觉得，自从导致四十二名联邦士兵丧生的红翼山谷事件发生之后，这个铁血军人身上似乎发生了某些难以捉摸的变化，据说拉姆斯菲尔德非常器重的一个学生就在那次事件中丧生。科恩最终没有开口，他想还是找机会先向元首汇报之后再说。

两名警卫来到拉姆斯菲尔德身边将他身后的椅子移开，拉姆斯菲尔德环视了一下同僚，最后目光停在元首处。他举起手想要行礼，但目光瞟了一眼桌上的肩章，于是这个动作变成了有点不自然的一次挥手。

/ 八 /

大眼刚一苏醒便看到了在"神尺"上剧烈振动的黑色游标。连接冬眠维生系统的控制部件显然更早发现了这种变化，按照设计好的程序启动了唤醒过程。不过大眼并不认为这次就一定会发生实质性的事件，就像卡法城那次一样，"神尺"在剧烈振动之后上升了一大截，但最后并没有突破阈值。

蓝星是菲星的观察星球，这是神族巡游者的旨意。在星辰稀薄的银河系外缘，像这种相隔仅仅三个菲星光年（对蓝星来说是四点三光年）同时又都具有原生智能生命的行星比邻而居是极其罕有的现象。当巡游者宣布了蓝星的存在之后，菲星人的欣喜若狂的反应完全在意料之中。

对宇宙的了解越多菲星人就越明白，一个没有"备份"之所的文明是非常危险的，小行星撞击、恒星灾难、地壳变动、气候异常等因素都可以轻易摧毁一个孤本的世界。没有等到智者阿朵开口询问，巡游者就给出了不容置疑的答案。蓝星人正处于农耕时代，综合技术水平比菲星落后三百至六百菲星年。但这样微小的差距在宇宙尺度上完全可以忽略不计，也就是说这两颗星球的文明其实属于同一个层次，这意味着蓝星人的原生权利受到"法则"的严格保护。菲星人虽然更加先进却无权染指蓝星，但可以在不加干预的前提下派出观察员。

大眼和露茜从数千名志愿者中被选中——说是志愿者也许不大贴切，因为所有候选人加入计划时都还不到七岁。其实谁也不知道他们这一代人究竟能否踏上旅程，一切都还需要取决于亚光速飞行技术的突破。事情在大眼二十六岁那年变得明朗，第一艘恒星际飞船顺利试飞，四个月后大眼和露茜终于朝着天空中最令人神往的那个方向进发。加速期和减速期分别持续了三个菲星年，中间是将近九年的三分之一光速巡航期。但大眼和露茜在整个行程中的年龄只增长了六岁——平淡的巡航期他们依靠冬眠技术在寐境中度过。降落点位于两块大陆结合处的高原，这座被蓝星土著称作雪山太子的雪山自古罕有人迹，是观察者理想的栖身之所。多年前巡游者安放的"神尺"就矗立在雪山之巅。

游标已经静止下来，停在了距离蓝、红分界线不足一个手指长度的地方。这让大眼感到吃惊，他清楚记得自己在进入本次寐境之前，游标离分界线还有一个手肘的距离。大眼有些手脚忙乱地调出"露茜"系统的数据，结果显示神尺比较大的异动在近段时间发生过三次，大眼被系统唤醒便是因为累计幅度超过了设定值。而让大眼大吃一惊的是，这个累计幅度竟然超过了已经保持了数百年之久的卡法城事件纪录，这意味着有某些非同寻常的事情在这个星球上发生了。

大眼开始查找蓝星在这三个日期内发生过的事件，但结果却让他再一次陷入迷惘。由于蓝星的战争还在继续，这三天里发生了数不清的生存与死亡交织的事件。在这些浩如烟海的资料里找出到底是哪些事对应着神尺的异动，实在是一件让人气馁的工作。实际上神尺从来就没有真正停歇过，它总是处于幅度不一的振动之中，神族近于魔幻的技术赋予了它洞察万方的能力，这增加了大眼的困难。但是大眼不打算放弃，他全身心地投入到甄别工作当中，忘记了进食，忘记了睡眠。过度的劳累让大眼出现了幻觉，有几次他感到智者阿朵的目光正从故乡星球上注视着自己，还有一次他真切地感到了露茜在身后轻轻抚摸他的肩膀。

唉，露茜，在卡法城到底是什么让你迷失了心智？

/ 九 /

伴随着颈骨的断裂声，又一个儿童的头颅满地乱滚，活着的孩子恐惧万状，甚至忘记了哭泣。他们的父亲和兄长早已死去，再也不能给他们以保护。母亲们则被绳索牵着，每一颗小小头颅的滚落都会伴随着一阵撕裂心肝的惨叫。这时有士兵砍断绳索从人群中拖出一具躯体扔在旁边——那是又一个在哭嚎中活活窒息而死的妇人，她的双眼令人不安地圆睁着，脸上一片乌青。其实对她来说，在此刻同孩子一道离开世界未尝不是一种解脱，起码能够葬身同一片荒丘。活着被那些野兽般的鞑靼人带走更是噩梦的延续，如果那样她将受尽世间屈辱，然后在粮草告罄时成为一块块锅里的烂肉。鞑靼吃人的故事已经不是传说了，他们只携带很少的军粮，在鞑靼人眼中，异族人就是取之不尽的两脚绵羊。

这时一阵金角号令传来，屠杀者意犹未尽地收拾沾满鲜血的弯刀。尸体的耳朵被一一割下装入羊皮袋，这是计功的凭证。卡法城久攻不下，兵营里又发生着莫名的怪病，攻破卫城的杀戮让这一队士兵感觉畅快无比。阿拉坦一边擦拭弯刀上的鲜血一边给旁边的人讲述自己看到了紫色精灵的怪事，他赌咒发誓说就是这个精灵让自己少砍了一个人头。阿拉坦的话激起一阵肆意的哄笑。屠杀者带着战利品离去，身后是仍在冒烟的卫城——那曾经有千百人生活的繁华之地现在已成鬼蜮。

所有人都没能注意到远处山冈上的两个身影。

大眼不理解露茜有何必要来到这里。为了探寻神尺的运动规律，他们在蓝星上安置了许多观察设备，每当神尺发生较大异动时，可以用来比对并分析结果。大眼和露茜来到蓝星已经六年，神尺比他们到来更早。在过去的一百年当中，这个星球上一直在进行着有史以来最大的征战。蒙古铁骑先是征服了东方，然后又以惊人的速度向西，攻伐毁灭一座座城池。神尺显然对此有所反应，每一次蒙古人举起屠刀的时候都会在神尺上激起振动。按照巡游者的提示，这意味着至高无上的"法则"受到冒犯。仪器对神尺的观测非常细致，任何异动都可以准确到极小的时间和幅度范围，现在可以肯定，眼前这座卫城的覆灭的确激起了神尺的反应，数百人丧命让游标上升了小小的幅度。通过对蓝星历史资料的查证，大眼知道蒙古人不久前在古老东方屠杀了六千万人以上，而在西征过程中屠杀的人更是超过两亿。只是那个时候神尺尚未降临，没人知道在那样的情况下游标将作何反应。对神尺的观测和研究是菲星智者交给大眼和露茜的核心任务，而现今战火连连，每天都上映着生存与死亡的蓝星是最适宜的实验场。

但是大眼和露茜都感到了挫折。六个蓝星年以来，他们记录下了无数次神尺的异动，借助众多辅助观察设备，他们甚至可以将某次异动准确对应到地球某个角落里发生的具体事件——比如皇族正在围猎烧山，又或者是眼前这样的屠城。但是，综合所有的数据他们找不到神尺异动的规律。比如同样是屠城，四个月前的那一次死亡人数上万，但神尺的异动幅度却小于死亡人数更少的这一次。搜集的数据越多，大眼和露茜就愈加困惑。最令研究者难受的莫过于一样东西明明白白地摆在眼前，但就是无法洞悉其中的秘密。为此伤神的不仅仅是大眼和露茜，通过量子通讯的传送，菲星的智者们体会到了同样的挫折。

虽然口头上不会承认，但大眼在内心其实已经有了放弃的念头。大眼早就没有了当初的雄心壮志，现在他觉得自己做的就是一项工作而已。但露茜显然没有放弃，不知从何而来的力量一直支撑着她。就像这一次，神尺刚表现出异动，露茜就拖着大眼赶到现场，目睹了屠杀的过程。

"神尺异动停止了，最终上升幅度比例为蓝色区域的一百二十万分之一。"大眼看了眼携带的仪器。神尺游标的运动时刻不停，但能够观测出幅度变化的异动是少数。

露茜仿佛没听见，眺望着远处那片鲜血尚未干涸的土地。大眼有些痴迷地欣赏着露茜的侧影，心里涌起幸运的感觉。大眼和露茜是法律上的配偶，出发的时候他们在菲星上留下一枚受精卵，现在已经是一位帅气的小伙子了。现在的大眼对任务不再上心，但能与露茜朝夕相伴他觉得很快乐。

"'法则'不可理喻。"露茜开口道。

"你说什么？"大眼有些紧张地问，他其实听得很清楚。

"我说'法则'不可理喻。"露茜回过头来，她脸上的紫色变得很深，这是菲星人激动时的表现，"一座卫城毁灭，成百上千的人被屠杀。"

"你想说什么？"大眼小心地问，"蓝星人是很野蛮，其实在菲星的蒙昧时代也发生过许多类似的事件。"

露茜直视着大眼："可你想过没有，这样的屠杀在神尺上却只造成不到百万分之一的幅度上升，根据记录，这已经是六个地球年以来观察到的排序第五的上升幅度。你想想这意味着什么？"

大眼愣了一下，他还没有想过这个问题。

"我只在菲星的史书中见到过这种场面。"露茜有些悲戚地说，"一群人被另一群人杀死，用最残忍的方式。"

"这一次算是规模很小的，根据蓝星史料记载，在过去的一百年当中曾经发生过许多次对几十万上百万人的杀戮。"大眼语气平静地提醒露茜，"如果神尺在那个年代就降临不知道会作何反应。"

"这个星球上生活着无数物种，每天都发生着无数杀戮事件，但神尺显然对于发生在统治物种身上的事件反应最强烈。但是，"露茜指了指远处血色的大地，"现在发生了上千人的死亡事件，而当前蓝星人类总数大约五亿，你想想看，就算某种力量突然消灭所有蓝星人，按照本次神尺的异动进行比例换算也不过是上升一半。"

大眼有些茫然了。现在的菲星罕有发生大规模战争，他和露茜在地球的观测工作被寄予厚望。菲星人并不关心蓝星物种，只是希望通过对蓝星的观测来寻找神尺蕴含的规律，以免因为冒犯"法则"而招致灾难。但现在按照露茜的分析，就算地球上的统治物种全体灭亡都不会触动"阈值"，那这个观测还有什么意义。

/ 十 /

"不过我倒是很可能发现了一点线索。"露茜突然露出神秘的表情。

"什么线索？"大眼低声问道，这时他的大眼睛突然睁得更大了——一个面色无比苍白的人类男孩从露茜的身后现身，他看上去吓坏了。

"是我干的。"露茜坦然地看着大眼，"既然按照常规的观测方法找不到神尺的规律，那就采取这种极端的做法吧。"

"干涉！"直到这时大眼才从震惊中回过神来，他立刻意识到发生了什么事情。如果说那句高深莫测的"生存"算是暗示，那么对于干涉的禁止则是神族巡游者的明示。

"我发现，如果战争中涉及儿童时神尺的表现似乎有所不同。我用编制的程序对以前的数据进行分析，结果表明这个猜想很有道理。就如同刚刚经历的这一次，蒙古人先杀死了成年男子后杀死儿童，神尺的表现前后有着明显的不同。为了更确切地验证这一点，我在一名儿童即将殒命的时候突然带走了他，结果发现神尺对这个单一事件竟然也发生了可观测的反应。"

大眼神情复杂地看着露茜："这是干涉……"

露茜艰难地点点头："我想……是吧。现在我等待着母星的裁决。"

大眼下意识地跟着点头。只能这样，还能怎样？虽然大眼和露茜花了十五个菲星年才来到蓝星，但量子通讯却是即时的，现在母星的智者们已经了解发生的一切，裁决很快就会传到蓝星。

大眼不愿意继续往下想，他平静地问道："你的结论是杀戮儿童对法则的冒犯程度更高？"

"我的确这样认为。"露茜有点无奈地回答，"但是刚才我查看了数据，按照程序的统计分析，就算所有的蓝星儿童同时死去，阈值仍然不会突破。所以我觉得自己并没有找到规律——尽管我付出了这么大的代价。如果能观察更多一些事件的话我一定可以……"

露茜的话戛然而止，一缕紫色的血液突然从她的口角溢出，给她面容增添了一种怪异的美。大眼和露茜对望一眼，他们都明白什么事情发生了。这就是裁决，来自四点三个蓝星光年之外，由安装在观察员心脏里的芯片忠实地执行。露茜趔趄倒地，尽管有所预料，但她的眼睛里流露出对世界的不舍仍是无比浓烈。大眼此刻的脑海只剩一片空白。在后来的漫长岁月里大眼曾经无数次回想这一刻，但他能记起的一切就像是一幅浓雾中的黑白照片，与其说是回忆不如说更像一种幻觉。

对露茜的惩罚由菲星的智者做出，神族似乎认可了这个措施，菲星没有为此受到追究。那个蓝星人类的孩子自始至终一语不发，也许他还没有从可怕的遭遇中回过神来。大眼当时已经失魂落魄，没有注意到男孩何时离去。这个叫巴契夫的孩子一直活了下去，在他后来对子孙们讲起的故事里，大眼和露茜是从天而降的紫色精灵，说着不可名状的话语。巴契夫无数次对家人说起这个故事，他希望后人们永远记得家族遭遇的苦难以及那不可思议的救赎。

大眼安葬了露茜，在雪峰冰层之下的露茜宛如生者。大眼开始查看露茜留下的程序，因为时间的原因程序在界面上并不完善，但程序表现出的非凡智慧让他惊叹不已，同时也加重了他的悲伤。大眼作了一些小的补充修订，然后用"露茜"为这套程序命名，他想这应该也是亡者的意愿。

处理完这一切花了不少时间，对低处的蓝星人来说夜晚其实已经降临，但云海之上的雪山之巅正上映着辉煌的日落。大眼四下环顾，如果一切不出意外这将是未来三十年里他最后一次看到太阳。冬眠舱已经就位，大眼要到未来去寻找"法则"的规律——他知道这是露茜的心愿。

这时突然传来尖锐的蜂鸣，"露茜"观测到了神尺的异动，剧烈程度超过了以往任何一次，这是一次超级异动。大眼立刻开始分析这一刻蓝星发生了什么事情，但结果让他彻底迷茫了。遍及蓝星的观测设备没有记录下什么显得特别的事件，神尺的异动又一次表现出露茜所说的"不可理喻"。如果露茜活着也许能从中分析出一些原因来，但现在大眼真的感到无能为力。大眼叹口气，拖着疲惫不堪的身躯走进冬眠舱，虽然明知道超低温冬眠时不可能有意识活动，但他内心里依然希冀着能在长梦里和露茜相见。

夜色终于彻底笼罩了这个半球，但对蓝星来说这即将过去的一天非比寻常——因为这是公元1345年，灾难前夜。

/ 十一 /

阿拉坦回到营地才知道自己就要回家了。

攻城梯已经拆散，上面残留的宝贵的铁钉被一颗颗仔细回收。那些没有住人的帐篷已经变成一捆捆皮革堆放在地上——无药可治的怪病在过去一个月里夺走了不少人的性命。那些病人先是浑身发冷，就像掉进了冰窟窿，裹上三层羊毛毯也无济于事，剧烈的头痛让他们生不如死。然后是谵妄、昏迷，皮肤上渗出血水、长出恶疮。病人的痛苦持续几天，之后死亡降临。和通常的死者不同，这些病人死后的皮肤全部呈现出一种古怪的黑紫色。

千夫长在传达撤军命令的同时也下达了最后一次进攻命令。一排排高近两丈的抛石车瞄准了卡法城，牛皮绞绳发出"吱吱嘎嘎"的声音让人头皮发麻。这时阿拉坦看到了和他来自同一个部落的巴特尔，准确地说是巴特尔的大半截躯干。四天前阿拉坦亲手埋进土里的那副身体被挖了出来，同另外几具已经半腐烂的身体一起架在了抛石车上。这时候雪亮的弯刀划过，已经绷到极限的牛皮绳陡然得到解脱，巴特尔的身体高高飞起，像一只黑色的秃鹫。

"露茜"记录下的神尺异动正是发生在此刻，但真正的梦魇却一直持续。几天之后大群意大利商人开始逃离遍地死尸的卡法城。他们登上帆船，抛弃了那些感染怪病的同伴，他们没有注意到满身跳蚤的老鼠也跟着上了船，随着他们一同驶向地中海。商人的船队还在海上的时候就不断有人感染这种怪异的疾病，水手们纷纷死去。这时卡法城被黑死病笼罩的消息已经传遍四方，整个欧洲变得人心惶惶。船队回到意大利，但没有人同意他们靠岸。1347年10月船队抵达了西西里的墨西拿港，惊恐不安的港口负责人对船只进行了隔离，但为时已晚，就在第一根泊船缆绳连接到岸上时，老鼠连同它携带的死神就此登陆欧洲。

欧洲历史上开始了最骇人听闻的恐怖灾难，包括英伦三岛和北非国家无一幸免。此后短短的两年内，黑死病将占欧洲三分之一人口数的两千五百万人送进地狱。这个事件在蓝星上留下了无比深重的影响，一首恐怖的儿歌就此流传了整整七百年，让人不寒而栗：

圈圈玫瑰花开，
花束装满口袋。
阿嚏，阿嚏，
我们全都死去无人掩埋。

三十年后大眼例行苏醒时,这一切已经过去,神尺在此后这段时间里并没有发生大的异动,似乎几千万人的死亡对神尺来说算不上重大事件,这似乎再一次印证了神尺的"不可理喻"。但是大眼隐隐觉得,从因果论的角度出发,这恰恰解释了卡法城即将沦陷时的那次莫名其妙但是非常剧烈的异动,也许神尺背后那无与伦比的"法则"拥有超越时间的力量,早已预见了整个事件的发展。大眼觉得这应该就是唯一的解释,但是,这是怎样的一种能力啊!神……能做到吗?

　　时间从不理会大眼的感受,它自顾自地冲向不可知的未来。由于超低温冬眠,历史在大眼的意识里变成了跳动的一张张卡片,苏醒期的短暂连续反倒显得不那么真实。几百年里卡法城事件一直保持着神尺异动的最高纪录,不仅让大眼也让菲星的智者困惑不堪。难道神尺背后的"法则"真的不可理喻?

## / 十二 /

　　迦英已经十九岁了,他比以前强壮了许多,唇上的胡须变粗了,不再是少年人的细髯模样。在梦里他偶尔会见到妈妈和妹妹,但她们的脸总像蒙着一层雾似的看不真切。记得村里的老人说过,如果在梦里看不清某个人的脸说明这不是活人,于是醒来后的迦英总是泪流满面。

　　塔吉村已经不存在了,但塔吉村的名字却常常被人提起。在每个新战士入伍时的政治培训里,塔吉村事件都是必不可少的内容,而在每一个"放羊战"战士的最后送别仪式上,也同样会播放那些珍贵的视频。塔吉村已经成为一个血红色的符号,让所有人的眼睛都变得血红。

　　但迦英没有看过那些资料,一次也没有。他试过,但做不到,他无法睁着眼睛面对那些画面。领袖在这一点上对迦英的胆怯似乎有点失望,不过他没有说什么,迦英在其他时候表现的勇敢和忠诚胜过此前的所有警卫,让他无可挑剔,他绝不怀疑当自己身处险境时,这个大孩子会毫不犹豫地用身体抵挡敌人的子弹。

战争的局势倒是有些出乎拉旺的预料。当初塔吉村的屠杀画面被记录下来是一种偶然，那些监控设备原是用于安全警戒的。拉旺命令将拷贝火速送达"地球团结阵线"的各个分支。联邦军的暴行激起了滔天的仇恨，每个眼睛变得血红的民众正当其时地得到一支枪和一块"地球团结阵线"的战士铭牌。保卫地球！杀死月球佬！每个人都发出了愤怒的吼声。短短时间里成千上万的民众加入进来，"地球团结阵线"就像一头蛰伏已久的巨龙，终于开始舒展身躯。

　　联邦政府发现真正的敌人出现了，在新任国防部长科恩收到的情报中，已经将"地球团结阵线"的实力排名上升到了第一位。而最让人感到害怕的是包围在"地球团结阵线"身上的迷雾，时至今日联邦情报人员甚至都不知道它拥有的确切军队总数，只能估计为十万至五十万之间，如此巨大的误差使得这个结论完全失去了意义。

　　而"地球团结阵线"的领袖历来就是谜中之谜，连名字都无法最终确定。有的情报上说他叫"拉吉"，有的说叫"卡森"，甚至还有情报说他是一个东方人，名叫"那旺"。下属都称他为"向导"，同时禁止任何人在公开场合向他敬礼，这使得狙击手根本无法确定目标。自从逃脱了几次斩首行动之后，他更是深居简出，踪迹难觅。

　　在战争中人们往往喜欢用某种动物来比喻自己的对手，国防部不少人觉得"向导"是一只凶猛的老虎，但科恩不这样认为，实际上他觉得这个对手更像是一只猴子。科恩觉得老虎这样的对手看似强大实际上弱点也很明显，在自然界里老虎都有固定巢穴，而且总会拼命保护自己的地盘。这看似合理的举动实际上恰恰是致命所在。对手可以从容不迫地侦察准备，可以选择最恰当的时机，可以利用老虎保卫领土的习性设置圈套……而猴子在自然界中从来都是居无定所，四处游荡，它们狡猾无比，对曾经栖身过的任何一株大树都毫无眷恋之情，得到战利品时尽情享用，失去时也绝不怜惜。科恩觉得东方古老故事里的那只掰玉米的猴子非常确切地描述了这种动物的特性，贪婪、喜新以及由此造成的远远超过正常状态的破坏能力。

　　当然这只是科恩作为敌人的想法，不过如果迦英有机会听到科恩的这番评价一定会大吃一惊，因为拉旺最欣赏的动物恰恰是猴子。当时部队准备从刚攻克的开罗城撤退，将领们不情愿放弃这座繁华的都市。拉旺罕见地发了一通火，然后告诉大家说：“不要留恋坛坛罐罐，当取得最终胜利的时候开罗城将重回我们的怀抱。在这一点上我们应该多学习猴子，它们灵活、机动、无牵无挂，让敌人无法找到和打击它们。你们知道吗，它们甚至连跳蚤都不长。”

"真的吗？"一位青年将领有些冒失地问。

拉旺爽朗地大笑着说："猴子身上从来不长跳蚤，因为跳蚤无法在宿主身上产卵，而只能产在宿主的固定居所之中。猴子居无定所，所以从不受跳蚤的困扰。即使偶尔有一两只跳蚤落到了猴子身上，危害也不可能长久。只有老虎这种占据固定地盘的动物才害怕跳蚤。所以我们应该学猴子，让联邦军这只跳蚤见鬼去吧。"

领袖的讲话总是那么有趣，迦英觉得领袖的脑海里似乎有无穷无尽的知识，信手拈来就能深深感染所有人的情绪。领袖用他无人能及的能力确定了他无人能及的威望，在其他一些抵抗组织举步维艰时，"地球团结阵线"却是一派蒸蒸日上的景象，已经至少有两支以上更加强大的武装力量申请结盟，甚至不惜放弃自己的旗号。按照现在的发展形势来看，"地球团结阵线"在地球范围内赢得胜利已经不是个梦想。但是迦英看得出领袖被什么事情困扰着，这使得领袖即使在大笑的时候也无法完全舒展眉头。迦英隐隐能猜到那是因为什么，他觉得那是一个死结，而以他的知识则根本无法猜测领袖将如何解开这个结。

迦英已经是第三次陪同领袖来到这里了。地方不大，又堆了不少东西，剩下的空间只容得下一个人。迦英先下来将箱子从甜菜堆中清理出来，然后领袖再下来。在暗淡的光线下，那个浑圆的金属物体显得其貌不扬。但迦英知道这个东西可以在一瞬间将百万人带进地狱。迦英并不知道领袖此刻内心所想，在他的眼中，领袖只是轻柔地抚摸着那东西光滑的外壳，就像是抚摸一件心爱之物，口中念念有词。迦英本能地想听清楚领袖在说些什么，但他失败了。直到许多事情最终发生之后的某一天，迦英偶然回想起地窖中这奇怪的一幕，他才恍然悟到原来领袖说的话他早就耳熟能详，而整个人类的命运正是在地窖里的这一刻急剧转向。

/ 十三 /

迦英已经很久没有住过山洞了，现在这座房子是原来的一个政府要员的官邸，装饰不算富丽堂皇但内部条件非常舒适。今天领袖的安全由另一名警卫负责。在保卫章程里领袖的警卫至少应该有一个排，但领袖坚持只要两名警卫，一名是迦英，另一名是后来增加的一位叫艾莎的女兵，迦英觉得她身手一般，但她对领袖的忠诚却确定无疑地写在还略显稚嫩的脸上。

但迦英今天并不能休息，他接到的任务是配合一部影片的拍摄。部队的胜利持续扩大，一些大型城市已经易守，"地球团结阵线"已经有了自己的宣传机构。到了约定的地方，导演已经等候多时了。

剧本的主人公叫乌兰，这个名字让迦英像被火灼一般跳起来，他仿佛觉得一股血腥气从遥远的天边腾起，陡然冲到了自己面前。

导演安慰地拍拍迦英的肩膀，"我知道你的感受。你妹妹是一个英雄。根据提供给我们的资料，你妹妹十岁时就参加了儿童部队，出色地完成过任务。十二岁参加了妇女干部培训班，是同期学员中成绩最优秀的。"

迦英从短暂的失神中清醒，导演明明就站在他面前，但他觉得对方的话像是从很远的地方传来，充满不真实的感觉。他一把抓过导演手中的几页纸急速浏览，然后他便僵立当场。

这怎么可能，妹妹比自己小两岁，但是按这个盖着机密印章的资料来看，乌兰实际上是家里最早加入"地球团结阵线"的人。迦英一直以为在塔吉村的放羊战里，妹妹只是一个不知情的起掩饰作用的平民，按照联邦军之前的惯常作法并不会为难她，她的死属于个案和意外。但现在看来真相并非如此，另外那个寡妇才是不相干的平民。迦英回忆着过往，想着妹妹在家时的点点滴滴，但即使是现在，他也想不起乌兰曾经露出过任何蛛丝马迹。迦英脸上突然露出一道瘆人的笑容，是的，资料上说过的，她是最优秀的学员，当然有无数个方法严守秘密。迦英想象着乌兰细嫩的小手启动炸药引信的瞬间，在那一刻她年轻的头颅里到底想到过些什么？她想到过贫穷但却温暖的家吗？她想到过母亲日渐苍老的面容吗？她想到过自己这个哥哥吗？她想到过自己十四岁的美丽身躯即将化为一团丑陋的肉泥融进草原吗？她想到过自己的人生其实根本就没有开始吗？她想到过……塔吉村将从这颗星球上永远被抹去吗？

在机密档案的下方迦英看到了领袖的批示，迦英知道塔吉村事件掀起了反对月球佬的滔天风暴，非常诡异地改变了战局，由于影响极其巨大，各方力量的智囊团至今仍然在研究这一事件。领袖显然对这个影响了战局的事件非常重视，在批示里他给予了乌兰崇高的评价："伟大的战士，光荣的牺牲。"迦英看着这几个字，目光变得模糊。他抬起头，朦胧中仿佛看到天空中浮现出乌兰羞涩的笑容，十四岁的清澈眸子天真地注视着大地。迦英的泪水终于不可遏制地涌出，他颤抖着瘫坐在地。

/ 十四 /

单人囚室非常狭窄，窗户以及窗外的天空都是显示屏给人开的玩笑。这里是月球卫戍部队的驻地。拉姆斯菲尔德知道在上法庭之前自己要在兵营的监狱里度过了，这段时间他已经习惯了以新的身份面对那些曾经的下属。不知道是不是错觉，他总觉得那些人虽然没同自己讲话但目光中的敬意却更甚过从前。拉姆斯菲尔德有些出神地想着自己的心事，以至于根本没有听到身后的任何响动。等他看到一位军人朝他敬礼时才意识到一定出了什么事，然后他看到几名守卫瘫倒在地，几名荷枪实弹的士兵正簇拥着自己。

"法尔汗，你在做什么？"拉姆斯菲尔德有些诧异地望着对方。

小法尔汗指着后面的人说："他们救了我，然后我来救你。请跟我们走。"

拉姆斯菲尔德犹豫了一下，但还是顺从地跟着士兵们登上一辆月球运输车。小法尔汗坐在他身边，有些紧张地望着前方。

"我们去哪儿？" 拉姆斯菲尔德问。

"联邦政府一直在犯错误,他们已经无法控制局面了。现在该是我们承担起责任的时候了。"小法尔汗看上去颇有主见。

拉姆斯菲尔德觉得眼前这个少年军人脸上有一种他不能完全明了的表情,这个曾经熟悉的人不知怎的竟然让他有一种陌生感。"你知道后果吗?"

"我当然知道。"小法尔汗不屑地说,"虽然我在塔吉村并没有开枪,但我愿意和我的队友同生共死。军事法庭为了平息事态,必定会严厉地判决我们,死刑算是最轻的了。政府肯定也能查出你曾经给予我的协助,你将面临至少终身监禁的惩罚。老实说,我并不害怕,也许以前有点儿,但现在我真的不害怕。但是——"小法尔汗深吸一口气,注视着曾经的国防部长,目光炯炯,"我觉得不公平。将军,这些日子我反复回想了发生的所有事情,你没有错,我也没有错。"

"你指什么?"拉姆斯菲尔德冷哼一声,"你的队伍屠杀了几百位无辜平民。"

"他们是平民吗?"小法尔汗突然反问。

"当然。"拉姆斯菲尔德愕然道,"事后我们调查过塔吉村的死者,你们到达的时候,'地球团结阵线'的人早走了,剩下的人都是平民。因为这个事件非常重大,我们的情报工作做得很细,即使到现在我们也没有发现村子里的死者里有武装人员。"

法尔汗郑重地摇摇头,"你们现在可以仔仔细细地研究那些人,反正他们都死了,再也不会绑着炸弹冲过来,也不会翘着拇指笑容憨厚地从你身边走过,然后从怀里掏出武器一枪打烂你的后脑勺。'地球团结阵线'的人称我们为月球佬,他们根本不当我们是同类,总是不择手段地对付我们。"

法尔汗的身体不可抑止地颤抖,像是沉浸在了可怕的回忆中。"那个叫乌兰的女孩我认识,很漂亮,她只有十四岁。我到现在一闭眼都还记得她当时的笑容,我根本想不到有着这样笑容的人居然能够毫不犹豫地引爆白磷弹,就像是摆弄自己心爱的洋娃娃。天哪,她还是一个孩子!"

拉姆斯菲尔德不再作声,等待着小法尔汗平静下来。小法尔汗擦了擦额上的汗水继续说:"他们也许是无辜的,但杀死他们的人不是我们,而是'地球团结阵线'的人。"

"为什么?"

小法尔汗的声音变得冷酷:"他们以塔吉村平民的身份袭击我们,其实就是给所有的塔吉村平民穿上了军装。所以——"小法尔汗的语气变得铁一般硬和冷,"我们没有屠杀平民,我们杀的是军人,都是军人。"

拉姆斯菲尔德僵立在了当场,他终于知道在这个下属身上到底发生了什么事情,同时他隐隐地觉得自己正在卷进一个重大事件里。

拉姆斯菲尔德所不知道的是,就在小法尔汗说出这番话的瞬间,远在38万公里之外的梅里雪山之巅,一道黑色游标陡然向上拉出惊悚的折线。

/ 十五 /

巴契夫心情复杂地环视着面前的一群人。他觉得自己似乎应该说点儿什么,但又觉得说什么都没有太多意义。是告诉他们自己从来就很厌恶战争,还是告诉他们自己的一位祖先曾经从几百年前一场悲惨的屠城中逃脱,所以自己也厌恶杀戮。这听起来都是一些可笑的理由,就像是为自己在这场战争中的无能开脱一样。不管怎样,战争进行到现在,是该有人负责。既然现在大家都望着自己,看来这个该负责任的人就是自己了。

小法尔汗轻蔑地望着巴契夫,目光中甚至还有一丝愤懑,在他身后是一群面色不善的少壮军官。拉姆斯菲尔德适时地上前一步,双手似乎无意地稍稍分开,形成一个阻拦的动作:"元首,请允许我转达一些曾经受到压制的意见。"

巴契夫淡然一笑:"我以为自己已经不是元首了。"

"不,我们只有一个元首,名叫巴契夫。"拉姆斯菲尔德扫视了一下四周,制止了少壮军人的躁动,"没有人比您更适合担任这个职位,只有您才能团结所有人。我是一位军人,而且是一位有自知之明的军人。"

"既然我是元首,"巴契夫显出倨傲的神色,"我记得元首的办公室非经请示不得擅入。"巴契夫转头望向科恩,他正脸色灰白地蜷缩在房间的一隅，"是这样规定的吗，科恩先生？"

"是这样的。"科恩挺直了腰，元首的镇定让他不禁微微脸红。

拉姆斯菲尔德不卑不亢地直视着巴契夫，递过一页文件，下方需要签名的地方空着。"我只想说一句话：我们是军人，我们不怕流血，但我们怕那些可笑的束缚，怕那些迂腐的条条款款；我们只想以牙还牙，以眼还眼，就让我们打一场纯粹的战争吧。"

巴契夫久久地注视着洁白而干净的纸面，手中的笔悬停在一厘米的空中。一时间有无数意象从他的脑海里划过，有祖先的悲鸣叹息，有小卡佳的咯咯轻笑，还有塔吉村里四处漫溢的血河……最后定格的是一个男孩脸上的独眼，无助地瞪视冷漠的天空。

巴契夫的笔猛地落下。

/ 十六 /

大眼一直没有进入冬眠。这段时间大眼下意识里总感觉到有什么事情即将发生。"露茜"记录下的神尺异动越来越频繁，蓝星各地的观测器发回的数据量也呈指数式增长。虽然大眼并不完全清楚"露茜"的运行机制，但神尺的异动以及如此高密度的数据采集量都表明蓝星上一定发生了某些特别的事件。蓝星现在处于战争时期，神尺当然会有所表现，但这样的频度显然非比寻常。大眼注意到了一个现象：如果以时间为轴线，神尺似乎有越来越敏感的趋势。比方说发生在蓝星20世纪的屠杀对神尺的影响往往大于发生在14世纪的同等规模屠杀，也就是说神尺在蒙昧时代似乎更加迟钝，而在文明时代则变得更敏感。可惜露茜没有机会见到这种趋势，否则以她的智慧一定能够得出更多结论。不过这种差异只是在统计学意义上存在，就个案分析来看仍然只能得出一个结论：不可理喻。

观测器发回的数据显示蓝星上的战争似乎进入了一个与此前非常不一样的状态。之前双方基本上是呈现热点式的攻防战，战争规模有限。而现在则变成了犬牙交错的对抗，在夜半球发回的资料中能清楚看到双方的重武器在大地表面撕扯出巨大的火红色伤口，吞噬了众多人口稠密的城市。

大眼知道这是一个叫作"地球团结阵线"的组织同地球联邦政府的战争，从现在的局势来看，战争的结果已经趋于明朗。联邦军明显处于下风，大眼几乎可以肯定他们就快退守月球了。不过按照大眼的分析，战争到那时就该结束了，双方都不可能彻底消灭对手，因为他们面对着不可逾越的障碍。

大眼想，也许等到那时自己就该进入冬眠了，这个任务已经拖得太久，他已经身心疲惫，而答案还在遥不可及的未来。其实母星有过派人接替大眼的打算，以现在的技术力量新观察员只需五个蓝星年就能到达。但大眼拒绝了这番好意，也许是时间的力量吧，他对这片土地产生了某种难以言述的情感。更何况露茜就在这里，他怎么可以让她在异域的土地上孤孤单单。

/ 十七 /

领袖站在城楼上朝广场上的人群频频挥手，震天的欢呼声将天空的云彩也赶得没了影子。迦英注视着屏幕上的领袖，体会着放松的心情——真正的领袖此刻正同他一起待在这间绝对安全的建筑里，那个在城楼上挥手的人是一名替身。五个月前的一次集会上，领袖最后一次出现在公众面前，一名乔装的联邦特工在被迦英击中的同时开了枪，艾莎在最后的时刻用胸膛为领袖挡住了那颗罪恶的子弹。

十天前"地球团结阵线"攻克了这个星球上的最后一座被联邦军控制的城市，今天的盛会就是为了庆祝这个伟大事件。领袖小口撕下半截辣椒，跟以前相比他现在已经很少沾这个东西了。

"这是人民的胜利。世界终于回到了人民手中。"拉旺兴奋地总结道，一个虚空中的三维地球仪悬在他的面前，在他眼睛里反射出明亮的光芒。

"新政府筹备委员会的工作非常顺利，委员们一致主张由您担任首届政府领袖。"参谋长欣喜地说，这时他仿佛想起了什么，脸上浮现出浓重的悲伤，"胜利来之不易，我们牺牲了几百万名战士，是联邦军队的好几倍。还有上千万的无辜平民。"

迦英情不自禁地点头，他完全被参谋长的情绪感染。由于武器装备的差异，抵抗战士的伤亡率远远高于联邦军队，加上后来联邦军改变了对平民的态度，造成平民伤亡也大幅上升。

领袖挥了挥手，似乎不愿意大家过多地沉浸在这种感伤的情绪中，"可是我们的军队却越打越多，牺牲了几百万现在又有了几百万，这就是人民战争的威力。在人民战争的汪洋大海中，敌人的失败是注定的。下一步我们要巩固成果，原来的联邦政府忽视了地区差异导致的分裂势力，我们绝不能再犯同样的错误了。"拉旺的语气非常郑重，这时他的目光望向窗外，现在已近黄昏，月亮的影子淡淡挂在天边。"当然，还有那里。"

参谋长点点头："忠于原联邦政府的二十万人盘踞在月球，他们发来了和解照会。他们愿意放弃地球，永久居留在月球上。我们……"参谋长环视了一下身边的诸多同僚，"我们觉得这样也不失为一种可行的方案。"

拉旺扫视了一眼这些忠诚的下属，嘴角难以觉察地牵动了一下，然后转过头，仿佛漫不经心地对迦英说："小伙子，如果一个人同你决斗，他输了向你求饶，你怎么办？"

迦英一愣，有些不知所措地看了眼四周，这里全是些大人物，每个人的职务都能让他乖乖闭嘴，他不明白领袖为什么单单问自己这个问题。拉旺和气地笑笑："不要紧张，怎么想就怎么说。"

迦英胆气一壮："那要看他伤得怎么样？"

"接着说，小伙子。"拉旺眼里放出光来。

"如果他伤得轻，我就饶了他。如果他伤得很重……"迦英咬了咬牙，"我就杀了他，避免今后遭到报复。这是部族里的老规矩。"

"哈哈哈……"拉旺发出爽朗的大笑，"看来你们这些大人物还比不过一个毛头小伙子的见识啊。如果是小的过节当然可以和解，但如果饶恕不可调和的仇恨就是对自己的犯罪。在东方人的历史中有一位叫项羽的霸王，他离成功只有一步之遥，却因为沽名钓誉宽恕了敌人，最终失败、自杀。我们绝不可以学他。"拉旺的笑容陡然消失，"所以，月球佬必须投降，没有任何条件可讲。如果他们卷土重来，人民就会吃二遍苦，遭二茬罪，就会千百万人头落地。"

"但是……"参谋长面露难色，"您知道的，他们拥有那种力量。"

这时拉旺说出了那句让所有人永生难忘的话："不，他们没有。我们才有。"

/ 十八 /

十岁的卡佳已经不像以前那样黏人，自顾自地在画板上涂鸦。巴契夫在卡佳身后看着画板上的一座陡峭得不正常的开满野花的山坡，心里涌起一阵歉疚。卡佳只是很小的时候在地球上待过，她肯定已经想不起任何地球上的景色了，这幅图显然出自想象——地球上的重力不可能形成那么陡的山坡。对卡佳来说世界就是由黑色的天空、毫不闪烁的繁星以及陨石坑组成的，最多加上人工农场里一点可怜的植物，这基本也是她所有作品的题材。按巴契夫的见识来判断，卡佳无疑有着优秀的绘画天赋，但现在她的才能却被局限在了一个单调的小世界中。巴契夫叹口气，朝办公室走去，那些人应该已经在那里等着了吧。

拉姆斯菲尔德依然一身戎装，按他的说法自己现在才称得上名副其实的国防部长。在以前大一统的联邦时代，国家界限已经消亡，国防部长这个称谓其实有些不伦不类，更像是一个习惯而已，而现在的他则实至名归地领导着月球的防务工作。在他看来自己的担子不重，防守月球是一件非常轻松的任务，地球叛军没有能力将军队大规模送到月球，如果一次次地送小批量部队上来则等同于送死。

他将一份资料递交给元首，面如止水，倒是一旁的科恩显得有些紧张不安。

巴契夫虽然在三天以前就看过这份文件，但还是再次认真地翻阅了一遍。这是一份地球人递交给"月球人"的正式照会，其实就是一份最后通牒，限令"月球人"必须在七十二小时之内放弃武装投降，否则"地球人类"将给予毁灭性打击。

"他们是在虚张声势。"拉姆斯菲尔德不屑地说,"我们都知道他们根本没有足够能力进攻月球。现在已经过去了七十二小时,一切正常。"

巴契夫微微颔首,虽然不算专家但基本的军事常识他还是知道的:"你是说我们不用理会他们?"

"当然。"拉姆斯菲尔德自信地回答,"战争中像这种最后通牒是常用的手段,目的是在气势上打击对手,多数时候只要不当它是一回事它就没多大作用。"

"但是——"是科恩的声音,他的脸色有些发白,"如果这不是虚张声势呢?我的意思是——他们是有能力进攻月球的。"

"你在说什么?"拉姆斯菲尔德粗暴地打断科恩的话,"他们有能力一次送十万士兵上月球吗?要进攻月球除非他们使用……"拉姆斯菲尔德的声音戛然而止,他用力甩头似乎想摆脱某个让他感到不舒服的念头,"总之他们绝对来不了月球。"

科恩喘着气,"你也想到了对吧?他们有这个能力,他们至少掌握着一百枚核弹头。"

"你一定是疯了。"拉姆斯菲尔德已经有了歇斯底里的倾向,"没人会动用那东西。要知道我们至少有一千枚核弹头,是他们的十倍,他们绝不敢使用那玩意儿的。"

这时候拉姆斯菲尔德的手机突然响起,他接听了几秒钟脸色变得比科恩更加惨白。他放下手机,眼神涣散而恐惧,"他们发射了一枚W级核弹,就在两分钟之前。"

巴契夫下意识地朝窗户外看。科恩则显得专业一些,"能拦截吗?记得我上一次从地球到月球花了两天多时间。"

"W级核弹不是载人航天器,飞行线路也比航天器简洁得多。虽然比较老式,但也达到了第三宇宙速度,现有技术根本无法拦截。大约四个小时就能到达月球。"拉姆斯菲尔德停下来沉默了几秒钟,然后接着说道,"应对措施倒是现成的,章程早有规定。"

这句话就像是一记重锤,巴契夫的身形陡然间仿佛矮了一截。是的,一切早有规定。核武器诞生这么久以来仍然是一种不可防御的武器,或者说唯一的防御方式就是超量还击——专业术语叫作"确保相互摧毁",但是所有人都知道这意味着什么。巴契夫看着墙上的日历艰难地咽了口唾沫,难道这就是人类历史的最后一天?这时他突然想起了什么,"他们发射了多少核弹?"

拉姆斯菲尔德一怔,似乎没有料到巴契夫会有此一问,他摁了手机上的几个键,办公室对面的屏幕上立刻显出了一幅全球地图。过了几秒钟拉姆斯菲尔德肯定地说:"一枚。"他露出迷惑的神色,"W级核弹当量约十万吨,属于小型核弹。核弹杀伤力大致是冲击波占百分之五十,光辐射占百分之三十五,贯穿核辐射占百分之五,放射性沾染占百分之十。月球没有空气,冲击波这一项基本无效,剩下几项中贯穿核辐射威胁最大,但是按当量计算杀伤半径也只是一公里多。"拉姆斯菲尔德摇摇头,"这不像是一次全力攻击。"

"会不会是一次误发射?"科恩插话道。

"这不可能。"拉姆斯菲尔德说,"它的轨道明确无误地指向月球,我们必须按章程办。元首,您没有多少时间准备了。"这时他才发现巴契夫双眼紧闭,全身正在不可抑止地颤抖,"元首,你怎么了?"拉姆斯菲尔德问道。

巴契夫的颤抖继续着,但眼睛总算是睁开了,他指了指壁橱,科恩连忙倒了一点龙舌兰酒递给他。巴契夫有些失神地看着面前的两个人,他不是软弱,其实战争进行了这么久他早已心如铁石。巴契夫也曾经无数次设想过最后时刻到来时的情形,但让他意想不到的是当一切真正发生的时候,自己居然满脑子里只剩下一个画面:一座陡峭的开满野花的山坡。卡佳的技法还显得稚嫩,颜色也用得太夸张了些,但是巴契夫觉得这幅稚嫩的图画珍贵无比,而他现在觉得自己手中握着一支沉重的墨笔,正要毁去这幅画。

"不,不。"巴契夫发出凄厉的叫声,将桌上的一干事物悉数掀开,"我做不到。"巴契夫直视着拉姆斯菲尔德,"还有四小时对吧?一枚核弹对我们的反制力量的打击有限,我到时候会做决定的。这是命令。"

拉姆斯菲尔德捡起地上的文件:"我们先离开这里。通知所有人进防御掩体。"

## / 十九 /

　　许多年来大眼无数次地设想过这一时刻发生的事,但真的等到这一刻来临却又觉得一切都像是在做梦。

　　"露茜"的反应是最早的,尖锐的鸣声将大眼的目光吸引到神尺的方向。原本璀璨夺目的雪山峰顶这时被更加强烈的光线笼罩,大眼觉得似乎有一道光芒朝着天顶急速远去,但他立刻意识到这是一个错觉——神尺的通讯不可能是可见的形式,更不可能以这样低的速度。在神尺到达蓝星七百年之后,阈值被突破了。

　　观测器的报告几乎在同时送达,情报显示占据蓝星的一方朝月球发射了一枚原子武器。大眼沐浴在神尺夺目的光芒中浏览报告,程序分析结果正不断涌来,过往的数百年时光在大眼眼前再次流淌而过,他觉得露茜就在身后脉脉凝视着自己……刹那间像是有道闪电自脑海中划过——天哪,他陡然明白了一切。原来这就是"法则",巡游者说的没错,"法则"就隐藏在生存与死亡当中,那么简单,那么精致,谈不上美丽,也不是丑陋,只是无比的真实。

　　大眼的顿悟在第一时间就传到了菲星,不久之后智者的面孔出现在了量子通讯仪的屏幕上。在遥远的彼端,智者阿朵也一直处于断断续续的冬眠当中,对"法则"的追寻就是他生命的全部意义。而现在一切终于有了答案,阿朵苍老的面容上带着心愿得偿的表情,如痴如醉。

## / 二十 /

　　核弹爆炸地点位于月球基地东北三公里处,这应该是经过精心的考虑。辐射瘫痪了附近大部分电子设备,由于疏散及时没有人员伤亡。爆炸发生十分钟后联邦政府接收到了地球新政府发出的措辞严厉的通牒,限令"月球人"一小时内放下武器投降,否则将"彻底灭亡"。没有人再去怀疑这份通牒的真实性，巴契夫在此后的半小时里将自己关在一间办公室里，那间屋子的墙上一直挂着几幅技法稚嫩的油画，没人知道这段时间他在想些什么。从屋子里出来之后，巴契夫下令解除了拉姆斯菲尔德的军事指挥权，然后交给科恩一页纸——那是一份投降书。

消息在第一时间传达到了地球的每个角落，世界沸腾了。民众喜极而泣，战士们对空鸣枪，庆祝和平来临。在北美平原的某处，一行人正从地下掩体的电梯里走出来。迦英大口地吸着新鲜空气，在下面的这些日子，他感觉人都有些发霉了。参谋长在他前面不远处，额上汗迹斑斑，领口湿乎乎的。拉旺步子最大，将一干人等抛下了几个身位，迦英意识到职责所在急忙跟上去。这时拉旺回过头来，他的这个动作让所有人都不禁停下脚步。领袖的脸上光洁而红润，同其他人的狼狈形成了鲜明的对比。他四下环视了一周，发出豪迈的大笑："我早就说过，我们拥有他们不具备的力量，因为我们敢于亮剑。记住一句话：狭路相逢勇者胜。"这时迦英猛然想起在地窖里领袖口里反复叨的正是"勇者胜"三个字，原来一切早在计划之中。人群激动起来，平原上响起一阵阵欢呼声。"亮剑——亮剑——""勇者胜——勇者胜——"人们一次次地重复领袖的教诲，星球上掀起了声音的海浪。

但是一切突然静止了下来，就像是有某个隐形指挥家向整个星球的人同时发出了一个休止符命令。迦英看到领袖脸上的笑容突然变得僵硬，似乎看到了一件无比奇怪的事情。与此同时迦英也看到了那一幕。说是"看"其实有些牵强，根据后来的分析，这一刻所有人感受到的图像应该是某种力量直接作用于神经系统的结果。虽然每个人本身的感觉器官仍然正常工作，但图像却没有重叠的现象，看来那种力量选择性地关闭了原有的神经信号。图像是一片黑幕上显示的两行文字，其中一行是地球上最为通用的英语，另一行则无人认识。根据事后整理的最权威的记录其内容如下："神圣'法则'在地球遭到一级冒犯，其原生智慧种族不再对本行星及其卫星享有专治权。地球纳入保护性共管，菲星种族取得该行星百分之五十管理权限。"

黑幕持续的时间并不长，世界很快恢复了原样。每个人先是以为自己出现了幻觉，但周围人群的反应却让人不得不相信这一切。这是什么？是神的旨意？外星人的恐吓？或者，是月球佬玩的新花样？但是来自月球的讯息否定了后一种可能性，所有人都收到了同样的信息。就在局面混乱不已的时候，侦察卫星报告青藏高原梅里雪山出现不明物体，正急速飞往北美洲。

大约十分钟后，北美平原上的这群人听到了轻微的"嗡嗡"声，他们抬起头望向天空，没有人说话。这就是飞碟了——还能是什么呢？跟传说中一样的形状，像个碟子，悬停在东北方的半空中。担任警戒的两架武装直升机发射了导弹，但导弹在接近飞碟的瞬间突然返回，循着原路击中了直升机。所有人都被这一幕彻底震慑，导弹不是乒乓球，不可能被弹回，导致这个现象的原因应该是某个小区域的空间方向被反转了。这样的东西说它是一种技术已经不大合适了，如果非要加以描述，恐怕称为"神迹"更准确一些。

之后飞碟并没有什么进一步的举动，似乎它只在受到攻击时采取还击行为。参谋长看出了这一点，他命令警戒部队停止进攻。过了几分钟飞碟上缓缓打开了一扇门，在大眼到达地球七百年之后，地球人第一次见到了他。

/ 二十一 /

最后一次联络信号已经发出，大眼仰望天穹难以描述此刻的心情。来自母星的首批恒星际移民将在蓝星时间一个小时之后到达，对菲星人来说，无论怎么评价事件的意义都不为过，在荒漠的宇宙里子孑独行这么久之后，他们终于拥有了"备份"之地，从此伟大的菲星文明面对宇宙将不再感到那种深入骨髓的害怕……

经过一段时间的痛苦历程，地球人最终选择了接受现实。其间有过几次规模不大的突袭，试图摧毁梅里雪山上的外星设施，他们大概认为这样能够阻止与菲星的联系。当然，所有的行动均以失败告终。现在地球人总算安分下来，他们将学习与菲星人共同管理这个星球。按照"神谕"的要求，作为冒犯"法则"的一方，地球人将不再拥有军队，除此之外在联合政府里两个种族对地球享有相同的权利和义务。

地球人安排了隆重的仪式迎接异星移民，他们在北美平原上为每艘着陆的飞船铺上了红色地毯，由于军队已经解散，民乐手代替军乐队演奏着迎宾曲。陆续走出舱门的菲星人友好地挥动上肢——这应该是菲星移民刻意学习的地球习俗。这一幕让大眼颇感欣慰，对于地球人现在的合作态度最感满意的其实是大眼，经过数百年的相处，他对蓝星以及人类的情感已经变得无比复杂，虽然不愿意承认但有时候他的确感到自己对蓝星有着强烈的归属感。当然，按目前的状况来看这种感觉已经无可厚非。

事情发生得非常突然，大眼根本还没意识到怎么回事就看到一艘艘飞船底部的红地毯向上冒起道道光柱，贯穿船体后激起连绵不断的爆炸，就像是广袤的大平原上突然长出了无数根明亮的巨刺。与此同时那响彻四周的迎宾曲也变成了激昂澎湃的宣言："地球属于人类，外星佬滚回去。"这时那些先前身着盛装的欢迎人群开始像潮水一样发起冲锋，他们从帽子里、裙子里、发髻里抽出武器，将子弹倾泻到毫无防备的菲星人身上。"我们全民皆兵，我们将战斗到底。我们将在天空作战，我们将在海洋中作战，这是我们的土地，即使世界毁灭我们也绝不投降。这是人民的战争，要将侵略者埋葬……"伴着拉旺热血澎湃的演讲，更多人从远处涌来，从着装上看都不是军人，但是他们手中都拿着武器。无边无际的人潮让那些体积庞大的飞船也变得渺小，就像一片片在汪洋大海中苟延残喘的树叶……

大眼声嘶力竭地狂呼，他的肢体奇怪地张开，像是要阻拦什么让他无比恐惧的东西。没有人理会这个显得无比害怕的外星人，也没有人知道大眼在害怕什么。

阿朵：原来我们都错了，巡游者所说的"生存"是特指本物种自身。

大眼：是的，在食物链中的生存总是伴随着毁灭，这是不可调和的矛盾。但如果这样解释就不再有矛盾了，物种的行为只要不导致本物种自我毁灭就没有违反生存"法则"。

阿朵：这也正可解释为什么卡法城事件会造成神尺的强烈异动，因为蒙古人自身并不能抵抗鼠疫，他们扩散黑死病的行为具有毁灭本物种的巨大可能。蓝星历史上物种被致病微生物毁灭并不是个案，那次地球人逃过一劫其实非常侥幸。同时这也能解释塔吉村事件中的神尺异动，他们推崇的人民战争，将所有平民置于极度危险当中，对本物种的生存构成了严重威胁。

大眼：还有那枚原子武器。在敌人可能毁灭自己的前提下发起进攻，将物种全体当作"人盾"和"筹码"，将胜利寄望于对手的"不忍"和"怯懦"，这种可能导致本物种彻底毁灭的终极赌博游戏终于越过了阈值。

阿朵：是啊，蓝星人长久以来推崇的那些行为中居然包含着这么可怕的危险，他们的历史中充满着似是而非的荒谬。蓝星人曾经制定了战争公约，对战争行为的限制正是为了保护平民，说明一些智者隐隐觉察到了这种危险，可惜很多情况下蓝星人对此不屑一顾。在菲星也有过这样的时期，所幸我们没有走得那么远。

大眼：这种对自身都敢于毁灭的物种虽然常常"取胜"，但却让"法则"深为忌惮，因为这样的物种是不可理喻的，谁也无法估计它们会做些什么，如果能力足够，它们甚至可能造成宇宙的湮灭。

阿朵：这一切真有意思，因为拥有智能，生命开始认识宇宙的结构，但是宇宙的"意义"一直闭锁着，现在我们总算一窥门庭。宇宙中肯定还有一些更深远的"意义"，它们必定无比壮丽而有趣，真想知道啊。

"快停下这愚蠢的行动吧，地球人。"大眼疯狂地嘶喊着，试图阻止某件事情的发生，他觉得自己就像一只蚂蚁，面对着正在倾覆的大厦。这时大眼的脑海里突然升起一个无比清晰的感觉：一切都来不及了。

仿佛是为了印证这种感觉，大眼眼前的一切突然消失不见，巨大的黑幕突兀地占据了整个视野，一行英文一行菲星文传达了相同的内容："神圣'法则'在地球遭到零级冒犯，可判定其原生智慧种族已经进入了进化的歧支。此类罕见的敢于自我毁灭的智能物种为达目的不择手段，对所居住星系及周边乃至'法则'均构成严重威胁,'法则'授权并帮助菲星种族对该物种予以清除。"

黑幕消失了,世界回到本来的面目。战场的喧嚣停止下来,但爆炸的余声还在隐隐传来。一个高亢的声音在中断片刻之后再度响起:"这是外星佬的诡计。他们害怕了,他们就要失败了,人民战争的汪洋大海将彻底埋葬他们……"

但是没有人行动,除了拉旺的嘶喊之外,整个战场变得无比安静。人们抬起头,不知什么时候天空中突然出现了无数形状怪异的飞行器,同那些菲星移民飞船不同,这些飞行器是突然凭空出现的——这还能称作"技术"吗?

大眼认出了这些菲星的武器,它们不属于移民计划,看来是另外的某种力量将它们从几光年之外突然送达这里——这超越了菲星的技术水平。没有人能够统计出飞行器的数目,它们遍布天空遮住了太阳,但是世界并没有暗下来,飞行器发出的蓝色光芒照得大地一片惨白。星球上的每个人都僵立着,这也许是"人类"这个物种第一次全体感受到自身的无比渺小。

迦英不由自主地随着人流走出掩体,这违反了安全条例,不过现在应该无所谓了。拉旺走在后排,在强烈的蓝色光芒映照下他的脸色一片灰败。不知怎的迦英突然觉得这一行人就像是囚犯,正在走向自己最后的审判之地。眼前是一幅只有在噩梦中才能见到的图景,大地浑浊、灰白,像是天空,而天顶难以计数的飞行器则组成了海洋,世界颠倒了,一切都不再真实——除了那让人窒息的疯狂感。

倒悬的蓝色海洋开始发生变化,像是听从于某个无形巨人的指挥,无数白亮的光柱从每艘飞行器里同时发射,汇聚在一起宛如海洋里倾覆的滔天白浪,席卷奔腾,将亿万人吞没。

# 后记

培植中国科幻文学的新生创作力量
擢拔先锋和新锐作家
鼓励题材和手法创新

赵国珍

如果说传统文学是对历史的现实的观照的话，那么，科幻文学则更是一种对未知的未来的观照。

从上个世纪初梁启超翻译凡尔纳的《十五小豪杰》始，到今天刘慈欣的《三体》三部曲被翻译成多种文字走向世界，一百年来，科幻文学在中国经历了从引进到输出的轮回。这一轮回，既是科幻文学这一类型文学形成与发展的必要过程，也预示着中国的科幻文学开始独立和走向成熟。应该说，中国人的世界和生活中，不能没有科幻文学；而世界科幻大家族中，也不能缺失中国的身影。那么，现在的问题是，目前的中国科幻文学到底是一个什么状态，它有什么样的作家群体，创作了什么样的作品，发展到了什么程度，恐怕仍然不为许多人知晓。现在，大家手头的"沸点"科幻丛书，就是想解决这个问题，就是想回答正在进行时的中国科幻文学"是什么"和"怎么样"的问题，就是想为了解和研究中国科幻文学创作现状的人们提供一个"典型性"文本。

记得在2010年我担任《科幻大王》主编时，曾经向刘慈欣约稿，他向我表达的观点是他们这一代人在中国科幻文学的发展过程中，相较于前辈作家来说，只能算是个新生代，而正在出现并将逐步引领风骚的更生代作家已经崭露头角,他如数家珍,热情地为我推荐了一长串名单,并且说这些人才是中国科幻文学的未来。这其中固然有大刘惯常的谦逊和低调,但如果冷静分析,他之所述,的确也是一种客观现实。因为放眼全国科幻界,国内第一个职业科幻作家兼科幻产业开发者郑军、具有阿西莫夫之风的上海女作家陈茜、文风刚柔并济的北京女作家凌晨、台湾科幻、科普两栖作家李伍薰、具有鲜明创作个性和独立风格的陈楸帆、飞氘、江波、夏笳——纷至沓来,源源不绝的创作人才,正是长江后浪推前浪、科幻代有人才出的现实写照啊!

当然,成熟的文学类别是以稳定的作家队伍、稳定的作品形态、稳定的读者人群和稳定的社会反应为标准、为标志的,以此来客观而冷静地观照当今的中国科幻文学,其作家队伍、作品形态、社会认可等固有元素,应该说距离成熟和独立的文学类别还是有一定差距的。但我们也应该看到,传统文学已经拥有三千年以上的历史,而科幻文学如果以公认的玛丽·雪莱的《弗兰肯斯坦》为诞生标志,至今还不到二百年的历史。以二百年的发展过程,能达到今天这样的发展程度,在西方许多国家甚至发展成为主流文类和主流产业,科幻文学旺盛的生命力、强劲的感染力和充沛的发展力,的确令人振奋。虽然说,中国科幻文学的发展与繁荣之路还很长,但我们对未来的发展充满信心,也将倾尽全力做出我们的贡献。

山西出版传媒集团希望出版社的"点点"科幻百部原创出版工程,同时推出"奇点""沸点""极点""起点"四套科幻系列丛书,就是希望通过努力,培植中国科幻文学的新生创作力量,擢拔先锋和新锐作家,鼓励题材和手法创新,保护科幻文学创作者的灿烂思维和先锋尝试,保证科幻文学创作的持续健康发展,以更好满足读者的梦幻体验和阅读快感。这其中既有振兴中国科幻文学的责任感,也有繁荣祖国文化事业的使命感。

2013年9月28日

图书在版编目（CIP）数据

宇宙观察者·何夕精选集 / 何夕著. —太原：希望出版社，2016.8（2017.5重印）
（沸点科幻丛书）
ISBN 978-7-5379-7411-0

Ⅰ.①宇… Ⅱ.①何… Ⅲ.①科学幻想小说 – 小说集 – 中国 – 当代 Ⅳ.①I247.7

中国版本图书馆CIP数据核字（2016）第172220号

## 沸点科幻丛书
### 宇宙观察者·何夕精选集
何 夕 著

| 出 版 人 | 梁 萍 |
| --- | --- |
| 选题策划 | 杨建云 赵国珍 |
| 责任编辑 | 赵晓旭 |
| 复 审 | 翟丽莎 |
| 终 审 | 杨建云 |
| 装帧设计 | 陈东升 罗紫涵 |
| 美 编 | 王 蕾 |
| 责任印制 | 刘一新 尹时春 |

| 出 版：山西出版传媒集团·希望出版社 | |
| --- | --- |
| 地 址：山西省太原市建设南路21号 | |
| 开 本：787mm×1092mm 1/16 | 印 刷：山西人民印刷有限责任公司 |
| 印 张：20.25 | 版 次：2016年8月第1版 |
| 印 数：3001—6000册 | 印 次：2017年5月第2次印刷 |
| 标准书号：ISBN 978-7-5379-7411-0 | 定 价：38.00元 |

编辑热线 0351-4922124
发行热线 0351-4123120 4156603

版权所有 盗版必究 若发生质量问题，请与印刷厂联系调换
联系电话：0358-7641044